KB131361

악령

악령 _중

Бесы

표도르 도스또예프스끼 장편소설 박혜경 옮김

BESY
by FEDOR DOSTOEVSKII (1873)

일러두기

1. 러시아어의 로마자 표기와 우리말 표기는 〈열린책들〉에서 정한 표기안(2018년 개정)을 따랐다.
2. 본문 속 성서 텍스트는 『공동번역성서』에서 인용하는 것을 원칙으로 하되, 본문 내용에 맞게 자체적으로 번역한 부분도 있다.

제2부

『악령』 등장인물

스따브로긴(니꼴라이 프세볼로도비치. 니콜라, 니꼴렌까)
바르바라 뻬뜨로브나 스따브로기나 그의 어머니.

스쩨빤 뜨로피모비치 베르호벤스끼 스따브로긴의 가정 교사. 시인.
뾰뜨르 스쩨빠노비치 베르호벤스끼(뻬뜨루샤, 뻬뜨루시까, 피에르) 그의 아들.

쁘라스꼬비야 이바노브나 드로즈도바 과부.
리자베따 니꼴라예브나(리자, 리즈) 그녀의 딸.
마브리끼 니꼴라예비치 드로즈도프 장교. 리자베따의 약혼자.

폰 렘쁘께(안드레이 안또노비치) 신임 현지사.
율리야 미하일로브나 폰 렘쁘께(쥘리) 그의 아내.

끼릴로프(알렉세이 닐리치) 건축 기사.
리뿌찐 관리. 5인조 중 한 명.
럄신 관리. 5인조 중 한 명. 협잡꾼, 음악가.
비르긴스끼 관리. 5인조 중 한 명.
아리나 쁘로호로브나 비르긴스까야 그의 아내.

이반 샤또프(샤뚜시까) 대학생.
마리(마리야 이그나찌예브나 샤또바) 그의 아내.
다샤(다리야 빠블로브나 샤또바, 다셴까, 다시까) 그의 여동생.

레뱟낀 대위. 술주정뱅이.
마리야 찌모페예브나 레뱟끼나 그의 여동생.

똘까첸꼬 5인조 중 한 명.
시갈료프 5인조 중 한 명.
에르껠 혁명 사상의 신봉자.
페찌까 유형수.

까르마지노프(세묜 예고로비치) 유명 작가.
알렉세이 예고로비치(예고리치) 하인.

제2부

제1장

밤

1

그 후 8일이 지나갔다. 모든 일이 지나가고 내가 기록을 하고 있는 지금은 우리 모두 무슨 일이 있었는지 이미 잘 알고 있다. 그러나 당시에는 아무것도 알지 못했으며, 당연히 여러 가지 일이 이상하게 보일 수밖에 없었다. 적어도 나와 스쩨빤 뜨로피모비치는 처음 한동안 집 안에서 두문불출한 채 멀리서 두려움을 안고 지켜보기만 했다. 다만 나는 가끔 이곳저곳 돌아다니면서 들은 여러 가지 소식을 전처럼 선생에게 전해 주었다. 그마저도 없었다면 선생은 살 수 없었을 것이다.

도시 전체에 아주 다양한 소문이, 즉 따귀 사건, 리자베따 니꼴라예브나의 기절, 그리고 그 일요일에 일어났던 사건들에 관한 소문들이 떠돌았던 것은 말할 나위도 없다. 그러나 우리가 놀란 것은 대체 누구를 통해 이 이야기가 그렇게 빠르고 정확하게 드러났는가 하는 점이다. 당시 그 자리에 있던 사람들 중에는 사건의 비밀을 드러낼 필요가 있다거나 그로 인해 이익을 얻는다거나 할 만한 사람이 단 한 명도 없었던 것 같은데 말이다. 그때는 하인들도 없었다. 레뱟낀만은 뭔가 떠들어 댈 수도 있었겠지만, 그랬더라도 증오 때문은 아니었을 것이다. 당시 그는 극도의 공포감 속에서(적에 대한 공포는 증오심도 없애 버리는 법이다) 나가 버렸으니, 아마도 참지 못하고 말해 버렸을 수도 있다. 그러나 레뱟낀은 여동생과 함께 그다음 날 온데간데없이 사라지고 말았다. 필리쁘프 집에서도 보이지 않았고, 아무도 모르는 곳으로 떠나 완전히 사라진 것이다. 나는 샤또프를 만나 마리야 찌모페예브나에 관해 물어보고 싶었지만, 그는 문을 걸어 잠그고, 이 도시에서 하던 일도 팽개친 채 8일 동안 집 안에 틀어박혀 있었던 것 같다. 그는 나를 만나 주지 않았다. 나는 화요일에 그의 집에 들러 문을 두드려 보았다. 대답을 듣지는 못했지만, 의심할 바 없는 증거로 그가 집 안에 있다는 확신이 들어 다시 한 번 문을 두드렸다. 그러자 그는 침대에서 뛰어내린 듯 성큼성큼 걸어서 문 앞으로 다가오더니 목청껏 소리를 질렀다. 「샤또프는 집에 없소!」 그래서 나는 그냥 와버렸다.

   나와 스쩨빤 뜨로피모비치는 우리의 대담한 추측에 다소 두려움을 느끼면서도 서로 상대방을 격려하며 마침내 한 가지 생각에 도달했다. 우리는 소문을 퍼뜨린 장본인은 바로 뾰뜨르 스쩨빠노비치라고 결론 내렸다. 비록 뾰뜨르 자신은 얼마 후 아버지와 이야기를 나누면서 모든 사람들의 입을 통해, 특히 클럽 사람들에게서 이 이야기를 들었고 지사 부인이나 지사까지도 아주 상세한 부분까지 전부 알고 있더라고 단언했지만 말이다. 여기서 더 놀라운 것은 사건 다음 날, 즉 월요일 저녁 무렵 내가 리뿌찐을 만났을 때, 그가 이미 모든 내용을 속속들이 알고 있었다는 것이다. 결국 그는 가장 먼저 상황을 알게 된 사람들 중 하나임이 분명했다.

많은 숙녀들이(최상층 상류 사회 숙녀들까지) 〈수수께끼의 절름발이 여인〉, 즉 마리야 찌모페예브나에 대해 호기심을 가졌다. 그녀를 직접 만나 인사하고 싶다는 사람들도 있었다. 그러니 서둘러 레뱟낀 남매를 숨긴 사람들은 분명 때맞춰 행동했다고 할 수 있다. 그러나 뭐라 해도 가장 관심을 끈 것은 리자베따 니꼴라예브나의 기절이었다. 이 일은 리자베따 니꼴라예브나의 친척이자 보호자인 지사 부인 율리야 미하일로브나가 직접 연관되어 있다는 사실만으로도 〈전 사교계〉의 관심을 끌었다. 온갖 소문이 떠돌았다! 비밀스러운 상황이 이러한 소문을 더 조장했다. 두 집안의 문은 굳게 닫혀 있었다. 들리는 바에 따르면, 리자베따 니꼴라예브나는 열병으로 누워 있었다. 니꼴라이 프세볼로도비치에 대해서도 이가 부러졌다느니 뺨이 부풀어 올랐다느니 하며 역겨울 정도로 상세하게 확신하는 이야기들이 떠돌았다. 구석구석에서는 우리 도시에서 살인이 일어날 것이다, 스따브로긴은 그런 모욕을 참을 사람이 아니기 때문에 샤또프를 살해할 것인데, 다만 은밀하게 코르시카식 복수[1]를 할 것이라는 이야기도 들려왔다. 이런 생각은 흥미를 끄는 것이었지만, 사교계의 젊은이 대부분은 경멸스럽다는 듯 무관심하게 무시하는 표정으로 그런 이야기를 듣고 있었다. 물론 일부러 그런 체하는 것이었다. 대체로 니꼴라이 프세볼로도비치에 대한 우리 사교계의 해묵은 적의가 분명하게 드러난 것이라 하겠다. 점잖은 사람들조차 무슨 일인지도 모르면서 무턱대고 그를 비난했

---

1 가문이나 집단 간에 명예를 지키기 위해 피의 복수를 자행하는 코르시카의 관습을 말한다.

다. 사람들은 그가 리자베따 니꼴라예브나의 명예를 훼손했다느니, 스위스에서 그들이 이상한 관계였다느니 하며 수군거렸다. 물론 신중한 사람들은 자제하고 있었지만, 어쨌든 모두 흥미 있게 듣고 있었다. 다른 이야기들도 있었는데, 그것은 일반적이지도 않고 아주 사적이며 드문 경우인 데다 거의 공개되지 않은 이상한 이야기였다. 그것에 대해 언급하는 이유는 다만 내 이야기에서 앞으로 일어날 사건을 고려해 독자들에게 미리 상기시켜 두기 위해서이다. 내용은 바로 이러했다. 어떤 근거에서인지는 모르겠지만 몇몇 사람들은 눈살을 찌푸리면서 말하기를, 니꼴라이 프세볼로도비치는 우리 현에서 특수 임무를 맡고 있으며, K 백작을 통해 뻬쩨르부르끄의 한 상류 사회에 들어가게 되었는데, 아마도 정부 기관에서 일하거나 누군가에게서 무슨 위임을 받은 것 같다고들 했다. 매우 점잖고 자제력 있는 사람들이 빙긋 웃으며, 추문이나 일으키고 다니고 우리 도시에 오자마자 뺨을 맞아 잇몸이 부어오른 인간이 무슨 관리겠느냐고 분별 있는 지적을 하고 있을 때, 한편에서는 그는 공식적으로 일하는 게 아니라 비밀리에 임무를 수행하는 것이므로 그러한 경우에는 가능하면 관리처럼 보이지 않도록 지시받았을 것이라고 수군거렸다. 그러한 지적은 효과를 거두었다. 우리 현의 자치회를 수도에서 좀 특별히 주시하고 있다는 것은 잘 알려져 있었기 때문이다. 다시 한번 말하지만, 이 소문은 니꼴라이 프세볼로도비치가 처음 도착했을 때 잠깐 떠돌다가 흔적도 없이 사라졌다. 그러나 한 가지 언급해 두자면, 이 무성한 소문의 진원지는 최근 뻬쩨르부르끄에서 돌아온 퇴역 대위 아르쩨미 빠블로비치 가가노프가 클럽에서 발설한 불분명하고 단편적인, 그러나 심술궂은 몇 마디 말이었다. 그는 우리 현이나 군(郡) 내에서 소문난 대지주이자 수도의 상류 사회 일원으로서, 바로 니꼴라이 프세볼로도비치가 4년쯤 전에 대단히 무례하고 갑작스럽게 충돌을 일으켰던, 이 도시에서 가장 존경받던 어른인 고(故) 빠벨 빠블로비치의 아들이었다. 그 사건에 대해서는 이야기 서두에서 언급했었다.

율리야 미하일로브나가 바르바라 뻬뜨로브나를 특별히 방문했다가 저택 현관에서 〈건강이 좋지 않아 손님을 맞을 수 없다〉는 말을 들었다는 소문도 곧 모두에게 알려졌다. 그래서 율리야 미하일로브나는 방문 이틀 후 일부러 사람을 보내 바르바라 뻬뜨로브나의 건강에 대해 알아보기도 했다. 그러고는 결국 가는 곳마다 바르바라 뻬뜨로브나를 〈변호〉하기 시작했다. 물론 그것은 가장 고상한 의미에서, 즉 가능한 가장 모호한 의미에서의 변호였다. 일요일 사건에 대한 초반의 성급한 암시들에 대해 그녀는 엄격하고 냉정한 태도를 취했기 때문에 그날 이후 사람들은 그녀 앞에서 더 이상 그 이야기를 꺼내지 않게 되었다. 이렇게 되자 율리야 미하일로브나는 이 비밀스러운 사건에 대해서뿐만 아니라 그것의 비밀스러운 아주 사소한 의미까지 자세히 알고 있으며, 단순한 국외자가 아니라 사건의 실제 관계자라는 생각이 확고해졌다. 덧붙여 언급하자면 그녀는 그렇게나 얻고자 노력하고 갈망했던 강한 영향력을 우리 사이에서 점차 획득하기 시작했고, 이미 추종자들에게 〈둘러싸여 있는〉 자신을 보게 되었다. 사교계 일부는 그녀의 현실적인 두뇌와 수완을 인정했다……. 그러나 그 이야기는 다음에 하기로 하자. 우리 사교계에서 뾰뜨르 스쩨빠노비치가 거둔 빠른 성공은 분명 어느 정도 렘쁘께

부인의 후원으로 설명될 수 있다. 그의 성공은 특히 아버지 스쩨빤 뜨로피모비치를 놀라게 했다.

혹시 나와 스쩨빤 선생이 과장하고 있는지도 모르겠다. 첫째, 뾰뜨르 스쩨빠노비치는 도착한 지 나흘 만에 온 도시 사람들과 거의 순식간에 알게 되었다. 그는 일요일에 도착했는데, 나는 화요일에 벌써 그가 아르쩨미 빠블로비치 가가노프와 한 마차에 타고 있는 것을 보았다. 가가노프는 상류 사회의 일원다운 매너에도 불구하고 오만하고 짜증을 잘 내고 건방진 성격이었기 때문에 친하게 지내기 상당히 어려운 사람이었다. 뾰뜨르 스쩨빠노비치는 지사의 집에서도 훌륭한 대접을 받았고, 순식간에 가까운 지기, 혹은 총애받는 젊은이라는 위치까지 올랐다. 그는 거의 매일 율리야 미하일로브나 집에서 식사했다. 그는 스위스에 있을 때 그녀와 알게 되었지만, 지사 댁에서의 이런 빠른 성공은 정말 뭔가 흥미로움까지 느끼게 했다. 어쨌든 그는 한때 해외에서 활동했던 혁명가로, 사실인지 아닌지 모르겠지만 해외에서의 출판과 회의 등에 참여했다는 소문도 있었다. 〈그것은 신문 기사로도 증명할 수 있다〉고 알료샤 쩰랴뜨니꼬프가 나를 만난 자리에서 적의를 품고 말한 적도 있는데, 안타깝게도 지금은 퇴직 관리에 불과한 그 역시 전에는 옛 지사의 집에서 총애를 받던 젊은이였다. 그러나 여기서 한 가지 사실은 분명하다. 과거 혁명가였던 사람이 아무런 방해도 받지 않고 오히려 격려를 받으며 그리워하던 조국에 나타났다는 것이다. 그러고 보면 아무 일도 없었을지도 모른다. 한번은 리뿌찐이 내게 몰래 알려 준 적이 있는데, 소문에 의하면 뾰뜨르 스쩨빠노비치가 어딘가에서 참회를 했고, 몇 사람의 이름을 밝히고 나서 사면을 받은 것 같다고 했다. 그렇게 해서 앞으로 조국에 유용한 사람이 되겠다고 약속하고 자신의 죗값을 치렀다는 것이다. 내가 이 독기 어린 말을 스쩨빤 뜨로피모비치에게 전하자, 선생은 도저히 생각할 수 있는 상태가 아니었음에도 불구하고 깊은 생각에 잠겼다. 하지만 나중에 뾰뜨르 스쩨빠노비치가 대단히 훌륭한 추천서를 들고 우리 도시를 찾아왔다는 것이 밝혀졌다. 적어도 그중 한 통은 뻬쩨르부르끄에서 대단히 유력한 노귀부인이 지사 부인에게 보낸 것이었다. 그녀의 남편은 뻬쩨르부르끄에서 가장 영향력 있는 원로들 중 한 명이었다. 율리야 미하일로브나의 대모인 이 노부인은 편지에서 K 백작이 니꼴라이 프세볼로도비치를 통해 뾰뜨르 스쩨빠노비치를 잘 알게 되었고, 그를 총애하고 있으며, 그가 〈과거에 방황한 적은 있지만 전도유망한 청년〉이라는 것을 알게 되었다는 내용을 적어 보냈다. 율리야 미하일로브나는 빈약하나마 열심히 노력해서 지탱하고 있던 〈상류 사회〉와의 관계를 대단히 소중하게 여겨 왔으므로, 유력한 노부인의 편지에 기뻐한 것은 물론이었다. 하지만 그럼에도 여기에는 뭔가 독특한 것이 있었다. 그녀는 남편에게까지 뾰뜨르 스쩨빠노비치와 친밀한 관계를 맺도록 강요해서 폰 렘쁘께 씨가 불평을 하기도 했다…….
그러나 이 이야기 역시 뒤로 미루자. 한 가지 더 잊지 않도록 언급하자면, 저 위대한 작가 역시 뾰뜨르 스쩨빠노비치에게 매우 호의적으로 대하면서 곧바로 그를 자기 집으로 초대했다는 것이다. 그런 교만한 인간의 신속한 행동이 무엇보다 스쩨빤 뜨로피모비치의 가슴을 쑤셨다. 그러나 나는 그것을 다른 식으로 해석했다. 까르마지노프 선생이 이 허무주의자[2]를 끌

2 19세기 중엽 유럽의 자연 과학과 합리주의에 매료되어 유물론, 무신론

어들인 것은 두 수도의 진보적인 젊은이들과의 교제를 염두에 둔 것이었다. 위대한 작가는 새로운 혁명적 젊은이들 앞에서 병적으로 떨고 있었으며, 상황 파악을 잘못해 그들의 손에 러시아의 미래가 달려 있다고 생각해 그들에게 비굴하게 아첨하고 있었던 것이다. 그 이유는 그들이 그에게 아무런 주의를 기울이지 않았기 때문이다.

2

뾰뜨르 스쩨빠노비치는 두 번 정도 아버지에게 들렀지만, 불행히도 두 번 다 내가 없을 때였다. 첫 번째 방문은 수요일, 즉 그들의 첫 상봉 이후 나흘째 되는 날로, 무슨 볼일이 있어서 찾아온 것이었다. 덧붙여 말하자면, 그들 사이의 영지와 관련된 계산은 남의 눈에 띄지 않게 소리 없이 처리되었다. 바르바라 뻬뜨로브나가 모든 것을 떠맡고 그 조그만 영지를 사들이며 돈을 다 갚아 주었던 것이다. 그리고 스쩨빤 뜨로피모비치에게는 모든 것이 해결되었다고만 통보해 주었다. 바르바라 뻬뜨로브나의 위임을 받은 하인 알렉세이 예고로비치가 무슨 서명을 받으러 오자 선생은 대단히 품위를 지키며 말없이 서명해 주었다. 선생이 보여 준 품위로 말하자면, 요즈음의 그는 이전에 내가 알던 노인이 전혀 아니었다. 그는 결코 전처럼 행동하지 않았고 놀라울 정도로 말이 없어졌으며, 그 일요일 이후로는 바르바라 뻬뜨로브나에게 편지 한 장도 쓰

을 주장하던 러시아의 젊은이들을 말한다. 허무주의자들은 혁명을 통해 국가와 사회 구조를 변화시키려 했다.

지 않았는데, 그것은 기적이나 마찬가지였다. 어쨌든 중요한 것은 그가 안정을 되찾았다는 것이다. 그가 자신을 안정시켜 주는 뭔가 최종적이고 굉장한 생각에 도달했다는 것은 분명해 보였다. 그는 이 생각을 한 뒤 가만히 앉아서 무언가를 기다렸다. 하지만 처음에는, 특히 월요일에는 진짜 몸이 좋지 않았다. 콜레라 증상이 있었던 것이다. 여전히 바깥소식을 듣지 않고는 한시도 견디지 못하기는 했지만, 내가 사실은 접어 두고 사건의 핵심으로 들어가서 추측이라도 꺼낼라치면 그는 즉시 나에게 손을 흔들어 말을 중단시키곤 했다. 두 번에 걸친 아들과의 만남은 그를 동요시키진 않았지만, 어쨌든 그에게 고통스러운 영향을 주었다. 그는 아들과 만난 다음에는 두 번 다 식초에 적신 수건으로 머리를 감싸고 소파에 드러누워 있었다. 그러나 근본적인 의미에서는 여전히 침착한 태도를 유지했다.

하지만 가끔은 내게 손을 내젓지 않는 경우도 있었다. 또 가끔은 마음속에 간직한 비밀스러운 결심을 잊은 듯 유혹적으로 밀려드는 새로운 생각과 싸우는 것도 같았다. 이것은 순간적인 현상이었지만, 나는 그것을 여기에 적어 두겠다. 나는 그가 이 은둔 상태에서 벗어나 다시 자신을 드러내고 투쟁을 이어 가서 마지막 결전을 치르고 싶어 하는 것은 아닐까 하는 의심이 들었다.

「Cher(이보게), 나는 그들을 박살 내야겠어!」 그는 뾰뜨르 스쩨빠노비치와 두 번째 만난 날 저녁에 무심코 이렇게 내뱉었다. 그날 그는 머리를 수건으로 감싸고 소파에 몸을 쭉 뻗고 누워 있었다.

이때까지 그는 하루 종일 나와 단 한마디도 하지 않았다.

「〈*Fils, fils chéri*(아들아, 사랑하는 아들아)〉 같은 표현들은 하나같이 헛소리이고 부엌데기 아낙네들이나 쓰는 말이라는 데 동의하네. 그러라지 뭐, 나도 이제 알게 되었네. 나는 그 아이를 양육하지도 젖을 먹이지도 않았고, 젖먹이 어린애일 때 베를린에서 우편으로 V현으로 보내 버렸네. 나는 인정하네…… 〈아버지는 나에게 젖을 먹이지도 않았고 우편으로 나를 그냥 보내 버리더니, 이제는 여기서 돈을 빼앗기까지 하네요〉라고 하더군. 나도 그 애에게 소리쳤지. 불쌍한 아들아, 너를 우편으로 보내긴 했지만, 나도 너를 생각하며 평생 동안 마음이 아팠다! 그랬더니 *il rit*(그 아이가 웃더군). 나도 인정하네, 인정해…… 우편으로 보냈다고 해두지.」 그는 헛소리하듯 말을 맺었다.

「*Passons*(이 얘기는 그만하세),」 그는 5분쯤 지난 뒤 다시 말을 하기 시작했다. 「나는 뚜르게네프를 이해할 수 없네. 그의 바자로프[3]는 실제로는 존재하지 않는 어떤 가공의 인물일 뿐일세. 그들 스스로 먼저 그가 그 무엇과도 닮지 않았다며 그를 거부했었지. 바자로프는 노즈드료프[4]와 바이런의 뭔가 불분명한 혼합물이네, *c'est le mot*(바로 그거라고). 그들을 좀 더 주의 깊게 살펴보게. 그들은 햇빛 아래 뒹구는 강아지들처럼 기쁨에 겨워 몸을 뒤집으며 짖어 대고 있네. 실로 행복에 젖어 있지. 그들은 승리자야! 그런데 여기에 무슨 바이런이 있단 말인가……! 게다가 일상은 또 얼마나 지루한지!

---

3 뚜르게네프의 소설 『아버지와 아들』의 주인공. 기존의 모든 사회 가치와 전통 질서를 부정하고 과학적 실증주의만을 신봉하는 혁명적 허무주의자의 전형이다.

4 고골의 소설 『죽은 혼』에 등장하는 지주. 쾌활하고 솔직하지만, 반면 고집이 세고 무모하며, 이유 없이 남을 헐뜯는 인물이다.

부엌데기처럼 얼마나 허세에 가득 차 짜증을 부리고, *faire du bruit autour de son mon*(자기 이름을 둘러싸고 소동을 일으키려는) 비열한 열망은 또 얼마나 강한지. 자기 *son nom*(이름)이…… 뭔지도 모르고 말일세……. 아, 얼마나 우스꽝스러운가! 나는 그 아이에게 소리쳤다네. 〈정말 너는 현재의 너 자신을 그리스도를 대신해 사람들에게 바치기라도 하고 싶은 게냐〉 하고 말일세. *Il rit. Il rit beaucoup, il rit trop*(그 아이는 웃기만 하더군. 마구마구 웃어 대기만 했네). 그 애 웃음은 왠지 좀 이상했어. 걔 엄마도 그렇게 웃지는 않았는데. *Il rit toujours*(그 아이는 항상 웃고 있다니까).」

다시 침묵이 흘렀다.

「그들은 교활해. 일요일에는 다들 미리 공모를 했던 거겠지…….」 선생이 불쑥 말을 꺼냈다.

「오, 의심의 여지가 없지요.」 나는 귀를 바싹 기울이며 외쳤다. 「그 모든 게 은밀한 결탁이었겠지만, 빤히 들여다보였지요. 정말 서툰 연극이었습니다.」

「내 말은 그게 아니네. 그건 모두 일부러 빤히 들여다보이게 꾸민 거야. 알아야 할 사람들은…… 그걸 눈치채도록 말일세. 알겠나?」

「아니요, 모르겠는데요.」

「*Tant mieux. Passons*(그편이 나을 수도 있겠지. 이 얘긴 그만 넘어가세), 나는 오늘 정말 화가 나는군.」

「그러게 왜 아들과 다투셨습니까, 스쩨빤 뜨로피모비치?」 나는 책망하듯 말했다.

「*Je voulais convertir*(나는 그 아이를 설득하고 싶었네). 그래, 실컷 비웃게나. *Cette pauvre*(그 불쌍한) 아주머니는

elle entendre de belles choses(좋은 이야기들을 듣게 될 거야)! 오 친구, 믿을지 모르겠지만, 아까 나는 나 자신이 애국자라고 느껴졌다네! 물론 나는 항상 나 자신이 러시아인이라고 자각하고 있지만…… 진정한 러시아인이란 나나 자네 같은 사람이어야만 해. *Il y a là dedans quelque chose d'aveugle et de louche*(그런데 여기에는 뭔가 맹목적이고 의심스러운 것이 숨겨져 있단 말이야).」

「정말 그렇습니다.」 내가 대답했다.

「친구, 참된 진실이란 항상 진실 같지 않아 보인다네. 자네 그걸 알고 있나? 진실이 보다 그럴듯하게 보이기 위해서는 필히 그것에 거짓을 섞어야만 하지. 사람들은 항상 그렇게 행동해 왔네. 아마 바로 여기에 우리가 이해하지 못하고 있는 것이 있을 걸세. 자네는 어떻게 생각하나, 바로 여기에, 이 승리의 비명 속에 우리가 이해 못하고 있는 뭔가가 있겠지? 나는 있으면 좋겠네. 그랬으면 좋겠어.」

나는 아무 말 하지 않았다. 그 역시 오랫동안 입을 다물고 있었다.

「사람들은 프랑스의 지성에 대해……」 그는 갑자기 열에 들뜬 것처럼 중얼거리기 시작했다. 「그건 거짓이며, 언제나 그러했다고 말하더군. 어째서 프랑스의 지성을 비방하는 걸까? 이곳에는 그저 러시아의 나태, 관념을 만들어 내지 못하는 우리들의 굴욕적인 무기력함, 민중들 옆에 붙어 있는 우리들의 혐오스러운 기생 생활만이 있을 뿐이네. *Ils sont tout simplement des paresseux*(그들은 그저 게으름뱅이일 뿐), 프랑스식 지성은 아니라네. 오, 러시아인들은 인류의 행복을 위해 해로운 기생충처럼 박멸되어야만 해! 우리는 전혀, 전혀 그런 것을 지

향한 적이 없었네. 이제 아무것도 이해할 수가 없군. 나는 이
해하는 걸 포기했어! 알겠니, 하고 나는 그 애에게 소리쳤네.
만약 너희가 단두대를 가장 우선시하고 그것에 환호한다면,
그것은 단지 너희한테는 머리를 베는 것이 무엇보다 쉬운 반
면, 이념을 가지는 것은 무엇보다 어렵기 때문이라는 걸 알고
있니, 하고 말일세. *Vous êtes des paresseux! Votre drapeau est
une guenille, une impuissance*(너희는 게으름뱅이야! 너희의
깃발은 걸레 조각이고, 무력함의 표상이야). 그 짐마차가, 아
니 그 뭐라더라, 〈인류에게 빵을 실어다 주는 짐마차 소리〉가
시스티나 성모보다 더 유용하다느니 어쩌고 저쩌고 하는……
une bêtise dans ce genre(그런 바보 같은 소리나 지껄이고 말
이지). 알겠니, 하고 그 애에게 소리쳤네. 인간에게는 행복 말
고도 정확히 꼭 그만큼의 불행도 필요하다는 걸 알겠니, 하고
말일세! 그랬더니 *il rit*(웃더군). 그 애는 나한테 〈벨벳 소파
에 편안히 사지를 뻗고 누워(이보다 더 더러운 말을 썼네)〉
경구나 내뱉고 있다고 하더군. 그런데 말이지, 아버지와 아들
사이에 경칭을 사용하지 않는 우리의 습관은 두 사람이 서로
사이가 좋을 때는 괜찮지만, 싸우기라도 하면 어떻게 되는 줄
아나?」

　1분 정도 다시 침묵이 흘렀다.

　「*Cher*(이보게),」 그는 빠르게 몸을 일으키며 갑자기 말을
끝맺었다. 「자네는 이 일이 결국 어떻게 끝날지 알겠나?」

　「물론 알지요.」 내가 말했다.

　「*Vous ne comprenez pas. Passons*(자네는 모를 거야. 이 얘
기 그만 넘어가세). 그러나……. 보통 일반적인 세상에서는
별일 없이 끝나겠지만, 여기서는 결말이 있을 거야, 반드시,

반드시!」

　그는 일어나서 무섭게 흥분한 상태로 방 안을 한 바퀴 돌더니 다시 소파로 가서 힘없이 쓰러졌다.

　금요일 아침에 뾰뜨르 스쩨빠노비치는 어딘가 다른 군으로 떠나 월요일까지 그곳에 머물렀다. 나는 그의 출발 소식을 리뿌찐에게서 들었다. 그런데 그와 이야기하던 중 레뱟낀 남매가 강 건너 고르세치나야 마을에 있다는 것을 알게 되었다. 「바로 내가 옮겨 주었네.」 리뿌찐은 이렇게 덧붙이고 레뱟낀 남매에 대한 이야기를 중단했다. 그러더니 갑자기 리자베따 니꼴라예브나가 마브리끼 니꼴라예비치와 약혼을 했으며, 아직 발표되지는 않았지만 약혼이 벌써 성립되었고 상황은 마무리되었다고 내게 알려 주었다. 다음 날 나는 리자베따 니꼴라예브나가 마브리끼 니꼴라예비치와 함께 말을 타고 가는 것을 보았다. 병을 앓고 난 뒤 처음으로 나온 것이었다. 그녀는 멀리서 나를 향해 반짝거리는 시선으로 유쾌하게 웃으며 아주 다정하게 고개를 숙여 인사했다. 나는 이 모든 이야기를 스쩨빤 뜨로피모비치에게 전해 주었다. 그는 레뱟낀 남매의 소식에만 약간 관심을 보였다.

　우리가 아직 아무것도 모르던 지난 8일간의 수수께끼 같은 상황에 대한 설명을 했으니, 이제 그 후의 사건에 대한 묘사로 기록을 이어 가고자 한다. 다시 말해 이미 사정을 다 알고 있는 상태에서 이 모든 일이 어떻게 시작되었고 지금은 어떻게 설명되고 있는지를 말이다. 바로 그 일요일 이후 8일째 되는 날, 즉 월요일 저녁부터 시작하겠다. 왜냐하면 실제로 이날 저녁에 〈새로운 사건〉이 시작되었기 때문이다.

3

저녁 7시였고, 니꼴라이 프세볼로도비치는 자기 서재에 혼자 앉아 있었다. 그 방은 니꼴라이가 전부터 좋아하던 곳으로, 천장이 높고 양탄자가 깔려 있으며, 무겁고 고풍스러운 가구들이 구비되어 있었다. 그는 외출하려는 듯한 옷차림으로 한쪽 구석 소파에 앉아 있었으나, 어디 나갈 것 같은 기미는 보이지 않았다. 그 앞의 탁자 위에는 갓을 씌운 램프가 놓여 있고, 커다란 방의 양옆과 구석은 어둠에 싸여 있었다. 그의 시선은 깊은 생각에 잠겨 한 곳을 응시했으나, 그리 안정되어 보이지는 않았다. 얼굴은 피곤하고 약간 여윈 모습이었다. 그는 사실 잇몸이 부어 고생하고 있었지만, 이가 부러졌다는 소문은 과장된 것이었다. 이는 약간 흔들리기만 했을 뿐, 지금은 다시 고정되어 있었다. 윗입술도 안쪽에서 터졌지만, 이제는 다 아물었다. 잇몸의 부기가 일주일이 지나도록 빠지지 않은 것은, 환자가 의사를 불러 곪은 것을 제때 째려고 하지 않고 그것이 저절로 터질 때까지 기다렸기 때문이다. 그는 의사뿐만 아니라 어머니까지도 방에 들어오지 못하게 했다. 하루에 단 한 번, 아직 불을 켤 필요는 없지만 어둑어둑해진 황혼 무렵에 잠깐 들어오게 했을 뿐이다. 니꼴라이는 도시에 머무는 동안 하루에 두세 번씩 바르바라 뻬뜨로브나에게 드나들던 뾰뜨르 스쩨빠노비치도 만나지 않았다. 그리고 마침내 그 일요일 아침 뾰뜨르 스쩨빠노비치는 사흘간의 여행을 마치고 돌아와 온 도시를 한 바퀴 돌고 율리야 미하일로브나의 집에서 점심 식사를 한 뒤, 저녁 무렵 그를 초조하게 기다리고 있던 바르바라 뻬뜨로브나의 집에 모습을 나타냈다. 면회 거부가 풀려, 그는 니꼴라이 프세볼로도비치에게 안내되었다. 바르바라 뻬뜨로브나가 직접 손님을 거실 문 앞까지 데려갔다. 그녀는 오래전부터 두 사람의 만남을 바라고 있었다. 뾰뜨르 스쩨빠노비치가 니콜라를 만난 뒤 그녀에게 달려와서 모든 이야기를 전해 주겠다고 약속했기 때문이었다. 부인은 조심스럽게 니꼴라이 프세볼로도비치의 방문을 두드렸으나, 대답이 없자 용기를 내어 문을 2베르쇼끄 정도 열었다.

「니콜라, 뾰뜨르 스쩨빠노비치를 들여보내도 되겠니?」 부인은 램프 뒤쪽에 있는 니꼴라이 프세볼로도비치를 분간하려고 애쓰면서 조용하고 조심스럽게 물어보았다.

「그럼요, 그럼요, 물론 되지요!」 뾰뜨르 스쩨빠노비치는 큰 소리로 즐겁게 웃으면서 자기 손으로 문을 열고 방 안으로 들어갔다.

니꼴라이 프세볼로도비치는 문 두드리는 소리는 듣지 못하고 어머니가 조심스럽게 묻는 소리만 들었기 때문에 미처 대답할 겨를이 없었다. 마침 그의 앞에는 지금 막 읽은 편지가 놓여 있었으며, 그 편지로 인해 그는 깊은 생각에 잠겨 있었다. 뾰뜨르 스쩨빠노비치의 갑작스러운 외침을 듣자 그는 몸을 움찔하며 손에 들고 있던 문진으로 서둘러 편지를 덮었지만, 제대로 숨기지는 못했다. 편지 한쪽 귀퉁이와 봉투의 거의 대부분이 밖으로 다 보였다.

「나는 자네가 준비할 시간을 주려고 일부러 있는 힘껏 소리쳤네.」 뾰뜨르 스쩨빠노비치는 놀라울 정도로 천진난만하게 재빨리 이렇게 속삭이며 탁자 옆으로 다가가면서 순간적으로 문진과 편지 귀퉁이를 응시했다.

「그렇다면 내가 방금 받은 편지를 문진 밑에 숨기는 것도 보았겠군.」 니꼴라이 프세볼로도비치는 자리에서 움직이지 않고 이렇게 조용히 말했다.

「편지? 아니, 자네 편지가 나하고 무슨 상관인가!」 손님이 소리쳤다. 「그러나…… 중요한 것은…….」 그는 이미 닫힌 문 쪽을 향해 고개를 끄덕이며 다시 작게 속삭였다.

「어머니는 절대 엿듣거나 하시지 않네.」 니꼴라이 프세볼로도비치가 냉정하게 말했다.

「뭐, 엿들으신다 해도!」 뾰뜨르 스쩨빠노비치는 안락의자에 앉으며 즐거운 듯 목소리를 높여 재빨리 이렇게 대꾸했다. 「그 말에 반대할 생각은 없네. 다만 지금은 단둘이 이야기를 나누려고 서둘러 온 것이니까……. 이런, 마침내 자네를 만났군! 그것보다, 건강은 좀 어떤가? 아주 좋아 보이는데. 그럼 내일은 와줄 수 있겠지, 응?」

「아마도.」

「이제 그들을 좀 진정시켜 주게나. 나도 진정시켜 주고!」 그는 농담하듯 유쾌한 표정으로 미친 듯이 손을 흔들었다. 「내가 그들에게 뭐라고 지껄여 대야 했는지 자네가 알아만 준다면! 하긴 자네야 알고 있겠지만.」 그가 웃기 시작했다.

「전혀 아는 게 없네. 어머니에게서 자네가 굉장히…… 분주했다는 소리만 들었지.」

「나는 아무것도 분명하게 말하지 않았네.」 뾰뜨르 스쩨빠노비치는 무서운 공격을 막아 내기라도 하는 것처럼 갑자기 큰 소리로 말했다. 「나는 샤또프의 아내를 이용했네. 파리에서 있었던 자네와의 관계에 대한 소문 말일세. 그것으로 물론 일요일 사건을 설명했지……. 설마 화를 내지는 않겠지?」

「자네가 대단히 애를 썼으리라는 건 확실히 알겠군.」

「그야, 나는 이 일만을 걱정하고 있었거든. 그런데 〈대단히 애를 썼다〉는 건 무슨 의미인가? 그건 질책 아닌가? 하지만 자네는 단도직입적으로 나오는군. 여기 오면서 나는 무엇보다 자네가 단도직입적으로 나오지 않으면 어쩌나 하고 걱정하고 있었네.」

「나는 단도직입적이고 싶지 않네.」 니꼴라이 프세볼로도비치는 약간 초조해하면서 말했지만, 곧 가볍게 미소 지었다.

「내 말은 그게 아니네. 그게 아니니, 오해하지 말게. 그게 아닐세!」 뾰뜨르 스쩨빠노비치는 집주인의 초조함을 알아채자 바로 기뻐하면서 마치 콩이라도 뿌리듯 마구 지껄여 대며 두 손을 흔들었다. 「나는 **우리의** 일로 자네를, 특히 지금 이런 상황에 놓여 있는 자네를 자극하고 싶지 않네. 나는 일요일 사건에 대해서, 그것도 꼭 필요한 만큼만 말하려고 온 걸세. 어쩔 수 없지 않은가? 나는 아주 솔직하게 설명하려고 하는데, 자네보다는 나한테 필요해서지. 이건 자네의 자존심을 위해서 하는 말이지만, 동시에 사실이기도 하네. 나는 이 순간부터 항상 솔직해지려고 찾아온 것이네.」

「그렇다면 전에는 솔직하지 않았다는 건가?」

「자네도 알고 있지 않은가? 나는 여러 번 교활하게 행동했지……. 자네, 웃고 있군. 그 웃음을 보니 설명을 위한 실마리가 될 수 있을 것 같아서 기쁘네. 나는 일부러 〈교활하게 행동했다〉는 오만한 표현을 써서 자네를 웃게 만든 거야. 그 말을 듣고 자네가 곧 화를 내도록 하려고 말일세. 자네는 내가 감히 교활하게 행동할 생각을 했다고 화를 내겠지. 하지만 나는 지금 설명할 기회를 얻은 거야. 자, 한번 보게, 지금 내가 얼마나 솔직해졌는지! 어떤가, 한번 들어 보겠나?」

이 손님이 미리 준비해 온 뻔뻔한 태도와 다분히 의도적인 무례한 순진함으로 주인을 화나게 하려는 것이 분명해 보임에도 불구하고, 경멸적인 침착함과 조소까지 띤 표정을 짓고 있던 니꼴라이 프세볼로도비치의 얼굴에는 결국 약간 불안한 호기심이 드러났다.

「자, 들어 보게.」 뾰뜨르 스쩨빠노비치는 전보다 한층 더 심하게 움직이기 시작했다. 「여기로 오면서, 그러니까 이 도시로 오면서, 나는 열흘 전에 결국 역할을 맡기로 결정했네. 역할을 맡지 않은 나 자신의 모습이라면 가장 좋겠지만 말일세, 그렇지 않은가? 그런데 내 모습만큼 교활한 것도 없지. 아무도 나를 믿어 주지 않으니 말이야. 나는 솔직히 바보 역할을 하고 싶었네. 바보가 내 모습보다는 더 쉽기 때문이지. 하지만 바보는 어쨌든 극단적이고, 극단적인 것은 호기심을 불러일으키는 법이니, 나는 결국 내 모습으로 남기로 했네. 그럼 나 자신의 모습이란 어떤 것일까? 그것은 중용일세. 어리석지도 않고 영리하지도 않으며, 그다지 재능도 없고, 이곳의 분별 있는 사람들이 말하듯이 달에서 뚝 떨어진 것과 같은 거지. 그렇지 않은가?」

「글쎄, 그럴 수도 있겠지.」 니꼴라이 프세볼로도비치가 보일 듯 말 듯한 미소를 지었다.

「아, 자네도 동의하다니, 아주 기쁘군. 자네도 이런 생각을 할 거라는 걸 진작 알고 있었네……. 걱정하지 말게, 걱정하지 말게. 나는 화나지 않았으니. 나를 그런 식으로 정의 내린 것은 〈아니, 자네는 재능이 없는 게 아니야. 아니, 영리한 거야〉라는 자네의 칭찬을 노린 것이 전혀 아니니까……. 아, 자네는 또다시 웃고 있군! 나는 또다시 걸려들었고. 자넨 〈자네는 영

27

리해)라는 말 같은 건 할 리 없는 사람인데. 어쨌든 그렇다고 해두지. 뭐든 그러려니 하겠네. 내 아버지 표현대로 *passons*(이 얘긴 그만하고), 덧붙여 말하자면 내 수다스러움에 화를 내지는 말게. 때마침 여기 한 가지 예가 있네만, 나는 항상 말이 많지. 즉, 조급하게 서두르면서 많은 말을 하지만, 항상 요점에서 벗어난다네. 왜 나는 말이 많은데 요점에서 벗어날까? 그것은 내가 말할 줄 모르기 때문이지. 말을 잘하는 사람은 짧게 말하거든. 따라서 나는 말하는 재능이 없는 걸세. 그렇지 않은가? 하지만 나는 이런 재능 없음이라는 재능을 타고났으니 그것을 인위적으로 이용하지 말라는 법은 없지 않겠나? 그래서 이용하고 있네. 사실 여기 오면서 처음에는 침묵을 지킬까 하는 생각도 했었네. 하지만 침묵을 지키는 것도 대단한 재능이라서 나한테는 맞지 않다네. 그리고 둘째, 침묵을 지키는 것은 어찌 됐든 위험하거든. 자, 그래서 나는 마침내 말하는 것이 제일 좋겠다, 그러나 단 재능 없는 사람처럼 말해야겠다고 결심했네. 즉, 많이, 많이, 많이, 아주 조급하게 서두르면서 논증하다가 끝에 가서는 항상 자신의 논증 속에서 스스로도 당황하게 되고, 그러면 듣던 사람들도 무슨 말인지 몰라 양팔을 벌리고 결국 떠나가는 거지. 차라리 침이라도 뱉어 주면 나으련만! 이렇게 되면 첫째, 자신의 순박함에 대한 믿음을 주고, 사람들을 질리게 하며 자신을 이해할 수 없게 만드니 일석삼조인 셈이지! 이러고 나면, 어림도 없지, 과연 누가 비밀스러운 음모를 꾸미고 있다고 의심하겠는가? 내가 비밀스러운 음모를 꾸민다고 말하는 사람이 있다면 누구나 그에게 화를 낼 걸세. 게다가 나는 가끔씩 사람들을 웃게 만드는데, 그것 역시 아주 의미가 있지. 사람들은 저쪽에서 격문을 출판하던 현명한 인간이 여기 있는 자기들보다 더 어리석다는 사실이 드러났다는 이유만으로도 나를 용서할 것이네. 그렇지 않은가? 웃는 걸 보니 동의하는 것 같군.」

그러나 니꼴라이 프세볼로도비치는 웃기는커녕 얼굴을 찌푸리며 다소 초조하게 듣고 있었다.

「뭐? 뭐라고? 자네는 〈아무래도 상관없다〉고 말한 것 같은데?」 뾰뜨르 스쩨빠노비치가 떠벌렸다(니꼴라이 프세볼로도비치는 아무런 말도 하지 않고 있었다). 「물론이지, 물론이야. 확실히 말하지만, 나는 우정이라는 이름으로 자네에게 치욕을 주려는 것이 아니네. 그런데 자네는 오늘 굉장히 예민하군. 나는 솔직하고 행복한 기분으로 달려왔는데, 자네는 내 말에 일일이 꼬투리를 잡고 있으니 말일세. 분명히 말하지만, 나는 오늘 민감한 문제에 대해선 아무 말도 하지 않겠네. 맹세하지. 자네의 모든 조건에 미리 동의하겠네!」

니꼴라이 프세볼로도비치는 끈질기게 침묵을 지켰다.

「뭐? 뭐라고? 무슨 말 했나? 알겠네, 알겠네, 내가 또다시 쓸데없는 말을 한 것 같군. 자네는 조건을 제시하지도 않았고, 하지도 않을 테지. 알았네, 알았네, 자, 진정하게. 나한테 그런 조건을 제시할 만한 가치가 없다는 것을 나도 잘 알고 있으니. 그렇지 않은가? 자네를 위해서 미리 대답해 주지. 그것은 물론 재능이 없어서네. 재능이 없어서, 재능이 없기 때문에…… 자네 웃나? 뭐? 뭐라고?」

「아무것도 아닐세.」 니꼴라이 프세볼로도비치는 결국 가볍게 웃었다. 「이제야 내가 언젠가 자네를 재능 없는 사람이라고 불렀던 게 기억나는군. 자네는 그 자리에 없었는데, 그렇다면 전해 들었겠군……. 빨리 용건을 말해 주었으면 좋겠는데.」

「그래, 지금 용건을 말하려던 참일세. 바로 일요일 사건에 대해서!」뾰뜨르 스쩨빠노비치가 떠벌리기 시작했다.「대체 일요일의 나는 무엇이었을까? 자네는 어떻게 생각하나? 바로 성급하고 평범한 재능 없는 사람으로서, 가장 재능 없는 방식으로 강제로 대화를 주도했었네. 하지만 내 모든 것은 용서받았네. 왜냐하면 첫째로, 나는 달에서 떨어진 사람이거든. 이곳에서는 이제 모두가 그렇게 결론 내린 것 같더군. 그리고 둘째로, 달콤한 이야기를 해서 당신들 모두를 구출해 주었기 때문이지. 그렇지 않은가?」

「그러니까 자네는 사람들 마음속에 있는 의심은 그대로 둔 채 우리의 비밀 협정이나 음모 같은 것을 드러내려고 그런 이야기를 했다는 말이군. 비밀 협정 같은 것은 없고, 내가 그런 걸 요구한 적도 결코 없는데 말이야.」

「바로 그거네, 바로 그거야!」뾰뜨르 스쩨빠노비치는 기뻐서 어쩔 줄 몰라 하며 말을 받았다.「나는 자네가 이 모든 농간을 눈치채도록 그렇게 한 거야. 무엇보다 내가 망가진 이유는 자네 때문인데, 자네를 낚아서 치욕을 주고 싶었거든. 나는 무엇보다 자네가 어느 정도 두려움을 느끼는지 알아보고 싶었네.」

「궁금한데, 자네 오늘 왜 이렇게 솔직한가?」

「화내지 말게, 화내지 말게. 그렇게 쏘아보지 말게나……. 하긴 쏘아보고 있는 건 아니군. 내가 왜 이렇게 솔직한지 궁금한가? 그건 바로 지금 모든 것이 변화되고 끝이 나고 지나가 버려 모래만 무성하기 때문이라네. 나는 단숨에 자네에 대한 생각을 바꾸었네. 과거 방식은 완전히 끝나 버렸네. 이제 나는 절대 과거 방식으로 자네에게 치욕을 주지 않을 걸세. 이제는 새로운 방식으로 할 거야.」

「전술을 바꿨나?」

「전술은 없네. 이젠 모든 게 자네의 자유 의지야. 즉, **네**라고 하고 싶으면 **네**라고 하고, **아니요**라고 하고 싶으면 **아니요**라고 하면 되네. 이것이 나의 새로운 전술이라네. **우리의 일에** 대해서는 자네 지시가 있을 때까지 입 밖에 내지 않겠네. 자네 웃고 있나? 그럼 계속 웃게, 나도 웃을 테니. 하지만 나는 지금 진지하고, 진지하고, 또 진지하네. 이렇게 서두르는 사람은 물론 재능이 없긴 하지만 말일세. 안 그런가? 상관없네, 재능이 없어도 그만이야. 나는 진지하고도 진지하니까.」

그가 정말 진지하고 완전히 다른 어조로, 특히 기이한 흥분 상태로 이렇게 말했기 때문에, 니꼴라이 프세볼로도비치는 호기심을 가지고 그를 바라보았다.

「자넨 나에 대한 생각을 바꿨다고 말했지?」 그가 물었다.

「자네가 샤또프에게 맞은 뒤 손을 뒤로 돌린 그 순간 자네에 대한 생각을 바꾸었네. 그만, 그만, 제발 질문은 하지 말게. 이제 더 이상 아무 말 안 할 거니까.」

그는 질문을 거절하는 듯 두 손을 흔들면서 벌떡 일어섰다. 하지만 질문은 없었고, 그렇다고 나갈 이유도 없어서 다시 진정하며 안락의자에 앉았다.

「그건 그렇고, 덧붙여 말하자면,」 그는 곧 빠르게 지껄이기 시작했다. 「이곳에서는 자네가 그를 죽일 거라고 떠들어 대며 내기까지 하는 사람들이 있어서, 렘쁘께가 경찰과 접촉할까 생각했지만 율리야 미하일로브나가 말렸네……. 그 이야기는 그만하지. 그냥 알려 주려고 했던 걸세. 그런데 한 가지 더 말하자면, 자네도 알겠지만, 나는 그날 레뱃긴 남매를 데려다주었네. 그 사람들 주소를 적은 내 메모 받았나?」

「바로 그때 받았네.」

「그것은 나의 〈무능함〉 때문이 아니라, 진심으로 기꺼이 그렇게 한 걸세. 비록 재능이 없다 하더라도 어쨌든 진심이었네.」

「상관없네. 아마 그래야만 했겠지…….」 니꼴라이 프세볼로도비치가 생각에 잠겨 말했다. 「더 이상 내게 쪽지를 써 보내지만 말게, 제발.」

「어쩔 수 없었네. 그래 봤자 한 번뿐이었는걸.」

「그래서 리뿌찐은 알고 있나?」

「어쩔 수 없었네. 하지만 알다시피 리뿌찐은 감히 그럴 리가……. 그건 그렇고, 우리 동료들한테 한번 들러야 할 것 같은데. 그러니까 내 말은 **우리**가 아니라 그들 말일세. 이렇게 말해 두지 않으면 자네는 또 꼬투리를 잡겠지. 걱정 말게, 지금 가라는 게 아니라, 아무 때건. 지금은 비가 오니까. 내가 그들에게 알리기만 하면 바로 모일 테고, 그러면 우리는 저녁에 가는 거지. 그들은 둥지 속 까마귀 새끼처럼 입을 벌리고 우리가 어떤 선물을 가져오나 기다리고 있을 거야. 열정적인 사람들이니, 책을 꺼내 놓고 논쟁하려 준비하고 있지. 비르긴스끼는 범세계주의자이고, 리뿌찐은 경찰처럼 행동하려는 경향이 강한 푸리에주의자네. 어떤 점에서는 귀중한 사람이라고 말할 수 있지만, 그 밖의 점에서는 엄격하게 지켜봐야 하네. 그리고 마지막으로 그 귀가 긴 사람은 자기만의 체계에 관한 글을 읽어 줄 걸세. 그런데 그들은 내가 자기들을 멋대로 대하고 자기들한테 찬물을 끼얹었다고 성을 내고 있다네,

하하! 그러니 꼭 가봐야 해.」

「자네는 그곳에서 나를 무슨 우두머리라고 소개했나?」 니꼴라이 프세볼로도비치는 최대한 관심 없다는 듯 이렇게 말했다. 뾰뜨르 스쩨빠노비치는 재빨리 그를 쳐다보았다.

「그건 그렇고,」 그는 못 알아들은 척 서둘러 그 말을 무시하며 화제를 돌렸다. 「나는 존경하는 바르바라 뻬뜨로브나에게도 두세 번 얼굴을 내밀었는데, 역시 많은 이야기를 해야만 했었네.」

「짐작이 가는군.」

「아니, 지레짐작하지 말게. 나는 자네가 살인을 하지는 않을 거라는 것과 달콤한 이야기들을 해드렸을 뿐이니. 그런데 어찌 된 일인지 내가 마리야 찌모페예브나를 강 건너로 옮겨 버린 것을 그다음 날 이미 알고 계시던데. 자네가 말씀드렸나?」

「그런 일은 생각한 적도 없네.」

「자네가 아닐 거라고 알고 있었네. 자네가 아니라면 대체 누가 그랬을까? 이거 재미있군.」

「물론 리뿌찐이겠지.」

「아-니, 리뿌찐은 아닐세.」 뾰뜨르 스쩨빠노비치가 얼굴을 찌푸리며 중얼거렸다. 「누군지 알아내야겠어. 왠지 샤또프일 것 같단 말이야…… 하지만 쓸데없는 소리니 이제 그만하지! 하지만 굉장히 중요한 문제이기도 한데…… 그건 그렇고, 나는 자네 어머니가 불쑥 주요한 질문을 하시지 않을까 기다리고 있었다네……. 아, 그런데 부인께선 처음 며칠 동안 지독하게 침울해하시더니, 오늘 문득 와보니 환한 미소를 짓고 계시더군. 대체 어찌 된 일인가?」

「내가 오늘 어머니께 5일 뒤 리자베따 니꼴라예브나에게

청혼을 하겠다고 약속드려서 그런 거라네.」니꼴라이 프세볼로도비치는 뜻밖에도 솔직하게 말했다.

「아, 이런…… 그래, 물론,」뾰뜨르 스쩨빠노비치는 당황한 것처럼 중얼거렸다.「그녀가 약혼했다는 소문이 있던데, 알고 있나? 어쨌든 정확한 이야기일세. 하지만 자네가 맞겠지. 그녀는 결혼식 도중에라도 도망쳐 나올걸. 자네는 그냥 소리쳐 부르기만 하면 돼. 내가 이런 말 한다고 화나진 않았지?」

「아니, 화나지 않았네.」

「계속 느끼고 있던 건데, 오늘은 자네를 화나게 하기가 굉장히 어렵군. 이제 두려워지기 시작했네. 내일 자네가 어떤 모습으로 나타날지 굉장히 궁금하군. 아마 많은 걸 준비해 두었겠지? 이런 말 한다고 나한테 화나지는 않았겠지?」

니꼴라이 프세볼로도비치는 전혀 대답하지 않았고, 그것이 뾰뜨르 스쩨빠노비치를 초조하게 만들었다.

「그런데 리자베따 니꼴라예브나와 관련해 어머님께 말씀드린 건 진심인가?」그가 물었다.

니꼴라이 프세볼로도비치는 차가운 시선으로 뚫어지게 그를 쳐다보았다.

「아, 알겠네. 그냥 진정시켜 드리려고 그런 거겠지, 물론.」

「진심이라면?」니꼴라이 프세볼로도비치가 단호하게 물었다.

「그렇다면 이런 경우에 하는 말로, 축복이 있기를 바라네. 다만 과업에 해가 가지 않기를(이보게, 나는 우리 과업이라고는 하지 않았네. 자네가 **우리**라는 단어를 싫어하니 말이야). 그런데 나는…… 나야 뭐, 자네도 알다시피, 자네 뜻이라면 뭐든 할 걸세.」

「정말 그렇게 생각하나?」

「나는 아무런 생각도, 정말 아무런 생각도 없다네.」 뾰뜨르 스쩨빠노비치는 웃으며 서둘러 대답했다. 「자네는 자신의 일에 대해 미리 다 숙고하고 모든 걸 생각해 두었을 테니 말이야. 나는 언제, 어디서나, 어떠한 경우라도, 자네 뜻이라면 뭐든 하겠다는 것만 말하겠네. 어떠한 경우라도 말일세. 알겠나?」

니꼴라이 프세볼로도비치는 하품을 했다.

「자네를 지루하게 했군.」 뾰뜨르 스쩨빠노비치는 갑자기 벌떡 일어서서 완전히 새것으로 보이는 둥근 모자를 집어 들고 나가려는 것 같더니, 여전히 그 자리에 서서 쉬지 않고 계속 떠들어 댔다. 하지만 서 있다가 가끔씩 방 안을 돌아다니기도 하고 대화에 열이 오르면 모자로 무릎을 치기도 했다.

「나는 렘쁘께 부부 일로도 자네를 재미있게 해주려고 했는데.」 그가 유쾌하게 소리쳤다.

「이제 그만, 나중에 듣지. 그런데 율리야 미하일로브나의 건강은 어떠신가?」

「자네는 정말 모든 사람에게 사교계의 예의를 지키는군. 자네에게 부인의 건강 상태야 회색 고양이의 건강과 다를 바 없을 텐데도 물어보니 말이야. 그 점은 칭찬하지. 물론 건강하고, 자네를 미신에 가까울 정도로 존경하고 있다네. 미신에 가까울 정도로 자네에게 많은 걸 기대하고 있단 말이지. 일요일 사건에 대해서는 침묵을 지키고 있는데, 자네가 나타나기만 한다면 모두를 굴복시킬 거라고 확신하고 있네. 맹세코 그녀는 자네가 무슨 일이든 할 수 있다고 상상하고 있다네. 그런데 자네는 지금 그 어느 때보다 더 수수께끼 같고 낭만적인 인물이 되어 있어. 이건 정말 유리한 상황이야. 모두가 자네를 믿을 수 없을 정도로 기다리고 있거든. 내가 이곳을 떠날 무렵에도 뜨거운 상황이었는데, 지금은 훨씬 더해졌네. 그건 그렇고, 편지에 대해서는 다시 한번 고맙네. 모두가 K 백작을 두려워하고 있다네. 사람들이 자네를 스파이로 생각하는 것 같던데, 알고 있나? 나는 맞장구를 쳐주었네만, 자네 화내진 않겠지?」

「상관없네.」

「그럼 됐네. 이건 앞으로도 필요할 거야. 여기 사람들에게는 자기들만의 질서가 있네. 나는 물론 그걸 격려하고 있지. 율리야 미하일로브나가 우두머리이고, 가가노프도 있고……. 자네 웃나? 그건 모두 나의 전술이라네. 거짓말에 거짓말을 일삼다가 그들이 모두 그것을 찾고 있을 때 갑자기 영리한 말을 한마디 하는 거지. 그러면 그들이 내 주변에 모일 테고, 그러면 나는 또다시 거짓말을 하는 거야. 사람들은 〈재능은 있는데, 달에서 떨어진 것 같은 사람이야〉라고 말하며 나를 단념하겠지. 렘쁘께는 나를 개선시켜 보겠다고 직장까지 권해 주었네. 알다시피 나는 그를 엄청 멸시했는데, 다시 말해 치욕을 주었는데, 그는 눈만 크게 뜨고 바라보더군. 율리야 미하일로브나는 그렇게 하라고 장려해 주었고. 그건 그렇고 가가노프가 자네한테 엄청 화가 나 있던걸. 어제 두호프에서 자네에 관해 욕을 하더군. 나는 그에게 곧장 진실을 말해 주었네. 물론 모든 진실은 아니지만. 나는 두호프에 있는 그의 집에 하루 종일 머물렀다네. 훌륭한 영지에 좋은 집이었어.」

「그럼 그는 아직도 두호프에 있나?」 니꼴라이 프세볼로도비치는 튀어 오를 정도로 심하게 몸을 앞으로 내밀면서 갑자기 소리쳤다.

「아니, 오늘 아침에 나를 이곳으로 데려와 주었네. 우리는 함께 돌아왔네.」뾰뜨르 스쩨빠노비치는 니꼴라이 프세볼로도비치의 순간적인 흥분을 전혀 알아채지 못한 것처럼 말했다. 「이런, 책을 떨어뜨렸군.」그는 자기에게 부딪혀 떨어진 호화로운 판화책을 집어 들려고 몸을 숙였다. 「『발자크의 여인들』이라. 그림까지 들어가 있군.」그는 갑자기 책을 펼쳤다. 「읽지는 않았군. 렘쁘께도 소설을 쓴다네.」

「그래?」니콜리아 프세볼로도비치가 흥미를 느낀 듯 물어 보았다.

「러시아어로, 그리고 물론 비밀스럽게 쓰고 있다네. 율리야 미하일로브나는 알면서도 내버려 두더군. 그는 멍청이이긴 하지만, 나름 수법이 있어서, 제법 잘 다듬어 놨더군. 그 엄격한 형식과 자제력이라니! 우리도 그런 것이 좀 있었으면 좋겠는데.」

「자네 행정 기관을 칭찬하는 건가?」

「안 될 거야 없지! 러시아에서는 유일하게 자연적이고 성공적인 것인데…… 이제 그만하겠네, 그만하겠네.」그가 갑자기 고함을 쳤다. 「그런 것, 그런 민감한 문제에 대해서는 한마디도 하지 않겠어. 이제 그만 실례하겠네. 자네 안색이 창백해졌군.」

「열이 좀 있네.」

「그렇겠지. 좀 눕게. 그건 그렇고, 이 현에 거세파 교도들이 있던데, 흥미로운 사람들이야……. 그건 나중에 이야기하지. 그런데 또 다른 일화가 있네만, 지금 이곳 군(郡)에 보병 연대가 주둔해 있다네. 금요일 저녁에 나는 B에서 장교들과 함께 술을 마셨네. 그곳엔 우리 친구 세 명도 있었는데, *Vous comprenez*(무슨 말인지 알겠지)? 우리는 무신론에 대해 이야기하면서 물론 신을 가차 없이 다루고 있었네. 모두가 기분 좋게 꽥꽥거렸지. 그런데 샤또프가 만약 러시아에서 폭동이 일어난다면 그것은 반드시 무신론에서 시작될 거라고 단언하더군. 아마도 맞는 말이겠지. 그때 계속 앉아서 침묵을 지키며 한마디도 하지 않던 어느 백발의 병사 출신 장교가 갑자기 방 한가운데 우뚝 서더니, 글쎄 큰 소리로 마치 혼잣말하듯이 〈만약 신이 없다면, 그 후엔 나는 대체 무슨 대위란 말인가?〉하고 말하더군. 그러더니 군모를 집어 들고 양손을 벌리며 방을 나가 버렸네.」

「꽤 일관성 있는 생각을 표현했군.」 니꼴라이 프세볼로도비치는 세 번째 하품을 했다.

「그런가? 나는 이해가 안 돼서 자네한테 물어보려고 했지. 할 말이 하나 더 있었는데. 그 시뻐굴린 공장이 재미있더군. 자네도 알겠지만, 이곳에는 5백 명의 노동자가 있다네. 콜레라 온상지인데도 15년 동안 한 번도 청소를 안 했고, 노동자들 월급도 삭감했지. 그런데 주인인 상인들은 백만장자란 말이지. 분명히 말할 수 있는 것은, 노동자들 중에 *Internationale*(인터내셔널)[5]을 이해하는 사람들이 있다는 것이네. 이런, 자네 웃었나? 직접 보게 되겠지만, 나한테 조금만, 아주 조금만 여유를 주게! 나는 이미 자네에게 여유를 좀 달라고 부탁했지만, 조금만 더 부탁하네, 그러면…… 아니, 미안하네, 그만하지, 그만하지. 그것을 말하려던 게 아니니 얼굴 찌푸리지 말게. 그럼 잘 있게. 나는 대체 왜 이 모양이지?」 그는 가다가

5 1864년에서 1876년까지 활동했던 제1인터내셔널을 말한다. 런던에서 창립된 국제 노동자 조직으로, 마르크스와 엥겔스의 이론이 뒷받침되었다.

갑자기 돌아섰다. 「아주 중요한 걸 완전히 잊고 있었군. 우리 상자가 뻬쩨르부르끄<u>77</u>에서 도착했다는 소식을 방금 들었네.」

「그래서?」 니꼴라이 프세볼로도비치는 이해하지 못하고 그를 쳐다보았다.

「그러니까 자네 상자, 즉 연미복, 바지, 셔츠가 들어 있는 자네 짐이 도착했다는 말이겠지? 아닌가?」

「그래, 아까 뭔가 그런 말을 들었네.」

「아, 그럼 지금 볼 수 있을까……?」

「알렉세이에게 물어보게.」

「아니, 내일, 내일은 어떤가? 거기에는 자네 물건들과 함께 자네 추천으로 샤메르에서 산 내 재킷과 연미복, 바지 세 벌도 들어 있는데, 기억하지?」

「듣자 하니 자네는 여기서 신사처럼 행동한다지?」 니꼴라이 프세볼로도비치가 가볍게 미소를 지었다. 「승마 교관에게 말 타는 법을 배우고 싶어 한다는 게 사실인가?」

뾰뜨르 스쩨빠노비치는 일그러진 미소를 지었다.

「이보게.」 그는 갑자기 엄청 서두르며 떨리고 더듬거리는 목소리로 말했다. 「이보게, 니꼴라이 프세볼로도비치, 개인적인 이야기는 그만두는 게 어떤가? 앞으로도 영원히. 물론 자네가 웃기다면 얼마든지 나를 경멸해도 좋네. 하지만 어쨌건 당분간 개인적 이야기는 하지 않는 게 좋겠네. 안 그런가?」

「좋아, 더 이상 말 안 하지.」 니꼴라이 프세볼로도비치가 말했다. 뾰뜨르 스쩨빠노비치는 가볍게 미소 지으며 모자로 무릎을 탁 치고는 두 다리를 꼬면서 전과 똑같은 자세를 취했다.

「여기 사람들이 나를 리자베따 니꼴라예브나에 대한 자네의 경쟁자로 보고 있으니, 어떻게 외모에 신경 쓰지 않을 수 있겠나?」 그가 웃기 시작했다. 「그런데 대체 누가 자네에게 고자질했을까? 흠, 8시 정각이군. 이제 가봐야겠네. 바르바라 뻬뜨로브나에게 들르기로 약속했지만 그냥 가야겠어. 자네는 좀 눕게, 그러면 내일 더 기운이 날 테니. 밖에는 비도 오고 어두워졌지만 나한테는 마차가 있으니 괜찮네. 이곳은 밤이 되면 거리가 불안해서 말이야……. 아, 그건 그렇고, 요즈음 이 도시 근처를 유형수 페찌까라고 시베리아에서 도망친 죄수가 배회하고 있네. 전에 우리 집 농노였는데, 내 아버지가 15년 전에 돈을 받고 그자를 군대로 보내 버린 모양이야. 아주 유별난 인간이지.」

「자네…… 그와 이야기해 봤나?」 니꼴라이 프세볼로도비치가 눈을 치켜들었다.

「이야기해 봤지. 나를 보고 숨지는 않거든. 뭐든 할 준비가 되어 있는 인간이네, 뭐든, 돈만 준다면. 하지만 물론 나름의 신념도 있다네. 아, 말 나온 김에 한 가지 더 말하지. 조금 전 리자베따 니꼴라예브나에 대한 계획이 진심이라면, 자네한테 다시 한번 말하지만, 나 역시 뭐든 할 준비가 되어 있네. 어떤 종류의 일이건 기꺼이 전적으로 자네의 뜻에 따라…… 아니 왜, 지팡이를 잡으려고? 아, 아니, 지팡이를 잡으려던 게 아니군……. 나는 자네가 지팡이를 찾는 줄 알았네.」

니꼴라이 프세볼로도비치는 뭘 찾지도 않았고 아무 말도 하지 않았다. 그러나 실제로 그는 얼굴을 이상하게 움직이며 자리에서 벌떡 일어났다.

「그리고 만약 가가노프 씨와 관련해 뭔가 필요한 일이 있다면,」 뾰뜨르 스쩨빠노비치가 이번에는 문진을 노골적으로 고개로 가리키면서 불쑥 내뱉었다. 「물론 내가 모든 것을 처리해 줄 수 있고, 내가 없다면 자네는 아무것도 할 수 없으리라고 확신하네.」

그는 대답도 기다리지 않고 갑자기 밖으로 나갔다가 문 뒤에서 다시 한번 고개를 들이밀었다.

「내가 이런 말을 하는 것은,」 그는 빠른 말로 소리쳤다. 「이를테면 샤또프가 지난 일요일처럼 자네에게 접근해서 자기 목숨을 위험에 처하게 할 권리는 없기 때문이지. 그렇지 않은가? 나는 자네가 이것을 알아주었으면 하네.」

그는 대답을 기다리지 않고 또다시 사라졌다.

4

아마도 그는 모습을 감추면서 니꼴라이 프세볼로도비치가 혼자 남아 주먹으로 벽을 칠 것이고, 가능하다면 그 모습을 몰래 엿보는 것도 즐거울 것이라고 생각했을지 모른다. 그렇다면 그는 대단히 착각한 것이다. 니꼴라이 프세볼로도비치는 여전히 침착했기 때문이다. 그는 2분 정도 같은 자세로 탁자 옆에 서 있었는데, 아주 깊은 생각에 잠겨 있는 것 같았다. 그러나 곧 나른하고 차가운 미소가 그의 입가에 번졌다. 그는 먼저 앉아 있던 소파 위 한쪽 구석에 천천히 앉아 피곤한 듯 눈을 감았다. 편지 한쪽 귀퉁이가 여전히 문진 아래 삐져나와 있었지만, 그는 그것을 바로잡기 위해 몸을 움직이지도 않았다.

그는 곧 완전히 망각의 상태에 빠져들었다. 요 며칠 동안 걱정으로 지친 바르바라 뻬뜨로브나는 뾰뜨르 스쩨빠노비치가 들르겠다고 해놓고 그 약속을 지키지 않은 채 떠나 버리자 더 이상 참지 못하고, 비록 지정된 시간은 아니지만, 직접 용기를 내어 니콜라를 보러 가기로 했다. 그녀는 그가 결국 뭔가 결정적인 이야기를 해주지 않을까 하는 생각을 계속 하고 있었다. 그녀는 조금 전처럼 조용히 문을 두드렸지만, 역시 대답이 없자 직접 문을 열었다. 니콜라가 무슨 일인지 전혀 꼼짝 않고 앉아 있는 것을 보자 그녀는 두근대는 가슴으로 조심스럽게 소파 옆으로 다가갔다. 그가 이렇게 빨리 잠든 것도 그렇고 이렇게 꼼짝 않고 똑바로 앉아서 잠을 잘 수 있다는 것이 그녀에게는 충격이었다. 숨소리조차 거의 들리지 않았다. 얼굴은 창백하고 무뚝뚝했는데 얼어 버린 것처럼 요동도 없었으며, 두 눈썹은 약간 치켜 올라간 채 찌푸려져 있어서, 그는 확실히 생명이 없는 밀랍 인형처럼 보였다. 부인은 숨 쉬는 것조차 조심스러워하며 3분 정도 아들 옆에 서 있다가 갑자기 공포에 휩싸였다. 그녀는 발뒤꿈치를 들고 방에서 나와 문 앞에 멈춰 서서 아들을 위해 서둘러 성호를 긋고, 새로운 답답한 심정과 새로운 우수에 휩싸여 눈치채지 못하게 그곳을 벗어났다.

그는 여전히 똑같은 부동자세로 한 시간 이상이나 잠을 잤다. 얼굴 근육 하나 움직이지 않았고, 온몸 어디에서도 움직임이 전혀 보이지 않았다. 두 눈썹은 여전히 무뚝뚝하게 찌푸려져 있었다. 만약 바르바라 뻬뜨로브나가 3분만 더 이곳에 있었더라면 틀림없이 이 기면 상태가 주는 압박감을 견디지 못하고 아들을 깨웠을 것이다. 그러나 그는 갑자기 눈을 뜨고는 여전히 움직이지 않은 채 10분을 더 그렇게 앉아 있었다. 방 한쪽 구석에 있는 그를 놀라게 한 어떤 물체를 끈질기게 신기한 듯 쳐다보는 것 같은 표정이었다. 그러나 거기에 새롭다거나 특별한 것은 아무것도 없었다.

마침내 커다란 벽시계가 조용하고 둔탁한 소리를 내면서 한 번 울렸다. 그는 약간 걱정스러운 표정으로 고개를 돌려 시계판을 보려 했으나 거의 동시에 복도로 통하는 뒷문이 열리면서 하인 알렉세이 예고로비치가 나타났다. 그는 한 손에는 따뜻한 외투와 목도리와 모자를, 다른 손에는 쪽지가 담긴 은쟁반을 들고 있었다.

「9시 반입니다.」 그는 나지막한 목소리로 이렇게 말하며 가져온 외투를 구석에 있는 의자에 내려놓고 쪽지가 담긴 쟁반을 내밀었다. 그것은 연필로 두 줄 가량 쓴 뒤 봉인도 하지 않은 작은 쪽지였다. 니꼴라이 프세볼로도비치는 내용을 대충 읽어 보고는, 마찬가지로 탁자에서 연필을 집어 들어 쪽지 끝에 두 단어 정도 적은 다음 도로 쟁반 위에 올려놓았다.

「내가 나가자마자 바로 전해 주게. 이제 옷 입는 것 좀 도와줘.」 그는 소파에서 일어서며 이렇게 말했다.

그는 가벼운 벨벳 재킷을 입고 있었다는 것을 깨닫고 잠시 생각하더니 좀 더 격식을 차려야 할 저녁 방문 때 입는 나사 프록코트를 가져오라고 지시했다. 드디어 옷을 다 입고 모자도 쓴 뒤, 그는 바르바라 뻬뜨로브나가 들어왔던 문을 잠근 다음 문진 아래 숨겨 뒀던 편지를 꺼내 들고 조용히 알렉세이 예고로비치를 데리고 복도로 나섰다. 그들은 복도를 벗어나 뒤쪽의 좁은 돌계단으로 나와 거기서 정원으로 곧장 이어지는 현관으로 내려갔다. 현관 구석에는 등불과 커다란 우산이 준비되어 있었다.

「비가 엄청나게 내려 도로가 진흙으로 엉망진창입니다.」

주인의 외출을 막아 보려는 마지막 시도로 알렉세이 예고로비치는 에둘러서 이렇게 말했다. 그러나 주인은 우산을 펴들고 움 속처럼 깜깜하고 물에 젖어 축축한 오래된 정원으로 조용히 걸음을 옮겼다. 바람은 소란스럽게 반쯤 앙상해진 나뭇가지 끝을 흔들어 댔고, 모래가 덮인 좁은 길은 질척거리고 미끄러웠다. 알렉세이 예고로비치는 연미복을 입은 채 모자도 쓰지 않고 세 걸음 정도 앞에서 등불을 비추며 걸어갔다.

「눈에 띄지는 않겠지?」 니꼴라이 프세볼로도비치가 갑자기 물었다.

「창문에서는 보이지 않을 겁니다. 더욱이 미리 살펴 두기도 했습니다.」 하인은 나지막하고 절도 있게 대답했다.

「어머니는 주무시나?」

「요즈음 하시던 대로 정각 9시에 방문을 닫으셨습니다. 그러니 알아차리시지는 못할 것입니다. 몇 시쯤 나리를 마중 나와야겠습니까?」 그가 용기를 내어 이렇게 덧붙여 물었다.

「1시나 1시 반쯤. 2시를 넘지는 않을 거야.」

「알겠습니다.」

두 사람은 훤히 알고 있는 구불구불한 길을 따라 정원을 빙 돌아서 돌담에 이르렀고, 벽 한쪽 구석에서 인기척이 없는 좁은 골목길로 향하는 쪽문을 찾아냈다. 그 문은 항상 잠겨 있었지만, 지금은 열쇠가 알렉세이 예고로비치의 손에 들려 있었다.

「문이 삐걱거리지 않을까?」 니꼴라이 프세볼로도비치가 다시 물었다.

그러나 알렉세이 예고로비치는 어제 이미 기름을 쳐두었고, 〈오늘도 해두었다〉고 보고했다. 그는 이미 온몸이 흠뻑 젖어 있었다. 하인은 문을 열고 열쇠를 니꼴라이 프세볼로도 비치에게 건네주었다.

「먼 길을 가시는 것이라면 이곳 사람들을 믿지 마시라고 말씀드리고 싶습니다. 특히 인적이 드문 골목길이나 강 건너 쪽은 훨씬 더합니다.」 그가 참지 못하고 다시 한번 말했다. 그는 옛날에 어린 니꼴라이 프세볼로도비치를 품에 안고 키워 준 늙은 하인으로, 진지하고 엄격한 성품에 성경을 듣거나 읽는 것을 좋아하는 사람이었다.

「걱정 말게, 알렉세이 예고리치.」

「도련님께 신의 가호가 있기를. 올바른 일을 하실 때만 말입니다.」

「뭐라고?」 골목길로 발걸음을 옮기던 니꼴라이 프세볼로 도비치가 멈춰 섰다.

알렉세이 예고로비치는 자신의 기원을 분명하게 되풀이했다. 그는 지금까지 단 한 번도 주인 앞에서 그런 말을 소리 내어 한 적이 없는데 말이다.

니꼴라이 프세볼로도비치는 문을 잠그고 열쇠를 주머니에 집어넣은 뒤 골목길을 따라 걸어갔다. 걸음을 옮길 때마다 발이 3베르쇼끄씩이나 진창에 빠졌다. 마침내 그는 인적이 없는 긴 포장도로로 나왔다. 그는 도시를 손바닥처럼 훤히 꿰고 있었다. 하지만 보고야블렌스까야 거리는 아직도 멀었다. 마침내 그가 어둡고 낡은 필리뽀프의 집 닫힌 문 앞에 당도한 것은 10시 넘어서였다. 아래층 방은 레뱟낀 남매가 떠난 뒤 텅 빈 채 창문에 온통 못이 박혀 있었으나, 2층 샤또프의 방에서는 불빛이 새어 나오고 있었다. 문에 초인종이 없어서 그는 손으로 문을 두드리기 시작했다. 창문이 열리고 샤또프가 밖을 내다보았다. 그러나 지독하게 어두워서 분간하기가 어려웠다. 샤또프는 1분 정도 한참을 살펴보았다.

「자넨가?」 그가 갑자기 이렇게 물었다.

「날세.」 초대받지 않은 손님이 대답했다.

샤또프는 창문을 쾅 닫고 아래층으로 내려와 문을 열어 주었다. 니꼴라이 프세볼로도비치는 높은 문턱을 넘어서더니 한마디 말도 없이 그의 옆을 지나 곧장 끼릴로프가 살고 있는 곁채로 향했다.

5

이곳의 모든 문은 잠겨 있지 않았을 뿐만 아니라 닫혀 있지도 않았다. 현관과 첫 두 방은 어두웠지만, 끼릴로프가 거주하며 차를 마시는 마지막 방은 불빛이 환했고, 웃음소리와 뭔가 기이한 울음소리가 들려왔다. 니꼴라이 프세볼로도비치는 불빛을 향해 다가갔지만 들어가지는 않고 문지방 앞에 멈춰 섰다. 탁자 위에 차가 놓여 있었다. 방 한가운데에는 주인의 친척인 노파가 서 있었는데, 머리에는 아무것도 쓰지 않고 속치마만 입은 상태로 맨발에 장화를 신고 위에는 토끼털 재킷을 입고 있었다. 노파의 팔에는 셔츠 하나만 입고 맨다리를 내놓은 생후 1년 반쯤 된 아기가 안겨 있었다. 아기는 방금 요람에서 일어난 듯 뺨이 발그레 달아오르고 밝은색 머리카락은 마구 헝클어져 있었다. 아마도 조금 전까지 울고 있었던지 아직도 눈 밑에는 눈물이 글썽거렸다. 그러나 이 순간에는 두 손을 내밀어 손뼉을 치면서 보통 어린아이들이 그렇듯

이 훌쩍거리면서도 까르르 웃고 있었다. 아이 앞에서는 끼릴로프가 커다란 빨간색 공을 바닥에 던지고 있었다. 공이 찬장까지 뛰어 올랐다가 떨어지면 아이는 〈고-고!〉 하면서 소리쳤다. 끼릴로프가 〈고〉를 잡아서 아이에게 건네주면 아이는 서툰 손놀림으로 공을 던졌다. 그러면 끼릴로프는 뛰어가서 다시 공을 집어 들었다. 결국 〈고〉는 찬장 밑으로 굴러들어갔다. 〈고-고!〉 하고 아이가 소리쳤다. 끼릴로프는 바닥에 엎드려 몸을 쭉 뻗고 찬장 밑에서 〈고〉를 꺼내려 애썼다. 니꼴라이 프세볼로도비치는 방으로 들어갔다. 아이는 그를 보자 노파에게 매달려서 아이 특유의 긴 울음소리를 내며 울기 시작했다. 노파는 바로 아이를 안고 밖으로 나갔다.

「스따브로긴?」 끼릴로프가 손에 공을 들고 방바닥에서 몸을 일으키면서 말했다. 그의 예기치 않은 방문에는 조금도 놀라지 않은 것 같았다. 「차 한잔 하겠나?」

그는 완전히 몸을 일으켰다.

「정말 마시고 싶군. 따뜻한 차라면 거절하지 않겠네.」 니꼴라이 프세볼로도비치가 말했다. 「나는 비에 흠뻑 젖었어.」

「따뜻하지. 뜨거울 정도일세.」 끼릴로프는 만족해하며 이렇게 덧붙였다. 「앉게. 자네 흙투성이군. 괜찮네, 바닥은 나중에 젖은 걸레로 닦으면 되니까.」

니꼴라이 프세볼로도비치는 자리에 앉아 따라 준 차를 거의 단숨에 마셔 버렸다.

「한 잔 더 하겠나?」 끼릴로프가 물었다.

「고맙네.」

그때까지 서 있던 끼릴로프는 얼른 맞은편 자리에 앉으면서 물었다.

「무슨 일로 찾아왔나?」

「볼일이 있어서 왔네. 이 편지를 한번 읽어 보게. 가가노프가 보낸 거라네. 내가 뻬쩨르부르끄에서 이야기했던 것 기억하고 있겠지.」

끼릴로프는 편지를 받아 읽어 보고는 그것을 탁자 위에 올려놓고 다음 말을 기다린다는 의미로 그를 쳐다보았다.

「이 가가노프라는 사람은,」 니꼴라이 프세볼로도비치가 설명하기 시작했다. 「자네도 알다시피 한 달쯤 전에 뻬쩨르부르끄에서 처음 만났네. 우리는 사람들이 있는 자리에서 서너 번 마주쳤지. 서로 인사를 나누거나 대화를 나눈 적도 없는데, 아주 무례한 태도를 취할 기회만 노리고 있더군……. 그때 자네한테 이야기했지만, 사실 자네가 모르는 것이 한 가지 있네. 당시 그가 나보다 먼저 뻬쩨르부르끄를 떠나면서 갑자기 나한테 편지를 한 통 보냈다네. 지금 이 편지하고는 달랐지만 지극히 무례했고, 이상한 것은 어떤 이유로 그런 편지를 썼는지 전혀 설명이 없었다는 거야. 나는 바로 그에게 답장을 보내, 아마도 그가 4년 전 이곳 클럽에서 나와 그의 아버지 사이에 일어난 일로 화가 나 있는 것 같은데, 내 행동은 고의가 아니라 병 때문에 일어난 일이라는 점을 근거로 내세워 가능한 모든 방법으로 사죄할 준비가 되어 있다고 아주 솔직하게 설명했네. 내 사죄를 고려해 보고 받아 달라고 부탁했지. 그는 답도 하지 않고 그냥 떠나 버렸네. 그런데 여기 와서 그를 보니 완전히 미쳐 날뛰고 있더군. 사람들 앞에서 나에 대해 떠들어 내는 몇 가지 평을 전해 들었는데, 순전히 욕지거리에 놀라울 정도로 모욕적인 것이었어. 그리고 마침내 오늘 이 편지를 받았네. 온갖 욕설에 〈너의 얻어터진 낯짝〉이라는 표현이 들어간 편지를 받아 본 사람은 아직 아무도 없을 거야. 나는 자네가 결투 입회인이 되는 것을 거절하지 않기를 바라고 찾아온 것이네.」

「자네는 이런 편지를 받아 본 사람이 없을 거라고 했지만,」 끼릴로프가 말했다. 「제정신이 아닌 상태라면 가능하지. 이런 걸 쓴 사람은 한두 사람이 아니네. 뿌시낀도 헤케른[6]에게 썼잖은가. 좋아, 가지. 어떻게 하면 되는지 말해 주게.」

니꼴라이 프세볼로도비치는 내일 당장이라도 결투를 치를 생각이며, 단 그 전에 필히 한 번 더 사죄하고, 사죄의 편지도 한 번 더 보내기로 약속할 것이지만, 단 가가노프 쪽에서도 더 이상 이런 편지를 보내지 않겠다는 약속을 해주었으면 한다고 설명했다. 이미 받은 편지는 결코 받은 적이 없었던 것으로 하겠다고 했다.

「너무 양보를 많이 하는군. 그는 동의하지 않을 텐데.」 끼릴로프가 말했다.

「내가 여기 찾아온 것은, 무엇보다 자네가 이 조건들을 그쪽에 전해 줄 수 있는지 알아보기 위해서일세.」

「전해 주지, 자네 일인데. 하지만 그는 아마 동의하지 않을 거야.」

「동의하지 않으리라는 것은 나도 알고 있네.」

「그는 싸우고 싶은 거지. 그래, 어떻게 싸울 건지 한번 말해 보게.」

「그게 바로 문젠데, 나는 내일 반드시 모든 게 끝났으면 하

---

6 L. Heeckeren(1792~1884). 1826~1837년 러시아 주재 네덜란드 공사. 이 편지가 원인이 되어 뿌시낀은 그의 양자인 단테스와의 결투로 죽음을 맞았다.

네. 아침 9시쯤 자네가 그에게 가주게. 그는 이야기를 다 듣고 나서도 동의하지 않고 자네를 자기 결투 입회인에게 데려갈 거야. 대략 11시쯤 되겠지. 자네가 그쪽과 세부적인 일을 처리해 주면 우리는 1시나 2시쯤 지정된 장소에 모이게 될 거야. 제발 그렇게 되도록 힘써 주게. 무기는 물론 권총이고, 특히 이렇게 준비해 주었으면 하네. 결투 거리 선은 열 걸음으로 정한 다음 나와 상대를 그 선에서 열 걸음 뒤에 세워 주게. 그리고 신호를 받으면 우리는 서로 다가가는 거지. 양쪽은 반드시 자기 결투 거리 선까지 다다라야 하지만 발사는 그 전에 걸어가면서 해도 좋네. 내 생각은 이게 전부일세.」

「결투 거리 선이 열 걸음이면 가까운걸.」 끼릴로프가 지적했다.

「그럼 열두 걸음으로 하지. 그 이상은 안 돼. 자네도 이해하겠지만, 그는 진심으로 싸우고 싶어 하거든. 자네, 권총은 장전할 줄 아나?」

「할 줄 아네. 나도 권총이 있거든. 나는 자네가 내 권총을 한 번도 사용한 적 없다는 것을 상대에게 맹세해 두겠네. 그의 입회인도 그런 맹세를 할 거야. 두 개의 총을 가지고 제비뽑기를 해서 그의 총인지 내 총인지 결정하겠네.」

「아주 좋아.」

「권총을 한번 보겠나?」

「그러지.」

끼릴로프는 한쪽 구석에 있는 가방 앞에 쭈그리고 앉았다. 가방은 아직도 정리되어 있지 않았다. 그는 필요한 물건이 있을 때마다 거기서 꺼내 오곤 했다. 그는 바닥에서 붉은색 벨벳 천으로 안을 덧댄 종려나무 상자를 끄집어내더니 그 안에서 멋지고 아주 비싼 권총 한 쌍을 꺼냈다.

「모든 게 다 있네. 화약, 탄환, 탄약통. 연발 권총도 있지. 잠깐만!」

그는 가방 안을 다시 뒤져 미제 6연발 권총이 들어 있는 상자를 꺼냈다.

「무기가 상당히 많군. 그것도 아주 비싼 걸로.」

「그래, 엄청나지.」

거지나 다를 바 없이 가난하면서도 한 번도 자신의 거지 같은 상황을 의식조차 못 하고 있던 끼릴로프가, 지금은 대단한 희생을 치르고 얻은 것이 분명한 귀중한 무기들을 자랑스럽게 보여 주고 있었다.

「자네는 아직도 같은 생각인가?」 잠시 침묵이 흐르다가 스따브로긴이 조금 조심스럽게 물어보았다.

「같은 생각이네.」 끼릴로프는 목소리를 듣자 바로 무슨 뜻인지 알아차리고 짧게 대답한 뒤, 탁자 위에 놓인 무기를 치우기 시작했다.

「대체 언제인가?」 니꼴라이 프세볼로도비치는 다시 잠시 침묵하다가 좀 더 조심스럽게 물어보았다.

끼릴로프는 그사이 상자 두 개를 가방 안에 넣고 원래 자리로 돌아와 앉았다.

「알다시피 그건 내 의지에 달려 있는 게 아니네. 그들이 정해 주는 거지.」 그는 질문에 약간 부담을 느끼면서도 동시에 어떤 다른 질문에도 대답할 준비가 된 듯이 중얼거렸다. 그는 스따브로긴에게서 눈을 떼지 않고, 광채 없는 검은색 눈동자에 왠지 고요하지만 선량하고 호의적인 감정을 담아 그를 쳐다보았다.

「물론 나는 권총 자살을 한다는 것을 이해하네.」 3분 정도 길게 말없이 생각에 잠겨 있던 니꼴라이 프세볼로도비치가 약간 얼굴을 찌푸리면서 다시 말하기 시작했다. 「나도 가끔 그런 생각을 하는데, 그러다가 항상 새로운 생각이 떠오르곤 하지. 가령 나쁜 짓을 저질렀다거나 수치스러운 일, 다시 말해 치욕적인 일, 그것도 아주 추악한 짓을 저질렀는데…… 우습게도 사람들이 천 년 동안 그것을 기억하면서 침을 뱉는다고 한다면. 그런 생각을 하다가 문득 이런 생각이 떠오른다네. 〈관자놀이에 한 방이면 더 이상 아무것도 없을 것이다.〉 그렇게 되면 사람들이 무슨 상관이며, 그들이 천 년 동안 침을 뱉건 말건 무슨 상관이냐는 거지. 안 그런가?」

「자네는 그걸 새로운 사상이라고 말하는 건가?」 끼릴로프가 잠깐 생각한 뒤 이렇게 말했다.

「나는…… 그렇다는 건 아니지만…… 언젠가 이런 생각을 했을 때 완전히 새로운 사상이라는 느낌이 들었네.」

「〈사상이라는 느낌〉이 들었다고?」 끼릴로프가 되풀이했다. 「그건 좋은 일이군. 언제든 갑자기 새로운 사상이 되는 것은 많다네. 그건 사실이야. 나는 요즈음 많은 것이 마치 처음인 것처럼 보인다네.」

「가령 자네가 달에 살고 있었는데,」 스따브로긴은 상대의 말을 듣지 않고 끊으며 자기 생각을 계속 이야기했다. 「가령 자네가 그곳에서 이 모든 우스꽝스럽고 추악한 짓을 저질렀다고 해보게……. 이곳에 와서도 자네는 분명 달에서는 어디서나 그곳 사람들이 천 년 동안 영원히 자네 이름에 침을 뱉으며 비웃으리라는 걸 알고 있지. 하지만 자네는 지금 이곳에 있으면서 여기서 달을 바라보고 있으니, 그곳에서 무슨 일을 저질렀건, 또 그곳 사람들이 천 년 동안 자네에게 침을 뱉건 말건 무슨 상관인가? 안 그런가?」

「모르겠는데.」 끼릴로프가 대답했다. 「달에 있어 본 적이 없어서.」 그는 전혀 비웃는 기색 없이, 다만 사실을 표명하기 위해 이렇게 덧붙였다.

「조금 전 그 어린애는 누구 아이인가?」

「노파의 시어머니가 찾아왔네. 아니, 며느리가…… 상관없어. 사흘 전에 왔지. 아이와 함께 아파서 누워 있네. 그런데 밤이면 심하게 울어 대는 것이, 배가 아픈 모양이야. 엄마가 자고 있으면 할머니가 아이를 데리고 오지. 나는 공으로 놀아 주고. 공은 함부르크에서 가져온 걸세. 함부르크에서 산 건데, 던지고 받고 하려고. 등을 단련시켜 주거든. 여자애일세.」

「자네, 아이를 좋아하나?」

「좋아하네.」 끼릴로프는 이렇게 대답했지만, 상당히 무관심한 말투였다.

「그렇다면 삶도 사랑하나?」

「그래, 삶도 사랑하네. 왜 그러나?」

「권총 자살 하기로 결심했는데도.」

「그게 어떻다는 건가? 왜 결부시키는 거지? 삶 따로, 그것 따로라네. 삶은 존재하지만, 죽음은 전혀 존재하지 않네.」

「자네는 사후 영생을 믿게 되었나?」

「아니, 사후 영생이 아니라, 현재의 영생을 믿는다네. 어떤 순간들이 있는데, 그 순간에 도달하면 시간이 갑자기 멈추고 영생이 되는 거지.」

「그런 순간에 도달하고 싶나?」

「그렇다네.」

「우리 시대에서는 거의 불가능할 것 같은데.」여전히 조금의 비웃는 기색도 없이 니꼴라이 프세볼로도비치는 깊은 생각에 잠긴 듯 천천히 대답했다.「묵시록에서는 천사가 시간은 더 이상 없다고 맹세하고 있긴 하지만.」

「알고 있네. 그건 정말 확실해. 분명하고 정확하지. 전 인류가 행복을 얻게 될 때 시간은 더 이상 존재하지 않을 걸세. 왜냐하면 필요하지 않으니까. 정말 믿을 만한 사상이지.」

「그럼 시간을 대체 어디다 숨기지?」

「어디에도 숨기지 않네. 시간은 물체가 아니라 관념이니. 머릿속에서 꺼져 버리는 거지.」

「태곳적부터 한결 같았던 낡은 철학이군.」스따브로긴은 뭔가 꺼림칙한 유감의 빛을 보이며 중얼거렸다.

「한결 같지! 태곳적부터 한결 같고 다른 것은 절대 없다네!」끼릴로프는 이 관념 속에 승리라도 깃들어 있는 것처럼 눈을 반짝거리며 대화를 이어 갔다.

「자네는 무척 행복한 것 같군, 끼릴로프.」

「그래, 무척 행복해.」그는 아주 평범한 대답을 하는 것처럼 말했다.

「하지만 자네는 최근에 더 괴로워하고 있고, 리뿌찐에게도 화를 내지 않았나?」

「흠…… 지금은 욕하지 않네. 그때는 내가 행복하다는 걸 몰랐네. 자네는 잎을, 나뭇잎을 본 적 있나?」

「본 적 있지.」

「얼마 전에 끝이 시들어서 녹색이 조금만 남은 노란색 잎을 본 적이 있네. 바람에 날아온 거였어. 나는 열 살 무렵 겨울에 일부러 눈을 감고 잎맥이 선명한 녹색 나뭇잎과 반짝거리는 태양을 상상하곤 했지. 눈을 뜨면 그것이 너무 좋아서 믿을 수 없을 정도였어. 그래서 다시 눈을 감곤 했네.」

「그게 대체 뭔가, 비유인가?」

「아―아니…… 어째서 비유라는 거지? 비유가 아니라, 그냥 나뭇잎, 나뭇잎일 뿐이야. 나뭇잎은 좋다네. 모든 것이 다 좋다네.」

「모든 것이?」

「모든 것이. 인간은 자기가 행복하다는 것을 모르기 때문에 불행한 거야. 단지 그 때문이네. 그것뿐이야, 그것뿐! 그걸 깨닫는 사람은 바로 그때, 그 순간 행복해진다네. 시어머니는 죽고 여자아이 혼자 남는다면, 그것도 좋은 일이지. 나는 문득 그걸 발견했네.」

「사람이 굶어 죽어도? 누군가 어린 소녀를 괴롭히고 능욕해도? 그것도 좋은 일인가?」

「좋은 일이지. 어린아이의 머리를 내려치는 인간이 있어도, 그건 좋은 일이네. 내려치지 않는다면, 그것 역시 좋은 일이고. 모든 게 좋은 일이야, 모든 게. 모든 것이 좋다는 것을 알고 있는 사람에게는 모든 것이 좋은 것이네. 사람들이 자기들에게 좋다는 것을 안다면 그들에게 좋은 것이지만, 자기들에게 좋다는 것을 모른다면 그들에게 좋지 않은 것이라네. 이것이 사상의 전부일세. 더 이상은 아무것도 없네!」

「자네가 그렇게 행복하다는 것을 언제쯤 알게 되었나?」

「지난주 화요일에, 아니 수요일이군. 한밤중이었으니 이미 수요일이었네.」

「대체 어떤 계기로?」

「기억은 안 나는데, 방 안을 거닐다가…… 그건 아무래도 좋아. 나는 시계를 정지시켰는데, 그때가 2시 37분이었네.」

「시간은 정지해야 한다는 것의 상징으로?」

끼릴로프는 아무 말 하지 않았다.

「그들은 좋지 못하다네.」 그는 갑자기 다시 말하기 시작했다. 「자신들이 좋은 사람이라는 것을 모르기 때문이지. 그것을 깨닫는다면 어린 소녀를 강간하지 않겠지. 그들은 자신들이 좋은 사람이라는 걸 깨달아야만 하네. 그러면 그 즉시 한 사람도 남김없이 모두가 행복해질 거야.」

「그걸 깨달았다니, 자네는 좋은 사람이겠군.」

「나는 좋은 사람이네.」

「그 점에는 나도 동의하네.」 스따브로긴이 얼굴을 찌푸리며 중얼거렸다.

「모두가 좋다는 것을 가르치는 사람, 그가 이 세상을 끝낼 것이네.」

「그것을 가르쳐 준 사람, 그는 십자가에 못 박히셨지.」

「그는 올 것이네. 그의 이름은 인신(人神)일세.」

「신인(神人)?」

「인신. 여기에는 차이가 있다네.」

「그런데 성상 앞 현수등에 불을 밝힌 건 자네 아닌가?」

「그래, 내가 밝혔네.」

「신을 믿나?」

「노파가 등에 불을 밝히는 것을 좋아하는데…… 오늘은 시간이 없어서.」 끼릴로프가 중얼거렸다.

「자네는 여전히 직접 기도를 하지는 않나?」

「나는 모든 것에 기도하네. 저기 봐, 거미 한 마리가 벽을 기어가고 있지? 나는 저런 걸 보면 벽을 기어가는 거미에 대해 감사함을 느낀다네.」

그의 눈이 다시 불타올랐다. 그는 여전히 단호하고 확고한 시선으로 스따브로긴을 똑바로 쳐다보았다. 스따브로긴은 얼굴을 찌푸리고 꺼림칙하게 그를 주시하고 있었는데, 그 시선에 웃음은 없었다.

「장담하는데, 내가 다음에 다시 올 때면 자네는 이미 신을 믿고 있을 걸세.」 스따브로긴은 일어서서 모자를 집어 들면서 이렇게 말했다.

「아니 왜?」 끼릴로프도 일어섰다.

「만약 자네가 신을 믿고 있다는 것을 깨닫는다면, 자네는 신을 믿게 될 걸세. 하지만 아직 자신이 신을 믿고 있는지 모르기 때문에 자네는 신을 믿고 있지 않은 거네.」 니꼴라이 프세볼로도비치가 조용히 미소를 지었다.

「그건 그런 게 아닌데,」 끼릴로프는 깊은 생각에 잠겼다. 「내 사상을 뒤집어 버렸군. 사교계식 농담이야. 자네가 내 삶에서 무슨 의미가 있는지만 기억해 두게, 스따브로긴.」

「잘 있게, 끼릴로프.」

「밤에 찾아오게. 언제쯤 올 텐가?」

「아니, 자네 내일 일을 벌써 잊은 건 아니겠지?」

「아, 잊고 있었군. 늦잠 자지 않을 테니 걱정 말게. 9시에. 나는 깨고 싶을 때 잠에서 깰 수 있네. 잠들면서 7시라고 말해 두면 7시에 잠이 깬다네. 10시라고 말하면 10시에 깨고.」

「자네는 놀라운 특성을 가지고 있군.」 니꼴라이 프세볼로도비치는 그의 창백한 얼굴을 쳐다보았다.

「가서 문을 열어 주지.」

「걱정 말게, 샤또프가 열어 줄 거야.」

「아, 샤또프. 그럼 잘 가게.」

6

　인기척이 없는 샤또프의 집 현관문은 잠겨 있지 않았다. 현관 안으로 들어서자 스따브로긴은 완전히 어둠에 휩싸여 손으로 더듬거리며 2층으로 올라가는 계단을 찾기 시작했다. 갑자기 위쪽에서 문이 열리더니 불빛이 보였다. 샤또프는 밖으로 나오지는 않고 문만 열어 주었다. 니꼴라이 프세볼로도비치가 그의 방 문지방 앞에 섰을 때 한쪽 구석 탁자 옆에 서서 기다리고 있는 그를 발견했다.

　「볼일이 있어서 왔는데, 나를 받아 주겠나?」 그가 문지방 앞에서 물었다.

　「들어와서 앉게.」 샤또프가 대답했다. 「문을 잠그게. 잠깐, 내가 하지.」

　그는 열쇠로 문을 잠그고 탁자로 돌아와서 니꼴라이 프세볼로도비치의 맞은편에 앉았다. 이번 한 주 동안 그는 전보다 수척해졌지만, 지금은 온몸이 불덩이 같았다.

　「자네는 나를 몹시 괴롭게 했네.」 그가 눈을 내리깔고 조용하고 낮게 속삭이는 소리로 말했다. 「왜 찾아오지 않았나?」

　「내가 찾아올 거라고 그렇게 확신하고 있었나?」

　「그래, 잠깐, 내가 헛소리를 했군……. 아마 지금 또한 헛소리하고 있는지도 모르지……. 잠깐만.」

　그는 일어서더니 3단 책장 꼭대기 끝에서 무슨 물건을 집어 왔다. 그것은 권총이었다.

「어느 날 밤 나는 자네가 나를 죽이러 올 것 같은 환각이 들어서, 다음 날 아침 일찍 그 불한당 같은 람신을 찾아가 마지막 남은 돈을 탈탈 털어 이 총을 샀네. 나를 자네 손에 맡기고 싶지는 않았거든. 그러다가 제정신이 들어 보니…… 내게는 화약도 총알도 없더군. 그 뒤로 책장에 올려 두었네. 잠깐만…….」

그는 일어나서 환기창을 열려고 했다.

「버리지 말게. 대체 왜 그러나?」 니꼴라이 프세볼로도비치가 말렸다. 「그건 돈이 될 텐데. 또 내일이면 사람들이 샤또프 집 창문 밑에 권총이 떨어져 있다고 말하기 시작할 걸세. 도로 갖다 놓고 여기 와서 앉게. 자네는 마치 내가 자네를 죽이러 올 거라고 생각한 것에 대해 내 앞에서 참회라도 하려는 것 같은데, 대체 왜 그러나? 나는 지금 화해하러 온 게 아니라 꼭 필요한 이야기가 있어서 온 걸세. 우선 나한테 설명해 주게. 나와 자네 아내의 관계 때문에 나를 때린 건 아니지?」

「그렇지 않다는 건 자네도 알지 않나?」 샤또프는 또다시 눈을 내리깔았다.

「다리야 빠블로브나와 관련된 어리석은 소문을 믿어서 그런 것도 아니지?」

「아니, 아니, 물론 아니네! 어리석은 소문 같으니! 여동생은 처음부터 나한테 다 이야기했네…….」 샤또프는 살짝 발을 구르기까지 하면서 초조하고 날카롭게 말했다.

「그렇다면 내 짐작이 맞았군. 자네 짐작도 맞았고.」 스따브로긴이 침착한 어조로 조용히 이야기를 계속했다. 「자네 생각이 맞네. 마리야 찌모페예브나 레뱟끼나는 4년 반 전에 뻬쩨르부르끄[77]에서 나와 결혼식을 올린 합법적인 아내일세. 자네는 그녀 때문에 나를 때린 거지?」

샤또프는 깜짝 놀라서 말없이 듣고만 있었다.

「그럴 거라고 짐작은 했지만 믿지는 않았네.」그는 스따브로긴을 이상하게 쳐다보면서 마침내 이렇게 중얼거렸다.

「그래서 때렸나?」

샤또프는 얼굴을 붉히며 두서없이 주절거렸다.

「나는 자네의 타락 때문에…… 거짓말 때문에 그런 거였네. 자네를 벌주려고 다가간 것이 아닐세. 다가가면서 때릴 거라고는 생각도 하지 않았었네……. 자네는 내 삶에서 너무나 많은 의미를 지니고 있기 때문에…….」

「알았네, 알았어. 말을 아끼게. 자네가 열에 들떠 있어서 유감이군. 나는 꼭 필요한 용건이 있는데.」

「나는 자네를 오랫동안 기다리고 있었네.」샤또프는 온몸을 떨다시피 하며 자리에서 일어서려고 했다. 「자네 용건을 말해 보게. 나도 말할 테니…… 그다음에…….」

그는 자리에 앉았다.

「내 용건은 범주가 다르다네.」니꼴라이 프세볼로도비치는 호기심을 가지고 그를 주시하면서 말을 시작했다. 「어떤 상황으로 인해 나는 자네가 살해당할지도 모른다는 사실을 미리 알려 주기 위해 오늘 이 시간을 택해 올 수밖에 없었네.」

샤또프는 사나운 시선으로 그를 쳐다보았다.

「내가 위험에 처할지도 모른다는 것은 알고 있네.」그가 또박또박 말했다. 「그런데 자네는 그걸 어떻게 알게 되었나?」

「나 역시 자네와 마찬가지로 거기에 속해 있거든. 자네처럼 그 단체의 회원이라네.」

「자네가…… 자네가 단체 회원이라고?」

「자네 눈치를 보니 내가 무엇이든 할 수 있는 사람이라고 기대했던 것 같은데, 이것까지는 몰랐나 보군.」 니꼴라이 프세볼로도비치는 가볍게 살짝 미소를 지었다. 「그런데 잠깐만, 자네를 노린다는 것을 이미 알고 있었단 말인가?」

「생각한 적도 없네. 지금 자네 말을 듣고도 그렇다고 생각하지 않네…… 비록 누군가가 여기 이 바보들과 일을 벌일 수는 있겠지만!」 그는 갑자기 주먹으로 탁자를 치며 미친 듯이 소리 질렀다. 「나는 그들이 두렵지 않아! 나는 그들과 결별했어. 그자는 나한테 네 번이나 달려와서 그건 가능하다고 말했네……. 그러나…….」 그는 스따브로긴을 쳐다보았다. 「그런데 자네는 정확히 뭘 알고 있나?」

「걱정 말게, 자네를 속이지는 않을 테니.」 스따브로긴은 단지 의무를 수행하는 것 같은 표정으로 상당히 냉담하게 말을 이어 갔다. 「내가 뭘 알고 있는지 시험하는 건가? 내가 알고 있는 건 자네가 2년 전 해외에서 이 단체에 가입했다는 사실이야. 당시는 이 조직이 바뀌기 전으로, 자네가 미국으로 떠나기 직전이었지. 우리가 마지막 대화를 나눈 직후였던 것 같은데, 그 대화에 대해서는 자네가 미국에서 편지로 굉장히 많이 써 보냈잖은가? 그런데 내가 답장을 하지 않고, 다만…….」

「그래, 돈만 보내 주었지. 잠깐만 기다리게.」 샤또프가 말을 가로막더니 서둘러 책상 서랍을 열고 종이 뭉치 아래서 무지갯빛 지폐를 꺼냈다. 「자, 받게, 자네가 보내 준 1백 루블이네. 자네가 아니었다면 나는 그곳에서 죽었을 걸세. 자네 어머니가 아니었다면 오랫동안 갚지도 못했겠지. 이 1백 루블은 부인께서 9개월 전 내가 앓고 난 뒤 가난으로 고생할 때 주신 돈이네. 자, 계속 이야기해 주게…….」

그는 숨을 헐떡거렸다.

　「미국에서 자네는 사상이 바뀌어, 스위스로 돌아가자 탈퇴하고 싶어 했네. 그들은 아무런 대답도 하지 않고, 자네에게 러시아로 돌아가 누군가에게서 무슨 인쇄기를 건네받아 보관하고 있다가 자기들이 보낸 사람이 나타나면 전해 주라는 지시를 내렸지. 내가 모든 걸 정확하게는 모르지만 요점은 그런 것 같은데, 그렇지? 자네는 이것이 그들의 마지막 요구라 여기고 이 일이 끝나면 자네를 완전히 놓아줄 것이라는 기대로, 혹은 그런 조건으로 받아들였겠지. 이 모든 것이 맞건 아니건, 나는 그들에게서가 아니라 아주 우연히 알게 되었네. 그러나 자네가 지금까지 모르고 있는 것 같은데, 이 사람들은 자네와 헤어질 의향이 전혀 없다는 것일세.」

　「말도 안 되는 소리!」 샤또프가 울부짖었다. 「나는 모든 점에서 그들과 견해를 달리한다고 솔직하게 밝혔었네. 이건 나의 권리, 양심과 사상의 권리일세……. 나는 참지 않겠어! 그걸 막을 힘 같은 건 없어…….」

　「이봐, 소리치지 말게.」 니꼴라이 프세볼로도비치는 아주 진지하게 그를 제지했다. 「베르호벤스끼는 충분히 그럴 만한 인간인데, 지금 이 집 현관에서 자기 귀로든 다른 사람의 귀를 이용해서든 우리 이야기를 듣고 있을지도 모르네. 주정뱅이 레뱟낀조차 자네를 감시하는 임무를 맡았을지도 모르지. 아니면 자네가 그를 감시하는 것이거나. 아닌가? 그것보다 한번 말해 보게. 베르호벤스끼는 지금 자네의 논거에 동의하나, 안 하나?」

　「동의하고 있네. 그는 그건 가능하다, 나는 그럴 권리가 있다……고 말했네.」

「글쎄, 그렇다면 그는 거짓말을 하고 있는 걸세. 그들과 거의 관계없는 끼릴로프조차 자네에 관한 정보를 제공하는 것으로 알고 있네. 그들 중에는 염탐꾼이 많네만, 개중에는 자기가 그 단체를 위해 일하고 있다는 것조차 모르는 사람들도 있네. 자네는 항상 감시를 받아 왔지. 그런데 뾰뜨르 베르호벤스끼는 자네 일을 완전히 결판 지으려고 여기 온 거야. 그에 대한 전권도 가지고 있고. 즉, 너무 많은 것을 알고 있고 밀고할 수도 있다는 이유로 자네를 적당한 순간 없애려 한다는 말일세. 다시 한번 말하지만 이건 확실하네. 한 가지 덧붙이자면, 그들은 무슨 이유에서인지 자네가 스파이이고 아직 밀고하지 않았다면 앞으로 밀고할 거라고 확신하고 있다네. 그게 사실인가?」

이와 같은 질문을 이토록 평범한 어조로 던지는 것을 들으며, 샤또프는 입을 삐죽거렸다.

「내가 스파이라 하더라도 누구에게 밀고한단 말인가?」 그는 묻는 말에는 대답하지 않고 악의에 차서 이렇게 말했다. 「아니, 나를 내버려 두게. 나 같은 건 상관하지 말라고!」 그는 자신을 너무도 뒤흔들었던 최초의 생각에 갑자기 다시 사로잡혀 이렇게 소리쳤다. 모든 징후로 볼 때 그것은 자신이 위험하다는 소식보다 비교할 수 없을 정도로 더 강력한 것 같았다. 「스따브로긴, 자네, 자네가 그런 파렴치하고 쓸모없고 천박하기 짝이 없는 말도 안 되는 일에 연루되다니! 자네가 그 단체의 회원이라니! 이것이 니꼴라이 스따브로긴의 공적이라니!」 그는 거의 절망에 빠져 큰 소리로 외쳤다.

샤또프는 그보다 더 슬프고 우울한 발견은 없다는 듯이 두 손을 치기까지 했다.

「미안하네.」니꼴라이 프세볼로도비치는 정말로 놀랐다. 「하지만 자네는 나를 태양이나 되는 것처럼, 반면 자네 자신은 나와 비교해서 무슨 벌레이기라도 한 것처럼 생각하는 것 같군. 미국에서 보낸 자네 편지에서도 이것을 눈치챘네.」

「자네…… 자네 알고 있나……. 아, 내 이야기는 이제 완전히 그만두는 게 낫겠네, 완전히!」샤또프는 갑자기 말을 멈추었다. 「자네에 관해 뭔가 설명할 수 있다면 설명해 주게……. 내 질문에 대해서 말일세!」그는 열에 들떠 되풀이했다.

「좋아, 그러지. 자네는 내가 어떻게 그런 범죄 소굴에 연루될 수 있느냐고 물었지? 내가 그 사실을 밝힌 이상 이 일에 관해 어느 정도 솔직해야만 하겠군. 이보게, 엄격한 의미에서 나는 이 단체에 전혀 속해 있지 않고 속한 적도 없네. 무엇보다 가입한 적이 없으니 자네보다 훨씬 더 많이 탈퇴할 권리를 가지고 있지. 오히려 나는 처음부터 그들의 동지가 아니라고 밝혀 두었고, 우연히 그들을 도와준 일이 있다면, 그것은 그저 내가 할 일 없는 인간이기 때문이었네. 나는 그 단체가 새로운 계획에 따라 조직을 변경할 때 잠깐 참여했을 뿐이네. 하지만 그들은 지금 생각을 바꾸어 나를 놓아주는 것이 위험하다고 결정했더군. 그래서 나 역시 선고를 받은 모양이야.」

「오, 그들은 뭐든 사형 선고를 내리고, 항상 도장 찍힌 무슨 지령서에다 세 명 반의 인간이 서명을 하는 식이지. 자네는 그들이 그런 일을 할 수 있다고 믿는 거지?」

「일부는 맞고 일부는 맞지 않네.」스따브로긴은 여전히 무관심한 투로, 심지어 귀찮다는 듯 말을 이었다. 「이런 경우에 항상 그렇듯 많은 것이 공상이라는 점은 의심의 여지가 없네. 이 무리는 자신들의 성장이나 의미를 과장하고 있거든. 원한다면 말해 주겠는데, 내 생각에 그들은 다 해봤자 뾰뜨르 베르호벤스끼 한 사람뿐이네. 그는 호인이라서 실제로 자신을 자기 단체의 대리인 정도로만 생각하고 있지. 하지만 근본적인 이념은 그 비슷한 단체들에 비해 어리석지는 않네. 그들은 *Internationale*(인터내셔널)과 관계를 맺고 있다네. 러시아에서 대리인들을 확보하기도 했고, 상당히 독창적인 방법을 발견해 내기도 했지…… 물론 이론에 그쳤지만 말일세. 이곳에서의 그들의 의도에 대해 이야기하자면, 우리 러시아 조직의 움직임은 너무나 막연하고 거의 항상 예기치 못하는 것이라, 실제로 우리 나라에서는 뭐든지 시도해 볼 수 있다는 걸세. 베르호벤스끼는 집요한 사람이라는 걸 염두에 두게.」

「그는 러시아의 일을 아무것도 이해하지 못하는 빈대 같은 인간, 무식쟁이, 머저리야!」 샤또프가 적의에 차서 소리쳤다.

「자네는 그를 잘 모르고 있군. 대체로 그들 모두가 러시아에 대해 잘 이해하지 못한다는 것은 사실일세. 하지만 나나 자네보다 조금 적게 알고 있을 뿐이네. 게다가 베르호벤스끼는 열성적 인간이거든.」

「베르호벤스끼가 열성적 인간이라고?」

「오, 그렇다네. 그가 광대짓을 멈추고 반미치광이……로 돌변하는 지점이 있지. 〈한 사람이 얼마나 강력할 수 있는지 알고 있나?〉라고 했던 자네의 표현을 기억하기 바라네. 제발 웃지 말게. 그는 정말 방아쇠를 당길 힘을 가지고 있으니까. 그들은 나도 스파이라고 확신하고 있다네. 그들은 모두 일을 제대로 처리할 줄 모르니 덮어 놓고 스파이라고 비난하기를 좋아하지.」

「그런데 자네는 두렵지 않잖은가?」

「그-래…… 나는 별로 두렵지 않네……. 하지만 자네 경우는 전혀 달라. 나는 어쨌든 자네한테 명심하라고 경고했네. 내 생각에 바보들 때문에 위험이 닥쳐왔다고 해서 화낼 필요는 없네. 문제는 그들의 머리에 있는 게 아니니까. 그들은 나나 자네 같은 사람들을 때리려고 손을 든 게 아니라네. 그나저나 벌써 11시 15분이군.」 그는 시계를 보더니 의자에서 일어났다. 「전혀 관계없는 질문 하나만 하고 싶네만.」

「제발!」 샤또프는 무서운 기세로 자리에서 뛰어오르며 외쳤다.

「그 말은?」 니꼴라이 프세볼로도비치는 의아하게 쳐다보았다.

「해보게, 질문을 해보게, 제발.」 샤또프는 말할 수 없이 흥분해서 다시 한번 말했다. 「단, 나도 자네에게 질문한다는 조건으로 말일세. 부탁이니 허락해 주게……. 아니, 나는 할 수없어. 자네 질문을 해보게!」

스따브로긴은 잠시 기다렸다가 말하기 시작했다.

「나는 자네가 여기서 마리야 찌모페예브나에게 어느 정도 영향력을 미치고, 그녀는 자네를 만나 이야기 듣는 것을 좋아한다는 얘기를 들은 적이 있네. 그 말이 사실인가?」

「그래…… 그녀가 내 이야기를 듣곤 하지…….」 샤또프는 약간 당황했다.

「나는 조만간 이 도시에서 나와 그녀의 결혼을 공표할 계획이네.」

「그게 정말 가능할까?」 샤또프는 약간 두려워하며 이렇게 속삭였다.

「도대체 어떤 의미에서 하는 말이지? 여기에 어려움 같은 건 없네. 결혼의 증인들도 여기 있고. 모든 일은 당시 뻬쩨르 부르끄[77]에서 완전히 합법적이고 평온하게 이루어졌네만, 아직까지 드러나지 않았던 이유는 결혼식의 유일한 두 증인인 끼릴로프와 뾰뜨르 베르호벤스끼, 그리고 또 한 사람 레뱟낀 (나는 이제 기쁜 마음으로 그를 친척이라고 생각하고 있네) 이 침묵을 지키기로 약속했기 때문이지.」

「내 말은 그게 아닐세……. 자네는 아주 침착하게 말하는 군……. 하여간 계속해 보게! 잠깐만, 자네 혹시 이 결혼을 억지로 강요당한 건 아니겠지, 정말 아니지?」

「아니, 누구도 나에게 억지로 강요하지 못하네.」 니꼴라이 프세볼로도비치는 성급하게 다그치는 샤또프를 보며 미소를 지었다.

「그 여자가 자기 아이에 대한 이야기를 하던데, 그건 뭔가?」 샤또프는 흥분해서 두서없이 서두르며 질문했다.

「자기 아이 이야기를 한다고? 아니, 이런! 나는 몰랐네, 처음 듣는 이야기야. 그 여자에게는 아이가 없었고, 또 있을 리도 없네. 마리야 찌모페예브나는 처녀일세.」

「아! 나도 그러리라고 생각했네! 이보게!」

「왜 그러나, 샤또프?」

샤또프는 두 손으로 얼굴을 감싸며 돌아서더니 갑자기 스따브로긴의 어깨를 꽉 잡았다.

「자네 알고 있나, 자네는 적어도, 알고 있나?」 그가 소리쳤다. 「무엇 때문에 이런 일을 저질렀나? 대체 무엇 때문에 이제 와서 그런 형벌을 받으려고 결심했나?」

「자네 질문은 영리하면서도 가시가 돋쳐 있군. 하지만 나 역시 자네를 놀라게 해주지. 그래, 나는 당시 무엇 때문에 결혼했고, 또 지금 자네 표현대로 무엇 때문에 그런 〈형벌〉을 받으려고 결심했는지 알고 있네.」

「그 정도만 하지……. 그 이야기는 다음에 하기로 하고 잠깐 멈추어 주게. 중요한 이야기를 해보세, 중요한 이야기를. 나는 자네를 2년 동안이나 기다렸네.」

「그래?」

「나는 너무나 오랫동안 자네를 기다려 왔고, 끊임없이 자네 생각을 하고 있었네. 자네는 그것을…… 할 수 있는 유일한 사람이야. 나는 아직 미국에 있을 때부터 이 일로 자네에게 편지를 썼지.」

「자네의 그 장문의 편지는 아주 잘 기억하고 있네.」

「다 읽기엔 너무 길었나? 그건 그래, 편지지로 여섯 장이나 됐으니. 잠깐만, 잠깐만! 이보게, 10분만 더 할애해 줄 수 있겠나? 지금, 바로 지금……. 나는 자네를 너무 오랫동안 기다려 왔네!」

「그러지, 자네가 괜찮다면 30분을 할애해 주겠네. 단, 그 이상은 안 돼.」

「하지만,」 샤또프가 격분해서 말을 가로챘다. 「자네 말투를 바꿔 준다면 그렇게 하지. 이보게, 나는 애원해야만 하는 처지이면서도 이런 요구를 하고 있네……. 애원해야만 하는 처지이면서도 요구한다는 것이 무슨 의미인지 이해하겠나?」

「이해하네. 그런 식으로 자네는 더 높은 목적을 위해 모든 평범한 것들 위로 우뚝 솟아 있는 거지.」 니꼴라이 프세볼로도비치가 살짝 미소를 지었다. 「자네가 열에 들떠 있는 것을 보니 슬프군.」

「나를 존중해 줄 것을 부탁하네. 아니, 요구하네!」 샤또프가 소리쳤다. 「그러니까 내 인격이 아니라 ─ 그건 될 대로 되라지 ─ 다른 것에 대해, 단지 지금 이 순간, 나의 몇 마디 말에 대해 말일세……. 우리는 두 개의 존재로 무한 속에서 만난 것이네……. 이 세상에서 마지막으로. 자네 말투를 버리고 인간적인 말투로 말해 주게! 일생에 단 한 번만이라도 인간적인 목소리로 말해 주게나. 나를 위해서가 아니라 자네를 위해서 하는 말이네. 알겠나? 내가 자네의 뺨을 때렸을 때 그것으로 자네의 무한한 힘을 인식할 기회를 준 것이니, 그 이유만으로도 나를 용서해야 하네……. 자네는 또다시 그 혐오스러운 사교적 미소를 짓고 있군. 오, 언제쯤 나를 이해해 줄지! 귀족 도련님 근성을 버리라고! 내가 이것을 요구하고 있다는 것을, 요구하고 있다는 것을 이해해 주게. 그러지 않으면 말하고 싶지 않네. 무슨 일이 있어도 말하지 않겠네!」

그는 너무 흥분해서 헛소리까지 했다. 니꼴라이 프세볼로도비치는 얼굴을 찌푸렸고, 좀 더 조심스러워진 것 같았다.

「내가 30분 더 머물기로 했다면,」 그는 진지하고 설득력 있게 말했다. 「시간이 나에게 정말 귀중한데도 말일세, 적어도 자네 이야기를 흥미를 가지고 들을 의사가 있다는 점과…… 자네에게서 많은 새로운 것들을 들을 수 있다는 확신을 가지고 있다는 점을 믿어 주게.」

그는 의자에 앉았다.

「앉게나!」 샤또프는 소리치더니 자기도 갑자기 자리에 앉았다.

「미안하지만 한 가지 상기시켜 두자면,」 스따브로긴은 또다시 생각이 떠올라 말했다. 「마리야 찌모페예브나와 관련해서 자네에게 진짜 부탁을 하나 하려고 했는데, 적어도 그녀에게 매우 중요한 일이네……」

「그래?」 샤또프는 갑자기 얼굴을 찌푸리며 가장 중요한 지점에서 말을 빼앗긴 사람이 상대를 보면서도 여전히 질문이 뭔지 이해하지 못하는 것 같은 표정을 지었다.

「자네는 끝까지 말할 기회를 주지 않는군.」 니꼴라이 스따브로긴은 미소를 띠며 말을 맺었다.

「아, 죄다 헛소리로군. 그 이야기는 나중에 하지!」 샤또프는 마침내 상대의 요구를 이해하고 꺼리듯 손을 내저으며 곧장 자기 주제로 넘어갔다.

7

「자네는 알고 있나?」 그는 눈을 번뜩이며 의자에서 몸을 앞으로 내밀고 오른손 손가락을 위로 치켜들고(자신은 이것을 의식하지 못한 것이 분명했다) 위협하듯 말하기 시작했다. 「자네는 지금 이 지상에서 새로운 신의 이름으로 세계를 갱신하고 구원하기 위한 사명을 지닌, 삶과 새로운 말씀의 열쇠가 주어진 유일한 민족, 〈신의 잉태자〉인 유일한 민족이 누군지 알고 있나……? 이 민족이 누구이고 그 이름이 뭔지 알고 있나?」

「자네 태도를 보니 반드시 결론을 내려야 할 것 같군. 또한 가능한 한 빨리 그것은 러시아 민족이라고 해야겠는걸……」

「자네는 이미 비웃고 있군. 오, 자네란 족속은!」 샤또프는 펄쩍 뛰다시피 했다.

「진정하게, 제발. 오히려 나는 바로 이런 종류의 이야기를

「기대하고 있었네.」

「이런 종류의 이야기를 기대하고 있었다고? 자네는 이 말들이 낯설단 말인가?」

「아주 잘 알고 있네. 자네가 무슨 말을 하려는지 지나칠 정도로 잘 알고 있어. 자네의 말이나 〈신의 잉태자〉라는 표현은 2년 전쯤 외국에 있을 때 자네가 미국으로 떠나기 직전에 나누었던 우리 대화의 결론이었지……. 적어도 지금 내가 기억하고 있는 한 그렇다네.」

「이것은 전적으로 자네의 말이었지 내 말이 아니었네. 자네 자신의 말이었지, 우리 대화의 결론이 아니었어. 〈우리의〉 대화 같은 건 전혀 없었네. 위엄 있게 말하는 스승과 죽은 자들 사이에서 부활한 제자가 있었을 뿐이지. 나는 제자였고, 자네는 스승이었네.」

「그러나 기억을 되새겨 보면 자네는 내 말을 들은 직후 단체에 가입했고, 그런 다음 미국으로 떠났던 것 같은데.」

「그래, 나는 미국에서 그것에 관해 자네에게 써 보냈지. 나는 모든 것을 써 보냈네. 그래, 나는 어린 시절부터 내가 뿌리 내리고 있고, 내 모든 희망의 환희와 모든 증오의 눈물이 흘러가고 있는 그것으로부터 당장 피를 흘리며 떨어져 나올 수는 없었네……. 신을 바꾸는 것은 어려운 일세. 나는 그때 자네를 믿지 않았네. 왜냐하면 믿고 싶지 않았거든. 그리고 마지막으로 이 쓰레기 시궁창에 매달린 걸세……. 하지만 씨는 남아서 싹을 틔우더군. 진심으로, 진심으로 말해 주게. 미국에서 보낸 내 편지를 끝까지 다 읽지 않았나? 혹시 전혀 읽지 않은 건가?」

「맨 앞 두 장과 마지막 장, 즉 세 장을 읽었네. 중간 부분은 쭉 훑어보았고. 어쨌든 다 읽어 보려고 하긴 했는데…….」

「에이, 상관없네, 그냥 잊어버리게!」 샤또프가 손을 내저었다. 「만약 자네가 지금 와서 그때 민족에 관해 했던 말들을 부정하고 있다고 하면, 그때는 어째서 그런 말들을 했을까……? 바로 그것이 지금 나를 짓누르고 있네.」

「그때 농담을 한 건 아니었네. 아마도 자네를 설득하면서 자네보다는 나 자신을 더 많이 걱정하고 있었을 거야.」 스따브로긴은 수수께끼 같은 말을 했다.

「농담을 한 건 아니었다고! 미국에서 세 달 동안 한…… 불행한 사람과 나란히 짚더미 위에 누워 있다가, 자네가 내 가슴에 신과 조국을 심어 주었던 것과 비슷한 시기에, 어쩌면 같은 시기에, 이 불행한 사람, 이 미치광이 끼릴로프의 가슴에 독을 쏟아부어 넣었다는 것을 그에게서 알게 되었네……. 자네는 그 남자의 마음속에 거짓과 비방을 심어 주었고, 그의 이성을 광란 상태로까지 끌고 갔네……. 지금 그를 한번 보게나, 그는 자네의 창조물이야……. 그러고 보니 이미 만났겠군.」

「우선, 자네에게 한 가지 알려 주자면 끼릴로프는 방금 나한테 자기는 행복하다, 자기는 아주 좋다고 말했네. 그 모든 일이 같은 시기에 일어났다는 자네의 추측은 거의 정확하네. 그래서 그게 대체 어떻다는 건가? 다시 한번 말하지만, 나는 자네나 그 누구에게도 거짓말하지 않았네.」

「자네는 무신론자인가? 지금 무신론자인가?」

「그렇네.」

「그렇다면 그때는?」

「그때나 지금이나 마찬가지네.」

「대화를 시작하기에 앞서 존중해 달라고 부탁했을 때, 그건 나에 대한 것이 아니었네. 자네 머리라면 이 정도는 이해했을 텐데.」샤또프가 격분해서 중얼거렸다.

「나는 자네가 이야기를 시작할 때부터 자리에서 일어나지도 않고, 대화를 가로막거나 자네를 떠나지도 않고, 지금까지 앉아서 모든 질문과…… 고함 소리에 얌전하게 대답하고 있으니, 자네에 대한 존중을 깨뜨린 것 같지는 않은데.」

샤또프는 손을 내저으며 말을 막았다.

「자네가 했던 말 기억하나? 〈무신론자는 러시아 사람일 수가 없으며, 무신론자는 그 즉시 러시아인이기를 멈춘다〉라고 했던 말 기억하나?」

「그래?」니꼴라이 프세볼로도비치는 되묻듯이 이렇게 말했다.

「나한테 묻는 건가? 자네 잊었나? 그런데 이건 자네가 간파한 것으로, 러시아 정신의 가장 중요한 특성 중 하나를 정확하게 지적하고 있지. 자네가 이걸 잊을 리는 없겠지? 내가 좀 더 상기시켜 주자면, 자네는 그때 〈정교도가 아닌 사람은 러시아인이 될 수가 없다〉라고도 했네.」

「그건 슬라브주의 사상인 것 같군.」

「아니, 지금의 슬라브주의자들은 그걸 거부하고 있네. 현재의 민족은 영리해졌거든. 하지만 자네는 훨씬 더 멀리 갔어. 자네는 로마 가톨릭은 이미 기독교가 아니라고 믿었지. 자네는 로마가 세 번째 악마의 유혹에 굴복한[7] 그리스도를

---

7 그리스도가 광야에서 40일 동안 단식을 하면서 받았던 악마의 유혹을 말하는데, 그 중 세 번째 유혹이란 악마가 그리스도를 산 위로 데려가 지상의 권력과 위용을 보여 주며 자기에게 경배하면 그 모든 것을 주겠다고 유혹했다는 내용이다(「마태오의 복음서」4장 8~10절).

선포했다고 주장했고, 가톨릭에서 지상의 왕국 없이는 그리스도도 이 지상에서 버틸 수 없다고 전 세계에 선언했을 때, 바로 그것으로 반그리스도를 선포한 것이며 결국 유럽 전체를 파멸시켰다고도 했네. 지금 프랑스가 괴로워하고 있다면 그것은 오로지 가톨릭 때문이다, 왜냐하면 악취 나는 로마의 신을 거부했지만 새로운 신을 찾지 못했기 때문이다라고 자네는 분명히 지적했네. 바로 이것이 그때 자네가 할 수 있던 말이었지! 나는 우리 대화를 잘 기억하고 있네.」

「만약 내가 신을 믿는다면 지금도 틀림없이 그 말을 되풀이했을 거야. 신자처럼 말했다고 해서 거짓말을 했던 것은 아니네.」 니꼴라이 프세볼로도비치는 매우 진지하게 말했다. 「하지만 분명히 말하겠는데, 내 과거 사상을 되풀이하는 게 너무나 불쾌한 인상을 불러일으키는군. 그만할 수 없겠나?」

「만약 신을 믿는다면이라고?」 샤또프는 상대의 요구에 조금도 주의를 기울이지 않고 소리쳤다. 「하지만 자네는 그때 만약 진리가 그리스도 밖에 있다는 것을 수학적으로 증명한다 해도, 진리와 함께 있기보다는 그리스도와 함께 있는 쪽을 택하겠다고 말하지 않았나? 그렇게 말했지? 그렇지?」

「그런데 나한테도 질문할 기회를 줬으면 하네.」 스따브로긴이 목소리를 높였다. 「이 모든 초조하고 또…… 심술궂은 시험은 대체 무엇 때문인가?」

「이 시험은 영원히 지나갈 것이고, 그것이 자네 머릿속에 떠오를 일도 결코 없을 것이네.」

「자네는 여전히 우리가 공간과 시간 밖에 있다고 주장하는 건가…….」

「조용히 하게!」 샤또프가 갑자기 고함을 쳤다. 「나는 어리석고 서툴지만, 내 이름은 조롱받으며 파멸해도 상관없어! 내가 지금 자네 앞에서 당시 자네의 주요 사상을 반복할 수 있도록만 해주었으면 하네…… 오, 단지 열 문장만, 결론만이라도.」

「결론만이라면 말해 보게…….」

스따브로긴은 시계를 쳐다보려고 몸을 움직이다가 그만두었다.

샤또프는 의자 위에서 다시 몸을 숙였다가 한순간 또다시 손가락을 위로 들어 올리려 했다.

「어떤 민족도,」 그는 마치 글을 읽어 내려 가듯, 그러면서 동시에 스따브로긴을 계속 위협적으로 쳐다보며 말을 시작했다.「어떤 민족도 아직까지 과학과 이성의 원리 위에 설립된 적이 없다. 다만 일시적으로 어리석음 때문에 이루어진 경우를 제외하면 단 한 번도 그런 예가 없었다. 사회주의는 그 본질상 무신론일 수밖에 없는데, 그 이유는 그들이 바로 첫 문장부터 자기들은 무신론적 조직이며, 특별히 과학과 이성의 원칙 위에 자리 잡으려 한다고 선언했기 때문이다. 이성과 과학은 민중의 삶에서 창세 이래 지금까지 항상 부차적이고 종속적인 임무만 수행해 왔으며, 종말까지도 계속 그러할 것이다. 민족은 다른 힘에 의해 형성되고 움직인다. 그것은 명령하고 지배하는 힘이지만, 그 힘이 어디서 발생했는지는 알 수도 없고 설명할 수도 없다. 이 힘은 끝까지 가려고 하는 억제할 수 없는 갈망의 힘이며 동시에 끝을 부정하는 힘이다. 이것은 지칠 줄 모르고 끊임없이 자기 존재를 증명하고 죽음을 부인하는 힘이다. 성서에 쓰여 있듯이 삶의 정신은 〈생명수 샘〉이며, 묵시록은 그것이 마를 것이라고 위협하

75

고 있다.[8] 그것은 철학자들이 말하는 미학적 원칙이자 그들이 동일시하는 도덕적 원칙이다. 나는 그것을 아주 간단히 〈신에 대한 탐구〉라고 부르겠다. 민족 운동의 모든 목적은 어떤 민족에게나 어떤 시대에나 단 하나 신에 대한 탐구, 반드시 자기 자신의 신에 대한 탐구이며, 그 신을 유일한 진리로서 믿는 것이다. 신은 전 민족의 시작부터 마지막까지를 아우르는 종합적 인격이다. 모든 민족 혹은 많은 민족에게 하나의 공통된 신이 있었던 적은 없으며, 항상 각 민족에게는 자기들만의 특별한 신이 있었다. 신이 공통의 신이 되기 시작하는 것은 민족성 소멸의 징조다. 신이 공통의 신이 될 때 신과 신에 대한 믿음도 그 민족과 함께 사멸한다. 민족이 강하면 강할수록 그들의 신은 더 특별해진다. 종교, 즉 선과 악에 대한 개념을 가지지 않은 민족은 존재한 적이 없다. 모든 민족은 선과 악에 대한 자신들만의 개념을 가지고 있고, 자신들만의 선과 악을 가지고 있다. 많은 민족들이 선과 악에 대해 공통된 개념을 갖기 시작할 때 민족들은 소멸되고, 더불어 선악의 구별 자체도 지워지고 사라지기 시작한다. 이성은 단 한 번도 선과 악의 정의를 내리지 못했으며, 심지어 선과 악을 대략으로라도 구별해 내지 못했다. 반대로 항상 수치스럽고 초라하게 그 둘을 혼동했다. 과학은 또 폭력적인 방법으로 해결했다. 특히 반(半)과학이 이 점에서 주목할 만하다. 그것은 역병이나 기아, 전쟁보다 더 고약하며, 현 시대에 이르기까지 알려지지 않았던, 인류에게 가장 무서운 재앙이다. 반과학, 그것은 지금까지 단 한 번도 도래한 적이 없는 폭군이다. 자신

8 〈생명수〉, 〈생명수 샘〉은 종교적인 삶을 상징하는 성서적 이미지이다. 「요한의 묵시록」 7장 17절, 7장 38절, 21장 6절 등 참조.

의 사제와 노예들을 거느리고 있는 폭군이며, 그 앞에서 모든 사람은 지금까지 상상조차 할 수 없었던 사랑과 미신으로 무릎을 꿇고, 과학마저 수치스럽게 그의 행동을 눈감아 준다. 이 모든 것은 자네 자신의 말이었네, 스따브로긴. 단 반과학에 관한 말은 빼고. 그것은 내 말일세. 왜냐하면 나 자신이 반과학이기 때문이지. 따라서 나는 그것을 증오한다네. 자네의 사상이나 말에 대해서는 아무것도, 단어 하나도 바꾸지 않았네.」

「그렇지 않은 것 같은데.」 스따브로긴이 조심스럽게 지적했다. 「자네는 열렬하게 받아들였고, 또 알아차리지 못한 채 열렬하게 개작해 버렸네. 자네가 신을 단순히 민족의 속성으로까지 끌어내린 것만 보더라도…….」

그는 갑자기 집요하고 남다른 주의력으로 샤또프를 바라보기 시작했다. 그것은 그가 한 말에 대해서라기보다는 그 인물 자체에 대한 주의였다.

「내가 신을 민족의 속성으로 끌어내렸다고?」 샤또프는 소리쳤다. 「오히려 민족을 신에게로 끌어올렸네. 과연 그렇지 않은 적이 한 번이라도 있었을까? 민족, 이것은 신의 육체야. 어떤 민족이건 자신들만의 특별한 신을 가지고 있고, 이 세상의 나머지 모든 신은 어떠한 타협도 없이 배제하는 동안에만 민족인 거네. 자신의 신으로 전 세계의 나머지 모든 신을 정복하고 쫓아낼 수 있다고 믿는 동안에만 민족인 거지. 적어도 인류의 선두에 서서 어느 정도 두각을 드러냈던 모든 위대한 민족은 창세 이래 모두 그렇게 믿어 왔네. 사실에 역행할 수는 없는 법이지. 유대인들은 단지 진정한 신의 출현을 보기 위해서만 삶을 살았고, 이 세상에 진정한 신을 남겨 주었네.

그리스인들은 자연을 신격화했고, 세상에 자신들의 종교, 즉 철학과 예술을 물려주었지. 로마는 국가 내 국민을 신격화했고, 민족들에게 국가를 남겨 주었네. 프랑스는 그 기나긴 역사가 계속되는 동안 로마 신의 이념을 체현하고 발전시킨 데 불과해. 그들이 결국 로마 신을 심연으로 던져 버리고 현재 그들 사이에서 사회주의라고 불리는 무신론에 열중하고 있다면, 그것은 다만 무신론이 어쨌든 로마 가톨릭보다 더 건전하기 때문이겠지. 만약 위대한 민족이 자기 안에만(바로 자기 안에만 예외적으로) 진리가 있다는 것을 믿지 않는다면, 만약 그들만이 자신의 진리로 모든 사람을 부활시키고 구할 수 있는 능력이 있으며 또한 그런 사명을 가지고 태어났다는 것을 믿지 않는다면, 그 민족은 즉시 위대한 민족이 되는 것을 멈출 것이고, 위대한 민족이 아니라 민족지학의 자료가 되고 말 것이네. 진실로 위대한 민족은 인류 안에서 2차적인 역할과는 도저히 타협할 수 없을 것이며, 1차적인 역할이라 해도 마찬가지일 걸세. 반드시 예외적으로 1위가 되어야만 하지. 이 믿음을 상실한 사람은 더 이상 국민이 아니네. 그러나 진리는 하나이고, 따라서 여러 민족이 자신들만의 특별하고 위대한 신을 가지고 있다 하더라도, 그들 중 단 하나의 민족만이 진정한 신을 가질 수 있다네. 〈신의 잉태자〉인 유일한 민족, 그들은 바로 러시아 국민이라네……. 그리고…… 그리고…… 그런데 자네는 정말로, 정말로 나를 그런 바보로 여겼던 건가, 스따브로긴?」 그는 갑자기 미친 듯이 절규하기 시작했다. 「이 순간 내가 하는 말이 모스끄바 슬라브주의자의 방앗간에서 완전히 가루가 되어 버린 낡고 노쇠한 엉터리인지, 아니면 완전히 새로운 말이자 최신의 말, 갱생과 부활의 유일한 말인지 구별할 줄도 모르는 바보로 말일세. 그런데…… 이 순간 자네의 조소가 내게 무슨 상관이겠나! 자네가 내 말이나 목소리를 전혀, 전혀 이해하지 못한다고 해서 무슨 상관이겠나……! 오, 지금 이 순간 자네의 오만한 웃음과 시선이 얼마나 경멸스러운지!」

그는 자리에서 벌떡 일어섰다. 입술에는 침까지 부글거리고 있었다.

「그 반대야, 샤또프, 그 반대일세.」 스따브로긴은 자리에서 일어나지 않고 유난히 진지하고 신중하게 말했다. 「반대로 자네는 열렬한 말로 아주 강력한 많은 기억을 내게서 불러일으켜 주었네. 자네의 말 속에서 나는 2년 전 나 자신의 기분을 확인할 수 있었네. 이제는 조금 전처럼 자네가 당시 나의 사상을 과장했다고 말하지 못하겠군. 오히려 내 사상이 훨씬 더 배타적이고 독단적이었던 것 같네. 세 번째로 다시 분명히 말하지만, 나는 자네가 지금 하는 말들을 모두 마지막 한마디까지 다시 한번 확인해 주고 싶네. 하지만…….」

「하지만 자네한테는 토끼가 필요하지?」

「뭐라고?」

「이건 바로 자네의 역겨운 표현이라네.」 샤또프는 다시 자리에 앉으며 심술궂은 미소를 지었다. 「〈토끼 소스를 만들기 위해서는 토끼가 필요하고, 신을 믿기 위해서는 신이 필요하다.〉 자네가 뻬쩨르부르끄에서 이런 말을 했다고 들었네. 마치 토끼 뒷다리를 잡으려던 노즈드료프처럼[9] 말일세.」

「아니, 그는 이미 그것을 잡았다고 자랑을 늘어놓았지. 미

9 『죽은 혼』에서 노즈드료프가 자기 영지의 들판을 뛰어다니는 토끼가 너무 많아서 손으로 뒷다리를 잡은 적도 있다고 자랑하는 장면을 말한다.

안하지만 말이 나온 김에 나도 어려운 질문을 하나 하겠네. 더욱이 나는 지금 그런 질문을 할 권리가 분명히 있는 것 같거든. 말해 보게. 자네 토끼는 잡혔나, 아니면 아직 도망다니고 있나?」

「감히 나한테 그런 말로 질문하지 말고 다른 말로 물어보게, 다른 말로!」 샤또프는 갑자기 온몸을 부들부들 떨기 시작했다.

「좋아, 그럼 다른 말로 묻지.」 니꼴라이 프세볼로도비치는 엄격한 표정으로 그를 쳐다보았다. 「내가 다만 알고 싶은 건, 자네는 신을 믿나, 안 믿나?」

「나는 러시아를 믿네, 나는 러시아의 정교를 믿네……. 나는 그리스도의 육체를 믿네……. 나는 새로운 강림이 러시아에서 이루어지리라고 믿네……. 나는 믿네…….」 샤또프는 흥분해서 중얼거리기 시작했다.

「그러면 신은? 신은?」

「나는…… 나는 신을 믿게 될 거야.」

스따브로긴은 안면 근육 하나 움직이지 않았다. 샤또프는 그를 자신의 시선으로 태워 버리기라도 하려는 듯 활활 타오르는 도전적인 눈빛으로 쳐다보았다.

「내가 신을 전혀 믿지 않는다고는 말하지 않았잖은가!」 그는 결국 이렇게 소리쳤다. 「나는 다만 내가 불행하고 지루한 책에 불과하다는 것, 그리고 당분간, 당분간…… 그 이상 아무것도 아니라는 것을 알려 주려고 했을 뿐이야. 하지만 내 이름은 사라져도 그만이야! 문제는 자네야, 내가 아니라……. 나는 재능이 없는 사람이므로 내 피밖에는 내놓을 게 없고, 재능 없는 사람이라면 누구나 그렇듯 그 이상은 아무것도 아니네. 내 피 역시 사라져도 그만이지! 나는 자네에 대해 말하는 거야. 난 여기서 2년 동안 자네를 기다렸네……. 나는 지금 자네를 위해 30분 동안이나 벌거벗고 춤추고 있다고. 자네, 자네만이 이 깃발을 들어 올릴 수 있다고……!」

그는 말을 끝맺지 못하고 절망에 빠진 듯 탁자 위에 팔꿈치를 괴더니 두 손으로 머리를 감싸 안았다.

「말이 나왔으니 말이지만, 정말 이상해서 한 가지만 말해야겠는데,」 스따브로긴이 갑자기 그를 막았다. 「무엇 때문에 그 깃발이라는 걸 계속 나한테 떠넘기려는 건가? 뾰뜨르 베르호벤스끼 역시 내가 〈그들의 깃발을 들어 올릴 수 있다〉고 확신하고 있더군. 적어도 그의 말이라고 전해 들은 바에 따르면 말이네. 그는 내가 〈비범한 범죄 능력〉으로 그들을 위해 스쩬까 라진[10]의 역할을 해줄 수 있으리라 생각하고 있더군. 이 역시 그의 말이네.」

「뭐라고?」 샤또프가 물었다. 「〈비범한 범죄 능력〉이라고?」

「바로 그거야.」

「흠, 그런데 자네 그게 사실인가?」 그가 악의에 찬 미소를 슬쩍 지었다. 「자네가 뻬쩨르부르끄에서 짐승 같은 비밀 호색회에 속해 있었다는 것이 사실인가? 사드 후작이 자네한테 가르침을 받을 정도였다는 것이 사실인가? 자네가 아이들을 유혹해서 타락시켰다는 것이 사실인가? 말해 보게, 거짓말할 생각 말고.」 그는 제정신을 잃고 이렇게 소리쳤다. 「니꼴라이 스따브로긴이 자기 얼굴을 때린 샤또프 앞에서 거짓말을 할 수는 없겠지! 전부 말하게. 만약 그게 사실이라면 지금 당장

10 Stenka Razin(1630~1671). 러시아 농민 반란을 이끈 까자끄인으로, 러시아군에 체포되어 처형당했다.

자네를 이 자리에서 죽여 버릴 테니!」

「내가 그런 말을 하긴 했지만, 아이들을 능욕한 적은 없네.」 스따브로긴은 이렇게 말했다. 그러나 그것은 무척 오랜 침묵 뒤였다. 그의 얼굴은 창백해졌고 눈은 불타올랐다.

「하지만 자네는 그런 말을 한 적이 있네!」 샤또프는 번뜩이는 시선을 상대방에게서 떼지 않고 고압적인 말투로 계속 말했다. 「자네는 음탕하고 짐승 같은 행위와 뭔가 훌륭한 일, 즉 인류를 위해 삶을 희생하는 행위 사이에는 미적인 측면에서 차이를 못 찾겠다고 확신했던 것 같은데, 맞지? 이 양극단에서 미적 일치, 균등한 쾌락을 발견했다는 게 사실인가?」

「그렇게 물어보면 대답할 수가 없군……. 대답하고 싶지 않네.」 스따브로긴은 이렇게 중얼거렸다. 그는 당장이라도 일어나서 가버릴 수 있었지만, 일어나지도 가버리지도 않았다.

「나 역시 왜 악은 추악하고 선은 아름다운지 모르겠네만, 어째서 그 차이에 대한 감각이 스따브로긴 같은 사람에게선 지워지고 사라지는지는 알겠네.」 샤또프는 온몸을 부들부들 떨면서도 멈추지 않았다. 「자네가 그때 왜 그렇게 수치스럽고 비열한 결혼을 했는지 알고 있나? 그건 바로 수치심과 무의미함이 천재성에까지 도달했기 때문이네. 오, 자네는 벼랑 끝에서 서성이지 않고 대담하게 머리를 숙이며 아래로 날아들 인간이지. 자네가 결혼한 것은 수난에 대한 욕망, 양심의 가책에 대한 욕망, 도덕적 쾌락 때문이었네. 여기엔 신경증적인 발작이 있었던 거야……. 상식에 대한 도전이 너무나 매혹적이었던 거라고! 스따브로긴과 초라하고 저능한 절름발이 거지라니! 지사의 귀를 물었을 때 쾌감을 느꼈나? 그렇게 느꼈나? 게으르고 방탕한 귀족 자제분께서 그런 걸 느끼셨나?」

「자네는 심리학자로군.」스따브로긴은 점점 더 창백해졌다. 「내 결혼에 대해 약간 잘못 알고 있기는 하지만······. 그런데 대체 누가 자네에게 이런 정보를 알려 줬을까?」그는 억지 웃음을 지었다. 「끼릴로프였나? 하지만 그는 가담하지 않았는데······.」

「자네 창백해진 건가?」

「그래서 원하는 게 뭔가?」니꼴라이 프세볼로도비치는 결국 목소리를 높였다. 「나는 30분 동안이나 자네의 채찍 앞에 앉아 있었으니, 이젠 최소한 나를 놓아주었으면 하네만······. 실제로 자네가 나를 그런 식으로 취급할 합리적인 목적이 없다면 말일세.」

「합리적인 목적이라고?」

「물론이지. 적어도 자네의 목적을 밝히는 것이 의무가 아닐까 하는데. 나는 자네가 그렇게 해주기를 계속 기다리고 있었는데, 극도로 흥분된 증오만 발견했네. 부탁이니 문을 열어 주게.」

그는 의자에서 일어섰다. 샤또프는 그의 뒤에서 미친 듯이 달려들었다.

「땅에 키스하게. 눈물로 적시고 용서를 구하라고!」그는 상대의 어깨를 잡으면서 이렇게 소리쳤다.

「하지만 나는 자넬 죽이지는 않았어······. 그날 아침에······ 두 손을 뒤로 돌렸을 뿐······.」스따브로긴은 상당히 고통스러운 듯 눈을 내리뜨고 이렇게 말했다.

「다 말해 보게, 다 말해 봐! 자네는 나에게 위험을 경고해 주러 왔다가 내게 말할 기회를 주었고, 내일은 자네 결혼을 공개적으로 알리려 하고 있어······! 자네 얼굴에서 무언가 새롭고 무서운 생각이 자네를 짓누르고 있다는 것을 내가 보지 못할 거라고 생각하나……? 스따브로긴, 무엇 때문에 나는 영원히 자네를 믿어야 할 운명일까? 내가 과연 다른 사람들과 이렇게 이야기할 수 있을까? 내게도 순결함은 있지만, 벌거숭이가 되는 것이 두렵지는 않았네. 왜냐하면 스따브로긴과 이야기하고 있었기 때문이지. 나는 위대한 사상을 건드려 희화화하는 것도 두려워하지 않았네. 왜냐하면 스따브로긴이 내 이야기를 듣고 있었기 때문이지……. 자네가 떠난 뒤 내가 자네의 발자취에 키스하지 않을 거라고 생각하나? 나는 자네를 내 심장에서 떼어 낼 수가 없네, 니꼴라이 스따브로긴!」

「내가 자네를 사랑할 수 없다는 사실이 유감스럽군, 샤또프.」니꼴라이 프세볼로도비치는 냉정하게 말했다.

「자네가 그럴 수 없다는 것도 알고 있고, 거짓말을 하지 못한다는 것도 알고 있네. 이보게, 나는 모든 것을 바로잡을 수 있어. 자네에게 토끼를 잡아다 주겠네!」

스따브로긴은 아무 말도 하지 않았다.

「자네는 무신론자야. 왜냐하면 그 잘난 귀족 자제, 마지막 남은 귀족 자제이기 때문이지. 자네는 선악을 구별할 수 없게 되었어. 왜냐하면 자신의 민족을 알아볼 수 없게 되었기 때문이지. 새로운 세대가 민족의 가슴에서 직접 나오고 있지만, 자네도, 베르호벤스끼 부자도, 나도 그들을 전혀 알아보지 못하고 있네. 나 역시 귀족 자제라서, 자네 집의 농노였던 빠시까의 아들이라서 말이야……. 이보게, 노동을 통해 신을 얻도록 하게. 핵심은 여기에 있으니, 그렇지 않으면 추한 곰팡이처럼 사라지고 말 거야. 노동으로 얻도록 하게.」

「신을 노동으로? 어떤 노동으로?」

「농민의 노동이지. 앞으로 나아가게, 자네의 부를 버리라고……. 아! 웃고 있군. 이것이 속임수일까 봐 두려운가?」

그러나 스따브로긴은 웃고 있지 않았다.

「자네는 노동으로 신을 얻을 수 있다고 생각하나? 그것도 농민의 노동으로?」 그는 실제로 뭔가 깊이 생각해 볼 가치가 있는 새롭고 진지한 것을 만난 것처럼 잠시 생각하더니 이렇게 되물었다. 「그건 그렇고,」 그는 갑자기 새로운 생각으로 넘어갔다. 「지금 자네 말을 들으니 생각났네만, 나는 전혀 부자가 아니라서 버릴 게 아무것도 없다는 것을 알고 있나? 나는 마리야 찌모페예브나의 장래조차 제대로 보장할 능력이 없다네……. 그래서 말인데, 가능하다면 앞으로도 마리야 찌모페예브나를 버려두지 말아 달라고 부탁하러 왔네. 자네만은 그녀의 불쌍한 머리에 어느 정도 영향을 줄 수 있으니 말일세……. 만일의 경우를 대비해서 말하는 걸세.」

「좋아, 좋아. 마리야 찌모페예브나에 대해서라면,」 샤또프는 한 손에 촛불을 들고 다른 손을 흔들면서 말했다. 「좋아, 그건 나중에 저절로……. 그런데 자넨 찌혼 신부를 한번 찾아가 보게.」

「누구?」

「찌혼 신부. 전에 주교였다가 병으로 은퇴하고 지금 우리 도시의 예피미예프 성모 수도원에 머물고 있는 찌혼 신부 말일세.」

「대체 무슨 일로?」

「별일은 아니네. 사람들이 그를 찾아가니까. 한번 가보게. 안 될 이유라도 있나? 안 될 이유라도?」

「처음 듣는 말인 데다…… 또 그런 유의 사람을 아직까지

한 번도 본 적이 없어서. 어쨌든 고맙네, 한번 가보지.」

　「이쪽으로,」 샤또프는 계단을 따라 촛불을 비추었다. 「내려가게.」 그는 거리로 나가는 샛문을 활짝 열어 주었다.

　어둠과 비는 여전히 계속되고 있었다.

제2장
밤(계속)

1

그가 보고야블렌스까야 거리를 완전히 빠져나가자 내리막 길이 시작되었다. 진흙길을 걸어가는데 갑자기 안개가 자욱하고 텅 빈 듯한 넓은 공간이 나타났다. 강이었다. 집들은 오두막으로 변했고, 길은 수많은 무질서한 골목 속으로 사라졌다. 니꼴라이 프세볼로도비치는 강변에서 떨어지지 않은 채 울타리 옆을 한참 동안 더듬거리며 지나갔다. 그러나 길은 정확하게 찾아갔고, 심지어 길을 찾아가는 것에 크게 신경도 쓰지 않는 것 같았다. 그는 완전히 다른 생각에 잠겨 있다가 깊은 사색에서 깨어나 갑자기 자신이 비에 젖은 긴 부교(浮橋) 한가운데 서 있다는 것을 알아채고는 놀라서 주위를 둘러보았다. 주위에 인기척이 없어, 갑자기 팔꿈치 바로 밑에서 정중하면서도 허물없는, 그러나 꽤 기분 좋은 목소리가 들려왔을 때는 이상한 느낌마저 들었다. 그것은 우리 도시의 지나치게 세련된 소시민이나 아케이드 시장 출신의 머리가 곱슬곱슬한 젊은 점원들이 허세를 부리며 쓰는 달콤하고 또박또박

한 억양이었다.

「죄송합니다만 나리, 우산 좀 같이 쓸 수 있을까요?」

그리고는 실제로 어떤 형상이 우산 밑으로 기어 들어왔다. 혹은 그의 우산 밑으로 기어드는 시늉만 내려 했다. 부랑자는 그의 옆에서 군인들이 쓰는 표현대로 〈일정 간격을 유지하면서〉 나란히 걸어갔다. 니꼴라이 프세볼로도비치는 걸음을 늦추고 어둠 속에서 될 수 있는 한 그를 알아보기 위해 몸을 숙였다. 그는 그리 크지 않은 키에 술에 취한 소시민처럼 보였으며, 춥고 초라한 옷차림을 하고 있었다. 숱이 많은 곱슬머리 위에는 차양이 반쯤 떨어지고 비에 젖은 나사 모자가 얹혀 있었다. 그는 짙은 갈색 머리에 마르고 거무스름한 얼굴을 하고 있었다. 눈은 컸는데, 꼭 집시처럼 새까맣고 심하게 번쩍거렸으며 노란 광택을 띠고 있었다. 어둠 속에서도 그것은 알아볼 수 있었다. 나이는 마흔 정도로, 취한 것 같지는 않았다.

「자네 나를 아나?」 니꼴라이 프세볼로도비치가 물었다.

「스따브로긴, 니꼴라이 프세볼로도비치 나리죠. 지난주 일요일 역에서 기차가 막 정차하자마자 저한테 알려 주던걸요. 뿐만 아니라 전부터 얘기를 들었습니다.」

「뾰뜨르 베르호벤스끼에게서 들었나? 너…… 너는 유형수 페찌까 아닌가?」

「표도르 표도로비치라는 이름으로 세례를 받았습죠. 저를 낳아 주신 모친은 아직도 이 근처에 살고 있습니다. 신심이 깊은 노파로, 허리는 점점 구부러지고 있지만 밤이고 낮이고 저를 위해 기도를 드리고 있습죠. 아무튼 노인네 시간을 난로 위에 앉아서 허투루 쓰거나 하지는 않는 거죠.」

「징역살이에서 도망쳐 나왔나?」

「운명을 좀 바꿨지요. 성서도, 종도, 교회 봉사도 다 때려 치웠습니다. 징역형을 선고받았는데, 끝날 때까지 기다리려면 너무 오래 걸려서요.」

「여기서 뭘 하고 있지?」

「그저 밤이고 낮이고 시간을 때우고 있습니다. 제 삼촌 역시 위조지폐 건으로 이곳 감옥에 있다가 지난주에 돌아가셨는데, 그분의 명복을 빌기 위해 스무 개의 돌을 개들에게 던져 주었습죠. 이 정도가 제가 요즘에 한 일입니다. 그 밖에 뾰뜨르 스쩨빠노비치께서 러샤[11] 전역을 돌아다닐 수 있는 상인들이 쓰는 신분증을 구해 주겠다고 굳게 약속하셨으니 그분의 자비를 기다리는 중이지요. 그분께서 자기 아버지가 용국[12] 클럽에서 카드놀이에 져서 나를 팔아 버렸다고 말씀하시면서, 자신은 그것을 부당한 처사라고 여기고 있다고 하셨지요. 나리, 몸을 따뜻하게 녹일 차 한잔 할 수 있도록 3루블만 적선해 주실 수 없을까요?」

「그러니까 너는 여기 숨어서 나를 기다리고 있었다는 말이군. 나는 그런 거 싫어하는데. 누가 시킨 짓이지?」

「누가 시킨 짓이라니, 절대로 그런 일은 없습니다. 저는 그저 온 세상이 다 아는 나리의 인정 많은 성격을 알고 있습죠. 나리도 아시다시피 제 수입이라야 병아리 눈물만큼밖에 되지 않으니까요. 지난 금요일에는 만두를 배 터지게 먹었지만, 그날 이후 첫날은 아무것도 먹지 못했고, 그다음 날은 굶었고, 세 번째 날 역시 아무것도 먹지 못했습니다요. 저 많은 강

---

11 러시아를 잘못 발음한 것이다. 이는 페찌까의 언어 습관으로, 그는 말할 때 비표준어와 속어를 많이 사용하고 있다.

12 영국을 잘못 발음한 것이다.

물로 배를 채웠더니만, 배 속에서 금붕어라도 기르게 생겼어
요……. 그러니 나리, 인정을 베풀어서 적선을 해주실 수 없을
까요? 여기서 멀지 않은 곳에 제 여자가 기다리고 있습니다
만, 돈 한 푼 없어 가지도 못하고 있습니다요.」

「뾰뜨르 스쩨빠노비치가 나를 대신해 대체 뭘 약속했지?」

「그분께서 뭘 약속했다기보다는, 어떤 상황이 생기면 나리
께 제가 쓸모 있을지도 모른다는 말씀만 늘어놓으셨지요. 그
런데 무슨 일인지는 정확히 설명하지 않으셨고요. 뾰뜨르 스
쩨빠노비치께서는 제게 까자끄인 같은 인내심이 있는지 시
험하려 했던 것입니다. 저에 대한 신뢰가 전혀 없으니까요.」

「아니, 왜?」

「뾰뜨르 스쩨빠노비치는 점성술사라서 신이 정해 준 운명
을 모두 알고 계시지만, 그분도 비판받을 점은 있지요. 그런
데 나리 앞에 있으니 마치 신을 마주하고 있는 것 같습니다.
나리에 대해 들은 이야기가 많아서요. 뾰뜨르 스쩨빠노비치
가 이런 분이시라면 나리는 그분과는 좀 다른 분이시겠지요.
그분의 경우, 그분이 만약 어떤 사람에 대해 비열한 놈이라고
말한다면, 그분에게 그는 그냥 비열한 놈인 겁니다. 그가 비
열한 놈이라는 것 외에는 아무것도 알지 못하시니까요. 또 누
군가를 바보라고 말한다면, 그분은 바보 말고는 그 사람을 부
를 말을 찾지 못하지요. 하지만 제 경우에도, 제가 화요일과
수요일에는 그냥 바보였다가도, 목요일에는 그보다 좀 더 영
리해질 수도 있는 일 아닙니까. 그런데 그분은 지금 내가 신
분증을 엄청 원한다는 것을 알고 ─ 러샤에서 신분증 없이는
아무것도 할 수 없으니까요 ─ 자기가 내 영혼을 손아귀에
넣었다고 생각한다니까요. 나리, 한 말씀 드리자면, 뾰뜨르

스쩨빠노비치는 참말로 세상 쉽게 살아가십니다요. 그분은
사람에 대해 제멋대로 이렇다고 판단해 놓고는 그걸 바탕으
로 살아가는 분이니까요. 게다가 지독하게 인색하단 말입죠.
그분은 제가 감히 자기를 제쳐 놓고 나리 앞에 나타나지는
않을 거라고 생각하고 있지만, 저는 나리 앞에 있으면 마치
신을 마주하고 있는 것 같다니까요. 그래서 그분 없이도 나만
의 조용한 걸음으로 길을 찾기 위해 이미 나흘째 밤마다 이
다리 위에서 나리를 기다리고 있었습니다. 생각해 보니 짚신
보다는 구두에 대고 고개를 숙이는 게 더 낫겠더라고요.」

「내가 밤에 이 다리를 지나가리라는 걸 누가 말했지?」

「고백하자면 우연히 주워들은 거지요. 무엇보다 레뱟낀 대
위의 어리석음 때문인데, 그는 좀처럼 자기 안에 담아 두지를
못한다니까요……. 자, 나리, 3일 낮과 밤을 기다렸으니, 지루
하게 기다린 대가로 3루블은 받을 만하다 이거지요. 옷은 다
젖었지만, 그건 손해 보는 셈치고 아무 말 안 하겠습니다.」

「나는 왼쪽으로 갈 테니, 너는 오른쪽으로 가라. 다리가 끝
났으니. 이봐, 표도르, 나는 사람들이 내 말을 단번에 알아듣
는 걸 좋아해. 네게는 1꼬뻬이까도 주지 않을 테니, 앞으로는
다리 위에서건 어디에서건 나를 만날 생각 같은 건 하지 마.
너한테는 용건도 없고 앞으로도 없을 테니까. 내 말을 듣지
않으면 너를 묶어서 경찰에 넘길 거야. 저리 가!」

「아이고, 길동무가 되어 드렸으니 한 푼이라도 던져 주시
면 가는 길이 즐거우실 텐데요.」

「저리 꺼져!」

「그런데 나리께서는 이곳 길을 아십니까요? 저쪽으로는
온통 골목길투성이입니다만……. 제가 나리를 안내해 드릴 수

도 있습니다. 여기 도시가 워낙 악마가 바구니에 집어넣고 뒤흔들어 놓은 것과 다름없어서 말입니다요.」

「제길, 당장 널 묶어 버릴 테다!」 니꼴라이 프세볼로도비치는 무서운 기세로 돌아섰다.

「생각 좀 해주십시오, 나리. 이런 불쌍한 인간을 그렇게까지 욕보이시다니.」

「아니, 보아하니 너는 너 자신을 믿고 있는 것 같군!」

「나리, 저는 나리를 믿고 있는 거지, 저 자신을 믿는 게 아닙니다요.」

「너는 나한테 전혀 필요 없다고 이미 말했을 텐데!」

「하지만 저는 나리가 필요하니, 이를 어쩐다. 돌아오시기를 기다리는 수밖에 없겠는데요.」

「분명히 말해 두지만, 다시 만나면 너를 묶어 버릴 거야.」

「그럼 저는 밧줄을 준비해 두어야겠는걸요. 안녕히 가십시오, 나리. 이 불쌍한 놈을 우산 아래 넣어 주셨으니, 그것만으로도 죽어서 관에 들어갈 때까지 고마워하겠습니다.」

그는 뒤로 처졌다. 니꼴라이 프세볼로도비치는 불안해하며 목적지에 도착했다. 하늘에서 떨어진 듯한 이 인간은 자기가 니꼴라이에게 없어서는 안 될 존재라고 확신하고 있었으며, 너무도 뻔뻔하게 이 사실을 알리려고 서둘렀다. 이 인간은 그에게 격식 같은 것도 차리지 않았다. 그러나 이 부랑자가 완전히 거짓말을 한 것 같지는 않고, 실제로 자기 혼자, 즉 뾰뜨르 스쩨빠노비치 몰래 무슨 대가를 바라고 도와주겠다고 제안한 것 같았다. 무엇보다 바로 이것이 흥미로웠다.

2

니꼴라이 프세볼로도비치가 도착한 집은 울타리들 사이 인적이 드문 골목길에 서 있었다. 울타리 너머로는 말 그대로 마을 끝까지 채소밭이 이어졌다. 이 집은 완전히 고립된 크지 않은 목조 건물로, 아직 지은 지 얼마 안 되었는지 널빤지도 덮여 있지 않았다. 그중 일부러 덧문을 잠가 놓지 않은 한 창문의 창턱에는 촛불이 놓여 있었다. 오늘 밤 늦게 오기로 되어 있는 손님에게 등대가 되어 주려는 모양이었다. 아직 서른 걸음 정도 떨어진 곳에서 니꼴라이 프세볼로도비치는 현관 입구에 서 있는 키 큰 사람의 형상을 알아보았다. 아마도 기다리다 참지 못해 밖을 살펴보려고 나온 이 집 주인인 모양이었다. 초조하고 겁을 먹은 듯한 그의 목소리가 들려왔다.

「거기 당신입니까? 당신입니까?」

「날세.」 니꼴라이 프세볼로도비치는 현관 앞에 거의 다다르자 우산을 접고 이렇게 대답했다.

「이제야 오셨군요!」 레뱟낀 대위는 ─ 이 사람은 바로 그였다 ─ 제자리걸음을 하며 분주하게 움직이기 시작했다. 「자, 우산을 이리 주십시오. 흠뻑 젖으셨군요. 우산은 여기 마루 한쪽 구석에 펴놓겠습니다. 들어오십시오, 들어오십시오.」

복도에서 촛불 두 개가 켜져 있는 방으로 들어가는 문이 활짝 열려 있었다.

「반드시 오시겠다는 약속이 없었다면 믿지 못했을 겁니다.」

「12시 45분이군.」 니꼴라이 프세볼로도비치는 방으로 들어가면서 시계를 보았다.

「게다가 이렇게 비도 오고 거리도 상당히 먼데…… 저는 시계도 없고 창밖은 채소밭뿐이고, 그러다 보니 주변 사건들로부터 뒤처집니다……. 그렇다고 불평하는 건 아닙니다. 제가 감히 그러지는 못하지요. 그저 지난 일주일 동안 초조함에 갉아먹히면서 결국…… 해결되기를 기다리고 있었습니다.」

「뭐라고?」

「제 운명에 대해 들어 봐야겠습니다. 니꼴라이 프세볼로도비치, 부탁입니다.」

그는 소파 앞에 있는 탁자 옆 의자를 가리키며 허리를 숙였다.

니꼴라이 프세볼로도비치는 주위를 둘러보았다. 방은 아주 작고 천장도 낮았으며 가구는 꼭 필요한 것들만 갖추어져 있었다. 나무로 만들어진 의자와 소파는 역시 갓 제작한 것인지 가죽 커버도 없고 쿠션도 없었다. 두 개의 보리수나무 탁자가 하나는 소파 옆에, 다른 하나는 구석에 있었다. 구석 쪽 탁자에는 식탁보가 깔려 있고 그 위에 뭔가 가득 늘어놓은 것 같았는데, 아주 깨끗한 상보가 덮여 있었다. 그야말로 방 전체가 굉장히 깨끗하게 손질되어 있는 것 같았다. 레뱟낀 대위는 지난 8일 동안 술을 마시지 않았다. 그의 얼굴은 어쩐지 좀 부어 있었고 누리끼리했으며, 시선은 불안하기도 하고 호기심에 차 있는 것 같기도 했는데, 분명 의혹을 품고 있는 것 같았다. 그는 어떤 어조로 말을 시작하고 당장 어떻게 화제를 돌려야 자신에게 가장 유리할지 여전히 모르는 것이 너무도 명백해 보였다.

「보시다시피,」 그는 주변을 가리켰다. 「조시마[13]처럼 살고

13 수도사를 말한다. 도스또예프스끼의 『까라마조프 씨네 형제들』에도 등장하는 신부로, 19세기 실존했던 성자를 원형으로 하고 있다.

있습니다. 금주, 고독, 가난, 즉 옛 기사들의 맹세와 같습니다.」

「자네는 옛 기사들이 그런 맹세를 했다고 생각하나?」

「어쩌면 제가 틀렸을지도 모르지요. 아아, 저는 교육을 제대로 받지 못했습니다! 모든 걸 망쳐 버렸어요! 니꼴라이 프세볼로도비치, 제가 이곳에서 처음으로 수치스러운 집착에서 벗어나 정신을 차렸다는 게 믿기십니까? 술도 한 방울 마시지 않고 있습니다! 작은 집도 가지게 되었고 지난 6일 동안 마음이 평안해졌음을 느꼈습니다. 벽조차 자연을 연상시키는 수지 냄새를 풍기고 있어요. 저는 과거에 어떤 인간이고, 뭐 하는 사람이었을까요?

　밤에는 숙소도 없이 떠돌고,
　낮에는 혀를 내밀고서 ─ [14]

어떤 시인의 천재적인 표현에 따르면 이렇다는 겁니다! 그런데…… 당신은 정말로 흠뻑 젖었네요……. 차 좀 드시지 않겠습니까?」

「걱정하지 말게.」

「7시부터 사모바르가 끓었는데…… 꺼져 버렸네요……. 이 세상의 모든 것과 마찬가지로. 태양도 때가 되면 꺼져 버린다고들 하잖아요…….[15] 하지만 필요하시다면 다시 끓이겠습니

---

14 러시아 시인 뱌젬스끼P. A. Viazemskii의 시 「화가 오를로프스끼를 기억하며」의 부정확한 인용이다.

15 세상의 종말과 예수의 재림에 관한 성경의 예언을 암시하는 표현이다. 「마태오의 복음서」 24장 29절 참조.

다. 아가피야도 자지 않고 있으니까요.」

「그런데 마리야 찌모페예브나는…….」

「여기 있습니다, 여기요.」 레뱟낀은 즉시 작은 소리로 말을 받았다. 「한번 들여다보시겠습니까?」 그는 옆방으로 통하는 닫힌 문을 가리켰다.

「아직 안 자나?」

「물론입니다. 그럴 리가 있습니까? 오히려 초저녁부터 기다리다가 조금 전에는 오신 것을 알고 바로 화장까지 할 정도였습니다.」 그는 입을 삐쭉거리며 장난기 어린 웃음을 지으려다가 바로 입을 다물어 버렸다.

「그녀는 대체로 어떤가?」 니꼴라이 프세볼로도비치는 얼굴을 찌푸리며 물었다.

「대체로요? 당신이 아시는 그대로입니다(그는 유감스럽다는 듯이 어깨를 으쓱했다). 하지만 지금은…… 지금은 앉아서 카드 점을 치고 있습니다…….」

「좋아, 나중에 보기로 하지. 우선 자네와 마무리를 지어야 하니까.」

니꼴라이 프세볼로도비치는 의자에 앉았다.

대위는 이미 소파에 앉을 엄두도 내지 못하고 곧바로 다른 의자를 끌어당겼다. 그는 떨리는 기대감을 안고 이야기를 들으려고 몸을 기울였다.

「저기 구석에 놓인 탁자 위 상보를 씌운 것은 대체 뭔가?」 니꼴라이 프세볼로도비치는 갑자기 관심을 보였다.

「저것 말씀입니까?」 레뱟낀 역시 그쪽을 돌아보았다. 「저건 당신이 베풀어 주신 것으로 준비한 것입니다. 일종의 집들이용이라고나 할까요. 또 먼 길을 오시느라 당연히 피곤하실 것 같기도 해서요.」 그는 감동한 듯 이렇게 덧붙였다. 그러고는 자리에서 일어나 발끝으로 걸어가 구석 탁자 위에 있던 상보를 공손하고 조심스럽게 벗겼다. 그 아래에는 미리 준비한 음식들이 놓여 있었다. 햄, 송아지고기, 정어리, 치즈, 녹색의 작은 유리병, 목이 긴 보르도 와인 병 등 모든 것이 깨끗하고 능숙하고 세련되게 정돈되어 있었다.

「이걸 다 자네가 준비했나?」

「제가 했습니다. 어제부터 당신에게 경의를 표하기 위해서할 수 있는 모든 것을⋯⋯. 마리야 찌모페예브나는 아시다시피 이런 일에 무관심하니까요. 중요한 것은 당신이 베풀어주신 것으로 준비했고 당신의 것이라는 겁니다. 제가 아니라당신이 이곳의 주인이니까요. 저는 말하자면 그냥 당신의 집사 같다고나 할까요. 하지만 어쨌건, 니꼴라이 프세볼로도비치, 어쨌건 저는 정신적으로는 독립되어 있습니다! 저의 이마지막 자산을 빼앗지 말아 주십시오!」 그는 감동적으로 말을 맺었다.

「흠⋯⋯! 다시 앉는 게 어떤가?」

「감-사-합니다, 감사합니다만, 저는 독립적 인간입니다!(그는 앉았다.) 아, 니꼴라이 프세볼로도비치, 가슴이 너무끓어올라서 어떻게 당신을 기다려야 할지도 모를 정도였습니다! 자, 이제 저와⋯⋯ 저 불행한 여자의 운명을 결정해 주십시오⋯⋯. 그러면⋯⋯ 그러면 과거 옛날에 그랬던 것처럼당신 앞에 모든 것을 털어놓겠습니다. 4년 전과 마찬가지로요! 그때 당신은 제 말을 경청해 주셨고 시도 읽어 주셨는데⋯⋯. 당시 사람들은 저를 당신의 폴스타프, 셰익스피어 희곡에 나오는 폴스타프라고 불렀지만, 상관없습니다. 당신은 그만큼 제 인생에서 의미가 있으니까요……! 저는 지금 굉장히 불안한 상태입니다만, 오직 당신의 충고와 광명만을 기다리고 있습니다. 뾰뜨르 스쩨빠노비치는 저를 너무 무섭게 대하거든요!」

니꼴라이 프세볼로도비치는 관심 있게 귀를 기울이며 그를 뚫어지게 쳐다보았다. 레뱟낀 대위는 과음하는 습관은 버렸을지 몰라도 여전히 정신은 전혀 조화로운 상태가 아니었다. 이처럼 오랜 시간에 걸쳐 술주정뱅이가 된 사람은 결국 뭔가 사리 분별을 못하고 정신이 흐릿해지며, 머리에 해를 입어 미치광이처럼 변해 가는 것이다. 물론 필요한 경우에는 다른 사람들 못지않게 속이기도 하고 교활해지기도 하고 사기를 치기도 하겠지만 말이다.

「이봐 대위, 보아하니 자네는 지난 4년여 동안 전혀 변하지 않았군.」 니꼴라이 프세볼로도비치는 좀 더 누그러졌는지 이렇게 말했다. 「인간의 생애 후반은 보통 전반기에 쌓아 온 습관에 의해서만 구성된다고 하더니, 그것이 사실인 것 같네.」

「고결한 말씀이십니다! 당신은 인생의 수수께끼를 푸셨습니다!」 대위는 반쯤은 허풍으로, 반쯤은 진짜 감격해서 이렇게 소리쳤다. 그는 이런 명언들을 정말로 좋아했던 것이다. 「니꼴라이 프세볼로도비치, 저는 당신의 말씀 중에서 무엇보다 뻬쩨르부르끄[77]에서 하셨던 이야기 하나를 기억하고 있습니다. 〈상식에 반하면서까지 견딜 수 있으려면 진짜로 위대한 인간이 되어야 한다.〉 이렇게 말씀하셨지요!」

「마찬가지로 바보가 되어야 하기도 하지.」

「그렇네요, 바보라도 좋습니다. 당신은 일생 동안 그런 경구들을 쏟아 내시지만, 그들은 어떻습니까? 리뿌찐이건 뾰뜨르 베르호벤스끼건 그 비슷한 말이라도 해보라지요! 뾰뜨르 베르호벤스끼는 저를 얼마나 잔인하게 대했던지……!」

「하지만 대위, 자네는 어떻게 행동했지?」

「술에 취해서 그런 겁니다. 게다가 제게는 적도 무수히 많거든요! 그러나 지금은 모든 게 지나갔고, 저도 뱀처럼 허물을 벗고 변신했습니다. 니꼴라이 프세볼로도비치, 제가 유언장을 쓰고 있다는 것을, 아니 이미 다 썼다는 것을 알고 계십니까?」

「재미있군. 그래, 자네는 누구한테 뭘 남기려 하나?」

「조국과 인류와 학생들에게 남길 겁니다. 니꼴라이 프세볼로도비치, 신문에서 한 미국인의 전기를 읽은 적이 있습니다. 그는 자신의 막대한 재산은 공장과 실증 과학에, 해골은 학생들에게, 즉 그곳 대학에 남겼고, 자기 가죽은 미국 국가를 연주할 때 쉬지 않고 두드려 댈 수 있도록 북을 만드는 데 남겼습니다. 아, 슬프게도 우리는 저 미 합중국의 비상하는 사상과 비교하면 난쟁이에 불과합니다. 러시아는 자연의 놀잇감이지 이성의 놀잇감은 아닙니다. 가령 제 가죽을 제가 복무하는 영광을 가졌던 아끄몰린스끼 연대에 기증해 북을 만들고 그것으로 매일 연대 앞에서 러시아 국가를 연주해 달라고 했다고 칩시다. 그러면 이것이 자유사상으로 간주되어 가죽 사용이 금지되고 말 겁니다……. 그래서 대학생들에게만 남겨 주기로 했습니다. 제 두개골은 대학에 기증하고 싶은데, 다만 이마에 〈회개한 자유사상가〉라는 문구가 들어간 표를 영원히 붙여 놓는다는 조건으로 말입니다. 바로 그런 겁니다!」

대위는 열을 내며 말했는데, 물론 미국식 유언의 아름다움을 믿고 있는 게 분명했다. 그러나 그는 사기꾼이기도 해서,

이미 오래전부터 광대 역할을 하며 섬겨 왔던 니꼴라이 프세볼로도비치를 웃기고 싶다는 마음도 굉장히 컸다. 그러나 니꼴라이는 웃지 않았으며, 오히려 좀 의심스럽다는 듯이 이렇게 물었다.

「결국 자네는 생전에 유언을 공표해서 그에 대한 보상을 받으려는 건가?」

「그렇다 해도, 니꼴라이 프세볼로도비치, 그렇다 해도요,」 레뱟낀은 조심스럽게 눈치를 살폈다. 「제 운명은 대체 어떠했습니까! 전 시를 쓰는 것조차 그만두었습니다. 전에는 당신께서 제 시에 즐거워하셨는데 말입니다, 니꼴라이 프세볼로도비치. 기억하십니까? 술자리에서요. 하지만 펜도 끝났습니다. 고골의 〈최후의 이야기〉처럼 단 한 편의 시만 썼습니다. 고골이 이것은 가슴에서 〈터져 나온〉 이야기라고 선언했던 것 기억하시겠지요?[16] 저도 그렇게 노래했고, 이걸로 끝입니다.」

「대체 어떤 시인가?」

「〈그녀의 다리를 부러뜨릴 경우에!〉라는 시입니다.」

「뭐-뭐라고?」

대위는 이것만을 기다리고 있었다. 그는 자신의 시를 한없이 존중하고 높게 평가했지만, 또한 약간 사기꾼 같은 이중적인 마음도 가지고 있었기에 니꼴라이 프세볼로도비치가 항상 그의 시를 재미있어하고 가끔은 배를 잡고 웃곤 하던 것을 좋아하기도 했다. 그런 식으로 그는 두 가지 목적, 즉 시적

16 고골의 『친구들과의 왕복 서한』 중 「작별을 고하는 이야기」를 잘못 인용한 것이다. 이 이야기에서 고골은 〈맹세컨대, 내가 그것을 짓거나 고안한 것이 아니라, 그것이 저절로 영혼 속에서 터져 나왔다〉라고 쓰고 있다.

인 목적과 어릿광대로서의 목적을 달성했다. 하지만 지금은 특별하고 아주 낯간지러운 세 번째 목적이 있었다. 대위는 시를 무대로 들고 나오면서 무슨 이유에서인지 자신이 굉장히 겁을 집어먹고, 또 잘못했다고 느끼는 한 가지 점에 대해 자신을 정당화하려 생각하고 있었다.

「〈그녀가 다리를 부러뜨릴 경우에〉, 즉 말을 타고 가다 떨어진다면 말입니다. 이건 그냥 상상입니다, 니꼴라이 프세볼로도비치, 헛소리예요. 하지만 시인의 헛소리지요. 언젠가 길을 가다 말 탄 아가씨를 보고 깜짝 놀라서 이런 실질적인 질문이 떠올랐습니다. 〈그렇게 되면 무슨 일이 벌어질까?〉 즉, 그런 경우에 말입니다. 상황은 뻔하죠. 모든 흠모자는 꽁무니를 빼고, 구혼자들은 자취를 감춘 뒤, *morgen früh*(아침 일찍) 코를 훌쩍거리고 있을 때 시인 한 사람만이 짓밟힌 심장을 가슴에 품고 그 옆에 충실하게 남아 있을 것입니다. 니꼴라이 프세볼로도비치, 이[蟲]와 같은 존재라 하더라도 그녀는 그와 사랑에 빠질 수 있을 겁니다. 법으로 금지되어 있는 건 아니니까요. 하지만 아가씨는 제 편지에 대해서도, 시에 대해서도 분노하셨습니다. 당신마저 화나셨다고 하던데, 그렇습니까? 슬프군요. 믿고 싶지도 않았습니다. 그런데 상상만으로 대체 누구한테 해를 끼칠 수 있겠습니까? 게다가 제 명예를 걸고 말씀드리는데, 여기에는 리뿌찐이 관여되어 있습니다. 〈보내 보게, 보내 봐. 어떤 인간이건 편지를 주고받을 권리는 있으니〉라는 말에 힘입어, 보내고 말았죠.」

「자네는 자네 자신을 신랑감으로 추천한 것 같은데?」

「적들, 적들, 온통 적들뿐이군요!」

「시를 읽어 보게.」 니꼴라이 프세볼로도비치는 엄격하게 말을 가로막았다.

「헛소리입니다, 완전한 헛소리예요.」

그러나 그는 몸을 똑바로 세우고 팔을 뻗으며 시를 읊기 시작했다.

아름답고도 아름다운 그녀의 다리가 부러지자

두 배는 더 시선을 끌게 되었고,

두 배는 더 사랑에 빠졌도다,

이미 사랑에 적지 않이 빠져 버린 그는.

「아, 그만.」 니꼴라이 프세볼로도비치는 손을 흔들었다.

「저는 뻬쩨르[17] 꿈을 꿉니다.」 레뱟낀은 마치 시는 읊은 적도 없는 것처럼 재빨리 화제를 바꿨다. 「갱생에 관한 꿈을 꾸고 있습니다⋯⋯. 은인이시여! 여행 경비가 필요한데, 거절하지 않고 돈을 주시리라 기대해도 되겠습니까? 저는 태양을 기다리듯 한 주 내내 당신을 기다려 왔습니다.」

「글쎄, 미안하지만 안 되겠네. 나한테는 돈이 거의 남아 있지도 않고, 또 무엇 때문에 자네한테 돈을 주어야 하지⋯⋯?」

니꼴라이 프세볼로도비치는 갑자기 화가 난 것 같았다. 그는 무뚝뚝하고 짧게 대위가 저지른 모든 잘못, 즉 그의 주벽, 거짓말, 누이동생 마리야 찌모페예브나에게 가야 할 돈을 다 써버린 것, 그녀를 수도원에서 끌어내 온 것, 비밀을 폭로하겠다는 뻔뻔한 협박 편지, 다리야 빠블로브나에게 한 행동 등을 열거하기 시작했다. 대위는 몸을 흔들고 손짓하면서 반박하려 했지만, 니꼴라이 프세볼로도비치는 매번 위압적인 태

17 뻬쩨르부르끄의 속칭.

도로 그의 말을 중지시켰다

　「그리고 하나 더,」 그는 마지막으로 언급했다. 「자네는 계속 〈가족의 수치〉라고 쓰던데, 자네 누이동생이 스따브로긴과 합법적으로 결혼한 것이 대체 무슨 수치란 말인가?」

　「하지만 그 결혼이 비밀로 되어 있으니까요, 니꼴라이 프세볼로도비치. 비밀 결혼, 숙명적인 비밀이지요. 저는 당신에게서 돈을 받았습니다만, 사람들이 갑자기 이게 무슨 돈이냐고 묻는다면요? 저는 약속에 얽매여 있기도 하고, 또 제 여동생이나 가족의 명예에 해가 되니까 대답할 수도 없습니다.」

　대위는 언성을 높였다. 그는 이 화제를 좋아했고 여기에 단단히 기대를 걸고 있었다. 하지만 슬프게도 그는 자신에게 얼마나 당혹스러운 일이 일어날지 예측도 못하고 있었다. 니꼴라이 프세볼로도비치는 아주 평범하고 일상적인 일 처리를 하듯 그에게 차분하고 조용한 말투로 조만간, 아마 내일이나 모레쯤 자신의 결혼을 어디서나 알 수 있도록, 즉 〈경찰도 사교계도〉 알 수 있도록 공표할 생각이며, 따라서 가족의 명예에 관한 문제도, 보조금에 관한 문제도 저절로 끝날 것이라고 말했다. 대위는 눈이 휘둥그레지며 전혀 이해를 하지 못했으며, 그래서 다시 설명해 주어야만 했다.

　「하지만 그 애는…… 미친 여자 아닙니까?」

　「나는 필요한 조치를 취해 둘 걸세.」

　「하지만…… 당신 어머님은 어떻게 하시려고요?」

　「글쎄, 원하시는 대로 하시겠지.」

　「그럼 아내를 댁으로 데려가야 하지 않겠습니까?」

　「아마도 그래야겠지. 하지만 그건 자네가 전혀 상관할 바도 아니고, 자네와는 아무런 관련도 없어.」

「관련이 없다니요!」대위는 소리쳤다. 「그럼 저는 어떻게 되는 겁니까?」

「당연히 자네는 내 집에 들어오지 못하지.」

「하지만 저는 친척 아닙니까?」

「그런 친척이라면 다들 도망가고 말 거야. 그렇다면 내가 무엇 때문에 자네에게 계속 돈을 주어야 하나? 스스로 한번 생각해 보게.」

「니꼴라이 프세볼로도비치, 니꼴라이 프세볼로도비치, 그럴 수는 없습니다. 한번 생각해 보십시오. 자살 행위를 하고 싶지는 않으시겠죠……? 세상 사람들이 어떻게 생각하고, 뭐라고 말할까요?」

「자네 세상 사람들이라니, 아주 무서워 죽겠군. 나는 그때 술자리에서 술 내기를 하다가 마음이 동해서 자네 여동생과 결혼을 했고, 지금 그것을 공표하려 하네……. 이것이 내게 즐거움이 된다면 못할 것도 없지 않겠나?」

그가 어딘지 모르게 아주 초조하게 말해, 레뱟낀은 두려운 마음으로 믿기 시작했다.

「하지만 저는, 저는 어떻게 되는 겁니까? 여기서 문제는 제가 아니겠습니까……! 설마 농담이시겠죠, 니꼴라이 프세볼로도비치?」

「아니, 농담 아니네.」

「마음대로 하십시오, 니꼴라이 프세볼로도비치. 저는 당신을 믿지 않습니다……. 그럼 저는 소송을 걸겠습니다…….」

「자네는 형편없이 어리석군, 대위.」

「상관없습니다, 이것이 제게 남은 전부잖습니까!」대위는 완전히 혼란에 빠졌다. 「전에는 그 애가 이 집 저 집 돌아다니

104

며 하녀 일을 해서 방이라도 얻을 수 있었지만, 이제 당신이 저를 완전히 내버리면 어떻게 되겠습니까?」

「뻬쩨르부르끄로 가서 새로운 경력을 쌓아 보겠다고 하지 않았나? 그건 그렇고, 자네가 밀고하기 위해 그곳에 가려 한다는 이야기를 들었는데, 사실인가? 다른 사람들의 이름을 모두 밝히고 자신은 사면받기 위해서 말이지.」

대위는 입을 벌리고 눈은 부릅뜬 채 아무 말도 하지 못했다.

「이보게, 대위,」 스따브로긴은 갑자기 탁자 위로 몸을 굽히며 굉장히 진지하게 말하기 시작했다. 지금까지는 그가 왠지 애매하게 말했기 때문에 그 앞에서 광대 역할을 해본 경험이 제법 있는 레뱟낀도 마지막 순간까지 그의 주인 나리가 실제로 화를 내는 건지 아니면 그냥 놀려 대는 건지, 실제로 결혼을 발표하겠다는 기괴한 생각을 가지고 있는 건지 아니면 그냥 장난치는 건지 확신이 서지 않았다. 그런데 지금은 니꼴라이 프세볼로도비치의 엄격한 표정이 평소 같지 않게 너무 확실해서 대위는 등에 한기마저 느껴질 정도였다. 「이봐, 사실을 얘기해 보게, 레뱟낀. 자네는 뭔가 밀고했나, 아직 안 했나? 실제로 무슨 일을 저질렀나? 어리석게도 편지 같은 걸 보낸 건 아닌가?」

「아니요, 아무 짓도 하지 않았습니다……. 그럴 생각도 없었고요.」 대위는 꼼짝도 못하고 쳐다보았다.

「글쎄, 생각도 안 했다니 거짓말이군. 자네는 그 때문에 뻬쩨르부르끄로 보내 달라고 부탁하고 있잖은가. 만약 편지를 보내지 않았다면, 이곳의 누군가에게 뭐라고 떠들어 대지는 않았나? 사실대로 말해 보게, 나도 들은 게 있으니.」

「취한 상태에서 리뿌찐에게 말했습니다. 배신자 리뿌찐 녀

석. 그에게 마음을 열어 보였는데…….」 불쌍한 대위는 중얼
거렸다.

「마음은 그냥 마음으로 두고, 그런 바보 같은 행동을 해서
는 안 되었던 거야. 만약 자네에게 생각이 있다면, 속으로 간
직하는 게 좋아. 요즈음 영리한 사람들은 떠들어 대지 않고
침묵을 지키거든.」

「니꼴라이 프세볼로도비치!」 대위는 몸을 떨기 시작했다.
「당신은 아무 일에도 관여한 적이 없지 않습니까. 저는 당신
에 대해서 아무런…….」

「그래, 감히 자기 돈줄을 밀고하지는 않겠지.」

「니꼴라이 프세볼로도비치, 한번 생각해 보십시오, 생각해
보십시오……!」 대위는 절망 속에서 눈물을 흘리며 서둘러 자
신의 지난 4년간 이야기를 늘어놓기 시작했다. 그것은 자신
과 상관도 없는 일에 끌려들어 갔다가 술독에 빠져 방탕한 생
활을 하느라 마지막 순간까지 그것의 중요성을 이해하지 못
한 한 바보의 매우 어리석은 이야기였다. 그의 말에 따르면
이미 뻬쩨르부르끄에 있을 때부터 〈처음에는 대학생이 아님
에도 불구하고 진짜 대학생이라도 되는 것처럼 단순히 우정
에 이끌려〉 아무것도 모른 채, 즉 〈아무것도 이해하지 못한
채〉 여러 가지 종이쪽지를 계단에 던지기도 하고, 수십 장씩
문 앞에 두기도 하고, 초인종 옆에 신문 대신 놓아두기도 했
으며, 극장으로 가지고 가서 모자에 꽂아 놓거나 주머니에 쑤
셔 넣기도 했다는 것이다. 그 후 그들에게서 돈을 받기 시작
했는데, 〈왜냐하면 제 수입이라는 게 늘 그 모양이다 보니!〉
라는 것이 이유였다. 그렇게 그는 두 현의 각 군을 돌아다니
며 〈온갖 쓰레기〉를 뿌려 댔다. 「오, 니꼴라이 프세볼로도비

치,」 그가 소리쳤다. 「무엇보다 저를 분개하게 했던 것은 이것이 민법, 무엇보다 국법에 완전히 위배된다는 점이었습니다! 갑자기 쇠스랑을 가지고 나오라거나, 아침에 가난하게 집을 나왔던 사람이 저녁이면 부자가 되어 귀가할 수 있다는 내용이 인쇄된 적도 있었습니다. 생각 좀 해보십시오! 저는 몸이 떨리는 걸 참고 뿌렸습니다. 그런가 하면 갑자기 대여섯 줄짜리 쪽지를 이렇다 할 이유도 없이 전 러시아를 향해 뿌리는 겁니다. 〈빨리 교회를 폐쇄하라, 신을 폐지하라, 결혼 제도를 파괴하라, 상속권을 폐지하라, 칼을 들라.〉 이런 내용이었지요. 그것뿐으로, 그다음은 뭐가 뭔지 모르겠습니다. 이 다섯 줄짜리 쪽지 때문에 거의 잡힐 뻔한 적이 있는데, 한 연대에서 장교들한테 몰매를 맞았지만 신의 가호로 다행히 풀려났습니다. 지난해에는 프랑스에서 만든 50루블짜리 위폐를 꼬로바예프에게 넘기다가 거의 잡힐 뻔하기도 했습니다. 그런데 다행히 꼬로바예프가 그때 마침 술에 취해 연못에 빠져 죽었기 때문에 저의 죄를 밝힐 수 없었지요. 여기 비르긴스끼 집에서는 여성의 사회적 자유를 선언했습니다. 6월에는 다시 모 현에서 삐라를 뿌렸고요. 아직 시킬 일이 더 있다고 하던데…… 뾰뜨르 스쩨빠노비치가 갑자기 저를 붙들고 시키는 대로 해야 한다고 알려 주더군요. 이미 오래전부터 협박해 왔습니다. 지난 일요일에 제게 그렇게 행동하다니! 니꼴라이 프세볼로도비치, 저는 노예이고 벌레입니다. 하지만 신은 아닙니다. 바로 그 점에서 데르자빈[18]과 다르지요. 하지만 제 수

18 G. R. Derzhavin(1743~1816). 러시아의 고전주의 시인. 레뱟낀은 여기서 데르자빈의 송시 「신」의 일부인 〈나는 황제다 — 나는 노예다 — 나는 벌레다 — 나는 신이다!〉를 패러디하고 있는 것이다.

입이라는 게 늘 그 모양이다 보니!」

니꼴라이 프세볼로도비치는 계속 호기심을 가지고 들었다.

「내가 모르는 게 많았군.」 그가 말했다. 「물론 자네한테는 무슨 일이든 일어날 수 있겠지만…….」 그는 잠시 생각하다가 말했다. 「이보게, 만약 원한다면 그들에게 말해 보게. 그들이 누군지는 알겠지? 리뿌쩐이 거짓말을 한 것이고, 자네는 그저, 내게도 켕기는 구석이 있을 거라고 생각하고 밀고하겠다는 말로 나를 놀라게 해서 돈을 더 많이 뜯어내려는 심산이었다고 말일세……. 알겠나?」

「니꼴라이 프세볼로도비치 나리, 정말로 제게 그런 위험이 닥칠까요? 저는 그것을 물어보려고 당신이 오기만을 기다렸습니다.」

니꼴라이 프세볼로도비치는 조용히 미소 지었다.

「내가 자네에게 여비를 준다 해도, 그들은 물론 자네를 뻬쩨르부르끄로 보내지 않을 걸세……. 이제 마리야 찌모페예브나에게 가봐야 할 시간이군.」 그는 의자에서 일어섰다.

「니꼴라이 프세볼로도비치, 그럼 마리야 찌모페예브나는 어떻게 되는 겁니까?」

「내가 말한 대로지.」

「그게 정말입니까?」

「자네는 내 말을 전혀 믿지 않나?」

「그럼 당신은 정말 저를 낡고 해진 신발처럼 버리시려는 건가요?」

「두고 보세.」 니꼴라이 프세볼로도비치가 웃기 시작했다. 「자, 이제 나를 보내 주게.」

「저는 잠시 현관 입구에 나가 있겠습니다……. 우연히라도 엿듣는 일이 없어야 하니까요……. 방이 너무 작아서요.」

「좋은 생각이군. 현관 입구에 서 있게. 우산도 가져가고.」

「당신 우산을요……. 제게 그럴 만한 가치가 있습니까?」 대위는 알랑거리는 투로 말했다.

「누구나 우산을 쓸 만한 가치는 있지.」

「단번에 인권의 *minimum*(미니멈)을 정의 내리시는군요…….」

그러나 그는 이미 기계적으로 중얼거릴 따름이었다. 그는 여러 가지 소식으로 주눅이 들어 어찌할 바를 몰라 했다. 하지만 현관 입구로 나가 우산을 펴드는 순간, 그의 경솔하고 교활한 머릿속에는 또다시 여느 때처럼 그를 안심시키는 생각이 하나 떠올랐다. 그것은 저들이 그에게 교활하게 행동하고 거짓말하고 있는 것이며, 만약 그렇다면 그는 두려워할 것이 없고, 오히려 저들이 그를 두려워할 것이라는 생각이었다.

〈만일 저들이 교활하게 거짓말하고 있는 것이라면, 여기서 문제는 대체 뭘까?〉 하는 생각이 머리를 스치고 지나갔다. 결혼을 공표하는 것은 어리석은 짓 같았다. 〈사실 저런 기인한테는 무슨 일이든 생길 수 있지. 사람들을 괴롭히려고 사니까. 그런데 만약 지난 일요일의 치욕 이후 두려움을 느끼고 있다면, 지금까지 한 번도 느껴 본 적 없는 그런 두려움을 느끼고 있다면? 그래, 내가 공표할까 봐 두려워서 스스로 공표하겠다고 확실히 해두기 위해 달려왔군. 에이, 실수하면 안 돼, 레뱟긴! 스스로 공개할 생각이라면 뭐 하러 이 한밤중에 몰래 찾아왔겠어? 만일 그가 두려워한다면, 그것은 지금 두려워한다는 거야, 바로 지금, 바로 요 며칠 동안 말이야……. 에이, 일을 그르치면 안 돼, 레뱟긴……!〉

그는 뾰뜨르 스쩨빠노비치를 이용해서 나를 위협하고 있어. 오, 소름 끼쳐, 오, 소름 끼쳐. 정말 소름 끼치는군! 리뿌찐에게도 괜히 말했어. 이 미친 인간들이 뭘 계획하고 있는지는 악마나 알까, 절대 알아낼 수가 없단 말이야. 5년 전처럼 다시 움직이기 시작했군. 그런데 내가 대체 누구에게 밀고한다는 거야? 《어리석게도 누군가에게 편지를 쓰지는 않았나?》라니. 흠, 그렇다면 어리석은 척하고 편지를 써볼까? 혹시 그러라고 충고해 준 것 아닐까? 《자네는 그런 이유로 뻬쩨르부르끄로 떠나려 한다》고 했겠다. 사기꾼 같은 놈, 나는 꿈만 꾸었을 뿐인데, 저놈이 해몽을 해준 셈이군. 가라고 부추기는 것 같단 말이야. 이건 아마도 둘 중 하나일 거야. 장난질을 치다가 또다시 두려워졌거나, 아니면…… 아니면 자기는 아무것도 두려워하지 않으니 모두 밀고하라고 나를 부추기는 거겠지! 오, 소름 끼쳐, 레뱟낀, 오, 실수하지 말아야 할 텐데……!)

그는 자기 생각에 너무 몰두하느라 엿듣는 것도 잊어버렸다. 하지만 엿듣기도 어려웠다. 문이 두꺼운 외짝 문인 데다 말소리도 너무 작았기 때문이다. 불분명한 소리들만 들려왔다. 대위는 침을 뱉고 다시 밖으로 나와 현관 입구에서 생각에 잠겨 휘파람을 불었다.

3

마리야 찌모페예브나의 방은 대위가 차지하고 있는 방보다 두 배는 더 컸지만 가구는 마찬가지로 거칠게 깎은 조잡한 것들로 채워져 있었다. 그러나 소파 앞 탁자는 다채로운 색깔의 화려한 식탁보로 덮여 있고 그 위에서는 램프가 타오르고 있었다. 바닥에는 훌륭한 양탄자가 깔려 있었다. 침대는 방 전체를 가로질러 긴 녹색 커튼으로 칸막이가 되어 있고, 그 외에 탁자 옆에는 크고 푹신푹신한 안락의자가 놓여 있었다. 하지만 마리야 찌모페예브나는 그 위에 앉아 있지 않았다. 한쪽 구석에는 이전에 살던 집에서처럼 성상이 안치되어 있고 그 앞에 현수등이 타오르고 있었다. 탁자 위에는 카드 한 벌, 손거울, 노래책, 버터 빵 등 꼭 필요한 것들만 놓여 있었다. 그 밖에 화려한 그림이 그려진 책 두 권도 있었는데, 하나는 청소년들에게 알맞게 각색된 한 유명한 여행기 발췌본이었고, 다른 하나는 가볍고 교훈적이며 대부분 기사 이야기로 채워진 모음집으로, 크리스마스트리 밑에 선물로 놓아두거나 학교 교재용으로 쓰일 만한 책이었다. 다양한 사진이 꽂힌 앨범도 있었다. 마리야 찌모페예브나는 물론 대위가 예고했던 대로 손님을 기다리고 있었다. 그러나 니꼴라이 프세볼로도비치가 그녀 방에 들어갔을 때는 소파에 반쯤 누운 상태로 털실로 짠 베개 위에 기대어 잠들어 있었다. 손님은 소리가 나지 않게 뒤로 문을 닫고 그 자리에 가만히 서서 잠자는 여자를 쳐다보기 시작했다. 대위는 그녀가 몸치장을 했다고 알려 주었지만, 그것은 거짓말이었다. 그녀는 일요일 날 바르바라 뻬뜨로브나 집에 왔을 때처럼 검은색 옷을 입고 있었다. 머리는 여전히 뒤통수에 아주 작은 매듭으로 묶여 있고, 길고 가느다란 목도 여전히 드러나 있었다. 바르바라 뻬뜨로브나에게 선물로 받은 검은색 숄은 정성스럽게 접혀 소파 위에 놓여 있었다. 전처럼 그녀는 조잡하게 분을 바르고 입술 화장을 한 상태였다. 니꼴라이 프세볼로도비치가 서 있은 지 1분

111

도 되지 않아 그녀는 자기를 내려다보는 그의 시선을 느낀 듯 갑자기 잠에서 깨어 눈을 뜨고 재빨리 몸을 세웠다. 그러나 손님에게도 뭔가 이상한 일이 일어난 것이 분명했다. 그는 문 앞에 그대로 서서 움직이지도 않고 꿰뚫는 듯한 시선으로 그녀의 얼굴을 말없이 집요하게 쳐다보고 있었다. 아마도 이 시선이 지나치게 엄격했거나, 그 안에 혐오감이나 그녀의 놀라움을 즐기는 심술궂음까지 드러나 있었는지도 모른다. 어쩌면 잠에서 깬 마리야 찌모페예브나의 눈에만 그렇게 보였을 수도 있다. 그러나 뭔가 기대하는 듯한 1분 정도가 지난 뒤 갑자기 불쌍한 여자의 얼굴에는 극도의 공포가 떠올랐다. 얼굴에 경련이 지나간 뒤 그녀는 두 손을 흔들며 위로 들어올리더니 갑자기 공포에 질린 어린아이처럼 울음을 터뜨렸다. 조금만 더 있다간 거의 소리를 지를 것만 같았다. 그때 손님은 정신을 차렸다. 그는 순식간에 얼굴 표정을 바꾸고 아주 다정하고 상냥한 미소를 띠며 탁자로 다가갔다.

「갑자기 찾아와서 당신 잠을 깨우고 놀라게 했군요, 마리야 찌모페예브나, 미안합니다.」 그는 그녀에게 손을 내밀며 이렇게 말했다.

상냥한 목소리가 효과를 보여, 그녀는 뭔가 이해하려고 애쓰면서 여전히 두려움에 그를 쳐다보긴 했지만 공포는 사라졌다. 소심하게 손도 내밀었다. 마침내 그녀의 입술에 미소가 수줍게 살짝 감돌았다.

「안녕하세요, 왕자님.」 그녀는 어딘가 이상하게 그를 쳐다보면서 이렇게 속삭였다.

「아마도 나쁜 꿈을 꾼 모양이군요?」 그는 계속 다정하고 상냥하게 미소를 띠며 말을 이었다.

「제가 그런 꿈을 꾼 걸 어떻게 아셨어요……?」

그러더니 갑자기 몸을 부르르 떨고 뒤로 물러서면서 스스로를 보호하려는 듯 두 손을 앞으로 들어 올리며 또다시 울음을 터뜨리려고 했다.

「자, 진정하고, 이제 그만해요. 두려울 게 뭐 있어요? 나를 못 알아보겠어요?」 니꼴라이는 이렇게 말하며 그녀를 달래려 했지만, 이번에는 오랫동안 진정시킬 수가 없었다. 그녀는 여전히 괴로운 의혹을 품고, 불쌍한 머릿속에는 무거운 상념을 담은 채 무언가 결론에 도달하려고 계속 애쓰면서 조용히 그를 쳐다보았다. 눈을 내리뜨는가 하면 갑자기 상대를 휘감듯 빠른 시선으로 그를 훑어보았다. 마침내 그녀는 진정되었다기보다는 결심한 것 같았다.

「부탁이니 제 옆에 앉아 주세요. 나중에 당신을 자세히 볼 수 있게요.」 그녀는 꽤 단호하고, 분명 무언가 새로운 목적을 가지고 이렇게 말했다. 「이제 걱정하지 마세요. 당신을 직접 쳐다보지 않고 아래를 보고 있을 테니까요. 당신도 제가 요청할 때까지는 저를 쳐다보지 마세요. 자, 앉으세요.」 그녀는 심지어 조급하게 이렇게 덧붙였다.

새로운 감정이 그녀를 점점 더 강하게 사로잡고 있는 것이 분명했다.

니꼴라이 프세볼로도비치는 자리에 앉아서 기다렸다. 꽤 오랜 침묵이 흘렀다.

「흠! 저한테는 이 모든 게 이상해요.」 그녀는 갑자기 꺼림칙한 목소리로 이렇게 중얼거렸다. 「저는 물론 나쁜 꿈에 시달렸지만, 어째서 당신은 바로 그런 모습으로 제 꿈에 나타났을까요?」

「이런, 꿈 이야기는 그만둡시다.」 그는 금지당했음에도 불구하고 그녀를 향해 돌아서며 성급하게 말했다. 조금 전 그의 표정이 다시 눈 속에서 번뜩인 것 같았다. 그의 눈에는 그녀가 여러 번 그를 정말 보고 싶어 하면서도 고집스럽게 가만히 앉아 아래만 쳐다보고 있는 게 보였다.

「저기요, 왕자님,」 그녀가 갑자기 목소리를 높였다. 「저기요, 왕자님…….」

「당신은 왜 고개를 돌리고 있어요? 왜 나를 보지 않는 거지요? 뭣 때문에 이런 코미디를 하는 거요?」 그는 참지 못하고 소리 질렀다.

그러나 그녀는 전혀 듣고 있는 것 같지 않았다.

「저기요, 왕자님,」 그녀는 얼굴에 불쾌하고 걱정스러운 표정을 지으면서 단호한 목소리로 세 번이나 이 말을 반복했다. 「당신이 그때 마차에서 결혼을 공표하겠다고 말씀하셨을 때 나는 이제 비밀이 끝나는구나 싶어 놀랐지 뭐예요. 그런데 지금은 모르겠어요. 계속 생각해 본 결과 나는 전혀 어울리지 않는다는 것을 분명히 알게 되었어요. 옷을 차려입을 수도 있고, 어쩌면 손님을 맞이할 수도 있겠지요. 차 대접하는 것쯤이야 어려운 일도 아니죠, 특히 하인들이 있다면요. 그러나 어쨌건 주위에서 쳐다보지 않을까요? 나는 지난 일요일에 그 집에서 아침부터 많은 것을 살펴볼 수 있었어요. 그 예쁜 귀족 아가씨는 저를 줄곧 쳐다보더군요. 특히 당신이 들어왔을 때요. 그때 들어온 사람이 당신이었죠, 네? 그 아가씨 어머니는 그냥 우스꽝스러운 사교계 노부인이었어요. 나의 레뱟낀 역시 큰일을 해냈죠. 나는 웃음을 참느라 계속 천장만 보고 있었다니까요. 그런데 천장은 예쁘게 색칠되어 있더라고요.

그분 어머니는 수녀원장을 해도 될 것 같았어요. 저한테 검은 색 숄을 선물해 주셨지만, 그래도 무서워요. 아마도 그들은 모두 그때 뜻밖의 방향에서 저를 시험해 보았던 게 분명해요. 저는 화가 나지는 않았고, 그냥 앉아 있으면서 내가 이 사람들에게 어떤 친척이 될 수 있을까 생각했어요. 물론 백작 부인은 정신적 자격만 갖추면 되지요. 왜냐하면 집안일을 할 하인들은 많으니까요. 그 밖에 외국 손님들을 접대하려면 사교적인 애교 같은 것도 필요할 거예요. 하지만 그날 일요일에는 모두가 나를 절망적으로 쳐다보더군요. 다샤만이 천사 같았어요. 나는 사람들이 나에 관해 아무렇게나 평가를 내려 **그분**을 슬프게 하지 않을까 정말 두려웠어요.」

「두려워하지도 말고 걱정하지도 말아요.」 니꼴라이 프세볼로도비치는 입술을 비죽거렸다.

「하지만 그분이 나 때문에 조금 수치스러워하신다 해도 나는 아무렇지 않아요. 물론 사람에 따라 다르긴 하지만, 이런 경우 항상 수치스러움보다는 동정심이 더 큰 법이니까요. 그분은 오히려 내가 그들을 동정하면 했지 그들이 나를 동정할 이유가 없다는 것을 알고 계실 거예요.」

「당신은 그 사람들한테 굉장히 화나 있는 것 같군요, 마리야 찌모페예브나?」

「누구, 제가요? 아니에요.」 그녀는 순진하게 미소 지었다. 「전혀 그렇지 않아요. 나는 그때 당신들 모두를 보고 있었어요. 당신들은 모두 화를 내고 논쟁만 하고 있었죠. 함께 모여 있으면서도 진심으로 웃는 법을 모르더군요. 그렇게 부자인데도 행복해하는 느낌이 거의 없었어요. 나는 그 모든 게 싫었어요. 하지만 지금은 나 말고는 아무도 불쌍하지 않아요.」

「듣기로 당신은 나 없이 오빠와 사는 게 힘들었다고 하던데, 정말인가요?」

「누가 그런 말을 했어요? 말도 안 돼. 지금이 훨씬 더 나빠요. 지금은 나쁜 꿈도 꾸는걸요. 나쁜 꿈을 꾸는 건 당신이 여기 왔기 때문이에요. 그럼 묻겠는데, 당신은 왜 여기 나타났죠? 제발 말해 주세요.」

「다시 수도원에 가고 싶지 않아요?」

「이런, 그들이 다시 수도원에 가라고 권할 줄 짐작하고 있었어요. 당신의 수도원도 별것 아니던데요, 뭐! 대체 내가 왜 거길 가야 하죠? 무슨 이유로 지금 그곳에 들어가야 하나요? 지금도 이미 완전히 혼자인데! 세 번째 삶을 시작하기엔 너무 늦었어요.」

「뭔가 단단히 화가 나 있군. 혹시 내 사랑이 식었을까 봐 두려워하고 있는 건 아닌가요?」

「당신에 대해서는 전혀 신경 쓰지 않아요. 오히려 내가 누군가를 전혀 사랑하지 않게 될까 봐 두려워요.」

그녀는 코웃음을 쳤다.

「나는 분명 **그분**에게 뭔가 큰 잘못을 저질렀어요.」 그녀는 갑자기 혼잣말처럼 이렇게 덧붙였다. 「다만 뭘 잘못했는지 모르겠어요. 그게 늘 마음에 걸려요. 항상 말이에요, 항상, 지난 5년 동안 밤이고 낮이고 그분께 뭔가 죄를 지었다는 생각이 들어 걱정되었어요. 나는 기도를 드리고, 또 기도를 드리면서 계속 그분께 저지른 나의 큰 죄를 생각하고 있었어요. 그러다가 이렇게 그것이 사실이었다는 게 드러난 거죠.」

「뭐가 드러났다는 건가요?」

「다만 **그분**에게 무슨 일이 있는 것 아닌가 걱정돼요.」 그녀는 질문에 대답도 하지 않고, 심지어 전혀 듣지도 않은 채 말을 계속했다. 「게다가 그분은 그런 사람들과 어울릴 리가 없어요. 백작 부인은 나를 자기 마차에 태워 주긴 했지만, 기꺼이 나를 잡아먹으려 할 거예요. 모두가 한패예요. 그런데 그분도 그럴까요? 그분도 정말 배신할까요? (그녀의 턱과 입술이 부들부들 떨리기 시작했다.) 저기요, 일곱 개의 성당에서 저주받은 그리시까 오뜨레삐예프[19] 이야기를 읽어 본 적 있으세요?」

니꼴라이 프세볼로도비치는 아무 말 하지 않았다.

「나는 이제 당신 쪽으로 돌아서 당신을 쳐다보겠어요.」 그녀는 갑자기 결심한 것 같았다. 「그러니 당신도 돌아서 좀 더 찬찬히 저를 봐주세요. 마지막으로 확인해 보고 싶으니까요.」

「나는 이미 오래전부터 당신을 보고 있었어요.」

「흠.」 마리야 찌모페예브나는 그를 골똘히 바라보며 말했다. 「당신은 아주 뚱뚱해지셨네요…….」

그녀는 뭔가 더 말하려고 했다. 그러나 갑자기 또, 벌써 세 번째로 조금 전과 같은 공포가 순간적으로 그녀의 얼굴을 일그러뜨렸다. 그녀는 또다시 손을 앞으로 들어 올리면서 뒤로 물러섰다.

「당신, 대체 왜 그러지?」 니꼴라이 프세볼로도비치가 거의 미친 듯이 소리쳤다.

그러나 공포는 짧은 순간 지속되었을 뿐이었다. 그녀의 얼굴은 미심쩍고 불쾌한 듯한 이상한 미소로 일그러졌다.

19 Grishka Otrepiev(?~1606). 참칭자 드미뜨리. 모스끄바 공국 말기 스스로 이반 4세의 아들 드미뜨리 왕자라 칭하며 왕권을 찬탈하려 했던 승려 출신 청년이다.

「왕자님, 부탁인데, 일어나서 들어와 주시겠어요?」 그녀는 갑자기 단호하고 완고한 목소리로 말했다.

「**들어오라니?** 어디로 들어가란 말인가요?」

「나는 지난 5년 동안 **그분**이 어떻게 들어오실지 상상만 하고 있었어요. 이제 일어나서 문밖의 저쪽 방으로 가세요. 나는 아무것도 기대하지 않는 것처럼 여기 앉아서 손에 책을 들고 있고, 당신은 5년간의 여행을 마치고 불쑥 들어오는 거죠. 나는 이것이 어떤 모습일지 보고 싶어요.」

니꼴라이 프세볼로도비치는 속으로 이를 갈면서 뭔가 분명치 않게 투덜거렸다.

「이제 그만.」 그는 손바닥으로 탁자를 치며 말했다. 「제발, 마리야 찌모페예브나, 내 말 좀 들어요. 가능하다면 제발 당신의 모든 주의를 집중해 봐요. 당신, 완전히 미친 건 아니잖아!」 그는 참지 못하고 폭발하고 말았다. 「나는 내일 우리 결혼을 공표할 생각입니다. 하지만 훌륭한 저택에서 살지는 못할 겁니다. 그런 생각은 버려요. 여기서 멀리 떨어진 곳이긴 한데, 나와 평생 같이 살고 싶어요? 스위스 산속에 마땅한 장소가 하나 있긴 한데……. 걱정 말아요, 절대 당신을 버리지도 않고, 정신 병원에 집어넣지도 않을 테니. 도움을 청하지 않고 살아갈 만큼의 돈은 내게 있어요. 당신한테는 하녀도 딸릴 테니 아무 일 하지 않아도 돼요. 당신이 원하는 것은 무엇이든, 가능한 것이라면 다 마련해 줄 거요. 당신은 기도를 드려도 되고, 어디든 가도 좋고, 무엇이든 해도 좋아요. 나는 당신에게 간섭하지 않을 테니. 나 역시 그 장소에서 평생 동안 떠나지 않을 거요. 원한다면 당신과 평생 동안 말도 하지 않을 것이고, 또 당신이 원한다면 뻬쩨르부르끄 뒷골목에서처럼 매일 저녁 당신 이야기를 들려주어도 좋아요. 당신 소원이라면 책을 읽어 주겠어요. 그러나 대신 평생 동안 한곳에 있어야 하고, 더욱이 그곳은 음울한 곳입니다. 가고 싶어요? 결심이 섰나요? 후회하거나 눈물과 저주로 나를 괴롭히거나 하지는 않겠지요?」

그녀는 대단한 호기심을 가지고 이야기를 다 듣더니 오랫동안 아무 말 없이 생각에 잠겼다.

「이 모든 게 믿기 어려운 이야기네요.」마침내 그녀는 조롱하듯, 꺼림칙해하며 말했다. 「그러면 대략 40년을 그 산속에서 살게 되겠네요.」그녀가 웃었다.

「뭐 어때요, 40년이라도 살아 봅시다.」니꼴라이 프세볼로도비치는 심하게 얼굴을 찌푸렸다.

「흠, 무슨 일이 있어도 가지 않겠어요.」

「나와 함께라도 말입니까?」

「내가 당신과 함께 가야 한다니, 대체 당신은 누구죠? 이 사람과 40년을 계속 산속에 있으라니, 무슨 말도 안 되는 소리. 정말 요즘 사람들은 어쩜 그렇게 참을성이 많아졌을까요! 아니요, 매가 올빼미가 되다니, 그럴 리는 없어요. 나의 왕자님은 이런 사람이 아니에요!」그녀는 자랑스럽고 당당하게 고개를 들었다.

그에게 한 가지 생각이 떠오른 것 같았다.

「당신은 왜 나를 왕자님이라고 부르는 거지요……? 나를 누구라고 생각하는 건가요?」그는 재빨리 물어보았다.

「뭐라고요? 당신은 왕자님이 아닌가요?」

「그랬던 적은 결코 없어요.」

「그러니까 당신 스스로 바로 내 앞에서 왕자가 아니라고 고백하는 건가요?」

「분명히 말하지만 그랬던 적은 없어요.」

「맙소사!」 그녀는 손뼉을 쳤다. 「**그분**의 적들이 뭐든 할 수 있다고 생각하긴 했지만, 이렇게 뻔뻔할 줄이야, 절대 몰랐어! 그분은 살아 계신 거야?」 그녀는 흥분해서 니꼴라이 프세볼로도비치에게 달려들며 소리쳤다. 「너, 그분을 죽였어, 안 죽였어, 당장 말해!」

「대체 나를 누구라고 생각하는 거야?」 그는 얼굴을 일그러뜨리며 자리에서 벌떡 일어섰다. 그러나 이미 그녀를 위협하기 어려웠다. 그녀는 의기양양한 태도로 이렇게 말했다.

「네가 누구고, 어디서 툭 튀어나왔는지 누가 알겠어! 다만 내 심장, 내 심장은 지난 5년 동안 모든 음모를 감지하고 있었다고! 그런데 조금 전 여기 앉아 있다가, 대체 이 눈먼 올빼미가 왜 접근해 오는 거지 하고 깜짝 놀랐어. 이봐, 너는 서툰 배우야. 심지어 레뱟낀보다도 서툴다고. 백작 부인에게 공손하게 안부를 전하고 너보다 좀 더 훌륭한 배우를 보내라고 말씀드려. 부인이 너를 고용했나? 말해. 부인의 호의로 부엌에 있게 된 거지? 너희의 모든 거짓이 낱낱이 들여다보여. 너희 하나하나를 다 알고 있다고!」

그는 그녀의 팔꿈치 위를 꽉 잡았지만, 그녀는 그의 얼굴에 대고 깔깔거리며 웃었다.

「닮았어, 너는 정말 닮았어. 아마 그분의 친척일 수도 있겠지……. 교활한 인간들 같으니! 오직 나의 그분만이 밝게 빛나는 매와 같은 분이고 왕자님이야. 너는 새끼 올빼미이고 장사꾼에 불과해! 나의 그분은 원할 때 신에게 기도를 드리고, 원하지 않으면 안 하지. 하지만 너는 샤뚜시까(사랑스러운 사람, 혈육과 같은 다정한 사람이지!)에게 뺨이나 호되게 얻어맞는 인간이야. 레뱟낀이 말해 주더군. 그런데 너는 그날 들어왔을 때 뭘 그렇게 두려워했지? 누가 너를 겁먹게 만들었지? 쓰러진 나를 네가 일으켜 주었을 때, 내게 숙인 네 얼굴을 보는 순간 벌레가 내 가슴속으로 기어 들어오는 것 같았어. **그분**이 아니다라고 생각했지. **그분**이 아니다라고! 나의 매라면 상류 사회 아가씨 앞에서 결코 나를 부끄러워할 리가 없어! 오, 맙소사! 나는 지난 5년 동안 나의 매가 어딘가 저기 산 너머에 살면서 날아다니고 태양을 바라보고 있다고 생각하는 것만으로도 행복했어……. 말해 봐, 참칭자, 많이 받았나? 돈을 많이 준다고 해서 동의한 거야? 나라면 너한테 한 푼도 주지 않을 거야. 하-하-하! 하-하-하!」

「에이, 이런 바보 같은 여자!」니꼴라이 프세볼로도비치는 그녀의 팔을 더욱 세게 잡으면서 이를 부드득 갈았다.

「저리 꺼져, 참칭자!」그녀가 명령하듯 소리쳤다. 「나는 왕자님의 아내다. 너의 칼 따위는 두렵지 않아!」

「칼이라니!」

「그래, 칼! 네 주머니 속에 들어 있는 칼 말이야. 너는 내가 자고 있다고 생각했지만, 나는 보고 있었어. 너는 조금 전에 들어오면서 칼을 빼 들었잖아!」

「무슨 말을 하는 거야, 이 불쌍한 여자야. 대체 무슨 꿈을 꾼 거야!」그는 이렇게 절규하며 있는 힘껏 그녀를 밀어냈다. 그 바람에 그녀는 어깨와 머리를 소파에 심하게 부딪혔다. 그는 급하게 방에서 뛰어나갔다. 그러나 그녀는 곧바로 벌떡 일어나 절뚝절뚝 뛰어오르면서 그를 뒤쫓아 갔다. 그러다가 현관 입구에서 깜짝 놀란 레뱟낀에게 있는 힘껏 저지당하면서도 깔깔대며 째지는 소리로 어둠을 향해 소리쳤다.

「그리시까 오뜨-레뻬-예프, 저주-받을-놈!」

4

〈칼이라니, 칼이라니!〉 그는 어디가 길인지 신경도 쓰지 않고 진창과 웅덩이 속을 성큼성큼 걸어가면서 좀처럼 가라 앉지 않는 증오에 사로잡혀 되뇌었다. 사실 미친 듯이 큰 소리로 껄껄 웃었으면 좋겠다는 생각이 이따금 강하게 들기도 했지만, 무슨 이유에서인지 애써 웃음을 참았다. 그는 아까 뻬찌까를 만났던 바로 그 다리에 이르러서야 제정신이 들었다. 뻬찌까는 진짜로 이곳에서 기다리고 있다가 그를 보자 모자를 벗고 유쾌하게 이빨을 드러내며 빠른 소리로 즐거운 듯 마구 지껄이기 시작했다. 니꼴라이 프세볼로도비치는 처음에는 멈추지도 않고 그냥 지나가며 한동안 따라오는 부랑자의 말에 전혀 귀를 기울이지 않았다. 문득 자신이 이 부랑자를 완전히 잊고 있었으며, 〈칼이라니, 칼이라니〉하고 계속 혼잣말하는 바로 그 순간에도 잊고 있었다는 생각이 떠오르자 깜짝 놀랐다. 그는 부랑자의 멱살을 잡고 지금까지 쌓인 모든 분노를 담아 있는 힘껏 그를 다리 위로 내동댕이쳤다. 부랑자는 한순간 맞서 싸울까 생각했다. 그러나 바로 다음 순간 불시에 공격해 온 상대 앞에서 자신은 한낱 지푸라기에 지나지 않는다는 판단이 서자 아무런 저항도 하지 않고 조용히 입을 다물었다. 교활한 부랑자는 팔꿈치가 등 뒤로 비틀린 채 땅바닥에 무릎을 꿇고서 조용히 결말을 기다렸다. 물론 어떤 위험이 닥치리라고는 전혀 생각하지 않는 것 같았다.

그의 생각은 틀리지 않았다. 니꼴라이 프세볼로도비치는 포로의 손을 묶기 위해 자신이 두르고 있던 따뜻한 목도리를 왼손으로 풀려고 했다. 그러나 갑자기 무슨 이유에서인지 그를 풀어 준 뒤 밀쳐 냈다. 상대는 순식간에 뛰어 일어나 몸을 돌렸다. 그런데 갑자기 어디서 나타났는지 짧고 넓적한 구두 수선용 칼이 그의 손에서 번쩍였다.

「칼 저리 치워, 치우라고, 치워, 당장!」 니꼴라이 프세볼로도비치가 초조하게 손짓하며 **명령하자**, 칼은 나타났을 때처럼 순식간에 사라졌다.

니꼴라이 프세볼로도비치는 다시 말없이 뒤도 돌아보지 않고 갈 길을 가기 시작했다. 그러나 이 집요한 불한당은 여전히 그의 곁을 떠나지 않았으며, 대신 이제는 더 이상 지껄이지 않고 그의 뒤에서 공손하게 한 걸음 정도 거리를 두고 따라왔다. 두 사람은 이런 식으로 다리를 건너 강기슭으로 나왔고, 이번에는 왼쪽으로 돌아 역시 인적이 없는 긴 골목길로 들어섰다. 이쪽은 아까 보고야블렌스까야 거리를 따라왔던 길보다 좀 더 빨리 시내 중심으로 들어갈 수 있는 길이었다.

「너는 얼마 전 이 군에 있는 한 교회에 도둑질을 하러 들어갔었다던데, 그 말이 사실인가?」 니꼴라이 프세볼로도비치가 갑자기 물었다.

「사실 처음에는 기도를 드리러 잠깐 들렀습죠.」 부랑자는 마치 아무 일도 없었다는 듯이 점잖고 정중하게 대답했다. 그냥 침착한 정도가 아니라 아주 당당한 태도였다. 조금 전의 〈허물없는〉 친근함은 흔적도 없이 사라졌다. 까닭 없이 모욕을 당했지만, 그 모욕을 잊어버릴 만한 도량을 가진 사무적이고 진지한 사람처럼 보였다.

「정말이지 하느님께서 저를 그곳으로 인도하셨을 때,」 그는 계속 말했다. 「에구, 이건 하늘의 축복이구나 하는 생각이 들었습죠! 이 일도 고아라는 제 신세 때문에 일어난 거죠. 우리 같은 사람의 운명은 다른 사람의 원조 없이는 거의 어쩔 도리가 없으니까요. 그런데 말입니다, 나리, 신을 믿으십시오. 저는 손해를 봤지 뭡니까. 하느님께서 저의 죄악에 대해 벌을 내리셨지요. 향로며 성체 용기, 부제(副祭)의 복대까지 다 해봐야 12루블밖에 받지 못했습죠. 성 니꼴라이의 순 은제 아래턱도 한 푼도 못 받았습니다. 도금한 것이라고 하더군요.」

「문지기를 죽였지?」

「그게 말이죠, 저와 그 문지기가 같이 쓱싹한 건데, 다음 날 아침 무렵 강가에서 누가 자루를 짊어질 것인가 하는 문제로 언쟁이 벌어졌습죠. 그래서 죄를 좀 지었습니다. 그의 짐을 조금 가볍게 해준 거죠.」

「계속 죽이고, 계속 도둑질하지그래.」

「뾰뜨르 스쩨빠노비치도 그렇게 말씀하셨습죠. 당신과 똑같은 말투로 말입니다. 남을 도와주는 일에 극도로 인색하고 몰인정하신 분이라서요. 게다가 우리를 흙으로 창조해 주신 하느님을 조금도 믿지 않고, 뭐든, 하다못해 한 마리 짐승까지 자연이 만들었다고 말씀하십니다. 게다가 우리네 같은 운명의 사람들은 은혜로운 도움이 없다면 어떻게 해볼 도리가 없으는 것을 이해하지 못하시지요. 그분께 이런 말을 하면 마치 물을 바라보는 양처럼 멍하게 쳐다만 보시니 그저 놀라울 따름입죠. 저기, 그런데 방금 찾아가셨던 레뱟낀 대위 말입니다요, 그는 필리쁘프의 집에 살 때부터 밤새 문을 잠그지도

않고 활짝 열어 둔 채 술에 취해 죽은 사람처럼 곯아떨어지
곤 했습니다. 그 인간의 주머니란 주머니에서 다 돈이 떨어져
바닥에 흩어져 있고요. 제 눈으로 모두 보았습죠. 우리 같은
신세야 도움 없이는 어떻게 할 도리가 없으니까요…….」

「네 눈으로 봤다고? 한밤중에 그 집에 들어가기라도 했다
는 건가?」

「들어갔을지도 모르죠. 이건 아무도 모르는 일입니다요.」

「그런데 왜 죽이지 않았지?」

「대략 계산해 보니 좀 침착해져야겠더라고요. 왜냐하면 항
상 150루블은 확실하게 받아 낼 수 있다는 걸 안 이상, 조금
만 더 기다리면 1천5백 루블도 받아 낼 수 있는데 제가 어떻
게 해야겠습니까? 왜냐하면 레뱟낀 대위가(제 귀로 들었
습니다만) 술만 취하면 당신께 엄청 의지했거든요. 이곳에는
어떤 음식점이건, 가장 누추한 술집조차 그가 술에 취해 그렇
게 떠들어 대지 않은 곳이 없을 정도입니다요. 그래서 저도
많은 사람들의 입에서 이 이야기를 듣고 나리께 저의 모든
희망을 걸게 된 것입죠. 나리를 아버지처럼, 형제처럼 생각해
서 드리는 말씀입니다. 뾰뜨르 스쩨빠노비치는 제게서 절대
그런 걸 알아내지 못할 겁니다, 절대로요. 그러니 나리, 3루
블만 적선해 주시지 않으시렵니까? 나리, 이제는 제가 진짜
진실을 알 수 있도록 털어놔 주셨으면 좋겠는데요. 왜냐하면
우리 같은 족속은 남의 도움이 없이는 어떻게 할 수 없으니
까요.」

니꼴라이 프세볼로도비치는 큰 소리로 웃더니 주머니에서
잔돈으로 50루블 정도의 지폐가 들어 있는 지갑을 꺼내 상대
에게 한 장 던져 주었다. 그러고는 두 번째, 세 번째, 네 번째

지폐를 계속 던져 주었다. 페찌까는 날아다니는 돈을 잡으려고 이리저리 뛰어다녔고, 지폐는 진흙탕 위에 떨어졌다. 그는 〈어이쿠, 어이쿠!〉 소리치면서 돈을 집어 들었다. 니꼴라이 프세볼로도비치는 그에게 마지막 남은 돈다발을 던져 주고 계속 껄껄 웃으면서 이번에는 혼자서 골목길을 따라 걸어갔다. 부랑자는 뒤에 남아 진흙탕 속에 무릎을 꿇고 기어다니면서 바람에 날려 웅덩이에 빠진 지폐들을 계속 찾고 있었다. 이후 꼬박 한 시간 동안이나 어둠 속에서 〈어이쿠, 어이쿠!〉 하는 그의 외마디소리를 들을 수 있었다.

제3장
결투

1

다음 날 오후 2시에 결투는 예정대로 이루어졌다. 무슨 일이 있어도 싸우고 말겠다는 아르쩨미 빠블로비치 가가노프의 굽힐 줄 모르는 염원이 일을 이렇게 빨리 결정지었다. 그는 적의 행동을 이해할 수 없었기에 미친 듯이 분개하고 있었다. 이미 한 달을 꼬박 제멋대로 그를 모욕해 왔지만, 여전히 그를 화나게 만들 수가 없었다. 결투 신청은 니꼴라이 프세볼로도비치 측에서 하도록 해야 했다. 그 자신이 결투를 신청할 만한 직접적인 구실이 없었기 때문이다. 자신의 은밀한 동기, 즉 4년 전 가족이 당한 모욕에 대해 스따브로긴에게 가지고 있는 병적인 증오에 대해서는 웬일인지 스스로도 인정하기를 부끄러워했다. 특히 니꼴라이 프세볼로도비치가 이미 두 번이나 보낸 겸손한 사과의 편지를 고려하면 더더욱 그것이 더 이상 핑곗거리가 될 수 없음을 잘 알고 있었다. 그는 니꼴라이가 부끄러움을 모르는 겁쟁이라고 혼자 결론 내렸다. 샤또프에게서 그렇게 뺨을 맞고 어떻게 견딜 수 있는지 이해할 수가 없었다. 이리하여 그는 마침내 무례하기 짝이 없는 편지를 보내기로 결심했고, 그것이 결국 니꼴라이 프세볼로도비치로 하여금 두 사람의 만남을 제안하도록 자극했다. 전날 밤 이 편지를 보낸 뒤 열병에 걸린 것처럼 초조하게 결투 신청을 기다리며, 때로는 희망을 가지고, 때로는 절망에 빠져 이 일이 성사될 기회를 병적으로 가늠해 보면서 그는 만일의 경우에 대비해 이미 그날 저녁에 자기 쪽 결투 입회인을 정해 놓았다. 그는 다름 아닌 자기 친구이자 학교 동기이며 특히 자신이 존경해 마지않는 마브리끼 니꼴라예비치 드로즈도프였다. 이리하여 다음 날 아침 9시에 끼릴로프가 위임을 받아 찾아왔을 때 기본적인 것은 거의 다 준비되어 있었다. 니꼴라이 프세볼로도비치의 온갖 사과와 전에 없던 양보도 말을 꺼내자마자 곧 예기치 않은 흥분과 함께 일언지하에 거절당했다. 전날 밤 비로소 이 사건의 정황을 알게 된 마브리끼 니꼴라예비치는 그 전대미문의 제안을 듣자 놀라 입을 다물지도 못하고 화해를 주장하려고 했다. 그러나 그의 의도를 눈치챈 아르쩨미 빠블로비치가 의자에 앉아 몸을 부들부들 떨기 시작하자 입을 다물고는 아무 말도 하지 않았다. 친구로서 했던 약속만 아니었다면 그는 당장 그 자리를 떠나고 말았을 것이지만, 사건의 마무리 과정에서 무엇이든 도움이 될지도 모른다는 희망이 있어서 남아 있기로 했다. 끼릴로프는 결투 신청을 전했다. 스따브로긴이 제시한 만남 조건은 조금의 이의도 없이 문자 그대로 즉시 받아들여졌다. 다만 한 가지가 더 첨가되었는데, 그것은 매우 잔인한 것이었다. 다름 아니라 만약 첫 발에서 결판이 나지 않으면 한 번 더 대결해야 하고, 여기서도 결판이 나지 않으면 세 번째로 또 해야 한다는 것이었다. 끼릴로프는 얼굴을 찌푸리며 세 번째 대결과 관련해서는 타협해 보려 했으나 전혀 타협이 되지 않자 〈세 번은 가능하지만 네 번은 절대 불가〉라는 조건으로 동의했다. 이 점에 대해서는 상대도 양보했다. 이렇게 해서 오후 2시 브리꼬프에서, 즉 한쪽으로는 스끄보레시니끼가 다른 쪽으로는 시삐굴린 공장이 자리하고 있는 그 사이 교외의 조그마한 숲에서 만남이 성사되었다. 어제 내리던 비는 완전히 그쳤지만, 축축하고 습하고 바람이 많이 부는 날씨였다. 낮게 드리운 먹구름이 차가운 하늘에서 빠르게 움직이고 있었다. 나무 꼭대기에서는 묵직한 소리가 멀리까지 울려 퍼졌고, 뿌리 쪽에서는 삐걱거리는 소리가 났다. 정말 슬픈 아침이었다.

가가노프와 마브리끼 니꼴라예비치는 함께 세련된 이륜마차를 타고 장소에 도착했다. 마차는 아르쩨미 빠블로비치가 직접 몰았다. 하인도 한 사람 따라왔다. 거의 동시에 니꼴라이 프세볼로도비치와 끼릴로프도 나타났는데, 그들은 마차가 아니라 말을 타고 왔다. 역시 한 사람의 하인이 말을 타고 따라왔다. 끼릴로프는 한 번도 말을 타본 적이 없었지만, 오른손에 권총이 든 무거운 상자를 들고 안장 위에 대범하고 꼿꼿하게 앉아 있었다. 총을 하인에게 건네주고 싶지 않았던 것이다. 왼손으로는 말 타는 게 익숙하지 않아 말고삐를 계속해서 감았다 잡아당겼다 하는 바람에 말은 고개를 내저으며 계속 뒷발로 일어서려 했지만, 기수는 전혀 겁먹지 않았다. 예민한 성격에 걸핏하면 심한 모욕을 느끼는 가가노프는 그들이 말을 타고 도착한 것을 자신에 대한 새로운 모욕이라고 생각했다. 적들이 부상자를 운반할 경우를 대비해 마차를 준비할 필요를 느끼지 않았다면, 그것은 자신들의 승리를 확신하고 있다는 의미이기 때문이었다. 그는 분노로 노랗게 질려 마차에서 내렸지만, 손이 덜덜 떨리는 것을 느끼고 마브리끼 니꼴라예비치에게 그 사실을 알려 주었다. 니꼴라이 프세볼로도비치의 인사에는 전혀 대답도 하지 않고 고개를 돌려 버렸다. 결투 입회인들은 제비뽑기를 했으며, 그 결과 끼릴로프의 권총이 뽑혔다. 결투 거리선이 정해졌고, 두 결투자는 양쪽 끝에 섰다. 마차와 말, 하인들은 3백 걸음 뒤로 물러나게 했다. 결투자들은 장전된 무기를 나누어 들었다.

나는 이 이야기를 좀 더 빨리 전개시켜야 하기에 자세히 묘사할 시간이 없다는 것이 유감스러울 따름이다. 그러나 몇 가지는 언급하지 않을 수 없다. 마브리끼 니꼴라예비치는 우울하기도 하고 걱정도 되는 모양이었다. 반면 끼릴로프는 완전 침착하고 무관심해 보였다. 그는 자신에게 주어진 임무에 대해서는 아주 세부적인 것까지 정확을 기했지만, 이미 종결에 다다른 숙명적인 사건에 대해서는 조금도 안달하지 않고 호기심도 거의 보이지 않았다. 스따브로긴은 평소보다 조금 더 창백했으며, 외투에 흰색 털모자를 쓴 꽤 가벼운 옷차림을 하고 있었다. 그는 몹시 피곤한 듯 가끔 눈살도 찌푸렸고 자신의 불쾌한 정신 상태를 숨길 필요도 전혀 느끼지 못하고 있었다. 그러나 가가노프는 이 순간 가장 눈에 띄는 사람이라서 그에 관해서는 특별히 몇 마디 하지 않을 수 없다.

2

지금까지 그의 외모에 관해서는 언급할 기회가 없었다. 그는 키가 크고 살결이 희며 살이 찐, 보통 서민들이 말하듯이 기름기가 낀 사람으로, 옅은 금발의 성긴 머리카락을 가지고 있었고, 나이는 서른셋 정도 되어 보였으며 얼굴 윤곽은 꽤 괜찮았다. 그는 대령으로 퇴역했지만, 만약 장군이 될 때까지 복무했다면 장군이라는 관직으로도 꽤 인상적이었을 것이며, 훌륭한 전투 지휘관이 될 수도 있었을 것이다.

이 사람의 성격을 묘사하는 데 빼놓을 수 없는 것이 그가 퇴역한 주요 동기이다. 4년 전 클럽에서 그의 아버지가 니꼴라이 프세볼로도비치에게 모욕을 당한 이후, 그것이 가족의 수치라는 생각은 오랫동안 그를 고통스럽게 따라다녔다. 그는 복무를 계속하는 것은 양심상 수치라는 생각을 했고, 자기 연대나 동료들 중 누구도 그 사건을 알지 못했음에도 불구하고, 계속 근무할 경우 그들을 더럽히는 것이라고 혼자 단정지어 버렸다. 사실 그는 이미 오래전, 이 모욕 사건이 있기 훨씬 오래전부터 완전히 다른 이유로 군 복무를 관두고 싶다는 생각을 하고 있었지만 계속 망설여 왔던 것이다. 이런 말을 하는 것은 정말 이상하지만, 그의 최초 동기, 더 분명히 말해 퇴역 동기는 2월 19일의 농노 해방 선언[20]이었다. 우리 현에서 가장 부유한 아르쩨미 빠블로비치는 해방령 선포 이후에도 잃을 것이 거의 없었을 뿐만 아니라, 본인도 이 조치의 인도주의에 대한 확신이 있었고 개혁의 경제적 이익도 이해할 줄 알았지만, 그럼에도 불구하고 해방령이 선포되자 그는 갑자기 개인적으로 모욕을 당한 것 같은 느낌을 받았다. 그것은 뭔가 무의식적인, 그냥 느낌 같은 것이었지만, 그것이 점점 영문을 알 수 없게 되어 갈수록 그 느낌은 더 강해졌다. 그래

20 러시아에서 1861년에 일어난 농노 해방을 말한다.

도 아버지가 돌아가시기 전까지는 뭔가 단호한 결정을 내리지 못했다. 그러나 뻬쩨르부르끄에서 그는 그 〈고결한〉 사상으로 인해 열심히 관계를 맺고 있던 많은 유명 인사들 사이에서 유명해지기 시작했다. 그는 스스로를 외부와 차단하고 자신에게 몰두하는 그런 사람이었다. 또 하나의 특성으로, 그는 신기하지만 여전히 살아남아 있는 고대 루시의 귀족 가문에 속해 있었다. 그들은 귀족 혈통의 오랜 역사와 순수성을 지나치게 높이 평가했고, 그것에 너무나 진지하게 관심을 가지고 있었다. 그와 동시에 그는 러시아 역사를 견딜 수 없어 했으며 러시아의 모든 관습을 대체로 불결한 것으로 생각했다. 주로 부유한 명문가 자제들을 위해 설립된 특수 군사 학교 — 이 학교에서 그는 학업을 시작하고 끝낼 수 있는 영광을 가졌다 — 에 다니던 어린 시절부터 그의 마음속에는 뭔가 시적인 관점이 뿌리를 내리고 있었다. 그는 성이나 중세의 삶, 그것의 신파극 같은 측면, 기사도 정신 등을 마음에 들어 했다. 그는 모스끄바 왕국 시대에 왕이 귀족들에게 체형을 가할 수도 있었다는 사실에 수치심을 느껴 거의 울 뻔했으며, 지금과 비교하면서 얼굴이 붉어지기도 했다. 자신의 직무에 대해서는 뛰어나게 잘 알고 있고 임무를 훌륭하게 수행하는 이 완고하고 대단히 엄격한 남자가, 마음속으로는 공상가였던 것이다. 사람들은 그가 모임에서 말할 줄도 알고 말재주도 제법 있다고 확신했다. 하지만 그는 33년 동안 침묵을 지켰다. 심지어 최근 출입하기 시작한 뻬쩨르부르끄의 중요 모임에서도 유달리 거만한 태도를 취하고 있었다. 외국에서 돌아온 니꼴라이 프세볼로도비치와 뻬쩨르부르끄에서 만났을 때, 그는 거의 미칠 지경이었다. 결투 선에 선 지금 이 순간,

그는 무서울 정도로 불안한 상태에 놓여 있었다. 그는 어쩐지 이 일이 성사되지 않을 것 같다는 생각이 들었고, 조금만 지체되어도 조바심을 느꼈다. 끼릴로프가 결투 신호를 보내는 대신 갑자기 말을 하기 시작하자 고통스러운 표정이 그의 얼굴에 나타났다. 사실 그것은 형식적인 절차를 갖추기 위한 것이었고, 끼릴로프 자신도 큰 소리로 그 사실을 표명했다.

「형식상 한마디 하겠습니다. 이미 양측 손에 권총이 들려 있고 발사 지시를 해야만 하는 상황인데, 마지막으로 화해할 의향은 없으십니까? 이것은 결투 입회인의 의무입니다.」

지금까지 잠자코 있었지만 어제부터 자신이 양보하고 묵인했다는 사실에 혼자 고통스러워하던 마브리끼 니꼴라예비치도 마치 일부러 그러는 것처럼 갑자기 끼릴로프의 생각에 덧붙여 말하기 시작했다.

「나도 끼릴로프 씨의 말씀에 전적으로 동의합니다……. 결투 장소에서 화해할 수 없다는 생각은 프랑스인들에게나 해당하는 편견입니다……. 게다가 난 자네가 모욕을 느꼈다고 하지만 그것을 잘 이해하지 못하겠네. 오래전부터 이 말을 하고 싶었네……. 여러 가지로 사과의 뜻을 전한 것 같은데, 그렇지 않나?」

그는 얼굴이 새빨개졌다. 그가 그렇게 많은 말을, 그것도 흥분해서 하는 일은 거의 없었다.

「나도 가능한 모든 사과를 표하겠다는 제안을 다시 한번 확인해 드립니다.」 니꼴라이 프세볼로도비치도 재빨리 덧붙였다.

「도대체 그게 말이 되나?」 가가노프는 흥분해서 발을 구르며 마브리끼 니꼴라예비치를 향해 미친 듯이 소리쳤다. 「마브리끼 니꼴라예비치, 자네가 내 적이 아니라 결투 입회인이라면 저자에게 설명해 주게(그는 권총으로 니꼴라이 프세볼로도비치 쪽을 가리켰다). 그런 양보는 모욕을 더할 뿐이라고 말일세! 저자는 내게 모욕을 당할 수도 있다는 생각조차 하지 않는군……! 결투장에서 나를 두고 떠나는 것이 치욕이라고 생각하지 않는 모양이야! 자네가 보기에 저자는 나를 어떤 인간이라고 생각하는 것 같나? 더욱이 자네는 내 입회인인데! 자네는 내가 제대로 맞히지 못하도록 짜증만 돋우고 있군.」그는 다시 발을 굴렀고, 입에서는 침이 튀어나왔다.

「협상은 끝났습니다. 발사 지시를 기다려 주십시오!」끼릴로프가 있는 힘껏 소리쳤다. 「하나! 둘! 셋!」

셋 하는 소리와 함께 두 적수는 상대를 향해 다가서기 시작했다. 가가노프는 바로 권총을 들어 대여섯 걸음 앞에서 총을 쏘았다. 그러고는 잠깐 멈추어 서서 총이 빗맞았음을 확인하고는 재빨리 결투선으로 되돌아갔다. 니꼴라이 프세볼로도비치도 결투선에 다가서서 권총을 들었지만, 왜 그런지 아주 높이 쳐든 상태로 상대를 제대로 겨누지도 않고 그냥 방아쇠를 당겼다. 그러고 나서 손수건을 꺼내 오른손 새끼손가락을 동여맸다. 이때야 비로소 아르쩨미 빠블로비치가 완전히 빗맞은 것은 아님을 알게 되었지만, 총알은 손가락 관절의 살을 약간 스쳤을 뿐 뼈를 건드리지는 않았다. 가벼운 찰과상 정도였다. 끼릴로프는 즉시 당사자들이 만족하지 않는다면 결투는 계속되어야 한다고 선언했다.

「나는 분명히 말하지만,」가가노프가 쉰 목소리로(그는 목이 바짝 말랐던 것이다) 또다시 마브리끼 니꼴라예비치에게 말했다. 「저자는(그는 다시 스따브로긴을 가리켰다) 일부러

허공을 향해 총을 쏜 거야……. 고의적으로……. 이건 정말 또 다른 모욕이군! 그는 결투를 불가능하게 하고 싶은 거라고!」

「나는 규칙을 지키기만 한다면 원하는 대로 쏠 권리가 있습니다.」니꼴라이 프세볼로도비치는 단호하게 의견을 표명했다.

「아니, 그럴 권리는 없어! 저자에게 잘 설명해 주게, 제발 설명해 주게!」가가노프가 소리쳤다.

「나는 전적으로 니꼴라이 프세볼로도비치의 의견에 동의합니다.」끼릴로프가 큰 소리로 말했다.

「무엇 때문에 저자가 나에게 자비를 베푸는 거야?」가가노프는 다른 사람들의 말을 듣지도 않고 펄펄 뛰었다. 「나는 저자의 자비심을 경멸해……. 침이라도 뱉어 주고 싶다고……. 나는…….」

「맹세하지만, 절대 당신을 경멸할 의도는 없었습니다.」니꼴라이 프세볼로도비치가 조바심을 내며 말했다. 「내가 위를 향해 총을 쏜 건 당신이건 다른 사람이건 더 이상 아무도 죽이고 싶지 않기 때문이었습니다. 당신과는 상관없는 일입니다. 사실 나는 그것이 모욕적인 일이라고는 생각하지 않는데, 당신을 화나게 했다면 유감입니다. 하지만 그 누구도 나의 권리에 간섭하도록 허락하지 않겠습니다.」

「이렇게 피를 두려워하면서 왜 내게 결투를 신청했는지 물어봐 주게.」가가노프는 여전히 마브리끼 니꼴라예비치를 향해 부르짖었다.

「어떻게 당신에게 신청을 안 할 수 있었겠습니까?」끼릴로프가 참견했다. 「당신은 아무것도 들으려 하지 않는데, 어떻게 피할 수 있겠어요!」

「다만 한 가지 지적하자면,」 힘들게 괴로워하며 사태를 주시하고 있던 마브리끼 니꼴라예비치가 말했다. 「상대가 미리 위로 총을 쏘겠다고 선언한 이상 결투는 실제로 진행될 수가 없을 것 같습니다……. 미묘하지만…… 명확한 이유가 있으니…….」

「매번 위로 쏘겠다고 공언한 적은 없습니다!」 이제 참을성을 완전히 잃은 스따브로긴이 소리쳤다. 「당신은 내가 지금 무슨 생각을 하고 있고 다음번에는 총을 어떻게 쏠지 전혀 모르고 있습니다……. 나는 무엇으로도 결투를 제한하지는 않을 겁니다.」

「그렇다면 대결은 계속해도 좋네.」 마브리끼 니꼴라예비치가 가가노프를 향해 말했다.

「여러분, 자기 자리에 서주십시오.」 끼릴로프가 지시했다.

다시 두 사람은 걸어 나왔고, 가가노프는 다시 빗맞혔고, 스따브로긴은 다시 위를 향해 발사했다. 그런데 과연 위로 발사했는지는 논란의 여지가 있다. 니꼴라이 프세볼로도비치가 고의로 빗맞혔다고 인정하지 않는다면 정상적으로 발사했다고 단언할 수도 있는 상황이었다. 그는 권총을 직접 하늘이나 나무를 향해 겨누지 않았고, 비록 상대의 모자 위로 1아르신 정도 높게 방향을 잡긴 했지만 어쨌건 상대를 겨눈 것 같긴 했다. 이 두 번째 조준은 좀 더 아래쪽을 겨누었고 좀 더 정확했다. 그러나 가가노프의 의심을 풀 수는 없었다.

「또다시!」 그는 이를 부드득 갈았다. 「상관없어! 나는 결투 신청을 받았으니 나의 권리를 행사하겠어. 이제 세 번째 발사를 할 생각이야……. 무슨 일이 있어도!」

「충분히 그럴 권리를 가지고 있습니다.」 끼릴로프가 거침

없이 말했다. 마브리끼 니꼴라예비치는 아무 말도 하지 않았다. 결투자들은 세 번째로 자리를 잡았고, 발사 명령이 내려졌다. 가가노프는 이번에는 결투선 가까이까지 걸어가다가 결투선에서 열두 걸음쯤 되는 곳에 서서 총을 겨누었다. 그러나 손이 너무 떨려 정확하게 겨눌 수가 없었다. 스따브로긴은 총을 아래로 내린 채 움직이지 않고 가만히 서서 그가 쏘기를 기다렸다.

「너무 오래, 너무 오래 조준하고 있습니다!」끼릴로프가 격하게 말했다. 「발사! 발사!」총소리가 울려 퍼졌고, 이번에는 흰색 털모자가 니꼴라이 프세볼로도비치의 머리 위로 날아올랐다. 발사는 제법 정확해서 모자 꼭대기 부분에서 상당히 아래쪽을 뚫고 지나갔다. 4분의 1베르쇼끄만 낮았어도 모든 일이 끝나 버렸을 것이다. 끼릴로프는 모자를 집어 니꼴라이 프세볼로도비치에게 전해 주었다.

「쏘십시오. 상대를 기다리게 해서는 안 됩니다!」마브리끼 니꼴라예비치는 스따브로긴이 끼릴로프와 함께 모자를 들여다보느라 쏘는 것도 잊어버린 것 같자 극도로 흥분해서 소리쳤다. 스따브로긴은 흠칫 놀라며 가가노프를 쳐다보더니, 몸을 빙글 돌려 이번에는 전혀 신경도 쓰지 않고 한쪽 옆으로, 관목 숲을 향해 총을 쏘았다. 결투는 끝났다. 가가노프는 무언가에 짓눌린 것처럼 서 있었다. 마브리끼 니꼴라예비치가 그에게 다가가서 뭐라고 말하기 시작했지만, 그는 무슨 말인지 이해하지 못하는 것 같았다. 끼릴로프는 자리를 뜨면서 모자를 벗고 마브리끼 니꼴라예비치에게 가볍게 목례했다. 그러나 스따브로긴은 이전의 예의를 잊어버렸다. 숲에 대고 총을 쏜 뒤 그는 결투선 쪽으로 돌아설 생각도 하지 않고 권총을 끼릴로프에게 건네준 뒤 서둘러 말이 있는 곳으로 향했다. 얼굴 가득 악의에 차 있었지만 그는 아무 말도 하지 않았다. 끼릴로프 역시 말이 없었다. 그들은 말에 올라 전속력으로 달려가기 시작했다.

3

「왜 아무 말도 안 하나?」 집에 거의 다다랐을 무렵 그는 참지 못하고 끼릴로프에게 말을 걸었다.

「무슨 말이 필요한가?」 끼릴로프가 갑자기 뒷발로 일어서려는 말에서 미끄러질 뻔하면서 대답했다.

스따브로긴은 감정을 억제했다.

「그를…… 그 바보를 모욕할 생각은 없었네. 그런데 또다시 모욕해 버렸군.」 그는 조용히 말했다.

「그래, 자네는 또다시 모욕했지.」 끼릴로프가 거침없이 말했다. 「게다가 그는 바보가 아니라네.」

「하지만 나는 할 수 있는 모든 걸 했네.」

「아니, 그렇지 않네.」

「그럼 어떻게 했어야 한단 말인가?」

「결투를 신청하지 말았어야 했네.」

「다시 뺨을 맞으란 말인가?」

「그래, 다시 맞아야만 했네.」

「나는 이제 아무것도 모르겠군!」 스따브로긴은 화가 나서 말했다. 「왜 다들 다른 사람에게는 기대하지 않는 것을 나한테 기대하는 건가? 왜 아무도 참지 못하는 일을 나는 참아야 하고, 아무도 감당할 수 없는 무거운 짐을 나는 짊어져야 하는 거지?」

「자네 스스로 무거운 짐을 찾아다니는 줄 알았는데.」

「내가 무거운 짐을 찾아다닌다고?」

「그래.」

「자넨…… 그게 보였나?」

「그래.」

「그게 그렇게 눈에 띄나?」

「그래.」

두 사람은 잠시 말이 없어졌다. 스따브로긴은 매우 걱정스러운 표정을 하고 있었다. 그는 충격을 받았던 것이다.

「내가 겨누지 않은 것은 죽이고 싶지 않았기 때문이야. 분명히 말하지만, 더 이상 다른 이유는 없네.」그는 스스로를 정당화하듯 불안해하며 서둘러 말했다.

「모욕할 필요는 없었지.」

「그럼 어떻게 했어야 한단 말이지?」

「죽였어야 해.」

「내가 그를 죽이지 않아서 유감인가?」

「유감스러울 것은 없네. 난 자네가 정말로 그를 죽이고 싶어 하는 줄 알았거든. 자네는 자신이 뭘 찾고 있는지도 모르고 있군.」

「무거운 짐을 찾아다니고 있네.」스따브로긴이 웃었다.

「스스로는 피 흘리는 걸 싫어하면서 왜 그에게 자네를 죽일 기회를 주었나?」

「만약 내가 결투를 신청하지 않았다면, 그는 결투 없이 나를 죽이고 말았을 걸세.」

「그건 자네가 상관할 바 아니지. 죽이지 않았을 수도 있잖은가.」

「그럼 때리기만 했을까?」

「그건 자네가 상관할 바 아니야. 무거운 짐을 짊어지고 가게. 그러지 않으면 자네의 공적이 없어질 테니.」

「그런 공적 따위엔 침이나 뱉어 주라지. 나는 누구에게서도 그런 것을 구하지 않네!」

「내 생각으론 자네는 구하고 있네.」 끼릴로프는 무섭도록 냉정하게 말을 끝맺었다.

두 사람은 마당으로 말을 몰고 들어갔다.

「들어오지 않겠나?」 니꼴라이 프세볼로도비치가 권했다.

「아니, 난 집에 가겠네. 잘 있게.」 그는 말에서 내려 상자를 겨드랑이 밑에 꼈다.

「적어도 자네만은 나한테 화를 내지 않겠지?」 스따브로긴이 그에게 손을 내밀었다.

「전혀!」 끼릴로프는 악수를 하려고 뒤로 돌아섰다. 「만약 내 짐이 가볍다면 그건 그렇게 타고났기 때문일 거고, 그렇다면 자네 짐이 더 무거운 것도 그 역시 타고났기 때문일 거야. 너무 수치스러워할 것 없네, 약간은 그렇겠지만.」

「나는 내가 보잘것없는 인간이라는 걸 알고 있네. 그렇다고 강한 척하지도 않을 거야.」

「그래, 그러지 말게. 자네는 강한 인간이 아니야. 차 마시러 한번 들르게.」

니꼴라이는 굉장히 당황하며 자기 방으로 들어갔다.

4

니꼴라이 프세볼로도비치는 알렉세이 예고로비치를 통해서 곧바로, 바르바라 뻬뜨로브나가 그가 말을 타고 산책하러 나간 것을 — 8일 동안 병을 앓고 난 뒤 첫 외출이었으므로 — 매우 마음에 들어 했으며, 그 후 그녀가 마차를 준비시켜 혼자 집을 나섰다는 소식을 전해 들었다. 〈전에 늘 하던 대로 신선한 공기를 마시기 위해서이며, 신선한 공기를 마시는 것이 어떤 의미인지 지난 8일 동안 까맣게 잊어버렸기 때문〉이라는 것이었다.

「혼자서 나가셨나, 아니면 다리야 빠블로브나와 함께 가셨나?」 니꼴라이 프세볼로도비치는 서둘러 질문하며 노인의 말을 가로챘지만, 다리야 빠블로브나는 〈몸이 좋지 않아 함께 가시지 않고 지금 방에 계십니다〉라는 말을 듣고는 얼굴을 몹시 찌푸렸다.

「이보게, 할아범,」 그는 갑자기 결심한 듯 노인에게 말했다. 「오늘 하루 종일 그 사람을 지켜보고 있다가 나한테 오는 기미가 보이면 바로 만류하고, 적어도 며칠 동안은 내가 그녀를 만날 수 없을 것 같다고 전해 주게……. 내가 그렇게 부탁했다고…… 그리고 때가 되면 직접 부르겠다고 해주게, 알겠나?」

「그렇게 전하겠습니다.」 알렉세이 예고로비치는 눈을 내리뜨고 수심에 잠긴 목소리로 말했다.

「하지만 그녀가 내게 올 것을 분명히 알기 전까진 안 되네.」

「걱정하지 마십시오, 실수 없도록 하겠습니다. 지금까지 저를 통해서만 방문하셨거든요. 항상 제게 도움을 요청하셨습니다.」

「알고 있네. 하지만 어쨌든 그녀가 직접 찾아오기 전까지는 안 돼. 그리고 가능한 한 빨리 차 한 잔 가져다주게.」

노인이 방을 나가자마자 뒤이어 곧바로 그 문이 다시 열리더니 문지방에 다리야 빠블로브나가 나타났다. 그녀의 시선은 침착했지만 얼굴은 창백했다.

「당신 어디서 들어왔소?」 스따브로긴이 소리쳤다.

「저는 여기 서서 당신 방에 들어오려고 그가 나갈 때까지 기다리고 있었어요. 당신이 그에게 지시한 내용도 다 들었고요. 그가 나올 때 오른쪽 벽 돌출부 뒤로 몸을 숨겨서 그는 저를 보지 못했어요.」

「나는 오래전부터 당신과의 관계를 끝내고 싶었소, 다샤…… 잠깐 동안만…… 당분간 말이오. 당신 쪽지를 받았지만, 지난밤에는 당신을 만날 수가 없었소. 나도 당신한테 쪽지를 쓰고 싶었는데, 글재주가 없다 보니.」 그는 유감스럽다는 듯, 심지어 혐오스럽다는 듯 이렇게 덧붙였다.

「저도 관계를 끝내야 한다고 생각했어요. 바르바라 뻬뜨로브나께서 우리 둘의 관계를 너무 의심하고 계세요.」

「그건 상관없소.」

「부인을 걱정하시게 해선 안 돼요. 그럼 이제, 마지막이 올 때까지인가요?」

「당신은 여전히 반드시 마지막이 오리라고 기대하고 있는 건가?」

「네, 저는 확신해요.」

「이 세상에 그 어떤 것도 마지막은 없소.」

「여기에는 마지막이 있어요. 그때가 되면 저를 불러 주세요, 제가 올 테니. 그럼 안녕히 계세요.」

「그렇다면 그건 어떤 마지막이오?」 니꼴라이 프세볼로도 비치는 가볍게 미소를 지었다.

「당신, 상처를 입거나…… 피를 흘리지는 않으셨나요?」 그녀는 마지막에 관한 질문에는 대답하지 않고 그에게 물었다.

「바보 같은 짓이었소. 아무도 죽이지 않았으니 걱정 말아요. 하지만 당신은 오늘 중으로 모두에게서 상세한 내용을 듣게 될 거요. 나는 몸이 좀 불편할 뿐이오.」

「저는 이제 가겠어요. 결혼 발표를 오늘 하진 않겠지요?」 그녀가 주저하며 덧붙여 물었다.

「오늘도 아니고, 내일도 아니오. 모레는 모르겠군. 아마 우리 모두가 죽고 나서 하는 편이 더 나을지도 모르지. 이제 나를 내버려 둬요, 이제 그만.」

「당신은 다른 사람을…… 그 정신 나간 아가씨를 망치지는 않겠지요?」

「나는 정신 나간 사람들을 망치지는 않아요, 이 사람이건 저 사람이건. 그러나 정신이 멀쩡한 사람은 망치게 될 것 같소. 나는 정말 비열하고 추악한 인간이라서 말이오. 다샤, 당신이 말한 대로 〈최후의 순간에〉 정말로 당신을 소리쳐 부를지도 모르지. 당신은 정신이 멀쩡함에도 불구하고 나에게 오겠지. 당신은 왜 스스로를 망치려 드는 거요?」

「저는 결국 당신 곁에 저만 남게 되리라는 것을 알고 있어요. 그리고…… 그것을 기다리고 있어요.」

「그런데 만약 내가 결국 당신을 부르지 않고 당신에게서 도망친다면?」

「그럴 리 없어요. 당신은 저를 부를 거예요.」

「그렇게 말하다니, 나에 대한 경멸이 상당하군.」

「경멸만 있는 게 아니라는 건 당신도 아실 텐데요.」

「그렇다면 어쨌든 경멸한단 말인가?」

「그런 뜻으로 말한 건 아니에요. 하느님이 증인이시지요. 저는 절대로 당신이 저를 필요로 하는 일이 없기를 소망하고 있어요.」

「그 말에 대한 보답이 있어야겠지. 나 역시 당신을 파멸시키고 싶진 않소.」

「그 무엇으로도 당신은 결코 저를 파멸시킬 수 없어요. 당신도 잘 알고 있을 텐데요.」 다리야 빠블로브나는 빠르고 단호하게 말했다. 「제가 당신 곁에 있을 수 없다면, 저는 간호사나 간병인이 되어 환자들을 돌보러 다니거나, 서적 행상인이 되어 복음서를 팔러 다닐 거예요. 저는 그렇게 결심했어요. 저는 누구의 아내도 될 수 없어요. 여기와 같은 집에서는 살수 없어요. 그러고 싶지 않아요……. 당신도 잘 알고 계실 거예요.」

「아니, 나는 당신이 무엇을 원하는지 한 번도 알 수가 없었소. 당신이 나에 대해 가지고 있는 관심은 오래된 간병인이 무슨 이유에서인지 다른 환자들과 비교해서 유독 한 환자에게 관심을 보이는 것이나, 아니면 좀 더 그럴듯한 비유로, 장례식장을 돌아다니는 신앙심 깊은 노파가 다른 시체들보다 더 아름다운 시체를 선호하는 것과 같다는 생각이 들었소. 그런데 왜 그렇게 이상하게 쳐다보는 거요?」

「당신, 많이 아프신가요?」 그녀는 그를 이상하게 쳐다보면서 동정 어린 말투로 물어보았다. 「맙소사! 그러면서 이 사람은 나 없이 지내기를 원하다니!」

「이봐요, 다샤, 나는 요즈음 항상 환영을 보고 있소. 어제는 다리 위에서 한 작은 악마가 레뱟낀과 마리야 찌모페예브나를 죽여 나와의 합법적인 결혼 관계를 끝내고 흔적을 지워 주겠다고 제안했소. 착수금으로 3루블을 요구했지만, 이 거래 자체는 1천5백 루블 이하로는 안 된다는 사실도 명확히 암시해 주더군. 얼마나 계산이 빠른 악마던지! 회계사 같았다니까! 하하!」

「그런데 그것이 환영이었다고 분명하게 확신하세요?」

「오, 아니, 그것은 전혀 환영이 아니었소! 그는 강도이자 탈옥수인 유형수 페찌까일 뿐이었지. 그러나 그게 문제가 아니오. 내가 어떻게 했을 것 같소? 나는 그에게 지갑에 들어 있던 돈을 다 주었소. 그러니 그는 이제 내가 그에게 착수금을 주었다고 완전히 확신할 거요……!」

「당신은 한밤중에 그를 만났고, 그가 당신에게 그런 제안을 했다고요? 당신은 정말 그들의 그물에 완전히 걸려들었다는 걸 모르시는군요!」

「그러라지 뭐. 그런데 당신 머릿속에 한 가지 질문이 맴도는 것 같은데, 당신 눈을 보면 알 수 있소.」 그는 악의에 차고 짜증 난 것 같은 웃음을 지으며 덧붙였다.

다샤는 깜짝 놀랐다.

「질문은 전혀 없어요. 의심 같은 것도 없고요. 더 이상 아무 말 마세요.」 그녀는 질문을 피하려는 듯 조바심 내며 소리쳤다.

「그럼 당신은 내가 페찌까의 음모에 걸려들지 않을 거라고 확신하는 건가?」

「오, 맙소사!」 그녀는 절망에 차서 두 손을 움켜쥐었다. 「왜 그렇게 저를 괴롭히세요?」

「아, 어리석은 농담을 용서해 주시오. 그에게서 나쁜 태도를 배운 것 같군. 실은 지난밤부터 웃고 싶어 미칠 지경이오. 계속해서, 끊임없이 오랫동안 많이 웃어 보고 싶소. 나는 웃음을 터뜨릴 준비가 되어 있소……. 이런! 어머니가 오셨군. 나는 어머니 마차가 현관에 멈춰 설 때 그 소리만으로도 알 수 있지.」

다샤는 그의 손을 잡았다.

「신께서 당신을 악마로부터 지켜 주시길……. 저를 부르세요, 가능하면 빨리 부르세요!」

「오, 도대체 어떤 악마란 말인가! 이건 그냥 작고 추악하고 허약한 작은 악마, 콧물이나 흘리는 실패한 부류들 중 하나일 뿐이지. 그런데 다샤, 당신은 뭔가 아직 말하지 않은 게 있는 것 같은데?」

그녀는 그를 질책하는 시선으로 고통스럽게 잠시 바라보다가 문 쪽으로 돌아섰다.

「이봐요!」 그는 악의에 찬 일그러진 미소를 지으며 그녀 뒤에 대고 소리쳤다. 「만약에…… 그러니까 한마디로, **만약에** 말이오……. 알겠지만, 만약 내가 음모에 말려들었을 경우, 당신을 소리쳐 부른다면, 당신은 그 음모 사건 이후에도 나에게 와주겠소?」

그녀는 돌아보지도 않고 대답도 하지 않고 얼굴을 두 손으로 가린 채 밖으로 나갔다.

「음모 사건 이후라도 올 거야!」 그는 잠시 생각하더니 중얼거렸다. 그의 얼굴에 혐오스러운 경멸의 표정이 나타났다. 「간병인이라! 흠……! 하긴 내게 그런 것이 필요할 수도 있겠지.」

제4장
모두의 기다림

1

결투 소식은 우리 사교계에 빠르게 전파되었는데, 그 사건이 불러일으킨 인상 중 특히 주목할 만한 것은 모두가 한마음으로 발 빠르게 니꼴라이 프세볼로도비치에게 무조건적인 지지를 표했다는 것이다. 과거에 그의 적이었던 사람들중에서도 많은 이가 단호하게 그의 친구임을 천명했다. 사교계의 견해가 이처럼 예기치 않게 변화된 주요 원인은 지금까지 의견 표명을 하지 않던 한 귀부인이 평소와 달리 분명하게 몇 마디 했기 때문이다. 그것은 단번에 우리 대다수의 엄청난 관심을 불러일으킬 정도의 의의를 이 사건에 부여했다. 상황은 이렇게 된 것이었다. 그 사건 다음 날이 현의 귀족 단장 부인의 명명일이어서 도시 사람 전부가 부인의 집에 모였다. 율리야 뻬뜨로브나도 그 자리에 참석했는데, 오히려 주도했다고 보는 편이 낫겠다. 그녀와 함께 온 리자베따 니꼴라예브나는 아름다움과 평소와 다른 행복함으로 빛나 보였지만, 그런 태도가 이번에는 우리의 많은 숙녀들에게 특히 의심스럽게 보였다. 덧붙여 말하자면, 그녀와 마브리끼 니꼴라예비치의 약혼은 이미 의심의 여지가 없었다. 이 이야기는 나중에 하겠지만, 퇴역했으나 여전히 권위 있는 한 장군이 그날 밤 농담조로 물어보았을 때 리자베따 니꼴라예브나는 자신이 약혼했다고 직접 말했던 것이다. 그래서 어찌 되었을까? 우리 숙녀들 중 정말 단 한 명도 이 소문을 믿으려 하지 않았다. 모든 사람이 계속해서 끈질기게 어떤 로맨스, 즉 스위스에서 완성된 운명적인 가족의 비밀 같은 걸 기대하고 있었으며, 그 과정에서 무엇 때문인지 율리야 미하일로브나가 계속 관여했다고 상상했다. 왜 모든 사람이 그토록 끈질기게 이 소문에, 말하자면 그런 꿈같은 이야기에 매달렸는지, 왜 율리야 미하일로브나를 여기에 직접 결부시키려 했는지는 설명하기 어렵다. 그녀가 들어서자마자 사람들은 모두 기대에 가득 찬 이상한 눈빛으로 그녀를 돌아보았다. 미리 말해 두지만, 사건이 최근에 일어나기도 했고 그에 따른 어떤 사정 때문에 이날 밤 사람들은 아직 조심스럽게 목소리를 낮춰 그 이야기를 하고 있었다. 게다가 당국의 조치에 대해서도 아직 알려진 게 아무것도 없었다. 알려진 바로는 두 결투자가 귀찮은 일을 당하지는 않았다. 예를 들어 사람들은 모두 아르쪠미 빠블로비치가 아침 일찍 아무런 방해도 받지 않고 두호보에 있는 자기 집으로 떠났다는 것을 알고 있었다. 물론 그 와중에도 사람들은 누군가가 먼저 이야기를 시작해 대중의 초조함에 문을 열어 주기를 애타게 기다렸다. 그들은 위에서 말한 바로 그 장군에게 희망을 걸고 있었으며, 그것은 틀리지 않았다.

이 장군은 우리 클럽에서 가장 당당한 멤버 중 하나로, 그다지 부유한 지주는 아니지만 탁월한 사상의 소유자였으며, 여자 꽁무니나 따라다니는 구식 인간이었고, 대부분 모임에서 사람들이 아직 조심스럽게 속삭이는 이야기를 장군다운 무게감을 가지고 소리 내어 말하는 것을 엄청 좋아했다. 바로 이 점이 우리 사교계에서 그의 특수한 역할 같은 것이었다. 게다가 그는 유달리 말을 길게 늘이고 단어들을 달콤하게 발음했다. 아마도 이런 습관은 외국 여행을 한 러시아인이나 전에는 부유했지만 농노 해방 이후 가장 심하게 파산해 버린 지주에게서 차용했을 것이다. 스쩨빤 뜨로피모비치조차 언젠가 지주의 파산 정도가 심할수록 더 애교 섞인 혀 짧은 소리를 내거나 말을 길게 늘인다고 말한 적이 있다. 그런데 그 자신도 애교 섞인 혀 짧은 소리를 내고 말을 길게 늘이면서 스스로는 그것을 깨닫지 못하고 있었다.

장군은 제법 식견 있는 사람처럼 말하기 시작했다. 게다가 그는 아르쩨미 빠블로비치와는 논쟁이나 소송까지 벌인 적도 있지만 꽤 먼 친척이었으며, 그 자신도 두 번이나 결투를 벌였고, 그중 한 번은 그 일로 강등이 되어 까프까스로 좌천되기도 했다. 누군가 바르바라 뻬뜨로브나가 〈병을 앓고 난 후〉 이미 이틀째 외출하기 시작했다고 언급했다. 실은 부인에 대한 직접적인 이야기가 아니라, 스따브로긴 댁 종마장에서 선택된 네 마리 회색 말이 끄는 마차의 탁월한 조합에 대한 이야기였다. 장군은 갑자기 오늘 말을 타고 가는 〈젊은 스따브로긴〉을 만났다고 말했다……. 순간 모두가 입을 다물었다. 장군은 입술을 쩝쩝거리더니 하사받은 금제 담뱃갑을 손가락으로 빙빙 돌리면서 갑자기 이렇게 말했다.

「내가 지난 몇 년간 이곳에 없었던 게 유감입니다……. 그

러니까 나는 카를스바트[21]에 있었거든요……. 흠, 당시 여러
가지 소문을 들어서 알고 있던 이 젊은이한테 나는 흥미를 느
끼고 있습니다. 흠, 그런데 그가 미쳤다는 게 사실입니까? 당
시 누군가 그런 말을 했는데. 어떤 대학생이 사촌 누이들이 보
는 앞에서 그를 모욕했고, 그러자 그는 상대를 피해 탁자 밑으
로 기어 들어갔다는 이야기도 갑자기 들은 적이 있습니다. 어
제는 스쩨빤 비소쯔끼로부터 스따브로긴이 저…… 가가노프
와 결투를 했다는 이야기도 들었지요. 그것도 다만 미쳐 날뛰
는 사람 앞에 자신의 이마를 내놓는 용기만 가지고서 말입니
다. 그를 떨쳐 내기 위해서였다지요. 흠, 이것은 20년대 기병
대 기질입니다. 그가 이곳에서 출입하는 댁이 있습니까?」

　장군은 대답을 기다리기라도 하듯 입을 다물었다. 사람들
의 초조함에 드디어 출구가 열렸다.

　「이 이상 간단한 게 뭐 있겠어요?」 모두가 갑자기 명령이
라도 받은 듯이 자기 쪽으로 시선을 돌리자 흥분한 율리야
미하일로브나가 목소리를 높여 말했다. 「스따브로긴이 가가
노프와는 결투했는데 대학생에게는 반응을 보이지 않았다는
것이 그렇게 놀랄 일인가요? 그렇다고 자기 집 농노였던 사
람에게 결투를 신청할 수는 없잖아요!」

　정말 의미심장한 말이었다! 간단명료한 생각인데, 지금까
지 누구의 머릿속에도 떠오르지 않았던 것이다. 이 말은 예사
롭지 않은 결과를 가져왔다. 온갖 추문과 헛소문, 하찮고 우
스운 이야기들이 단번에 사건의 뒤편으로 밀려나고, 다른 의
미가 전면으로 떠올랐다. 모두가 오해하고 있던 인물의 새로
운 면모가 드러난 것이다. 그것은 이상적이고 엄격한 판단력

21 온천으로 유명한 체코의 도시.

을 갖춘 인물이었다. 한 대학생, 즉 더 이상 농노가 아닌 교육받은 인간에게 죽을 만큼 모욕을 받았지만 그는 그 모욕을 경멸했다. 왜냐하면 모욕을 준 당사자가 그의 예전 농노였기 때문이다. 사교계에서는 소문과 유언비어가 떠돌았다. 경박한 사교계는 뺨을 맞은 그를 경멸의 시선으로 쳐다보았다. 그러나 그는 제대로 이해도 하지 못하고 오히려 자신에 대해 떠들어 대는 사교계의 견해를 경멸하고 있었다.

「그런데 이반 알렉산드로비치, 우리는 앉아서 올바른 판단력이니 뭐니 하는 말만 하고 있군요.」클럽의 한 나이 든 회원이 자기 고백이라는 고결한 흥분에 사로잡혀 다른 회원에게 이렇게 말했다.

「그렇습니다, 뾰뜨르 미하일로비치, 그렇습니다.」상대는 기뻐하며 맞장구쳤다.「그러면서 젊은이들이 어떻다는 둥 떠들기만 하는 거지요.」

「여기서는 젊은이들이 문제가 아닙니다, 이반 알렉산드로비치.」마침 옆에 있던 또 다른 사람이 끼어들었다.「여기서는 젊은이들이 문제가 아니지요. 그는 젊은이들 중 한 사람이 아니라 하나의 별입니다. 이 문제는 바로 그렇게 이해해야 합니다.」

「우리에게는 바로 그런 사람이 필요합니다. 그런 사람들이 너무 줄어들었어요.」

여기서 중요한 것은 이 〈새로운 인간〉이 〈의심할 바 없는 귀족〉이라는 사실 외에도 현에서 가장 부유한 지주라는 것이었다. 따라서 그는 그들에게 대단히 도움이 되는 인물이자 행동가가 되지 않을 수 없으리란 것이었다. 그런데 나는 앞에서도 잠깐 우리 지주들의 경향에 대해 언급한 적이 있다.

그들은 흥분 상태에 빠졌다.

「그는 대학생에게 결투를 신청하지 않고 두 손을 뒤로 돌려 버렸습니다. 특히 이 점에 주의해야 합니다, 각하.」한 사람이 의견을 말했다.

「새 법정[22]에 그를 끌고 가지도 않았지요.」다른 사람이 덧붙였다.

「새 법정에서는 귀족에 대한 **개인적인** 모욕으로 15루블을 선고받을 수 있는데 말입니다, 헤헤헤!」

「아니요, 새로운 법정의 비밀에 대해서는 제가 한 말씀 드리지요.」세 번째 사람이 극도로 흥분해서 말했다. 「만약 누군가 도둑질하거나 사기를 쳤는데 잡혀서 그 사실이 명백히 드러나면 지체 말고 바로 집으로 달려가서 자기 어머니를 죽이면 됩니다. 그러면 순식간에 그의 행동은 모든 점에서 정당화되고, 법원 방청석에 있던 숙녀들은 리넨 손수건을 흔들어 댈 것입니다. 이건 의심할 바 없는 진실입니다!」

「그게 진실이지, 진실이고말고!」

여러 가지 일화가 쏟아져 나오지 않을 수 없었다. 니꼴라이 프세볼로도비치와 K 백작의 관계도 기억 속에 되살아났다. 최근 개혁들에 대한 백작의 독단적인 견해는 잘 알려져 있었다. 최근 들어 어느 정도 중단되긴 했지만 그의 주목할 만한 사회 활동 역시 잘 알려져 있었다. 그런데 갑자기 아무도 정확한 근거를 제시하지는 못했지만, 니꼴라이 프세볼로도비치가 K 백작의 딸들 중 한 명과 약혼했다는 소문이 모두에게 의심의 여지없이 받아들여지기 시작했다. 스위스에서의 기

<hr>

22 러시아에서는 1864년 실시된 재판 개혁으로 재판의 독립성이 보장되었고, 재판은 변호사와 배심원이 참석한 가운데 공개적으로 진행되게 되었다.

이한 사건이나 리자베따 니꼴라예브나와 관련해서는 부인들조차 더 이상 말하지 않게 되었다. 덧붙여 언급하자면 드로즈도바 모녀는 마침 이때쯤 지금까지 미루어 놓고 있던 모든 방문을 마무리했다. 리자베따 니꼴라예브나에 대해서도 사람들은 이제 자신의 병적으로 예민한 신경을 〈과시하는〉 평범한 아가씨로 보게 되었다. 니꼴라이 프세볼로도비치가 도착한 날 있었던 그녀의 기절 소동은 대학생의 추악한 행동을 보고 그냥 놀라서 벌어진 일로 설명되었다. 전에는 뭔가 환상적인 색채를 부여하려고 애썼던 일이 지금은 오히려 평범성이 강조되었다. 절름발이 여인이 있었다는 것에 관해서는 완전히 잊어버렸고, 기억해 내는 것도 수치스러워했다. 〈그래, 절름발이 여인 백 명이 있다 한들 젊어서 안 그런 사람이 누가 있겠어!〉라는 것이었다. 사람들은 어머니에 대한 니꼴라이 프세볼로도비치의 공손한 태도에 주목했고, 그의 여러 가지 선행을 찾아냈으며, 4년 동안 그가 독일 대학들에서 습득한 학문에 대해 친절하게 이야기했다. 아르쩨미 빠블로비치의 행동은 마침내 〈자기 사람도 알아보지 못하는〉[23] 눈치 없는 짓으로 선언되었다. 율리야 미하일로브나에 대해서는 마침내 놀랄 만한 통찰력을 가진 사람으로 인정해 주었다.

이렇게 되어 마침내 니꼴라이 프세볼로도비치가 모습을 드러냈을 때, 모두들 가장 순수하고 진지한 태도로 그를 맞이했다. 또한 그를 향한 사람들의 시선에서는 매우 성급한 기대 같은 것이 읽혔다. 니꼴라이 프세볼로도비치는 곧바로 매우 단호한 침묵 속에 스스로를 가두어 버렸지만, 그것은 물론 그가 마구 지껄여 대는 것보다 훨씬 더 크게 사람들을 만족시

23 「요한의 복음서」 1장 11~12절 인용.

켰다. 한마디로 그는 모든 면에서 성공적이었다. 그는 유행이
되었던 것이다. 이 현의 사교계에서는 일단 모습을 드러내면
절대로 다시 숨어 버릴 수 없게 된다. 니꼴라이 프세볼로도비
치는 전처럼 현의 모든 질서를 정확하게 지키기 시작했다. 사
람들은 그가 유쾌한 사람이라고는 생각하지 않았다. 〈그 사
람은 많이 참았어. 그는 다른 사람들과 달라. 뭔가 생각하는
게 있을 거야〉라고들 말했다. 4년 전 우리가 그토록 증오했던
그의 거만함과 접근하기 어려운 까다로움조차 지금은 존경
받고 사람들의 호감을 얻게 되었다.

　누구보다 바르바라 뻬뜨로브나가 의기양양해졌다. 리자베
따 니꼴라예브나와 관련한 그녀의 꿈이 무너져 버린 것에 대
해 그녀가 정말 슬퍼했는지는 말하기 어렵다. 여기에는 물론
가문의 자존심이 한몫했다. 한 가지 이상한 점은 바르바라 뻬
뜨로브나가 갑자기 무척 단호하게 니콜라가 실제로 K 백작
의 집에서 누군가를 〈선택〉했다고 확신하게 되었다는 것이
지만, 무엇보다 이상한 것은 다른 사람들과 마찬가지로 풍문
으로 날아든 소문을 듣고 그것을 확신하게 되었다는 것이다.
그녀는 니꼴라이 프세볼로도비치에게 직접 묻는 것을 두려
워하고 있었다. 하지만 두세 번 참지 못하고 그가 자기에게
솔직하지 못하다고 슬쩍 기분 상하지 않게 책망한 적은 있었
다. 그러나 니꼴라이 프세볼로도비치는 웃기만 할 뿐 아무 말
도 하지 않았다. 그러한 침묵은 동의의 표시로 받아들여졌다.
그렇다 하더라도 그녀는 절름발이 여인에 대해서는 결코 잊
지 못했다. 그녀에 관한 생각은 마치 돌덩어리나 악몽처럼 부
인의 가슴속에 남아 있었고, 이상한 환영과 추측으로 그녀를
괴롭혔다. 이 모든 것은 K 백작의 딸들에 관한 꿈과 한꺼번

에 뒤섞였다. 그러나 이것에 관한 이야기는 다음으로 미루자. 물론 사교계에서는 바르바라 뻬뜨로브나에게 새로이 각별한 관심을 보이며 존경을 가지고 그녀를 대했다. 그러나 그녀는 그것을 거의 이용하지 않았으며 아주 드물게만 참석할 뿐이었다.

하지만 지사 부인 댁은 당당하게 방문했다. 물론 율리야 미하일로브나가 귀족 단장 부인의 파티에서 언급했던 그 의미심장한 말에 대해 그 누구도 그녀보다 더 마음이 끌리거나 매혹된 사람은 없었다. 그 말은 그녀의 마음속에서 많은 근심을 쫓아내 주었고, 그 불행한 일요일 이후 그녀를 괴롭히던 많은 것을 일시에 해결해 주었다. 〈나는 그 여자를 오해하고 있었어요!〉라고 말하며 그녀는 자신의 직설적인 성격대로 직접적으로 율리야 미하일로브나에게 **감사드리러** 왔다고 말했다. 율리야 미하일로브나는 기분이 흡족했지만, 그 말에 흔들리지 않으려 했다. 그녀는 이 무렵 이미 자신의 가치를 크게 느끼기 시작했는데, 그 정도가 다소 지나칠 정도였다. 예를 들면 대화 도중에 자신은 스쩨빤 뜨로피모비치의 활동이나 학식에 대해 그 무엇도 들어 본 적이 없다고 당당하게 말했던 것이다.

「저는 물론 젊은 베르호벤스끼를 집에 드나들게 하고 그를 귀여워하긴 해요. 그는 분별력이 부족하지만 아직 젊잖아요. 그러나 지식은 견고하지요. 어쨌든 시대에 뒤떨어진 구식 비평가와는 달라요.」

바르바라 뻬뜨로브나는 곧바로 서둘러 스쩨빤 뜨로피모비치는 결코 비평가가 아닐뿐더러, 오히려 일생 동안 자기 집에서 지냈다고 지적했다. 그가 첫 사회 활동을 할 당시에는 〈온 세상에 너무나 잘 알려져 있는) 어떤 상황들 때문에, 그리고 가장 최근에는 스페인 역사에 관한 그의 저작들 때문에 유명해졌다는 것이다. 또한 독일 대학들의 현황에 대해서도 쓰고 싶어 하며, 그 밖에 드레스덴의 마돈나에 관해서도 뭔가 쓰려는 것 같다고 했다. 한마디로 바르바라 뻬뜨로브나는 스쩨빤 뜨로피모비치에 대해서는 율리야 미하일로브나에게 양보하고 싶지 않았던 것이다.

「드레스덴의 마돈나라고요? 시스티나 성모를 말하는 건가요? *Chère*(친애하는) 바르바라 뻬뜨로브나, 저는 그 그림 앞에 두 시간이나 앉아 있었지만, 결국 실망해서 그 자리를 떠났답니다. 아무것도 이해되지 않아서 너무 놀랐어요. 까르마지노프 역시 이해하기 어렵다고 말씀하시더군요. 지금은 러시아인이건 영국인이건 그 안에서 아무것도 찾아내지 못하고 있어요. 큰 소리로 소란을 피운 건 노인들뿐이었답니다.」

「새로운 유행이겠지요?」

「저는 우리 젊은이들을 무시해선 안 된다고 생각해요. 사람들은 그들에게 공산주의자라고 소리 지르지만, 저는 그들을 관대하게 대하고 존중해야 한다고 생각해요. 저는 요즈음 뭐든 다 읽고 있어요. 신문이건, 코뮌이건, 자연 과학에 관한 것이건 뭐든 다 받아 보고 있어요. 왜냐하면 결국 자기가 어디에 살고 있고 누구와 관계를 맺고 있는지는 알아야 하니까요. 평생을 자기 환상의 꼭대기에서 지낼 수는 없지 않겠어요? 저는 이런 결론에 도달하고서 젊은이들을 잘 달래 그들이 극단으로 치닫지 않도록 억제하는 것을 저의 규칙으로 삼았어요. 저를 믿으세요, 바르바라 뻬뜨로브나, 우리 상류 사회 사람들만이 바람직한 영향력과 무엇보다 친절함으로 참을성 없는 노인네들에게 떠밀리는 그들을 심연으로부터 붙잡아 줄 수 있어요. 그런데 부인을 통해 스쩨빤 뜨로피모비치에 대해 알게 되어 기쁘네요. 부인 덕분에 생각이 하나 떠올랐어요. 그분께서 우리 문학 낭독회에 도움이 되실 것 같아요. 아시다시피 저는 우리 현의 가난한 가정 교사들을 위한 일일 연회를 예약제로 개최하려고 준비하고 있어요. 그들은 러시아 전역에 흩어져 있지만, 우리 군에만 여섯 명이나 되더군요. 그 밖에 두 명은 전신 기사, 두 명은 아카데미에 다니고 있고, 다른 사람들도 뭔가 하고 싶어 하지만, 그들에게는 그럴 만한 돈이 없답니다. 러시아 여성의 운명은 지독하기 짝이 없어요, 바르바라 뻬뜨로브나! 이것이 현재 대학 제도의 문제가 되고 있고, 그래서 국무 회의까지 열렸답니다. 우리의 이 이상한 러시아에서는 무엇이건 다 할 수 있다니까요. 그러니 역시 상류 사회 전체가 친절함과 직접적인 따뜻함으로 관여한다면 우리는 이 위대한 공공사업을 제대로 된 길로 이끌어 갈 수 있을 거예요. 맙소사, 우리 중에는 과연 고결한 인물이 얼마나 많이 있을까요? 물론 있긴 하지만, 여기저기 흩어져 있지요. 우리 함께 힘을 모아 더 강해지도록 해요. 요약하자면, 먼저 아침에는 문학 모임이 있을 것이고, 이어서 가벼운 아침 식사, 그다음 휴식, 그리고 저녁에 무도회를 열 예정이에요. 파티를 활인화(活人畫)[24]로 시작하고 싶었지만 비용이 너무 많이 들 것 같아서, 대신 사람들을 위해 유명한 문학 사조를 나타내는 가면과 특색 있는 복장을 입고 춤을 추는 한두 개의 카드리유[25]를 넣기로 했어요. 이런 재미있는 생각

24 사람이 분장하고 역사나 명화의 한 장면을 연출하는 것이다.
25 네 사람이 한 조가 되어 서로 마주 보며 추는 프랑스 춤. 또는 그 춤곡.

은 까르마지노프가 제안한 거랍니다. 그분은 저를 많이 도와주고 계세요. 그런데 그분께선 우리 모임에서 아직 아무에게도 알려지지 않은 최근 작품을 낭독하실 거예요. 그분은 이제 절필하고 더 이상 글을 쓰지 않으실 것이기 때문에 이것이 대중과의 고별 작품이 되겠지요. 〈*Merci*(메르시)〉[26]라는 제목의 매력적인 작품이랍니다. 프랑스어 제목이지만, 그렇기 때문에 재미가 있고 절묘하기까지 하다고 말씀하시더군요. 저 역시 그렇게 생각할 뿐만 아니라, 제 쪽에서 그렇게 권하기까지 했다니까요. 스쩨빤 뜨로피모비치께서도 뭔가 낭독해 주실 수 있지 않을까 생각했습니다만…… 다만 좀 짧게, 그리고…… 너무 학술적이지 않은 걸로요. 뾰뜨르 스쩨빠노비치와 또 다른 한 분도 낭독해 주실 것 같긴 해요. 뾰뜨르 스쩨빠노비치가 부인께 들러 프로그램을 알려 드릴 거예요. 아니면 제가 직접 부인을 찾아뵙는 것이 나을 수도 있겠네요.」

「괜찮으시다면 제 이름도 그 명단에 넣어 주셨으면 합니다. 스쩨빤 뜨로피모비치께는 직접 전해 드리고, 저도 부탁해 보겠습니다.」

바르바라 뻬뜨로브나는 완전히 매혹되어 집으로 돌아왔다. 그녀는 온 힘을 다해 율리야 미하일로브나의 편이 되었으며, 무슨 이유에서인지 스쩨빤 뜨로피모비치에게는 완전히 화가 나 있었다. 하지만 이 불쌍한 선생은 집에 들어앉아 아무것도 모르고 있었다.

「나는 그 부인한테 완전히 반해 버렸어요. 지금까지 그분

---

26 〈*Merci*〉는 프랑스어로 〈감사하다〉는 뜻이다. 이 작품은 뚜르게네프의 작품 『환영들』, 『충분해』의 인물 형상이나 모티브 등을 노골적으로 패러디한 것이다.

을 왜 그렇게 오해했는지 이해가 안 될 정도예요.」그녀는 아들 니꼴라이 프세볼로도비치와 저녁에 잠깐 들른 뾰뜨르 스쩨빠노비치에게 이렇게 말했다.

「그래도 저희 영감과는 화해하셔야 합니다.」뾰뜨르가 한마디 덧붙였다.「아주 절망에 빠져 있거든요. 부인께선 영감을 부엌으로 완전히 내쫓아 버리셨잖습니까. 어제는 영감이 부인의 마차를 보고 인사했는데, 부인께서 고개를 돌려 버리시더군요. 실은 우리는 그를 끌어낼 생각입니다. 제게도 영감에 대한 계산이 다 있는 데다, 그가 아직은 쓸모가 있거든요.」

「아, 그분은 낭독을 하실 거예요.」

「저는 그것 하나만을 말한 게 아닙니다. 어쨌든 오늘 영감을 찾아가려고 했습니다. 그럼 그 일에 대해 전해도 될까요?」

「마음대로 하세요. 하지만 당신이 이걸 어떤 식으로 처리하려는지 모르겠군요.」그녀는 주저하며 말했다.「내가 직접 그분과 상의하고 싶기도 해서 날짜와 장소를 정하려고 했는데.」그녀는 심하게 얼굴을 찌푸렸다.

「뭐, 그런 일로 날짜를 정할 필요는 없을 것 같습니다. 제가 그냥 전해 드리지요.」

「그럼 그렇게 전해 주세요. 하지만 그래도 내가 날짜를 정해서 꼭 한 번 만날 생각이라는 말도 해주세요. 반드시 그 말도 전해 주세요.」

뾰뜨르 스쩨빠노비치는 가볍게 미소를 지으며 달려 나갔다. 내가 기억하기로 그는 당시 유달리 심술궂었으며 거의 모든 사람에게 참을 수 없을 정도로 상식에 어긋난 행동을 하곤 했다. 그런데 이상하게도 사람들은 그를 용서해 주었다. 대체로 그는 좀 특별하게 봐주어야 한다는 의견이 확립되어 있었던 것이다. 한 가지 언급해 두자면, 그는 니꼴라이 프세볼로도비치의 결투에 대해 굉장한 적의를 보였다. 그는 이 소식을 별안간 알게 되었는데, 그 이야기를 듣자 새파랗게 질리기까지 했다. 아마도 이때 자존심에 상처를 입은 것 같았다. 그는 모든 사람들에게 알려지고 난 그다음 날이 되어서야 그 일을 알게 되었던 것이다.

「자네에겐 결투할 권리가 없지 않은가?」 그는 닷새가 지난 뒤 클럽에서 우연히 스따브로긴을 만나자 이렇게 속삭였다. 뾰뜨르 스쩨빠노비치가 거의 매일 바르바라 뻬뜨로브나 댁을 드나들었음에도 불구하고 지난 닷새 동안 그들이 어디에서도 마주치지 않았다는 것은 놀랄 만한 일이다.

니꼴라이 프세볼로도비치는 무슨 일인지 이해하지 못하겠다는 듯 멍한 표정으로 말없이 그를 바라보다가 걸음을 멈추지 않고 그대로 지나가 버렸다. 그는 클럽의 커다란 홀을 가로질러 식당으로 가는 중이었다.

「자네가 샤또프도 찾아갔고…… 마리야 찌모페예브나의 일도 공표하려고 한다지.」 그는 스따브로긴의 뒤를 쫓아가다가 정신없는 상태에서 그의 어깨를 잡았다.

니꼴라이 프세볼로도비치는 갑자기 어깨에 올린 그의 손을 뿌리치고 무섭게 얼굴을 찌푸리며 그를 향해 빠르게 돌아섰다. 뾰뜨르 스쩨빠노비치는 이상하게 길게 늘어난 미소를 지으면서 그를 쳐다보았다. 모든 것은 한순간의 일이었다. 니꼴라이 프세볼로도비치는 가던 길을 계속 걸어갔다.

2

그는 바르바라 뻬뜨로브나의 집에서 곧장 자기 영감 집으로 달려갔다. 만약 그가 서둘렀다면, 그것은 단 하나 적의 때문에, 즉 나도 그때까지는 모르고 있던 일전에 그가 당한 모욕에 대해 앙갚음을 하기 위해서였다. 사건은 그들이 마지막으로 만났던 바로 지난주 목요일에 벌어졌는데, 스쩨빤 뜨로피모비치가 먼저 싸움을 시작해 결국에는 뾰뜨르 스쩨빠노비치를 지팡이로 쫓아 버렸던 것이다. 이러한 사실을 선생은 그때 내게 숨기고 있었다. 하지만 지금 뾰뜨르 스쩨빠노비치가 방 안으로 뛰어 들어와, 늘 하던 대로 천진난만할 정도로 거만한 미소를 띠며 기분 나쁜 호기심이 어린 시선으로 구석구석을 두리번거리자, 스쩨빤 뜨로피모비치는 곧바로 내게 방에 남아 있어 달라고 몰래 신호를 보냈다. 그렇게 해서 내 앞에 그들의 진짜 관계가 모습을 드러냈다. 이번에는 그들의 모든 대화를 들을 수 있었기 때문이다.

스쩨빤 뜨로피모비치는 소파 위에 몸을 쭉 뻗고 앉아 있었다. 지난 목요일 이후 그는 몸이 수척해졌고 얼굴도 약간 누레졌다. 뾰뜨르 스쩨빠노비치는 정말 허물없는 태도로 그 옆에 자리를 잡더니 버릇없이 양반다리를 하고 앉았고, 그렇게 해서 아버지에 대한 예의를 차려야 하는 공간보다 훨씬 더 넓게 소파를 차지해 버렸다. 스쩨빤 뜨로피모비치는 조용히 위엄을 지키며 옆으로 옮겨 앉았다.

탁자 위에는 책 한 권이 펼쳐져 있었다. 그것은 소설 『무엇을 할 것인가』[27]였다. 아아, 나는 친구의 저 이상한 소심함을

---

27 체르니셰프스끼N. G. Chernyshevskii의 공상적 사회주의를 담은 소설.

인정하지 않을 수 없다. 이 은둔 생활에서 벗어나 최후의 결전을 치러야 한다는 망상이 점점 더 그의 상상력을 매혹시키며 사로잡기 시작했던 것이다. 내가 추측하기에 그가 이 소설을 구해서 **연구**하는 목적은 단 하나, 〈꽥꽥 소리를 질러 대는 무리〉와의 충돌이 불가피해졌을 경우에 대비해 미리 그들의 방법론과 논거를 그들의 〈교리문답서〉를 통해 알아보고, 그렇게 해서 **부인이 보는 앞에서** 그들에게 당당하게 반박하기 위한 준비를 하려는 것이었다. 아, 이 책이 얼마나 그를 괴롭혔을까! 그는 절망에 빠져 책을 집어 던지기도 했고, 자리에서 벌떡 일어나 극도의 흥분 상태로 방 안을 돌아다니기도 했다.

「이 작가의 기본 사상이 진실하다는 데는 동의하네.」 그는 열병에 들뜬 것처럼 내게 말했다. 「하지만 그래서 더 끔찍하다는 거야! 그것은 우리의 이념, 바로 우리의 이념일세. 우리가, 우리가 처음으로 그것을 심고, 키우고, 준비한 것이네. 그러니 우리 다음에 그들이 뭘 새롭게 말할 수 있겠나! 그러나, 맙소사, 어떻게 이렇게 표현되고 왜곡되고 훼손된 건지!」 그는 손가락으로 책을 두드리면서 소리쳤다. 「우리가 이런 결과를 위해 노력했단 말인가? 이제 누가 원래의 사상을 알 수 있겠나?」

「자기 계발을 하고 있었나요?」 뾰뜨르 스쩨빠노비치가 탁자에서 책을 집어 들어 제목을 읽어 보고는 씩 웃었다. 「진작 이랬어야죠. 원하면 더 좋은 책을 가져다줄게요.」

스쩨빤 뜨로피모비치는 또다시 위엄 있게 침묵을 지켰다. 나는 한쪽 구석에 있는 소파에 앉아 있었다.

뾰뜨르 스쩨빠노비치는 자신이 찾아온 이유를 빠르게 설명했다. 물론 스쩨빤 뜨로피모비치는 지나치게 놀라며 극도의 분노가 뒤섞인 경악스러워하는 표정을 하고 듣고 있었다.

「그러니까 율리야 미하일로브나는 내가 그녀의 집으로 가서 낭독을 할 거라고 생각하고 있단 말이지!」

「그렇다고 그들이 당신을 그다지 필요로 하는 건 아니에요. 오히려 이건 당신에게 친절을 베풀어서 바르바라 뻬뜨로브나에게 잘 보이려는 거지요. 그러나 물론 당신이 감히 낭독을 거절하지는 못하겠지요. 내 생각엔, 오히려 본인이 나서서 하고 싶어 할 것 같은데.」그가 씩 웃었다.「당신 같은 노인네들에게는 누구나 지옥 같은 열망이 있잖아요. 그런데요, 너무 지루하지 않게 해야 돼요. 당신한테는 스페인 역사인지 뭔지 뭐 그런 게 있었잖아요? 사흘 전쯤 나한테 한번 보여줘 봐요. 안 그러면 분명 사람들을 졸리게 만들 테니까요.」

성급하면서도 매우 노골적인 이 무례한 독설은 분명 의도된 것이었다. 그는 스쩨빤 뜨로피모비치와는 좀 더 점잖은 말이나 관념을 가지고 대화하기가 불가능하다는 듯한 표정을 지었다. 스쩨빤 뜨로피모비치는 계속 단호하게 모욕에 주의를 두려 하지 않았다. 그러나 계속해서 전해지는 사건들은 그에게 점점 더 가공할 만한 인상을 불러일으켰다.

「그러니까 부인이 직접, **직접 너를** …… 통해 이 이야기를 나한테 전하라고 했단 말이지?」그는 창백하게 질려서 물었다.

「아니, 실은 서로 간에 상의를 하기 위해 당신한테 날짜와 장소를 정해 주겠다고 했어요. 두 사람의 감상적 관계의 잔재겠지요. 20년 동안 부인의 비위를 맞추면서 그런 우스꽝스러운 태도를 가르쳐 왔잖아요. 하지만 걱정 말아요, 이제는 완전히 달라졌으니까. 부인 자신도 이제 막 〈꿰뚫어 보기〉 시작했다고 계속 말하고 있으니까요. 내가 부인에게 직접 두 사람의 우정은 그저 서로가 오물을 토해 내는 관계에 불과하다고 설명해 주었거든요. 이봐요, 부인은 내게 많은 이야기를 해주었다고요. 정말이지, 그동안 당신은 계속해서 완전히 하인 역할을 수행해 왔더군요. 당신 때문에 얼굴까지 붉혔다고요.」

「내가 하인 역할을 했다고?」스쩨빤 뜨로피모비치는 더 이상 참지 못했다.

「더 나쁘죠, 당신은 식객이었어요. 즉, 자발적인 하인이었던 겁니다. 게을러서 일하기는 싫은데, 또 우리가 돈은 아주 좋아하지요. 부인도 이제 이 모든 것을 이해하고 있어요. 적어도 그녀가 당신에 대해서 하는 말을 들으니 끔찍하더군요. 그런데 말이죠, 나는 당신이 부인에게 보낸 편지들을 보고 얼마나 웃었던지. 참으로 부끄럽고 혐오스럽더군요. 당신들은 정말로 타락했어요, 정말로 타락했다고요! 호의에는 언제나 타락이라는 게 따라오기 마련인데, 당신이 그 분명한 본보기더군요!」

「부인이 너한테 내 편지를 보여 주었다니!」

「전부 다요. 하지만 물론 언제 그걸 다 읽을 수 있겠어요? 맙소사, 정말 많은 종이를 쓰셨던데요. 2천 통도 넘는 것 같던데…… 그런데 영감님, 당신들한테도, 그러니까 부인이 당신과 결혼하려는 마음을 먹었던 순간 같은 것도 있었을 것 같은데, 아닌가요? 그런데 정말 어리석게도 그걸 놓쳐 버리다니! 물론 나는 당신 관점에서 말하는 거지만, 어쨌건 심심풀이용 광대처럼, 또 돈 때문에 〈타인의 죄〉와 결혼하도록 내몰린 지금보다야 낫겠지요.」

「돈 때문이라니! 그녀가, 그녀가 정말 돈 때문이라고 했단 말이냐?」스쩨빤 뜨로피모비치는 고통스럽게 소리쳤다.

「그렇지 않으면 뭐겠어요? 아니 이런, 나는 당신을 변호했다고요. 이것이 당신의 유일한 핑곗거리잖아요. 부인은 당신 역시 다른 사람들과 마찬가지로 돈이 필요했고, 또 이 점에서 당신이 옳을지도 모른다는 걸 잘 알고 있더군요. 나는 당신네들이 서로 이익이 되는 삶을 살아왔다는 걸 2 곱하기 2는 4만큼이나 분명하게 그녀에게 증명해 주었지요. 부인은 자본가이고, 당신은 그녀 앞에서 감상적인 어릿광대였어요. 하지만 그녀는 당신이 염소 젖을 짜는 것처럼 그녀에게서 돈을 쥐어짜내도 돈 때문에 화를 내지는 않을 거예요. 다만 부인이 악의를 품게 된 것은, 당신을 20년 동안이나 신뢰했는데, 당신은 자신이 고결한 인간인 척 그녀를 속이고 그렇게 오랫동안 그녀가 거짓말을 하게 만들었기 때문이지요. 부인은 본인이 거짓말했다는 것을 결코 인정하지 않겠지만, 그 때문에 당신은 두 배로 고역을 치르게 될 거예요. 어째서 언젠가 대가를 치르게 되리라는 걸 깨닫지 못했는지 이해가 안 되네요. 어쨌든 당신한테도 그 정도의 이성은 있잖아요. 어제는 부인한테 당신을 양로원으로 보내라고 충고해 주었어요. 진정하세요, 시설 좋은 데로 보내 줄 테니, 섭섭하지는 않을 겁니다. 부인도 그렇게 할 것 같더군요. 당신이 3주 전에 H현으로 나한테 보낸 마지막 편지 기억하세요?」

「설마 그 편지를 그녀에게 보여 준 거냐?」 스쩨빤 뜨로피모비치는 공포에 질려 자리에서 벌떡 일어섰다.

「이런, 안 보여 줄 수가 없잖아요! 제일 먼저 보여 주었지요. 부인이 당신의 재능을 질투해서 당신을 착취하고 있다느니, 〈타인의 죄〉이니 하는 것 등을 알려 준 바로 그 편지요. 그런데 영감님, 그건 그렇고 자부심이 대단하던걸요! 나는 정말 엄청나게 웃었다고요. 대체로 당신이 쓴 편지는 너무 지루해요. 문체가 너무 끔찍하다니까요. 나는 그 편지들을 잘 읽지도 않았고, 한 통은 지금 뜯지도 않은 채 굴러다니고 있어요. 내일 돌려드리죠. 하지만 그 마지막 편지는, 그 편지는 완벽의 극치더군요! 얼마나 웃어 댔던지, 정말 얼마나 웃어 댔던지!」

「이 괴물, 괴물 같은 자식!」 스쩨빤 뜨로피모비치가 울부짖었다.

「쳇, 빌어먹을. 당신하고는 대화가 안 된다니까. 이봐요, 또 지난 목요일처럼 성내는 겁니까?」

스쩨빤 뜨로피모비치는 위협하듯 몸을 똑바로 세웠다.

「어떻게 감히 나한테 그런 말투를 쓰는 거냐?」

「이 말투가 어때서요? 간단명료하지 않나요?」

「자, 말해 봐라. 도대체 네가 내 아들이냐, 아니냐?」

「그건 당신이 더 잘 아실 텐데요. 물론 이런 경우 아버지란 인간들은 누구나 눈이 뒤집히겠지만요…….」

「닥쳐, 닥치라고!」 스쩨빤 뜨로피모비치는 온몸을 부들부들 떨었다.

「저기요, 당신은 지난 목요일처럼 내게 소리를 지르고, 욕하고, 지팡이를 휘두르려고 하지만, 나는 바로 그날 그 서류를 찾아냈단 말입니다. 호기심이 생겨 저녁 내내 트렁크를 뒤졌거든요. 사실 명확한 것은 아무것도 없으니까, 그걸로 위안을 삼으시죠. 어머니가 그 폴란드인에게 보낸 편지뿐이었으니까. 하지만 어머니 성격으로 판단해 보면…….」

「한마디만 더 하면 귀싸대기를 갈겨 줄 테다.」

「저런 사람이라니까요!」 뾰뜨르 스쩨빠노비치는 갑자기

나를 돌아보았다. 「보다시피 우리는 지난주 목요일부터 이런 상황입니다. 그래도 오늘은 당신이 여기 있으니 기쁘네요. 판단 좀 해주십시오. 우선, 한 가지 사실이 있습니다. 이 사람은 내가 어머니에 대해 그렇게 말한다고 비난하지만, 내가 그렇게 생각하도록 만든 것은 다름 아닌 이 사람이었다고요. 뻬쩨르부르그[11]에서 내가 아직 김나지움 학생이었을 때, 이 사람은 밤마다 두 번씩 나를 깨워 끌어안고서는 여편네처럼 질질 짜며 울어 댔습니다. 그가 밤마다 내게 무슨 말을 했다고 생각하십니까? 그건 바로 내 어머니에 대한 음탕한 이야기들이었습니다! 그에게서 나는 그런 이야기를 처음 들은 거라고요.」

「오, 나는 그때 고상한 의미로 그런 말을 했던 거다! 오, 너는 나를 이해하지 못했어. 너는 아무것도, 아무것도 이해하지 못했구나.」

「하지만 어쨌건 당신 이야기는 나보다 더 비열했어요, 정말로 더 비열했다고요. 인정하시죠. 뭐 사실, 나하고는 상관없는 일이지만 말입니다. 나는 당신 관점에서 말하고 있는 겁니다. 내 관점에서 보자면, 걱정하지 마세요, 나는 어머니를 비난하지 않으니까. 당신은 당신이고, 폴란드인은 폴란드인일 뿐, 나하고는 상관없어요. 베를린에서 당신들 일이 그처럼 어리석게 끝난 것이 내 잘못은 아니지요. 그렇다고 뭐 좀 더 현명하게 끝날 수가 있었을까 싶지만요. 참, 그래 놓고도 당신들이 우스꽝스러운 사람이 아니라고요? 그러니 내가 당신 아들이건 아니건 아무 상관 없지 않나요? 그런데 말이지요.」 그는 다시 나를 돌아보았다. 「이 사람은 평생 동안 나를 위해 한 푼도 쓰지 않았고, 내가 열여섯 살이 될 때까지 나를 전혀 알지도 못했고, 이곳에서 내 돈을 횡령해 놓고는, 이제 와서 평생 나 때문에 가슴이 찢어질 듯 아팠다고 소리 지르며 내 앞에서 배우처럼 거들먹거리고 있습니다. 나는 바르바라 뻬뜨로브나가 아니라고요. 어림도 없는 소리!」

그는 일어서서 모자를 집었다.

「이제부터 내 이름으로 너를 저주하겠다!」 스쩨빤 뜨로피모비치는 죽은 사람처럼 새파랗게 질려서 그의 머리 위로 손을 뻗었다.

「참, 인간이 어디까지 어리석어질 수 있는지!」 뾰뜨르 스쩨빠노비치는 기가 막히는 모양이었다. 「그럼 안녕히 계십시오, 영감님, 더 이상 찾아오지 않을 테니. 논문은 좀 빨리 보내 줘요, 잊지 말고. 그리고 가능하면 헛소리는 빼고, 사실, 사실, 또 사실만 쓰도록 노력하세요, 무엇보다 좀 더 짧게. 그럼 이만.」

3

하지만 여기에는 부수적인 동기들도 영향을 미쳤다. 사실 뾰뜨르 스쩨빠노비치에게는 아버지에 대한 약간의 음모도 있었던 것이다. 내 생각에 그는 노인을 절망의 상태로 밀어붙여 뭔가 분명한 추문에 확실하게 연루시키려는 계산을 하고 있었던 것 같다. 이것은 앞으로 있을 또 다른 목적을 위해 필요한 것이었지만, 이 이야기는 나중에 하기로 하자. 그런 비슷한 속셈과 계획은 당시 그의 머릿속에 산더미같이 쌓여 있었다. 물론 그 대부분은 환상이었지만 말이다. 그가 염두에 두고 있는 수난자는 스쩨빤 뜨로피모비치 말고 한 사람 더 있었다. 나중에 밝혀진 바에 따르면, 대체로 그에게는 수난자가 적지 않았다. 그러나 이 수난자에 대해서는 그도 특별히 기대를 걸고 있었는데, 그는 다름 아닌 폰 렘쁘께 씨였다.

안드레이 안또노비치 폰 렘쁘께는 (자연의) 비호를 받는 종족[28]에 속해 있는 사람이었다. 연감에 따르면 그들은 러시아에서 그 수가 몇십만 명에 이르며, 자신들도 모르는 사이 전체적으로 엄격하고 조직화된 하나의 연합체를 구성하고 있었다. 물론 이 연합체는 미리 계획한 것도 아니고 의도적으로 만들어진 것도 아니며, 종족 전체가 구두나 문서 계약 없이, 뭔가 도덕적인 의무감을 가지고 자립적으로 존재하는 것이었다. 또한 모든 종족 구성원들은 항상, 어디서나, 어떤 상황에서건 서로 상호 원조를 하도록 되어 있었다. 안드레이 안또노비치는 제법 훌륭한 연줄이 있거나 부유한 집안 출신인 젊은이들로 가득 찬 러시아 고등 교육 기관에서 교육받을 수 있는 영광을 얻었다. 이 학교 학생들은 과정을 마치는 것과 거의 동시에 정부 기관 부서 중 한 곳의 상당히 중요한 직책으로 임명되었다. 안드레이 안또노비치에게는 공병 중령인 삼촌과 제빵사인 삼촌이 있었다. 그러나 이 상류 학교에 용케 들어가서는 자기와 같은 부류의 사람을 꽤 많이 만났다. 그는 쾌활한 학생이었다. 공부는 좀 못했지만 모두가 그를 좋아했다. 이미 상급반에서는 많은 젊은이들, 특히 러시아 젊은이들이 아주 중요한 사회 문제에 대해 토론하는 것을 배우고, 졸업하기만 기다렸다가 모든 일을 해결하겠다는 표정을 하고 있을 때, 안드레이 안또노비치는 여전히 순진한 학창 시절 장난에 빠져 있었다. 그는 사실 전혀 교활하지 않은 그냥 냉소

28 독일인을 말한다.

적인 언행으로 모두를 웃게 만들었는데, 이것을 자신의 목표로 삼고 있었다. 그러니까 강사가 수업 시간에 그에게 질문하면 굉장히 이상하게 코를 풀어서 친구들도 강사도 웃게 만들거나, 기숙사 공동 침실에서 냉소적인 활인화를 흉내 내어 모두의 박수갈채를 받거나, 콧노래로(그것도 꽤 능숙하게) 「프라 — 디아볼로」[29]의 서곡을 연주하거나 하는 식이었다. 또한 일부러 꾀죄죄한 모습으로 돌아다녔는데, 무엇 때문인지 그는 그런 것을 재치 있다고 여겼다. 학창 시절 마지막 해에는 러시아어 시를 쓰기 시작했다. 자기 종족의 언어는 러시아에 있는 이 종족의 다른 많은 사람들과 마찬가지로 비문법적으로만 알고 있었다. 시에 대한 이러한 취미는 그를 음울하고 뭔가에 위축된 것 같은 한 친구와 우의를 맺게 해주었다. 그 친구는 가난한 러시아 장군의 아들로서, 학교에서는 미래의 위대한 작가로 간주되고 있었다. 그는 렘쁘께에게 보호자 같은 태도를 취했다. 그런데 학교를 졸업하고 3년쯤 지난 뒤, 이 음울한 친구는 러시아 문학을 위해 자신의 직장도 버리고 다 해진 구두로 나름 멋을 내며 늦가을에 여름 외투만 걸친 채 추위에 이를 덜덜 떨면서 돌아다니다가 우연히 아니치꼬프 다리[30] 근처에서 뜻밖에 자신의 과거 *protégé*(피보호자), 당시 학교에서 부르던 이름대로 하자면, 〈렘쁘까〉를 만났다. 그런데 이게 무슨 일인가? 그는 처음에는 상대를 알아보지도 못하다가 놀라서 그 자리에 멈춰 서고 말았다. 그의 앞에는

---

29 프랑스 작곡가 오베르D. F. E Auber가 1830년에 발표한 오페라 작품이다.

30 뻬쩨르부르끄의 폰딴까 운하를 연결하는 다리로, 다리를 장식하는 네 마리 말 조각 작품이 유명하다.

놀라울 정도로 잘 손질된 붉은 광택이 도는 구레나룻을 기르
고, 코안경을 쓰고, 에나멜 구두를 신고, 완전 새 장갑을 끼고,
폭이 넓은 샤르메르 외투[31]를 입고, 겨드랑이에는 서류 가방
까지 낀 나무랄 데 없는 옷차림을 한 젊은이가 서 있었다. 렘
쁘께는 친구를 친절하게 대하며 그에게 주소를 알려 주고 아
무 때나 저녁에 찾아오라고 초대했다. 또한 그는 이미 〈렘쁘
까〉가 아니라 폰 렘쁘께가 되어 있었다. 친구는 그를 곧장 찾
아갔는데, 아마도 순전히 악의 때문이었을 것이다. 상당히 볼
품없고 도저히 현관이라고는 보기 어렵지만 그래도 붉은색
나사천이 깔려 있는 계단에서 문지기가 나와 이름을 물었다.
위층에서 벨이 요란하게 울렸다. 방문자는 화려함을 보게 되
리라 예상했지만, 오히려 자신의 〈렘쁘까〉가 어둡고 낡아 보
이는 매우 작은 곁방에 살고 있다는 것을 알게 되었다. 방은
짙은 녹색의 큰 칸막이 커튼을 두고 양쪽으로 나뉘어 있고,
부드럽지만 매우 낡은 짙은 녹색 가구들로 채워져 있으며, 좁
고 높은 창문에도 짙은 녹색 커튼이 드리워져 있었다. 폰 렘
쁘께는 매우 먼 친척이자 그를 후원해 주던 한 장군의 집에
서 거주하고 있었던 것이다. 그는 손님을 친절하게 맞이했는
데, 진지하고 우아할 정도로 정중했다. 그들은 문학에 대해서
도 이야기를 나누었지만, 예의를 지키는 범위를 넘지는 않았
다. 흰 넥타이를 맨 하인이 멀건 차에 작고 둥그스름한 마른
과자를 곁들여 들고 왔다. 친구는 악의로 셀처 탄산수[32]를 요
청했다. 물은 제공되었지만 시간이 좀 걸렸다. 게다가 렘쁘께
는 하인을 한 번 더 불러 지시를 내리면서 당황스러워하는 것

31 프랑스제 고급 외투.
32 독일 비스바덴 지방에서 용출되는 천연 광천수.

같았다. 하지만 손님에게 뭔가 드시지 않겠느냐고 제안했다가 그가 거절하고 마침내 떠나 버리자 마음을 놓는 표정이었다. 렘쁘께는 단지 출세의 첫발을 내딛었을 뿐이며, 그의 동족인 지위 높은 장군 집에서 식객으로 지내고 있었던 것이다.

그 무렵 그는 장군의 다섯째 딸을 연모하고 있었으며, 그의 생각에 상대도 관심이 있는 것 같았다. 그러나 아말리야는 그럼에도 불구하고 때가 되자 노장군의 옛 친구인 나이 든 독일인 공장주에게 시집갔다. 안드레이 안또노비치는 그렇게 많은 눈물을 흘리지는 않았고, 대신 종이로 극장을 하나 만들었다. 극장의 막이 오르면, 배우들이 나와서 손으로 여러 동작을 취했다. 칸막이석에는 관객들이 앉아 있고, 오케스트라는 기계장치에 의해 바이올린 활로 줄을 탔으며, 지휘자는 지휘봉을 휘둘렀다. 정면 관람석에서는 멋쟁이 남자들과 장교들이 갈채를 보내고 있었다. 이 모든 것을 종이로 만들었는데, 폰 렘쁘께 스스로 고안하고 제작한 것이었다. 이 극장을 만드는 데 꼬박 6개월이 걸렸다. 장군은 일부러 가까운 사람들만 초청해 파티를 열어 이 극장을 구경시켜 주었는데, 신혼의 아말리야를 포함해 장군의 딸 다섯 명과 아말리야의 공장주 남편, 독일인 동반자와 함께 온 많은 아가씨들과 부인들이 극장을 주의 깊게 들여다보고 칭찬해 주었다. 그러고 나서 춤이 시작되었다. 렘쁘께는 매우 만족해했고 곧 슬픔을 잊었다.

몇 해가 지났고, 그의 경력도 갖추어졌다. 그는 계속해서 중요한 관직에서 근무했고, 계속 자신의 동족인 상관 밑에 있었으며, 마침내 나이에 비해 상당히 높은 관등에까지 올랐다. 그는 이미 오래전부터 결혼하고 싶어 했고, 이미 오래전부터 주변을 신중하게 살펴보고 있었다. 상관 몰래 소설을 출판하려고 원고를 한 잡지사 편집국에 보낸 적도 있었지만 출판되지는 못했다. 대신 완벽한 철도 모형을 만들었는데, 이번에도 아주 성공적인 물건이 완성되었다. 사람들이 가방이나 자루를 들고, 혹은 어린아이나 개를 데리고 역에서 나오기도 하고 기차에 올라타기도 하고 있었다. 차장과 역 근무자들이 여기저기 서성이고, 벨이 울리고 신호가 떨어지자 기차가 움직이기 시작했다. 그는 이 교묘한 물건을 제작하느라 꼬박 1년을 보냈다. 그러나 어쨌든 결혼은 해야 했다. 그의 교제 범위는 꽤 넓었지만 주로 독일인 세계에서였다. 러시아인 사회에서도 어울리긴 했으나, 물론 직무상 관련된 것이었다. 그리고 마침내 서른여덟 살이 되었을 때 그는 유산을 상속받았다. 빵을 만들던 그의 숙부가 죽으면서 그에게 1만 3천 루블을 유산으로 남겨 주었던 것이다. 이제 문제는 자리뿐이었다. 폰 렘쁘께 씨는 근무상 지위가 꽤 높았음에도 불구하고 아주 겸손한 사람이었다. 그는 어쩌면 자기 권한에 맡겨진 관용 땔감 접수라든지, 그런 종류의 달콤한 일을 하는 독립적인 관직에도 대단히 만족하며 일생을 보냈을지도 모른다. 그런데 이때 그가 기대하고 있던 민나라든가 에르네스틴[33]이라는 이름의 여자 대신 갑자기 율리야 미하일로브나가 나타났다. 그의 출셋길은 단숨에 한 단계 뛰어올랐다. 겸손하고 정확한 폰 렘쁘께는 이제 자부심을 가져도 되겠다고 느꼈다.

율리야 미하일로브나는 옛날식으로 계산하면 2백 명의 농노를 소유하고 있었으며, 그 외에도 굉장한 연줄이 있었다. 한편 폰 렘쁘께는 미남이었고, 그녀는 이미 마흔이 넘은 나이였

---

33 일반적인 독일 여성의 이름. 폰 렘쁘께는 같은 독일인 여성과의 결혼을 기대하고 있었다는 의미다.

다. 주목할 만한 것은, 그가 자신을 점점 더 그녀의 약혼자라고 느낌에 따라 정말로 그녀를 더욱 사랑하게 되었다는 것이다. 결혼식 날 아침에는 그녀에게 시를 보내기도 했다. 그녀는 시를 포함해 그의 모든 것을 대단히 마음에 들어 했다. 마흔이라는 나이는 농담이 아닌 것이다. 그는 곧 정해진 관등과 정해진 훈장을 받았고, 그다음에 우리 현으로 부임해 왔다.

우리 현으로 부임할 때 율리야 미하일로브나는 남편에 대해 열심히 작업을 해놓았다. 그녀가 보기에 그는 능력이 없지는 않았다. 사람들 사이에 들어가서 스스로의 존재감을 드러낼 줄도 알았고, 깊은 생각에 잠긴 것처럼 다른 사람들의 의견을 들으며 침묵할 줄도 알았다. 어느 정도는 지극히 예의 바르고 위엄 있는 태도를 유지했고, 연설도 할 줄 알았고, 사상의 단편이나 끝자락 정도는 보유하고 있었으며, 필수적인 최신 자유주의 사상의 광택을 낼 줄도 알고 있었다. 그럼에도 불구하고 그녀는 그가 왠지 감수성이 거의 없으며, 오랫동안 계속해서 출세할 길을 찾다 보니 이제는 확실하게 쉴 필요를 느끼기 시작했다는 것이 걱정되었다. 그녀는 자신의 야심을 남편에게 옮겨 붓고 싶었지만, 그는 갑자기 종이로 교회를 만들기 시작했다. 거기서는 목사가 설교를 하러 나오면, 신도들은 경건하게 손을 앞으로 모은 채 설교를 들었다. 한 부인은 손수건으로 눈물을 닦았고, 노인은 코를 풀고 있었다. 끝에 가면 작은 오르간이 울리기 시작했는데, 그것은 비용을 무릅쓰고 일부러 스위스에 주문해서 구입한 것이었다. 율리야 미하일로브나는 그 사실을 알자마자 일종의 공포까지 느끼며 모든 작업물을 몰수해 자기 상자 안에 넣고 잠가 버렸다. 대신 소설 쓰는 것은 허락해 주었지만, 그것도 몰래 하도록 했

174

다. 그때부터 부인은 자기 자신에게만 의지하게 되었다. 하지만 불행한 점은 그것이 상당히 경솔했고, 기준 같은 것도 없었다는 데 있다. 운명은 이미 너무나 오랫동안 그녀를 노처녀 상태로 잡아 두었던 것이다. 생각에 생각이 꼬리를 물며 그녀의 야심만만하고 어느 정도 짜증이 나 있는 머릿속에서 번뜩이기 시작했다. 그녀는 여러 가지 구상을 키워 나갔고, 확실하게 현을 통제하고 싶어 했으며, 이제 측근들로 둘러싸여 있는 꿈을 꾸면서 방향을 정했다. 폰 렘쁘께는 관료 특유의 눈치로 자신의 지사직과 관련해서는 두려워할 게 전혀 없다는 것을 알아차렸음에도 불구하고 다소 놀라지 않을 수 없었다. 그런데 이때 뾰뜨르 스쩨빠노비치가 불쑥 나타났고, 뭔가 이상한 일이 벌어지기 시작했다.

문제는 젊은 베르호벤스끼가 처음부터 안드레이 안또노비치에게 결정적으로 불손한 태도를 취했으며, 그에 대해 뭔가 이상한 권리까지 쥐고 있었다는 것이다. 항상 남편의 영향력에 질투를 느끼던 율리야 미하일로브나는 그 사실에 전혀 신경 쓰고 싶어 하지 않았다. 적어도 그녀는 그것을 중요하게 여기지 않았다. 젊은이는 그녀의 총아가 되어 그 집에서 먹고 마시고 잠도 잤다. 폰 렘쁘께는 스스로를 방어하기 시작했다. 사람들 앞에서 그를 〈젊은이〉라 부르고, 보호자인 양 그의 어깨를 다독여 주기도 했다. 그러나 아무런 소용이 없었다. 뾰뜨르 스쩨빠노비치는 분명 진지하게 말하면서도 면전에서 그를 비웃는 것 같았고, 사람들 앞에서 예상치 못한 이야기를 하곤 했다. 한번은 집에 돌아와서 이 젊은이가 자기 서재에서 허락도 받지 않고 소파에 드러누워 잠자고 있는 것을 보았다. 상대는 잠시 들렀다가 집에 안 계시기에 〈그만 잠들고 말았다〉고 설명했다. 폰 렘쁘께는 화가 나서 또다시 아내에게 불평했다. 그러자 그녀는 남편의 짜증을 비웃으며 신랄하게 폰 렘쁘께가 사람들과 친밀한 관계를 맺을 줄 모르는 것 같다고 지적했다. 적어도 〈이 젊은이〉는 그녀에게 단 한 번도 허물없는 태도를 보인 적이 없으며, 〈사회적 범주를 벗어나긴 했지만, 순진하고 참신하다〉는 것이었다. 폰 렘쁘께는 부루퉁해졌다. 그녀는 바로 두 사람을 화해시켰다. 뾰뜨르 스쩨빠노비치는 용서를 구하지도 않았고 뭔가 상스러운 농담으로 상황을 벗어나려고 했는데, 다른 때 같았으면 또 다른 모욕으로 받아들여졌을지도 모르지만, 이번에는 후회의 뜻으로 받아들여졌다. 안드레이 안또노비치는 처음부터 실수하는 바람에 약점을 잡혔는데, 바로 그에게 자기 소설에 관해 밝혔던 것이다. 렘쁘께는 이미 오래전부터 이야기를 들어 줄 사람을 꿈꾸어 오다가 그가 시에 대해 열정적인 젊은이라고 생각하고 친분을 쌓은 지 얼마 안 된 어느 날 밤 소설 두 장(章)을 그에게 읽어 주었다. 상대는 지루함을 숨기지 않은 채 듣고 있다가 무례하게 하품을 했고 한 번도 칭찬을 해주지 않았지만, 그래도 떠날 때는 원고를 빌려 달라고 부탁하며 집에서 쉬면서 의견을 정리해 보겠다고 했고, 그래서 안드레이 안또노비치는 그것을 넘겨주었다. 그날 이후 그는 매일 이 집을 드나들면서도 원고를 돌려주지 않았고, 물어보면 그냥 웃음으로 답했다. 그러고는 마침내 그날 길에서 원고를 잃어버렸다고 밝혔다. 이 말을 들은 율리야 미하일로브나는 남편에게 무섭게 화를 냈다.

「혹시 그에게 그 종이 교회에 관해서도 말한 건 아니지요?」 그녀는 거의 공포에 질려 불안해했다.

폰 렘쁘께는 골똘히 생각에 잠기기 시작했지만 생각에 몰두하는 것은 그에게 해로웠으며 의사도 금지하고 있었다. 나중에 이야기하겠지만, 현에 여러 가지 걱정거리가 생겨났다는 것 말고도 여기에는 특별한 사정이 있었다. 지사로서의 자존심뿐만 아니라 마음도 고통을 당했던 것이다. 결혼 생활을 시작하면서 안드레이 안또노비치는 앞으로 가정의 불화나 충돌이 일어날 수 있으리라고는 전혀 예상하지 못했다. 그는 평생 동안 민나나 에르네스틴을 꿈꾸면서 그런 상상을 해왔다. 그는 가정 내에서의 천둥소리를 견딜 수 없다고 느꼈다. 율리야 미하일로브나는 마침내 솔직하게 설명했다.

「이런 일로 화내지 말아요.」 그녀가 말했다. 「당신은 그보다 세 배는 더 분별력이 있고, 사회적 지위는 비교할 수 없을 정도로 높으니까요. 그 젊은이에게는 아직 이전 자유사상의 잔재가 많이 남아 있긴 하지만, 내 생각에는 그냥 장난이에요. 갑자기 어떻게 할 수는 없고 천천히 될 거예요. 우리 젊은이들을 존중해 주어야 해요. 나는 그들을 친절하게 다독여 극단으로 치닫지 않도록 하고 있는 거예요.」

「하지만 그가 얼마나 말도 안 되는 소리를 지껄이는데.」 폰 렘쁘께는 반박했다. 「그는 사람들이 보는 앞에서, 그것도 내가 있는 자리에서, 정부는 국민을 우매하게 만들어 봉기하지 못하게 하려고 일부러 보드까에 잔뜩 취하게 한다고 단언하는데, 내가 어찌 관대하게 대할 수 있소. 모든 사람 앞에서 이 말을 들어야 하는 내 입장도 한번 생각해 봐요.」

이 말을 하면서 폰 렘쁘께는 최근에 뾰뜨르 스쩨빠노비치와 나누었던 대화를 기억해 냈다. 그는 자신의 자유주의 사상으로 뾰뜨르를 무력화시켜 보겠다는 순진한 목적으로, 러시아와 외국에서 모아 온 많은 종류의 비밀 격문을 그에게 보여 주었다. 그는 그것들을 애호가로서보다는 그냥 유용한 호기심으로 1859년부터 정성스럽게 모아 왔던 것이다. 뾰뜨르 스쩨빠노비치는 그의 목적을 눈치채곤, 어떤 격문이라도 그한 줄에는, 〈아마 당신의 관청도 예외가 아니겠지만〉, 관청 서류 전체보다 더 많은 의미가 담겨 있다고 무례하게 말했다.

렘쁘께는 움찔했다.

「그러나 이것은 우리 나라에서 아직 이르네, 너무 일러.」 그는 격문을 가리키며 거의 애원하듯 말했다.

「아니, 이르지 않습니다. 지금 당신도 두려워하고 있으니, 결국 이른 것은 아니지요.」

「하지만 예를 들어 여기에는 교회를 파괴하자는 선동도 있는데.」

「왜 안 된다는 건가요? 당신은 영리한 사람이니, 물론 당신은 신앙이 없겠지만, 민중을 우매하게 만들기 위해서는 신앙이 필요하다는 것을 너무나 잘 알고 계시겠지요. 진실은 거짓보다 더 정직하니까요.」

「동의하네, 동의해. 나는 전적으로 자네에게 동의하지만, 우리에게는 아직 이르다네, 일러…….」 폰 렘쁘께는 얼굴을 찌푸렸다.

「당신은 교회를 파괴하고 몽둥이를 들고 뻬쩨르부르끄로 향하는 것에 동의하지만, 단지 시기에는 차이를 두고 있다는 건데, 그러면서 당신이 정부의 관리라고 할 수 있는 건가요?」

렘쁘께는 이렇게 거칠게 말꼬리가 잡히자 엄청 화가 났다.

「그건 그렇지 않네, 그렇지 않아.」 자존심 때문에 더욱더 화가 난 그는 이성을 잃어버렸다. 「자네는 젊은이라 무엇보다 우리의 목적을 몰라서 잘못 판단하고 있는 걸세. 이보게, 친애하는 뾰뜨르 스쩨빠노비치, 우리를 정부의 관리라고 불렀나? 그래, 맞네. 독립적인 관리라는 거지? 그것도 맞네. 그런데 잠깐만, 우리는 어떻게 행동해야 할까? 우리에겐 책임이 있고, 결국 우리도 자네들과 마찬가지로 공공의 일에 봉사하고 있는 걸세. 우리는 다만 자네들이 흔들어 대고 있는 것을, 우리가 없으면 사방으로 흩어져 버릴 수도 있는 것을 억제하고 있을 뿐이야. 우리는 자네들의 적이 아닐세, 전혀 아니야. 자네들에게 이렇게 말하겠네. 앞으로 전진하라, 진보하라, 개조되어야 할 모든 낡은 것들을 마구 흔들어라, 이렇게 말일세. 그러나 우리는 필요하다면 자네들을 필요한 범위 안에서 제지하고, 그렇게 해서 자네들을 자기 자신으로부터 구해 줄 것이네. 왜냐하면 자네들은 우리가 없으면 러시아를 마구 흔들어 품위 있는 모습을 빼앗아 갈 테니 말이야. 바로 이 품위 있는 모습을 염려하는 것이 우리의 임무라네. 우리와 자네들은 서로에게 없어서는 안 될 존재라는 점을 명심하게. 영국에서도 휘그당과 토리당[34]은 서로에게 없어서는 안 될 존재지. 그렇지 않은가? 우리는 토리당이고 자네들은 휘그당이야. 나는 그렇게 이해하고 있네.」

안드레이 안또노비치는 감격에 겨워 했다. 그는 뻬쩨르부르끄에 있을 때부터 영리하고 자유롭게 이야기하는 것을 좋아했다. 또한 지금 중요한 것은 엿듣는 사람이 아무도 없다는 것이었다. 뾰뜨르 스쩨빠노비치는 말이 없었고, 웬일인지 평소와 다르게 진지한 태도를 취하고 있었다. 이것이 웅변가를 한층 더 부추겼다.

34 영국을 대표하는 두 개의 정당. 휘그당은 자유당, 토리당은 보수당이다.

「이보게, 나는 〈이 현의 주인〉이네만,」 그는 집무실을 왔다 갔다 하며 말을 이었다. 「임무가 너무 많아서 단 하나도 완수할 수가 없네. 그런데 한편으로 보면 여기서는 내가 할 일이 전혀 없다고 말하는 게 더 정확할 수도 있겠지. 한 가지 비밀은 이곳의 모든 것이 정부의 입장에 달려 있다는 거네. 가령 정부가 정치적 이유 때문에, 혹은 사람들의 열정을 진정시키기 위해 공화국을 건설한다고 가정해 보세. 아울러 또 한편으로는 현지사의 권력을 강화시킨다고 가정해 보세. 그러면 우리 지사들은 공화국을 완전히 삼켜 버릴 것이네. 공화국뿐이겠는가? 자네들이 원하는 건 모두 삼켜 버릴 것이네. 나는 적어도 준비가 되어 있다고 느끼고 있네⋯⋯. 한마디로, 정부가 내게 전보를 보내 *activité dévorante*(맹렬한 활동)를 하라고 선포한다면, 나는 *activité dévorante*(맹렬한 활동)를 하겠네. 나는 여기서 얼굴을 맞대고 바로 이렇게 말했지. 〈친애하는 여러분, 현의 모든 기관의 균형과 번영을 위해서는 단 한 가지가 필요합니다. 그것은 지사의 권력 강화입니다.〉 이보게, 이 모든 기관은 그것이 지방 자치 단체든 재판 기관이든, 말하자면 이율배반적인 삶을 살아야만 한다네. 즉, 그것들은 존재해야 할(나는 이것이 불가피하다는 데 동의하네) 필요가 있지만, 다른 한편으로는 존재하지 말아야 할 필요도 있는 거지. 모든 것은 정부의 시각에 달려 있다네. 갑자기 이러한 기관들이 필요 불가결하다는 풍조가 생기면 그것들은 그 즉시 내 눈앞에 나타날 것이네. 하지만 불가피하다는 생각이 지나가고 나면, 아무도 그것들을 내가 있는 곳에서 발견하지 못할 걸세. 바로 이것이 내가 이해하는 *activité dévorante*(맹렬한 활동)이며, 지사의 권력 강화 없이는 그것도 없을 것이네. 나는 자네와 개인 대 개인으로 이야기하는 걸세. 그런데 말이지, 나는 뻬쩨르부르끄에 있을 때 이미 지사의 관사 정문 앞에 특별 보초가 필요하다는 의견을 제기해 두었네. 답을 기다리는 중일세.」

「당신에게는 두 명이 필요하겠지요.」 뾰뜨르 스쩨빠노비치가 말했다.

「왜 두 명인가?」 폰 렘쁘께는 그의 앞에 멈춰 섰다.

「당신을 존경하기 위해서는 아마 한 사람으로는 부족할 겁니다. 두 명은 꼭 있어야지요.」

안드레이 안또노비치는 얼굴을 찌푸렸다.

「자네…… 지금 너무 제멋대로 지껄이는군, 뾰뜨르 스쩨빠노비치. 내 호의를 이용해 빈정대며 *bourru bienfaisant*(무례한 자선가) 같은 태도로 굴고 말이야…….」

「좋을 대로 생각하십시오.」 뾰뜨르 스쩨빠노비치가 중얼거렸다. 「어쨌든 당신은 우리에게 길을 놓아주고 있고, 우리의 성공을 준비해주고 있으니까요.」

「우리라니, 대체 누구한테 무슨 성공을 말인가?」 폰 렘쁘께는 놀라서 그를 뚫어지게 쳐다보았지만 답을 듣지는 못했다.

율리야 미하일로브나는 이 대화를 보고받고 나서 무척 불만스러워했다.

「하지만 나는,」 폰 렘쁘께는 변명했다. 「당신의 총아를 내가 그의 상관인 듯한 태도로 대할 수는 없었소. 더욱이 일대일로 만났는데……. 어쩌면 내가 부주의하게 말실수를 했을 수도 있겠지……. 사람이 좋다 보니.」

「지나치게 좋은 거지요. 당신한테 격문 수집품이 있는 줄 몰랐는데, 나한테도 보여 주세요.」

「하지만…… 하지만 그가 하루만 그걸 빌려 달라고 해서.」

「그래서 그걸 또 줬군요!」 율리야 미하일로브나는 화를 냈다. 「저렇게 눈치가 없어서야!」

「지금 당장 그걸 찾으러 사람을 보내겠소.」

「그는 돌려주지 않을 거예요.」

「내가 요구하는데도!」 폰 렘쁘께는 발끈하며 자리에서 벌떡 일어나기까지 했다. 「그렇게까지 그를 두려워해야 하다니, 대체 그는 누구요? 아무것도 마음대로 할 수 없다니, 대체 나는 뭐란 말이오?」

「앉아서 좀 진정하세요.」 율리야 미하일로브나가 말렸다. 「당신의 첫 번째 질문에 답해 드리죠. 나는 그를 특별히 소개받았어요. 그는 능력도 있고, 가끔 대단히 영리한 이야기도 한답니다. 까르마지노프는 그가 거의 모든 곳에 연줄이 있고, 수도의 젊은이들에게도 엄청난 영향을 미치고 있다고 단언하던걸요. 만약 내가 그를 통해 그들 모두를 끌어들여 내 주위에 그룹을 하나 만든다면, 나는 그들의 공명심에 새로운 길을 제시해 그들을 파멸로부터 구해 낼 수 있을 거예요. 그는 내게 진심으로 충실하며 내 말은 다 들어준답니다.」

「그러나 그들을 귀여워해 주는 동안, 그들이 무슨 일을…… 저지를 수도 있는 것이 아니오. 물론 그것은 좋은 생각이지만…….」 폰 렘쁘께는 애매하게 스스로를 방어했다. 「그러나…… 그러나 내가 들은 바로는 우리 현의 한 군에 어떤 격문이 나타났다고 하던데.」

「하지만 그런 소문은 여름에도 있었잖아요. 격문이다, 위조지폐다, 여러 가지 소문이 있었지만 지금까지 단 하나도 찾아낸 게 없지요. 누가 당신에게 그런 말을 했나요?」

「폰 블룸에게서 들었소.」

「아, 당신의 블룸 이야기라면 그만두세요. 앞으로 그에 대한 얘긴 절대 꺼내지도 말아요!」

율리야 미하일로브나는 발끈해서 한동안 말도 잇지 못했다. 폰 블룸은 지사 사무실 소속 관리였지만, 그녀는 유달리 그를 미워했다. 이 이야기는 나중에 하기로 하겠다.

「제발, 베르호벤스끼에 대해서는 걱정하지 마세요.」 그녀는 대화를 마무리 지었다. 「만약 그가 어떤 장난에 가담하고 있다면, 여기서 당신이나 다른 사람들과 이야기하듯이 그렇게는 말하지 못할 거예요. 말 많은 사람은 위험하지 않거든요. 만약 무슨 일이 일어난다면, 내가 제일 먼저 그를 통해 알아낼 거라고 말씀드릴 수 있어요. 그는 열광적으로, 정말 열광적으로 나한테 충실하다니까요.」

사건을 묘사하기에 앞서 한마디 언급하자면, 만약 율리야 미하일로브나의 자만심과 공명심이 없었더라면, 이 못된 인간들이 우리 도시에서 저지른 일 같은 건 아마 일어나지도 않았을 것이다. 이 일에서 그녀는 많은 점에 책임이 있는 것이다!

제5장

축제에 앞서

1

율리야 미하일로브나가 우리 현의 가정 교사들을 위해 예약제로 계획했던 축제 날짜는 이미 몇 번이나 정해졌다가 연기되었다. 그녀 주변에는 변함없이 뾰뜨르 스쩨빠노비치와 그 곁에서 잔심부름을 하는 하급 관리 럄신이 따라다니고 있었다. 럄신은 한때 스쩨빤 뜨로피모비치 댁에 출입하다가 피아노 연주 솜씨 덕분에 갑자기 지사 댁을 방문할 수 있는 친절을 얻게 되었다. 율리야 미하일로브나가 앞으로 발행될 이 현의 독립 신문 편집자로 예정하고 있는 리뿌찐도 그중 하나였다. 그 밖에 몇몇 부인과 아가씨들, 그리고 까르마지노프도 있었다. 그는 주변에서 얼쩡대지는 않았지만 문학 카드리유가 시작되면 모두를 즐거운 놀라움에 빠뜨리겠다고 득의양양하게 큰소리치고 다녔다. 예약자들과 기부자들의 수가 엄청 많았는데, 모두 도시의 상류 사회 사람들이었다. 그러나 돈만 가지고 온다면 최상류층이 아니더라도 참석이 허용되었다. 율리야 미하일로브나는 가끔 계층 간의 뒤섞임도 허용해야 한다면서, 〈그렇지 않으면 누가 그들을 계몽하겠어요?〉라고 말하곤 했다. 비공식 가족 위원회가 설립되었고, 그곳에서 축제는 민주적이어야 한다고 결정되었다. 신청자가 엄청나다 보니 지출이 필요하겠다는 생각이 들었다. 사람들은 뭔가 기막힌 것을 하고 싶어 했고, 바로 그런 이유로 연기되곤 했던 것이다. 어디서 저녁 무도회를 개최할 것인지도 여전히 결정되지 않았다. 거대한 저택을 제공하겠다는 귀족 단장 부인 댁에서 할 것인가, 아니면 스끄보레시니끼에 있는 바르바라 뻬뜨로브나의 집에서 할 것인가? 스끄보레시니끼는 제법 멀긴 했지만, 위원회의 많은 사람들이 거기가 〈좀 더 자유로울 것〉이라고 주장했다. 당사자인 바르바라 뻬뜨로브나도 자기 집으로 결정되길 몹시 바라고 있었다. 이 자존심 강한 여인이 왜 율리야 미하일로브나의 환심을 사려고 했는지는 알기 어렵다. 아마도 상대가 자기 쪽에서 니꼴라이 프세볼로도비치 앞에 몸을 낮추고 다른 사람에게는 하지 않는 아양을 떠는 것이 마음에 들었던 것 같다. 다시 한번 말해 두지만, 뾰뜨르 스쩨빠노비치는 여전히 지속적으로 지사 집에서 이전에 자기가 제기했던 생각 하나를 은근하게 계속 심어 주고 있었다. 그것은 니꼴라이 프세볼로도비치가 가장 비밀스러운 단체와 가장 비밀스러운 관계를 맺고 있는 사람으로서, 아마 이곳에 어떤 위임을 받고 왔으리라는 것이었다.

당시 사람들의 정신 상태는 좀 이상했다. 특히 부인들 모임에서는 경박함 같은 것이 엿보였는데, 이것이 서서히 나타난 것이라고 말할 수는 없다. 굉장히 방종한 개념들이 마치 바람을 타고 온 것처럼 나타났다. 뭔가 쾌활하고 가벼운 분위기가 찾아왔지만, 항상 기분 좋은 것이었다고는 말 못하겠다. 정신의 혼란 같은 것이 유행하기 시작했다. 나중에 모든 일이 끝난 후 사람들은 율리야 미하일로브나와 그녀의 주변 사람들, 그리고 그녀의 영향력을 비난했다. 그러나 모든 일이 율리야 미하일로브나 한 사람 때문에 일어났다고 말하기는 어렵다. 반대로 처음에는 아주 많은 사람들이 신임 지사 부인에 대해 사교계를 화합시키는 능력이 있다거나, 그래서 갑자기 더 행복해졌다거나 하며 앞다투어 칭찬했다. 심지어 율리야 미하일로브나에게는 전혀 죄가 없는 몇 가지 소동도 일어났다. 그러나 당시에는 모두가 깔깔거리고 웃으며 즐기기만 했지 그것을 멈추려는 사람은 단 한 명도 없었다. 사실 한쪽에서는 상당히 많은 무리의 사람들이 나름의 독특한 시선을 가지고 당시 상황의 흐름을 지켜보고 있었다. 그러나 그들도 아직은 불평하지 않았으며, 심지어 미소까지 지었다.

내 기억으로는 당시 상당히 규모가 큰 그룹 하나가 형성되었는데, 그 중심은 사실 율리야 미하일로브나의 거실에 있었던 것 같다. 그녀 주변에 모여들던 이 친밀한 그룹에서는 물론 젊은이들을 중심으로 여러 가지 장난이, 실제로 가끔은 상당히 거리낌 없는 장난이 허용되었고, 그것이 하나의 규칙이 되기까지 했다. 그 그룹에는 매우 사랑스러운 숙녀도 몇 명 있었다. 젊은이들은 야유회나 파티를 열기도 했고, 가끔은 마차나 말을 타고 기마 행렬을 이루어 온 도시를 돌아다니기도 했다. 색다른 일들을 찾아다니다 단지 유쾌한 이야깃거리를 얻기 위해 자기들끼리 일부러 사건을 조작하거나 만들어 내기도 했다. 그들은 우리 도시를 무슨 〈글루쁘쁘시(市)〉[35]처럼

---

35 〈바보들의 도시〉라는 뜻으로, 여기서는 살띠꼬프셰드린Saltykov-Shedrin의 풍자 소설 『한 도시 이야기』에 등장하는 도시를 말한다.

취급했다. 그들은 조롱가나 험담가로 불렸는데, 꺼리는 일이 거의 없었기 때문이다. 예를 들어 이런 일도 있었다. 이 지역 육군 중위의 아내로 남편의 열악한 봉급 때문에 고생하지만 아직 정말 젊은 갈색머리 여자가 있었는데, 그녀는 한 파티에서, 이기면 망토를 사겠다는 희망을 가지고 경솔하게도 규모가 큰 도박판에 자리 잡고 앉았으나, 이기기는커녕 15루블을 잃고 말았다. 남편이 두렵기도 하고 갚을 돈도 없던 그녀는 본래의 대담함을 되살려 바로 그 파티장에서 나이에 어울리지 않게 방탕한 생활을 하던 추악한 소년인 시장 아들에게 몰래 돈을 빌리기로 결심했다. 그는 그녀의 청을 거절했을 뿐만 아니라 큰 소리로 웃어 대면서 남편에게 고해바치러 갔다. 사실 봉급만으로 어렵게 살던 중위는 아내를 집으로 데려와 그녀가 용서해 달라고 무릎을 꿇고 울며불며 비명을 지르고 비는데도 성에 찰 때까지 실컷 화풀이했다. 이 불쾌한 이야기는 도시 전체에 비웃음만 불러일으켰으며, 불쌍한 중위 부인은 율리야 미하일로브나를 둘러싸고 있던 사교계에 속해 있지 않았음에도 불구하고, 이 〈기마 행렬〉 중 좀 유별나고 활기찬 성격의 한 부인이 이 중위 부인과 안면이 있어 그녀를 찾아가서 직접 자기 손님으로 데리고 왔다. 그러자 우리의 장난꾼들은 즉시 그녀에게 달라붙어 상냥하게 대해 주고 선물도 주면서 남편에게 돌려보내지 않고 4일 동안이나 잡아 두었다. 그녀는 활기찬 부인 댁에 머물며 하루 종일 그 부인을 비롯해 다른 떠들썩한 사교계 사람들과 함께 말을 타고 도시를 이곳저곳 돌아다니기도 했고, 오락이나 무도회에 참석하기도 했다. 그들은 계속해서 그녀에게 남편을 법정으로 끌어내 소송을 제기하라고 부추겼다. 모두 그녀를 지지하고 증인이 되어 주겠다고 단언했다. 남편은 감히 싸우려 들지 못하고 침묵을 지키고 있었다. 불쌍한 여자는 결국 곤경에 빠졌음을 깨닫고 두려움을 느끼며 간신히 목숨만 건져 나흘째 되는 날 황혼 무렵 보호자들을 벗어나 자신의 육군 중위에게 도망쳤다. 부부 사이에 무슨 일이 일어났는지 정확하게 알려진 바는 없다. 그러나 중위가 빌려 살고 있던 낮은 목조 주택의 덧문 두 개는 2주 동안 열리지 않았다. 이 모든 일을 알게 되었을 때, 율리야 미하일로브나는 장난꾼들에게 화를 냈고 그 활기찬 부인의 행동을 아주 못마땅해했다. 비록 이 부인이 납치 첫날 이미 중위 부인을 그녀에게 소개시켜 주었음에도 불구하고 말이다. 하지만 이 일은 곧 잊혔다.

또 한번은 존경받는 어느 하급 관리 집안의 열일곱 살짜리 딸을 다른 군에서 온 젊은 하급 관리가 신부로 맞이했다. 그녀는 도시 사람 모두가 알 정도로 미인이었다. 그러나 첫날밤 젊은 신랑은 자신의 명예를 손상시킨 복수라고 하면서 그 미인을 대단히 무례하게 대했다는 소문이 갑자기 들려왔다. 결혼식에서 술에 취해 그 집에 남아 잠들었다가 사건의 목격자가 된 람신은 날이 밝자마자 모든 사람에게 이 재미있는 소식을 전하려고 뛰어다녔다. 순식간에 열 명가량의 패거리가 형성되어 모두 말을 타고 떠났고, 뾰뜨르 스쩨빠노비치와 리뿌찐 같은 사람들은 까자끄인의 말을 빌려 타기도 했다. 리뿌찐은 이미 백발이 되었음에도 불구하고 경박한 젊은이들이 일으키는 거의 대부분의 소동에 동참했다. 무슨 일이 있었든지 간에 젊은 부부가 결혼식 다음 날 관습에 따라 답례 방문을 위해 마차를 타고 거리에 모습을 드러내자, 이 기마 행렬은 신나게 웃어 대며 그들의 마차를 둘러싸고 아침 내내 그들을 따라

도시를 돌아다녔다. 사실 집에까지 들어간 것은 아니고 말을 탄 채 문 앞에서 기다렸으며, 신랑과 신부에게 모욕을 주지는 않았지만, 하여튼 추문이 일어난 것은 사실이었다. 도시 전체가 이 이야기를 하기 시작했다. 물론 모든 사람이 신나게 웃어 댔다. 그러나 이번에는 폰 렘쁘께가 화를 내며 율리야 미하일로브나와 또다시 활극을 벌였다. 그녀 역시 엄청 화가 나서 장난꾼들의 출입을 금지해야겠다고 마음먹었다. 그러나 다음 날이 되자 뾰뜨르 스쩨빠노비치의 간언과 까르마지노프의 몇 마디 말 덕분에 그들 모두를 용서해 주었다. 까르마지노프가 제법 재치 있는 〈농담〉을 생각해 냈던 것이다.

「그건 이곳의 관습에 따른 겁니다.」 그가 말했다. 「적어도 특징적이고, 또…… 대담하지요. 한번 보세요, 모두가 웃고 있는데, 당신 한 사람만 분개하고 있잖아요.」

그러나 특정한 경향을 띤 참을 수 없는 장난도 있었다.

이 도시에 복음서를 팔러 다니는 서적 행상인이 나타났는데, 그녀는 소시민 출신이지만 존경할 만한 여자였다. 바로 얼마 전 수도의 신문에서 서적 행상인에 대한 흥미로운 비평이 실렸기 때문에 사람들은 그녀를 화제에 올리기 시작했다. 그런데 이번에도 또다시 간교한 럄신이 중학교 교사 자리를 기다리며 빈둥거리던 어느 신학생의 도움을 얻어 이 서적 행상인에게서 책을 사려는 척하면서 그녀의 가방에 외국에서 온 외설적이고 혐오스러운 사진 한 묶음을 몰래 집어넣었다. 나중에 알려진 바로는, 그 사진들은 이름을 밝히지는 않겠지만 목에 이름 높은 훈장을 걸고 다니고, 자기 표현에 따르면 〈건강한 웃음과 유쾌한 농담〉을 좋아하는, 매우 존경받는 한 노인이 이번 일을 위해 일부러 기증한 것이었다. 이 불쌍한 여자가 시장 판매대에서 성서를 꺼내려 할 때 이 사진들이 우르르 쏟아졌다. 웃음과 불평이 터져 나왔고, 군중이 밀어닥치며 그녀에게 욕을 하기 시작했으며, 마침 경찰이 오지 않았다면 그녀는 몰매를 맞았을 것이다. 서적 행상인은 유치장에 갇혔다가 저녁이 되어서야 이 추악한 사건의 은밀한 내막을 자세히 알고서 분개한 마브리끼 니꼴라예비치의 노력으로 마침내 풀려나 마을 밖으로 나갈 수 있었다. 이번에는 율리야 미하일로브나도 단연코 럄신을 쫓아내려 했으나, 그날 밤 그 일당은 한데 뭉쳐 그를 부인에게 데려가서 그가 새롭고 독특한 피아노곡을 지어냈다는 소식과 함께 그것을 들어 보기만이라도 해달라고 설득했다. 그것은 실제로 〈프로이센-프랑스 전쟁〉[36]이라는 웃긴 제목의 익살스러운 곡이었다. 곡은 위협적인 「마르세예즈」[37] 소리로 시작되었다.

> *Qu'un sang impur abreuve nos sillons* (더러운 피가 우리의 들판을 적시게 하라)!

과장된 호소와 미래의 승리에 대한 환호가 울려 퍼졌다. 그런데 갑자기, 교묘하게 변주된 이 국가의 박자와 뒤섞여 어딘가 옆쪽인지 아래쪽인지 구석인지, 아무튼 아주 가까운 곳에서 「*Mein lieber Augustin* (나의 사랑하는 아우구스틴)」[38]의

36 프로이센을 중심으로 독일 통일을 이루려는 비스마르크와 그것을 저지하려는 프랑스의 나폴레옹 3세의 정책이 충돌하며 벌어진 전쟁이다. 1870년 프랑스의 선전 포고로 시작되었으며, 1871년 프로이센의 승리와 독일 제국 선포로 끝이 났다.
37 프랑스의 국가이며, 정식 명칭은 〈라 마르세예즈〉이다.
38 오스트리아의 민요로 한국에서는 「동무들아 오너라」로 알려져 있다.

혐오스러운 노랫소리가 들려왔다. 「마르세예즈」는 그것을 알아차리지 못하고 있고, 「마르세예즈」는 자신의 장엄함에 완전히 도취되어 있었다. 그러나 「아우구스틴」은 더 강해졌고, 「아우구스틴」은 더 뻔뻔해졌으며, 그러다가 「아우구스틴」의 박자는 어떻게 된 건지 갑자기 「마르세예즈」의 박자와 어울리기 시작했다. 「마르세예즈」는 화가 나기 시작한 것 같았다. 그것은 마침내 「아우구스틴」을 알아차렸고, 그것을 떨쳐 내고 끈덕지게 달라붙는 하찮은 파리라도 되는 것처럼 쫓아 버리고 싶어 했지만, 「나의 사랑하는 아우구스틴」은 끈질기게 매달렸다. 「아우구스틴」은 명랑하고 자신만만했으며, 기쁨에 가득 차 있고 뻔뻔했다. 그러자 「마르세예즈」는 갑자기 엄청 둔해졌다. 그것은 이제 짜증이 나고 기분이 상했다는 것을 감추지 않았다. 그것은 분노의 절규였고, 그것은 눈물이 자신에게 두 팔을 뻗고 내뱉는 저주였다.

Pas un pouce de notre terrain, pas une pierre de nos forteresses(우리 땅 한 치도, 우리 요새의 돌멩이 하나도 안 된다)!

그러나 이미 그것은 「나의 사랑하는 아우구스틴」과 박자를 맞추어 부르지 않을 수 없었다. 그 소리는 아주 둔하게 「아우구스틴」으로 넘어갔다가 점점 떨어지더니 꺼지고 말았다. 다만 간간이 돌발적으로 〈*qu'un sang impur*(더러운 피로)〉라는 가사가 들리긴 했지만, 곧바로 아주 모욕적이게도 듣기 싫은 왈츠로 넘어가고 말았다. 「마르세예즈」는 완전히 굴복했

독일어 가사이기 때문에 여기서는 독일 노래라는 의미로 사용되고 있다.

다. 그것은 비스마르크의 품에 안겨 흐느껴 울면서 모든 것을…… 넘겨 버린 쥘 파브르[39] 같았다. 그러자 이제 「아우구스틴」이 맹렬해졌다. 목쉰 소리가 들려오고, 끝도 없이 마셔 버린 맥주와 광란의 자화자찬, 수십억의 돈과 가느다란 여송연, 샴페인, 인질 등을 요구하는 것이 느껴졌다. 「아우구스틴」은 광란의 울부짖음으로 넘어갔다……. 프로이센-프랑스 전쟁은 이렇게 끝났다. 젊은 친구들은 박수갈채를 보냈고, 율리야 미하일로브나는 웃으며 〈이러니 그를 어떻게 내쫓을 수 있겠어요?〉라고 말했다. 평화 조약이 체결되었다. 파렴치한 인간에게도 재능은 있었던 것이다. 스쩨빤 뜨로피모비치는 언젠가 내게 가장 높은 예술적 재능을 가진 사람이라도 가장 소름 끼치는 파렴치한 인간이 될 수 있으며, 하나가 다른 하나를 방해하지 않는다고 단언한 적도 있다. 나중에 들은 소문에 따르면 람신은 이 곡을 재능 있고 겸손한 한 젊은이에게서 훔친 것이었다. 이 곡의 주인은 람신과 아는 사이로 이곳에 잠시 머물던 중이었는데, 결국 그렇게 사람들에게 알려지지 않은 채 떠나가고 말았다. 그러나 그 이야기는 이쯤 해두자. 지금까지 몇 년 동안 스쩨빤 뜨로피모비치 앞에서 알랑거리며 그의 저녁 모임에서 사람들이 요구하면 다양한 유대인 흉내를 내기도 하고 귀머거리 노파의 참회나 아기 출산 장면 등을 흉내 내곤 하던 이 무뢰한이 지금은 이따금 율리야 미하일로브나의 집에서 다름 아닌 스쩨빤 뜨로피모비치를 〈1840년대

---

39 Jules Favre(1809~1880). 프랑스 외상. 1870년 프로이센-프랑스 전쟁 패배 후 〈우리 땅 한 치도, 우리 요새의 돌멩이 하나도 독일에 넘겨주지 않겠다〉고 단언했지만, 결국 비스마르크에게 알자스와 로렌을 넘겨주는 평화 협정을 체결하고 말았다.

자유주의자〉라는 명칭으로 우스꽝스럽기 짝이 없게 희화화하고 있었다. 모두 배를 잡고 웃어 댔고, 결국은 그를 절대 내쫓을 수 없게 되었다. 너무나 필요한 인간이 되어 버린 것이다. 게다가 그는 뾰뜨르 스쩨빠노비치에게 비굴할 정도로 아첨하고 있었다. 이때쯤 뾰뜨르는 뾰뜨르대로 이미 율리야 미하일로브나에게 이상할 정도로 강한 영향력을 행사하고 있었다……

이 파렴치한 인간에 대해 특별히 말하려고 했던 건 아니고, 그에게 시간을 허비할 필요도 없다. 그런데 이때 분개할 만한 사건이 발생했고, 사람들의 말에 따르면 그도 여기에 연루되었기에 이 사건을 내 기록에서 도저히 빼버릴 수가 없다.

어느 날 아침 온 도시에 추악하고 불쾌한 성물 모독에 관한 소식이 전해졌다. 우리 도시의 거대한 광장 시장 입구에는 구(舊) 도시 시대의 의미 있는 유물인 오래된 성모 탄생 교회가 있었다. 담장 문 옆에는 오래전부터 격자가 쳐진 벽 안에 커다란 성모상이 안치되어 있었다. 그런데 어느 날 밤 강도가 들어 성상함의 유리가 깨지고, 격자가 파손되고, 아주 비싼 건지는 모르겠지만 후광과 옷에 붙어 있던 보석과 진주 몇 개가 사라졌다. 그러나 중요한 것은 도둑질이라는 것 말고도 터무니없고 조롱하는 듯한 신성 모독이 있었다는 것이다. 유리가 깨진 성상함 안에서 살아 있는 쥐가 발견되었다고 한다. 4개월이 지난 지금은 이 범죄를 유형수 폐찌까가 저질렀다고 당연하게 받아들이고 있지만, 무엇 때문인지 럄신도 여기에 관련되어 있다고 덧붙여 이야기되고 있다. 당시에는 아무도 럄신에 대해 말하지 않았고, 그를 전혀 의심하지 않았는데, 지금은 모두가 그때 쥐를 넣은 사람이 그라고 확신하고 있는 것이다. 내 기억으로는 관청 전체가 상당히 충격을 받은 것 같았다. 사람들이 아침부터 범죄 현장에 모여들었다. 어떤 사람들인지는 모르겠으나 어쨌든 백여 명이 항상 그 자리에 있었다. 한 무리가 가면 또 다른 사람들이 오는 식이었다. 찾아온 사람들은 성호를 긋고 성상에 입을 맞추었다. 사람들이 헌금을 하기 시작하자 교회의 헌금 접시가 나타났고, 접시 옆에는 수도사가 서 있었다. 오후 3시가 되어서야 관청에서도 군중에게 모여 서 있지 말고, 기도드리고 성상에 입을 맞추고 헌금했으면 지나가라고 명령할 수 있게 되었다. 이 불행한 사건은 폰 렘쁘께에게 대단히 음울한 인상을 불러일으켰다. 내가 들은 바로는, 율리야 미하일로브나가 이 불길한 날 아침부터 남편에게서 이상한 우울함을 눈치채기 시작했다고 나중에 말했다는데, 이런 상태는 그가 두 달 전 병으로 우리 도시를 떠날 때까지 계속 사라지지 않았고, 아마 우리 현에서 짧은 행정직을 수행한 뒤 지금 계속 휴양하고 있는 스위스에서도 여전히 그를 따라다니고 있을 것이다.

나도 당시 낮 12시가 지나 그 광장에 갔던 것으로 기억한다. 군중은 말이 없었고, 얼굴은 상당히 음울해 보였다. 무개 마차를 타고 도착한 살찌고 누리끼리한 얼굴의 상인은 마차에서 내린 뒤 땅에 머리를 숙여 절하고, 성상에 입을 맞추고, 1루블을 헌금한 뒤 탄식하며 마차에 오르더니 떠나 버렸다. 우리 도시의 숙녀 두 명이 장난꾼 두 명을 동반한 채 유개 마차를 타고 다가왔다. 청년들(그중 한 사람은 이미 젊다고 할 수도 없었다) 역시 마차에서 내려 상당히 예의 없이 사람들을 밀치면서 성상 쪽으로 걸어갔다. 두 사람은 모자도 벗지 않았고, 그중 한 사람은 코안경을 쓰고 있었다. 군중이 수군

거리기 시작했는데, 사실 잘 들리지는 않았지만 불만의 소리
였다. 코안경을 쓴 젊은이는 지폐가 가득 든 지갑에서 1꼬뻬
이까 동전 하나를 꺼내 접시에 던져 넣었다. 두 사람은 서로
웃고 큰 소리로 떠들면서 마차로 돌아갔다. 바로 이때 리자베
따 니꼴라예브나가 마브리끼 니꼴라예비치를 동반하고 말을
타고 달려왔다. 그녀는 말에서 뛰어내린 뒤 그녀의 지시로 말
에서 기다리기로 했던 동행에게 고삐를 넘기고 성상으로 다
가갔다. 1꼬뻬이까 동전이 내던져지던 바로 그 순간이었다.
분노로 인한 홍조가 그녀의 뺨을 적셨다. 그녀는 둥근 모자와
장갑을 벗고, 성상 앞 더러운 보도 위에 곧장 무릎을 구부리
며 경건하게 세 번 이마를 땅에 댔다. 그러고 나서 지갑을 꺼
냈는데, 그 안에 10꼬뻬이까 은화 몇 개뿐이자 재빨리 자신
의 다이아몬드 귀고리를 빼서 접시에 올려놓았다.

「괜찮을까요, 괜찮을까요? 가사(袈裟)를 장식하는 데 쓰일
수 있을까요?」 그녀는 온몸을 부들부들 떨며 수도사에게 물
었다.

「물론이죠.」 그가 대답했다. 「모든 헌금은 축복이니까요.」

군중은 비난의 말도 칭찬의 말도 하지 않고 조용히 있었다.
리자베따 니꼴라예브나는 옷이 더러워진 채 말에 올라타더
니 전속력으로 떠나갔다.

2

이 사건이 있고 이틀 뒤, 나는 말을 탄 사람들에게 둘러싸
인 세 대의 마차를 타고서 어디론가 향하는 많은 사람들의

무리 속에서 그녀를 발견했다. 그녀는 내게 손짓하고 마차를 세우더니 자기네 무리에 합류해 달라고 간곡하게 부탁했다. 마차 안에는 내가 앉을 만한 자리가 있었다. 그녀는 동승하고 있던 화려하게 차려입은 부인들에게 웃으면서 나를 소개했고, 모두가 굉장히 재미있는 원정을 떠나는 길이라고 설명해 주었다. 그녀는 깔깔거리며 웃어 댔는데, 뭔가 지나치게 행복해하는 것 같았다. 최근에 그녀는 장난스러울 정도로 즐거워하며 들떠 있었다. 사실 이 원정은 좀 기이했다. 일행은 모두 강 건너에 있는 상인 세보스찌야노프의 집으로 가는 중이었는데, 그의 집 곁채에는 우리 도시에서뿐만 아니라 주변의 현들과 수도에서도 유명한 축복받은 성자이자 예언자인 세몬 야꼬블레비치가 이미 10년 가까이 부족함 없이 시중을 받으며 평온하게 지내고 있었다. 모든 사람들, 특히 외지에서 온 사람들은 그를 방문해 백치 성자의 말씀을 들은 뒤 그에게 경의를 표하고 헌금을 하곤 했다. 헌금은 때로 상당한 액수에 달하기도 했는데, 세몬 야꼬블레비치가 그 자리에서 처리하지 않으면 경건하게 하느님의 사원으로, 특히 우리의 성모 탄생 수도원으로 보내졌다. 이 목적을 위해 수도원에서 파견된 수도사 한 명이 계속해서 세몬 야꼬블레비치의 당번 역할을 하고 있었다. 사람들은 모두 큰 재미를 기대하고 있었다. 일행 중에 세몬 야꼬블레비치를 본 사람은 아직 아무도 없었다. 럄신만이 전에 한 번 가본 적이 있다고 했으며, 지금 그 이야기를 늘어놓는 중이었다. 성자는 그를 빗자루로 내쫓으라고 지시한 뒤 커다란 삶은 감자 두 개를 직접 뒤에다 대고 던졌다는 것이다. 말을 탄 사람들 중에서 나는 또다시 빌린 까자끄 말을 타고 아주 서툴게 고삐를 잡고 있는 뾰뜨르 스쩨빠노비치와 역시 말을 타고 있는 니꼴라이 프세볼로도비치를 알아보았다. 그는 때로 이런 일반적인 오락을 피하지 않았으며, 그럴 경우 여전히 말을 거의 하지 않거나 아주 드물게만 했지만, 항상 예의 바르게 즐거운 표정을 짓고 있었다. 이 원정대가 다리 쪽으로 내려와서 도시 여관에 도달했을 즈음, 방금 여관방에서 권총 자살을 한 투숙객이 발견되어 경찰을 기다리고 있다고 누군가가 갑자기 알려 주었다. 그러자 곧 자살자를 보러 가자는 의견이 나왔다. 그 생각은 사람들의 지지를 얻었다. 우리의 숙녀들은 한 번도 자살자를 본 적이 없었던 것이다. 그들 중 한 명이 바로 이때 큰 소리로 〈정말 모든 일이 지루해졌으니, 재미있기만 하다면 그런 오락을 사양할 필요는 없겠지요〉라고 말했던 게 기억난다. 단지 몇몇 사람만 현관에서 기다리기로 했다. 나머지 사람들은 우르르 몰려서 더러운 복도로 들어섰는데, 놀랍게도 그들 속에 리자베따 니꼴라예브나도 보였다. 자살자의 방문은 열려 있었고, 사람들은 물론 우리를 막을 엄두도 내지 못했다. 그는 열아홉 살 정도의, 도저히 그 이상은 안 되어 보일 만큼 아직 앳되고, 숱 많은 금발에 균형 잡힌 타원형 얼굴, 깨끗하고 아름다운 이마를 가진 아주 잘생긴 외모의 소년이었다. 그는 이미 사후 경직이 시작되어, 하얀 얼굴은 대리석으로 만든 것처럼 보였다. 탁자 위에는 손으로 쓴 유서가 놓여 있었는데, 그의 죽음에 대해 아무도 비난하지 말라는 것과 4백 루블을 〈탕진〉했기 때문에 자살한다고 쓰여 있었다. 실제로 유서에는 〈탕진〉이라는 말이 적혀 있었다. 그리고 네 줄짜리 유서에 문법 실수가 세 개나 되었다. 이때 분명 그의 이웃인 것 같은데 볼일이 있어 옆방에 묵고 있던 한 뚱뚱한 지주가 그를 보고 유달리 깊은 탄식을 했다. 그의 말에 따르면 이 소년은 가족들, 즉 홀어머니와 누나들, 고모들이 시켜서 자기네 마을에서 이 도시로 왔으며, 이곳에 살고 있는 친척 아주머니의 지시에 따라 곧 시집갈 큰누나의 혼수품으로 여러 가지를 사서 집으로 가져가려고 했다는 것이다. 그들은 수십 년 동안 모아 온 4백 루블을 맡기면서 두려움에 한숨을 쉬고, 끝없는 설교와 기도, 성호를 그으며 그를 배웅해 주었다. 소년은 지금까지 공손하고 믿음직스러웠다. 사흘 전 이 도시에 도착한 뒤 그는 친척 아주머니 댁에는 가지 않고 이 여관에 묵으면서 곧장 클럽으로 갔다. 뒷방 어딘가에 묵고 있을지도 모르는 물주라든가, 아니면 적어도 스뚜꼴까[40] 판을 찾을 수 있지 않을까 하는 기대를 안고서 말이다. 그러나 그날 밤에는 스뚜꼴까도 없었고, 물주도 없었다. 자정이 다 되어 숙소로 돌아온 그는 샴페인과 하바나 시가를 부탁하고 예닐곱 가지 요리로 된 저녁을 주문했다. 그러나 샴페인에 취하고 시가 때문에 구역질이 나서 가져온 음식에는 손도 대지 못하고 거의 정신을 잃은 채 잠들어 버렸다. 다음 날 아침 사과처럼 상쾌하게 잠에서 깨자 즉시 그는 어제 클럽에서 들었던 대로 강 건너 교외 마을에 머무르고 있던 집시 무리를 찾아가서 이틀 동안 숙소에 돌아오지 않았다. 마침내 어제 오후 5시쯤 술에 취한 상태로 돌아와 바로 쓰러져 잠들었다가 저녁 10시쯤 깨어났다. 잠에서 깨자 커틀릿과 샤토 디켐 와인 한 병, 포도 약간, 종이와 잉크, 계산서를 달라고 했다. 아무도 그에게서 별다른 점을 발견하지 못했다. 그는 침착하고 조용했으며 상냥했다. 아마도 그는 자정쯤 자살한 것 같은데, 이상하게 총소리를 들은 사람이 아무

40 러시아에서 19세기에 유행하던 카드놀이의 일종.

도 없었다. 그러다가 오늘 낮 1시가 되어서야 아무리 두드려도 대답이 없자 문을 부수고 들어간 것이었다. 샤토 디켐은 반병 정도 비어 있었고, 포도 역시 반 접시 정도 남아 있었다. 3연발 소형 권총에서 발사된 총알은 심장을 관통했다. 피는 거의 흘러나오지 않았다. 권총은 손에서 빠져나와 양탄자 위에 떨어져 있었다. 소년은 한쪽 구석에 있는 소파 위에 반쯤 쓰러져 있었다. 죽음은 순간적으로 일어났음에 틀림없었다. 그의 얼굴에서 죽음의 고뇌 같은 건 찾아볼 수 없었다. 그냥 살아 있는 것처럼 표정은 침착하고 행복해 보이기까지 했다. 우리 모두는 탐욕스러울 정도의 호기심을 가지고 들여다보았다. 대체로 이웃의 불행에는 항상 제삼자의 시선을 즐겁게 해주는 무언가가 있는 법이다. 그 제삼자가 누구든 간에 말이다. 우리의 숙녀들은 말없이 지켜보았지만, 그들의 동행자들은 예리한 두뇌와 고도의 침착성을 발휘했다. 한 사람이 이것은 가장 그럴듯한 결말이며 소년도 이보다 더 현명한 방법을 생각해 낼 수 없었을 것이라고 언급했다. 또 다른 사람은 비록 한순간이지만 그래도 잘 살았다고 결론 내렸다. 세 번째 사람은 무심결에 왜 우리 나라에서는 다들 마치 뿌리가 떨어져 나갔거나 발밑에서 바닥이 미끄러져 나간 것처럼 그렇게 자주 목을 매거나 권총 자살을 하는 걸까 하고 내뱉었다. 사람들은 이 설교쟁이를 못마땅하게 쳐다보았다. 그에 반해 광대 역할을 자신의 명예로 삼는 럄신은 접시에서 포도 한 송이를 슬쩍했다. 그러자 또 한 사람이 웃으면서 그를 따라 했고, 세 번째 사람은 샤토 디켐 병에 손을 내밀려고 했다. 그러나 마침 도착한 경찰서장이 그를 제지했고, 〈방을 비워 달라고〉 요구했다. 모두 이미 실컷 보았기 때문에 군말 없이 바로 방을 나갔는데, 람신만은 무슨 일인가로 경찰서장을 귀찮게 따라다녔다. 전반적인 유쾌함과 웃음, 장난기 어린 대화는 나머지 길을 거의 두 배는 더 활기차게 만들었다.

우리는 정각 오후 1시에 세몬 야꼬블레비치의 집에 도착했다. 상당히 큰 상인의 집 문은 활짝 열려 있었고, 곁채도 마음대로 드나들 수 있었다. 세몬 야꼬블레비치가 식사 중이긴 하지만 면회를 허용한다는 것을 알고 우리 일행은 한꺼번에 들어갔다. 백치 성자가 접견하고 식사하는 방은 창문 세 개가 달린 꽤 넓은 방이었는데, 허리 높이 정도의 나무 격자로 이쪽 벽에서 저쪽 벽까지 똑같은 크기로 둘로 나뉘어 있었다. 일반적인 방문자들은 격자 밖에 머물렀지만, 운이 좋은 사람들은 성자의 지시에 따라 격자문을 통해 그가 머무는 곳으로 들어갈 수 있었다. 그리고 세몬 야꼬블레비치는 마음이 내키면 방문자를 자신의 오래된 가죽 의자나 소파에 앉게 했고, 본인은 변함없이 오래되고 낡은 볼테르식 의자에 앉았다. 그는 상당히 크고 부어오른 몸집에 누런 얼굴을 한 사람으로, 나이는 쉰다섯 정도였으며, 옅은 색 머리카락이 듬성듬성하게 자란 대머리였고, 턱수염은 면도를 했으며, 부풀어 오른 오른쪽 뺨 때문에 입술은 약간 일그러져 보였다. 왼쪽 콧구멍 옆에 큰 사마귀가 나 있었고, 눈은 가늘고 얼굴은 차분하고 위엄 있으며 졸린 것 같은 표정이었다. 옷은 독일식으로 검은 색 프록코트를 입고 있었지만, 조끼도 없었고 넥타이도 없다. 프록코트 안에는 상당히 두꺼운 흰색 셔츠가 눈에 띄었다. 불편해 보이는 발에는 슬리퍼를 신고 있었다. 나는 그가 한때 관리였으며, 관등도 있었다는 이야기를 들은 적이 있다. 그는 방금 간단한 생선 수프를 다 먹었고, 두 번째 요리로 껍

질째 찐 감자와 소금을 먹으려 하고 있었다. 다른 음식은 절대 아무것도 먹지 않았지만, 차 애호가로서 차만은 많이 마셨다. 그의 주변에서는 상인에게 급료를 받는 세 명의 하인이 분주하게 돌아다니고 있었다. 하인 중 한 명은 연미복을 입고 있었고, 다른 하인은 협동조합원처럼 보였으며, 또 다른 하인은 하급 성직자처럼 보였다. 그리고 열여섯 살 정도의 아주 활기찬 소년이 한 명 더 있었다. 하인들 외에 덕망 있는 백발의 수도사가 손에 헌금 단지를 들고 있었는데, 좀 지나치게 뚱뚱했다. 탁자들 중 한 곳에서는 거대한 사모바르가 끓고 있었고, 그 옆에는 스무 개 넘는 컵이 든 쟁반이 놓여 있었다. 맞은편 탁자 위에는 설탕 덩어리 몇 개와 가루 설탕 몇 파운드, 2파운드의 차, 수놓은 슬리퍼 한 켤레, 비단 손수건, 나사천 조각, 아마포 조각 등, 공양물이 놓여 있었다. 헌금은 거의 대부분 수도사의 단지 속으로 들어갔다. 방 안은 사람들로 가득 찼는데, 방문객들은 열 명 정도 되었다. 그들 중 두 명은 격자 안쪽 세묜 야꼬블레비치 옆에 앉아 있었다. 한 사람은 백발의 노인으로 〈평민〉 출신의 순례자였고, 다른 한 사람은 작고 마른 몸집에 타 지역에서 온 수도사였는데 눈을 내리깔고 얌전하게 앉아 있었다. 그 밖의 방문객들은 모두 격자 이쪽에 서 있었다. 다른 군에서 온 뚱뚱한 상인을 제외하면 그들 역시 대부분 평민 출신이었다. 상인은 덥수룩한 수염에 러시아식으로 옷을 입고 있었으나, 굉장한 부자로 알려져 있었다. 중년의 초라한 귀족 부인과 지주도 한 명 있었다. 모두 행운을 바라고 있었지만 감히 입으로 말하지는 못했다. 네 사람은 모두 무릎을 꿇고 있었지만, 누구보다 주의를 끈 사람은 마흔다섯 살 정도의 뚱뚱한 지주였다. 그는 격자 바로 옆, 눈에 가장 잘 띄는 곳에 무릎을 꿇고 경건한 자세로 세묜 야꼬블레비치의 호의적인 시선이나 말씀을 기다리고 있었다. 그는 이미 한 시간이나 그렇게 서 있었으나, 세묜 성자는 여전히 관심을 주지 않았다.

우리의 숙녀들은 즐겁고 재미있다는 듯 소곤소곤 이야기를 나누며 격자 바로 옆으로 밀고 들어갔다. 그들은 무릎을 구부리고 있던 사람들도, 다른 모든 방문객들도 밀어젖히거나 길을 가로막았다. 지주만이 예외였는데, 그는 손으로 격자 칸막이를 붙잡고 완강하게 눈에 띄는 곳에 버티고 서 있었다. 즐거워하며 탐욕스러울 정도로 호기심을 보이는 시선들이 마치 오페라글라스나 코안경, 심지어 쌍안경처럼 세묜 야꼬블레비치에게 집중되었다. 적어도 람신은 쌍안경을 통해 바라보고 있었다. 세묜 야꼬블레비치는 조그만 눈으로 모두를 침착하고 느릿하게 둘러보았다.

「애교 떠는 시선들이군! 애교 떠는 시선들이야!」 그는 가벼운 감탄과 함께 목쉰 저음으로 이렇게 말했다.

우리는 모두 웃음을 터뜨렸다. 〈애교 떠는 시선이라니, 무슨 소리지?〉 그러나 세묜 야꼬블레비치는 다시 침묵에 빠져 감자를 먹어 치웠다. 마침내 그가 냅킨으로 입을 닦자 차가 나왔다.

그는 보통 차를 혼자 마시지 않고 방문자들에게도 따라 주었지만, 모든 사람이 아니라 그들 중 누군가에게 행운이 가도록 직접 지목하는 것이 상례였다. 그의 지시는 항상 의외성으로 사람들을 깜짝 놀라게 했다. 부자나 고관들은 빼놓고 가끔 농민이나 노쇠한 노파에게 대접하라고 했던 것이다. 어떤 때는 거지들을 지나쳐 기름진 부자 상인에게 대접하기도 했다.

차를 따르는 방법도 가지가지여서 어떤 사람에게는 설탕을 넣어 주고, 다른 사람에게는 갉아먹는 설탕을 주고, 또 다른 사람에게는 설탕을 전혀 주지 않았다. 이번에 행운을 얻은 사람은 설탕 넣은 찻잔을 대접받은 타지에서 온 수도사와 설탕을 전혀 제공받지 못한 늙은 순례자였다. 헌금 단지를 들고 있던 수도원에서 파견된 뚱뚱한 수도사는 지금까지 매일 자기 찻잔을 받아 왔지만, 이번에는 무슨 일인지 전혀 받지 못했다.

「세몬 야꼬블레비치, 뭐라도 말씀해 주세요. 저는 정말 오래전부터 신부님과 인사하고 싶었답니다.」 우리 마차에 타고 있던 화려한 차림의 부인이 눈을 가늘게 뜨고 미소를 지으며 노래하듯 말했다. 그녀는 방금 전 재미있기만 하다면 그런 오락을 사양할 필요는 없다고 말했던 그 사람이었다. 세몬 야꼬블레비치는 그녀에게 눈길도 주지 않았다. 무릎을 꿇고 있던 지주는 커다란 풀무를 들어 올렸다가 내려놓을 때 나는 듯한 소리를 내며 깊은 한숨을 쉬었다.

「설탕 넣은 차를 저분에게!」 세몬 야꼬블레비치는 갑자기 백만장자 상인을 가리켰다. 그는 앞으로 나아가 지주와 나란히 섰다.

「설탕을 더 넣어!」 이미 차를 따랐는데도 세몬 야꼬블레비치가 지시했다. 설탕 1인분이 첨가되었다. 「더, 더 넣어!」 세 번째 설탕이 추가되었고, 결국 네 번째도 추가되었다. 상인은 말도 못하고 시럽을 마시기 시작했다.

「하느님 맙소사!」 사람들은 이렇게 속삭이며 성호를 그었다. 지주는 다시 소리 내어 깊은 한숨을 쉬었다.

「신부님! 세몬 야꼬블레비치!」 한 초라한 부인의 비통에 찬, 그러나 예상하지 못했던 날카로운 소리가 들려왔다. 우리 때문에 벽 쪽으로 떠밀린 사람이었다. 「신부님, 꼬박 한 시간 동안 은총을 기다렸어요. 제게 말씀을 내려 주세요, 의지할 곳 없는 제게 판단을 내려 주세요.」

「물어보아라.」 세몬 야꼬블레비치는 시중드는 하급 성직자에게 지시했다. 그가 격자 옆으로 다가갔다.

「지난번 세몬 야꼬블레비치께서 지시하신 일을 수행하셨습니까?」 그는 미망인에게 조용하고 침착한 목소리로 물어보았다.

「어떻게요, 세몬 야꼬블레비치 신부님, 그놈들을 상대로 뭘 할 수 있겠습니까!」 미망인은 울부짖기 시작했다. 「사람 잡아먹는 놈들 같으니, 나를 상대로 관구에 청원서를 제출하고, 원로원으로 끌고 가겠다고 위협하는데요. 그것도 바로 친어미를 말입니다……!」

「이 여자에게 주어라!」 세몬 야꼬블레비치는 설탕 덩어리를 가리켰다. 소년은 뛰어 일어나 설탕 덩어리를 집어 미망인에게 가져다주었다.

「오, 신부님, 대단히 자비로우십니다. 하지만 이 많은 걸제가 어디다 쓰겠습니까?」 미망인은 거의 울부짖었다.

「더, 더!」 세몬 야꼬블레비치는 상을 더 주었다.

설탕 한 덩어리가 더 주어졌다. 「더, 더.」 백치 성자는 또 지시했다. 세 번째 설탕이 주어졌고, 마침내 네 번째 설탕이 주어졌다. 미망인은 사방에 설탕으로 둘러싸였다. 수도원에서 나온 수도사가 한숨을 쉬었다. 이전의 전례로 보면 이 모든 것이 오늘 수도원으로 갈 수도 있었던 것이다.

「이 많은 걸 제가 어디다 쓰겠습니까?」 미망인은 황송해서 한숨을 내쉬었다. 「저 혼자서는 탈이 날 것 같네요……! 그런데 이게 무슨 예언은 아닌지요, 신부님?」

「정말 그래, 예언일 거야.」 군중 속에서 누군가가 말했다.

「그녀에게 한 파운드 더!」 세묜 야꼬블레비치는 멈추지 않았다.

탁자 위에는 아직 온전한 한 덩어리가 남아 있었는데, 세묜 야꼬블레비치는 1파운드를 더 주라고 지시했고, 미망인에게 1파운드가 주어졌다.

「하느님, 하느님!」 사람들은 한숨을 쉬며 성호를 그었다. 「틀림없는 계시다.」

「우선 당신의 마음을 선함과 자비로써 기쁘게 하고, 그다음에 당신의 피를 나눈 친자식들에 대해 불평하러 오시오. 아마도 그것이 바로 이 상징의 의미일 것이오.」 차를 대접받지 못한 뚱뚱한 수도원 파견 수도사가 짜증 난 자존심의 발작속에서 스스로 해설가를 떠맡아 조용하지만 스스로에게 도취되어 이렇게 말했다.

「아니, 무슨 말씀이세요, 신부님.」 미망인은 갑자기 화를 냈다. 「그놈들은 베르히신 집에 불이 났을 때 나에게 올가미를 씌워 불길 속으로 끌고 갔단 말이에요. 죽은 고양이를 내 트렁크에 집어넣기도 했고요. 어떤 난폭한 짓이든 다 하려고 한다니까요…….」

「쫓아내, 쫓아내!」 세묜 야꼬블레비치는 갑자기 두 손을 흔들었다. 하급 성직자와 소년이 격자 뒤에서 뛰어나왔다. 하급 성직자가 미망인의 팔을 잡자 그녀는 진정이 되었고, 선물로 받은 설탕 덩어리를 뒤돌아보며 따라 나갔다. 소년이 설탕 덩어리를 들고 그녀의 뒤를 따라갔다.

「하나는 뺏어, 뺏어 와!」 세몬 야꼬블레비치가 옆에 남아 있던 협동조합원에게 지시했다. 그는 떠난 사람들의 뒤를 재빨리 쫓아갔고, 잠시 뒤 세 명의 하인이 미망인에게 선물했다가 방금 도로 빼앗은 설탕 한 덩어리를 들고 돌아왔다. 하지만 어쨌든 그녀는 세 개를 가져갔다.

「세몬 야꼬블레비치,」 문 바로 옆 뒤쪽에서 누군가의 목소리가 들려왔다. 「저는 꿈에 새를, 까마귀를 보았는데요, 그게 물속에서 나와 불속으로 날아 들어갔습니다. 이 꿈은 무슨 의미일까요?」

「추위가 가까웠다는 거야.」 세몬 야꼬블레비치가 말했다.

「세몬 야꼬블레비치, 저는 이렇게 오랫동안 당신께 관심을 가지고 있는데, 왜 제게는 아무런 대답도 해주지 않으세요?」 우리의 부인이 다시 말을 시작하려 했다.

「물어봐라!」 세몬 야꼬블레비치는 그녀의 말은 듣지도 않고, 무릎을 꿇고 있던 지주를 가리켰다.

지시받은 수도원 파견 수도사가 점잖게 지주에게로 다가갔다.

「무슨 죄를 지었습니까? 무슨 일을 행하라고 지시를 받은 적은 없습니까?」

「싸우지 마라, 손을 제멋대로 놀리지 말라고 하셨습니다.」 지주는 쉰 목소리로 대답했다.

「그렇게 했습니까?」 수도사가 물었다.

「지킬 수가 없었습니다. 제 힘에 지고 말았습니다.」

「쫓아내, 쫓아내! 빗자루로 쫓아내, 빗자루로!」 세몬 야꼬블레비치가 두 손을 내저었다. 지주는 형벌이 가해지기를 기다리지 않고 벌떡 일어나더니 방 밖으로 뛰어나가 버렸다.

「자리에 금화를 두고 갔습니다.」 수도사가 바닥에서 5루블 짜리 금화를 집어 들며 외쳤다.

「저 사람에게 주어라!」 세몬 야꼬블레비치는 손가락으로 백만장자 상인을 가리켰다. 백만장자는 감히 거절도 못하고 그대로 받았다.

「황금에 황금을 보태 주다니.」 수도원 파견 수도사가 참지 못하고 이렇게 말했다.

「그리고 저 사람에게는 설탕 넣은 차를 주어라.」 세몬 야꼬 블레비치는 갑자기 마브리끼 니꼴라예비치를 가리켰다. 하 인이 차를 따른 뒤 실수로 코안경을 쓴 멋쟁이에게로 가져가 려 했다.

「키 큰 쪽, 키 큰 쪽.」 세몬 야꼬블레비치가 정정해 주었다.

마브리끼 니꼴라예비치는 차를 받자 군대식으로 가볍게 목례하고 마시기 시작했다. 이유는 모르겠지만, 우리 일행은 허리가 끊어지도록 웃어 댔다.

「마브리끼 니꼴라예비치!」 리자가 갑자기 그를 향해 말했 다. 「무릎 꿇고 있던 분이 가셨으니 이제 당신이 그 자리에 무 릎을 꿇으세요.」

마브리끼 니꼴라예비치는 당황해서 그녀를 쳐다보았다.

「제발 부탁이에요. 저를 위해서 꼭 그렇게 해주세요. 제발 요, 마브리끼 니꼴라예비치.」 그녀는 갑자기 완고하고 고집 스럽고 열띤 말투로 빠르게 말하기 시작했다. 「꼭 그렇게 해 주세요. 저는 당신이 무릎 꿇고 있는 모습을 꼭 보고 싶어요. 만약 그렇게 하지 않으신다면 저에게 오지도 마세요. 꼭 해주 세요, 꼭 해주세요……!」

그녀가 무슨 생각으로 그런 말을 했는지 모르겠다. 그러나 그녀는 발작이라도 일어난 것처럼 완고하고 고집스럽게 요구했다. 나중에 알게 되겠지만, 마브리끼 니꼴라예비치는 요즘 들어 부쩍 잦아진 그녀의 변덕스러운 발작을 자신에 대한 맹목적인 증오의 폭발이라고 해석하고 있었다. 그렇지만 악의는 아니었으며 — 오히려 그녀는 그를 존중하고 사랑하고 존경했으며, 그도 이 사실을 알고 있었다 — 그녀도 가끔 어떻게 하지 못하는 뭔가 특별한 무의식적인 증오였다.

그는 말없이 찻잔을 뒤에 서 있던 노파에게 건네주고 격자문을 열더니 허락도 받지 않고 세묜 야꼬블레비치의 개인 공간으로 들어갔다. 그리고 모든 사람이 보는 앞에서 방 한가운데 무릎을 꿇었다. 내 생각에 그는 동료들이 보는 앞에서 리자의 거칠고 조롱하는 듯한 행동 때문에 섬세하고 순진한 마음에 너무도 큰 충격을 받은 것 같았다. 혹은 그녀가 그렇게 고집을 부렸지만 막상 그의 굴욕적인 모습을 보고서 부끄러워할 것이라고 생각했는지도 모르겠다. 물론 그를 제외하고는 어느 누구도 그런 순진하고 위험을 무릅쓰는 방법으로 여자를 고쳐 보겠다고 결심하지 않을 것이다. 그는 침착하고 근엄한 표정을 하고서 길쭉하고 꼴사나우면서도 우스꽝스러운 자세로 무릎을 꿇고 있었다. 그러나 우리 일행은 웃지 않았다. 예기치 않은 행동이 병적인 효과를 불러일으켰던 것이다. 모두 리자를 바라보았다.

「성유를, 성유를!」세묜 야꼬블레비치가 중얼거렸다.

리자는 갑자기 얼굴이 창백해지더니 비명을 지르고 탄식하면서 격자 안으로 달려 들어갔다. 이때 신속하면서도 히스테릭한 장면이 펼쳐졌다. 그녀는 두 팔로 마브리끼 니꼴라예비치의 팔꿈치를 잡고서 온 힘을 다해 그를 일으켜 세우려고 했다.

「일어나세요, 일어나세요!」 그녀는 정신없이 소리쳤다. 「당장 일어나요, 당장! 이렇게까지 하다니요!」

마브리끼 니꼴라예비치는 무릎을 일으켰다. 그녀는 두 손으로 그의 팔꿈치 위쪽을 꽉 잡고 뚫어질 듯 그의 얼굴을 쳐다보았다. 그녀의 시선에는 공포가 서려 있었다.

「애교 떠는 시선들이야, 애교 떠는 시선들!」 세묜 야꼬블레비치는 되풀이했다.

그녀는 이윽고 마브리끼 니꼴라예비치를 격자 밖으로 끌어냈다. 우리 일행 사이에서 심한 동요가 일어났다. 우리와 같은 마차에 타고 있던 그 부인은 아마도 이런 분위기를 없애고 싶었는지, 전처럼 젠체하는 미소를 지으며 세묜 야꼬블레비치에게 크고 새된 목소리로 다시 물었다.

「뭐예요, 세묜 야꼬블레비치, 정말 어떤 〈말씀도 내려 주시지〉 않을 거예요? 저는 엄청 기대하고 있었는데요.」

「네년을…… 네년을…….」 세묜 니꼴라예비치는 갑자기 그녀를 향해 매우 상스러운 말을 내뱉었다. 말은 난폭하고 무서울 정도로 또렷하게 튀어나왔다. 우리의 숙녀들은 새된 비명을 지르며 쏜살같이 밖으로 뛰어나갔고, 일행 남자들은 호탕하게 웃기 시작했다. 이렇게 해서 우리의 세묜 야꼬블레비치 원정은 끝이 났다.

하지만 사람들 말에 따르면, 이때 굉장히 수수께끼 같은 사건이 하나 더 발생했다. 고백하지만, 바로 그 이야기를 하려고 이 원정을 자세히 언급한 것이다.

듣자 하니, 모두들 우르르 밖으로 뛰어나올 때 마브리끼 니꼴라예비치의 부축을 받으며 나오던 리자가 사람들로 붐

비던 비좁은 현관에서 갑자기 니꼴라이 프세볼로도비치와 마주쳤다는 것이다. 미리 말해 두지만, 지난 일요일 아침 기절 소동 이후 두 사람은 몇 번 마주치긴 했지만, 서로에게 다가간 적도 없고, 이야기를 나눈 적도 없었다. 나는 두 사람이 문 앞에서 마주친 것을 보았다. 두 사람은 순간 멈춰 서서 왠지 이상하게 서로를 바라보았던 것 같다. 하지만 사람이 너무 많아 내가 잘못 보았을 수도 있다. 반대로 사람들은 니꼴라이 프세볼로도비치를 쳐다보던 리자가 정확히 그의 얼굴 높이까지 재빨리 손을 올렸으며, 만약 그가 피하지 않았다면 맞았을지도 모른다고 진짜 진지하게 확신하고 있었다. 어쩌면 그의 얼굴 표정이나 특히 방금 전 마브리끼 니꼴라예비치와의 사건이 있고 나서 그가 보인 미소가 마음에 들지 않았을 수도 있다. 솔직히 말해 나는 아무것도 보지 못했다. 그런데 사람들은 너무 혼잡해서 몇몇을 제외하면 이 상황을 결코 볼 수 없었을 텐데도 불구하고 모두가 보았다고 단언했다. 당시 그 이야기를 믿지 않은 사람은 나뿐이었다. 그러나 돌아오는 내내 니꼴라이 프세볼로도비치의 얼굴이 약간 창백했던 것은 기억하고 있다.

3

거의 같은 시기에, 즉 바로 이날 스쩨빤 뜨로피모비치와 바르바라 뻬뜨로브나의 면담이 마침내 성사되었다. 부인은 오래전부터 그걸 마음속에 새겨 두고 있었고 자신의 옛 친구에게도 이미 통지해 두었는데, 무슨 이유에서인지 지금까지 계속 연기되고 있었던 것이다. 면담은 스끄보레시니끼에서 이루어졌다. 바르바라 뻬뜨로브나는 엄청 분주한 가운데 교외 저택에 도착했다. 다가올 축제는 귀족 단장 부인의 집에서 하기로 바로 전날 최종 결정이 났다. 그러나 바르바라 뻬뜨로브나는 곧바로 빠르게 머리를 써서, 축제 뒤 스끄보레시니끼에서 온 도시 사람을 다시 불러 모아 자신만의 특별한 축하연을 연다면 아무도 방해하지 못할 것이라고 생각했다. 그렇게 되면 사람들은 누구의 집이 더 좋고, 어디가 손님들을 더 잘 대접하며 훌륭한 취향으로 무도회를 개최하는지 확인할 수 있을 것이다. 대체로 그녀는 사람이 달라진 것 같았다. 그녀는 이전의 범접할 수 없었던 〈고귀한 부인〉(이것은 스쩨빤 뜨로피모비치의 표현이다)에서 가장 평범하고 무분별한 사교계 여인으로 완전히 변해 버린 것 같았다. 하지만 어쩌면 그렇게 생각되었을 뿐인지도 모르겠다.

빈집에 도착하자 그녀는 충실한 늙은 하인 알렉세이 예고로비치와 세상 물정에 밝은 장식 전문가 포무시까를 대동하고 방들을 둘러보았다. 그러고는 여러 가지 협의와 결정을 하기 시작했다. 도시 저택에서 어떤 가구를 옮겨 올 것인가, 어떤 물건과 그림들이 있어야 하고 그것들을 어디에 배치할 것인가, 온실이나 꽃들은 어떻게 꾸미는 것이 가장 적절할까, 새로운 커튼은 어디에 치고 뷔페 음식은 어디에 차려 놓을 것인가, 그것은 하나가 좋을까 두 개가 좋을까 등에 관해서였다. 그러다가 한창 분주한 와중에 그녀는 갑자기 스쩨빤 뜨로피모비치에게 마차를 보내야겠다는 생각이 들었다.

이쪽은 이미 오래전에 통지를 받아 매일매일 이렇게 갑작스러운 초대를 기다리고 있었다. 마차에 앉으면서 그는 성호를 그었다. 그의 운명이 결정되려 하는 것이었다. 그는 도착해서 넓은 홀의 벽감 속에 놓여 있는 작은 소파에 앉아 작은 대리석 책상을 앞에 두고 손에 연필과 종이를 쥐고 있는 자기 친구를 보게 되었다. 포무시까는 자를 가지고 홀과 창의 높이를 재고 있었고, 바르바라 뻬뜨로브나는 숫자를 적고 종이 가장자리에 메모를 하고 있었다. 그녀는 하던 일을 멈추지 않고 스쩨빤 뜨로피모비치 쪽을 향해 고개만 끄덕였다. 그가 뭔가 인사말을 중얼거리자 서둘러 그에게 손을 내밀며 쳐다보지도 않고 자기 옆자리를 가리켰다.

「나는 그렇게 앉아서 〈마음을 억누른 채〉 5분 동안 기다렸다네.」 그는 나중에 이렇게 말했다. 「내가 보고 있던 사람은 20년 동안 알고 지내던 그 사람이 아니었어. 모든 것이 끝났다는 너무도 분명한 확신이 그녀조차 놀라게 할 정도의 힘을 내게 주더군. 맹세코 그녀는 이 마지막 순간에 나의 완강함에 많이 놀라워했네.」

바르바라 뻬뜨로브나는 갑자기 탁자 위에 연필을 내려놓고 재빨리 스쩨빤 뜨로피모비치를 향해 돌아앉았다.

「스쩨빤 뜨로피모비치, 우리 중요한 이야기를 좀 해야겠어요. 당신은 분명 화려한 언변과 다양한 경구를 준비했겠지만, 직접 용건으로 들어가는 게 더 나을 것 같네요. 그렇죠?」

그는 놀라서 얼굴을 찡그렸다. 그녀가 몹시 서두르며 자기 태도를 표명했으니 그다음에 무슨 말이 더 나올 수 있겠는가?

「잠깐 기다리세요, 아무 말 하지 말고. 내가 먼저 말할 테니, 그다음에 당신이 이야기하세요. 사실 당신이 대답할 말이 있을지 모르겠지만.」 그녀는 빠른 말투로 말을 이었다. 「당신의 연금 1천2백 루블은 당신의 생애 마지막까지 저의 신성한 의무라고 생각해요. 글쎄요, 무엇 때문에 신성한 의무겠어요, 그냥 계약이지. 그게 훨씬 더 현실적이네요, 그렇지요? 당신이 원한다면 기록으로 남기죠. 내가 사망할 경우를 대비해 특별한 조치도 취해 두었어요. 하지만 그것 말고도 당신은 지금 나에게서 집과 하인, 모든 생활비를 받고 있지요. 이걸 돈으로 환산하면 1천5백 루블은 될 거예요, 그렇죠? 그 밖에 특별금 3백 루블을 더하면 정확히 3천 루블이네요. 1년에 그 정도면 충분하죠? 적지는 않겠죠? 하지만 아주 예외적인 경우에는 더 보태 주겠어요. 자, 그러니 돈을 받고 내 사람들은 돌려보내 주시고, 당신 마음대로 뻬쩨르부르끄건, 모스끄바건, 외국이건, 이곳이건, 원하는 곳 어디서든 살아 보세요. 다만 내 집만은 안 돼요. 알았죠?」

「얼마 전에는 같은 입으로 똑같이 집요하고 똑같이 성급하게 다른 요구를 했었지요.」 스쩨빤 뜨로피모비치는 천천히 슬프지만 또렷하게 말했다. 「나는 체념하고…… 당신 마음에 들도록 까자끄 춤까지 췄습니다. *Oui, la comparaison peut être permise. C'était comme un petit cozak du Don, qui sautait sur sa propre tombe*(그래요, 이런 비유가 가능하겠군요. 자기 무덤 위에서 춤을 추는 돈 까자끄 같다고 말입니다). 그런데 지금은…….」

「그만하세요, 스쩨빤 뜨로피모비치. 당신은 끔찍하게 말이 많군요. 당신은 춤을 추기는커녕, 새 넥타이에 셔츠를 입고 장갑을 끼고 머리에는 기름을 바르고 향수를 잔뜩 뿌리고 왔었어요. 당신도 엄청 결혼하고 싶어 했다는 건 확실해요. 당신 얼굴에 그렇게 쓰여 있었어요. 정말 품위 없는 표정이었다니까요. 그때 바로 당신에게 말하지 않았던 건 단지 예의 때문이었어요. 당신이 비밀 편지에 나나 당신 약혼녀에 대해 역겨운 내용을 써놓았지만, 당신은 원하고 있었어요, 결혼을 원하고 있었다고요. 그런데 지금은 전혀 그게 아니네요. 대체 당신 무덤 위의 *cozak du Don*(돈 까자끄)이라니, 여기서 그게 왜 나오는 거죠? 무슨 비유인지 모르겠네요. 어쨌든 죽지 마세요, 살아야 돼요. 가능한 오래 사세요, 그러면 나도 정말 기쁠 거예요.」

「양로원에서요?」

「양로원이라니요? 3천 루블의 수입이 있는 사람은 양로원에 가지 않지요. 아, 생각났어요.」 그녀가 미소 지었다. 「그러고 보니 뾰뜨르 스쩨빠노비치가 양로원에 관해 농담을 한 적이 있네요. 아하, 그건 정말 특별한 양로원이었는데, 한번 생각해 볼 가치가 있겠어요. 가장 존경할 만한 사람들을 위한 양로원이라는데, 대령들도 있고 지금은 한 장군도 들어가려 한다는군요. 만약 당신이 돈을 다 들고 들어가면 평안과 만족, 그리고 하인들을 얻을 수 있을 거예요. 그곳에서 학문을 연구할 수도 있고, 언제든 카드놀이 팀을 꾸릴 수도 있을 거예요……」

「*Passons*(그만합시다).」

「*Passons*(그만하자고요)?」 바르바라 뻬뜨로브나는 몸을 움찔했다. 「그렇다면 이게 다예요. 당신에게 전부 알려 드렸으니, 우리는 지금 이 순간부터 완전히 각자 사는 거예요.」

「이게 전부라고? 20년간 남은 것이 이게 전부인가요? 그럼 우리의 마지막 인사는요?」

「당신은 감탄사 내뱉는 것을 지독히도 좋아하시는군요, 스쩨빤 뜨로피모비치. 그건 요즘 유행이 전혀 아니에요. 사람들은 거칠지만 단순하게 말한다고요. 걸핏하면 우리의 20년을 꺼내시네요! 서로 자존심을 내세운 20년이었을 뿐 그 이상은 아무것도 아니었지요. 당신이 내게 보낸 편지도 전부 내가 아니라 후손들을 위한 것이었어요. 당신은 문장가이지 친구가 아니에요. 우정이란 그냥 찬미사일 뿐, 본질은 서로에게 구정물을 끼얹는 것이지요…….」

「맙소사, 온통 다른 사람들의 말뿐이군! 반복 학습을 했나 봅니다! 이제 그들이 당신한테도 자기네 제복을 입혀 버렸군! 당신 역시 기쁨에 겨워 하고, 당신 역시 태양 속에 들어가 버렸군요. *Chère, chère*(친애하는 이여), 그깟 팥죽을 먹자고 당신의 자유를 그들에게 팔아 버리다니요![41]」

「나는 다른 사람의 말을 흉내 내는 앵무새가 아니에요.」 바르바라 뻬뜨로브나가 발끈했다. 「내게도 나의 말들이 쌓여 있다는 것을 확실히 알아 두세요. 당신은 지난 20년 동안 나를 위해 무엇을 해주었죠? 당신을 위해 내가 주문해 준 책들마저 나한테 보여 주지 않았잖아요. 제본공이 없었다면 자르지도 못했을 책들을요. 처음에 나를 지도해 달라고 부탁했을 때 당신은 내게 뭘 읽으라고 주었죠? 항상 깝피그, 깝피그[42] 타령이었죠. 당신은 나의 발전도 시기해서 온갖 수단을 썼잖아요. 그런데 모두에게 비웃음을 받은 사람은 당신이었지요. 솔직히 말해 나는 항상 당신을 그냥 비평가라고만 생각해 왔어요. 당신은 문학 비평가일 뿐, 그 이상 아무것도 아니라고요. 뻬쩨르부르끄로 가는 길에 잡지를 발행해서 그 일에 평생을 바칠 계획이라고 밝혔을 때, 당신은 곧바로 나를 비꼬듯

---

41 성서에서 에서가 동생 야곱에게 팥죽을 받고 장자권을 판 것(「창세기」 25장 31~34절)에 빗대어 표현한 것이다.

42 B. O. R. Kapfig(1802~1872). 프랑스 역사 소설가.

바라보며 갑자기 굉장히 거만해졌었어요.」

「그건 그런 게 아닙니다, 그런 게 아니에요……. 우리는 그때 당국의 주시를 받을까 봐 두려워하고 있었습니다…….」

「아니요, 바로 그랬어요. 뻬쩨르부르끄에서 당신이 주시받는 것을 두려워할 이유는 전혀 없었다고요. 혹시 기억하세요? 그해 2월 농노 해방령이 전해졌을 때 당신은 갑자기 몹시 놀란 얼굴로 내게 달려와, 기획하고 있는 잡지는 당신과 전혀 상관이 없다, 젊은이들은 당신이 아니라 나를 찾아오는 것이다, 당신은 그냥 가정 교사에 불과하며 아직 봉급이 지급되지 않아 이 집에 살고 있는 것이다라고 편지 형식의 증명서를 써달라고 요구하기 시작했지요. 그렇지 않은가요? 이것 기억나세요? 당신은 평생 아주 별나게 유난을 떨었어요, 스쩨빤 뜨로피모비치.」

「그건 단지 소심했던 한순간, 우리 둘만 있을 때의 일이었습니다.」 그는 슬프게 외쳤다. 「그런데 정말로, 정말로 그런 사소한 인상들 때문에 모든 것을 단절해야겠습니까? 정말로 그 긴 세월 동안 우리 둘 사이에 남은 것이라고는 더 이상 아무것도 없단 말입니까?」

「무서울 정도로 계산이 빠르군요. 당신은 항상 내가 갚아야 할 빚이 남아 있는 것처럼 몰아가고 싶어 하는군요. 당신은 외국에서 돌아왔을 때 나를 깔보며 한마디도 못하게 했어요. 또 그 후 내가 당신을 찾아가서 마돈나를 보고 난 인상을 이야기하려 했을 때, 다 듣지도 않고 마치 나는 당신과 같은 그런 감정을 가질 수 없다는 듯이 자기 넥타이만 쳐다보며 거만하게 웃기 시작했지요.」

「그건 그런 게 아니었습니다, 아마 아니었을 거예요…….

J'ai oublié(잊어버렸습니다만).」

「아니요, 바로 그대로였어요. 게다가 당신이 내 앞에서 자랑할 것도 없었어요. 왜냐하면 그 모든 건 헛소리이고, 당신이 지어낸 이야기에 불과했으니까요. 요즈음에는 아무도, 정말 아무도 마돈나에 매혹되지 않아요. 완고한 노인들 말고는 아무도 그것에 시간을 낭비하지 않지요. 이미 입증되었답니다.」

「벌써 입증되었다고요?」

「마돈나는 그 무엇에도 쓸모가 없어요. 이 컵은 유용해요. 왜냐하면 그 안에 물을 따를 수 있으니까요. 이 연필은 유용해요. 왜냐하면 그걸로 뭐든 쓸 수 있으니까요. 그런데 이 여자의 얼굴은 사실 다른 어떤 얼굴보다 못생겼어요. 사과를 하나 그려 놓고 그 옆에 진짜 사과를 한번 놓아 보세요. 당신은 어떤 걸 선택하시겠어요? 아마 잘못 고르는 일은 없을 거예요. 자유로운 연구의 서광이 비치는 순간, 당신의 모든 이론도 바로 그런 식으로 귀결된다고요.」

「그래요, 그래.」

「당신은 빈정거리고 있군요. 예를 들어 당신은 자선에 대해 저한테 뭐라고 했었지요? 하지만 자선의 즐거움이란 오만하고 비도덕적인 즐거움, 부자가 자신의 부와 권력, 자신의 가치를 거지와 비교해 보고 느끼는 즐거움이에요. 자선은 베푸는 사람도 받는 사람도 타락시키고, 단지 빈곤을 강화시킬 뿐이기 때문에 자기 목적을 달성하지 못해요. 노름꾼이 돈을 따기를 희망하며 노름판에 모이듯이, 일하고 싶어 하지 않는 게으름뱅이들은 자선가들 주변에 모여들지요. 그런데 그들에게 던져 주는 푼돈으로는 100분의 1도 만족시키지 못해요. 당신은 살면서 많은 것을 나누어 주었나요? 80꼬뻬이까도 넘지 않을걸요. 잘 생각해 보세요. 마지막으로 자선을 베푼 것이 언제인가 한번 기억해 보세요. 2년 전쯤인가요? 아마 4년은 된 것 같은데요. 당신은 소리를 지르며 일을 방해만 하고 있어요. 오늘날 사회에서 자선은 법적으로 금지되어야 해요. 새로운 제도 아래서는 가난한 사람이 전혀 없을 거예요.」

「오, 다른 사람들의 말을 이리도 쏟아 내다니! 그래서 이미 새로운 제도에 도달한 겁니까? 불쌍한 사람, 하느님이 당신을 도와주시기를!」

「그래요, 도달했어요, 스쩨빤 뜨로피모비치. 당신은 이제 누구나 알고 있는 새로운 사상들을 내게서 교묘하게 숨기셨더군요. 나에 대해 권력을 계속 휘두르려고 질투심 때문에 그렇게 한 것이죠. 지금은 저 율리야마저 나보다 1백 베르스따는 앞서 있다고요. 하지만 나도 이제 눈을 떴어요. 나는 할 수 있는 만큼 당신을 보호해 왔어요, 스쩨빤 뜨로피모비치. 사람들은 모두 확실히 당신을 비난하고 있다고요.」

「됐습니다!」 그는 자리에서 일어나려 했다. 「됐습니다! 이이상 당신에게 뭘 더 빌어 드리겠어요? 후회하나요?」

「잠시 앉으세요, 스쩨빤 뜨로피모비치. 아직 물어볼 게 있어요. 당신은 문학의 아침 모임에 강연 초청을 받았어요. 그건 나를 통해 마련된 거예요. 대체 뭘 강연할 건지 말씀해 주세요.」

「그건 여왕 중의 여왕, 인류의 이상, 당신 견해로는 컵이나 연필만 한 가치도 없는 시스티나 성모에 대한 것입니다.」

「그럼 역사 이야기를 하는 게 아닌가요?」 바르바라 뻬뜨로브나는 슬픈 듯 놀라움을 드러냈다. 「하지만 사람들이 듣지 않을 텐데요. 당신은 그 마돈나에 완전히 사로잡혀 버렸군요!

모두를 졸게 만든다면 그런 기호가 무슨 소용인가요? 스쩨빤 뜨로피모비치, 나는 오로지 당신을 위해 말하고 있다는 걸 알아 두세요. 만약 당신이 스페인 역사 중 짧지만 흥미로운 중세 궁정의 사건이나, 아니면 차라리 일화 같은 걸 선택해서 그것을 당신의 일화나 자신만의 날카로운 경구로 채워 넣는다면 훨씬 좋을 것 같네요. 그곳에는 화려한 궁정도 있고, 화려한 귀부인들도 있고, 독살도 있으니까요. 까르마지노프도 스페인의 역사 중에서 뭐든 흥미로운 것을 낭독하지 못한다면 그게 오히려 이상하다고 하더군요.」

「까르마지노프, 그 필력이 무뎌진 어리석은 자가 나를 위해 주제를 찾아 주다니!」

「까르마지노프, 그분은 거의 국가적 지성이에요! 말씀이 너무 심하시네요, 스쩨빤 뜨로피모비치.」

「당신의 까르마지노프, 그자는 나이 들고 필력도 무뎌지고 화만 내는 아줌마라고요! *Chère, chère*(친애하는 이여), 당신은 오래전부터 그들에게 그렇게 조종당해 온 건가요? 오, 맙소사!」

「나는 지금도 그의 허세를 참을 수 없지만, 그래도 그의 지성은 정당하게 평가하고 싶어요. 다시 한번 말하지만, 나는 할 수 있는 한 온 힘을 다해서 당신을 변호해 왔어요. 아니, 무엇 때문에 자신을 그렇게 우스꽝스럽고 지루한 사람으로 보이게 하려는 건가요? 그러지 말고 구시대의 대표자로서 위엄 있는 미소를 띠며 연단으로 나가서 세 개의 일화를 가끔 당신만이 할 수 있었던 그런 기지를 섞어서 이야기해 보세요. 당신이 노인이라 할지라도, 시대에 뒤떨어진 사람이라 할지라도, 또 그들보다 뒤처진다 할지라도, 당신 스스로 이야기

서두에서 미소를 띠며 이 점을 인정한다면, 모두 당신을 상냥하고 선량하고 기지 넘치는 유물이라고 생각할 거예요…….한마디로 구식의 재치를 가진 사람이지만 다분히 진보적이기 때문에 자신이 지금까지 추구해 오던 개념들의 추악함을 제대로 평가할 수 있다고 말이에요. 자, 나를 위해 그렇게 해주세요, 부탁이에요.」

「*Chère*(친애하는 이여), 그만하시지요! 부탁하지 마십시오, 나는 할 수 없으니까. 나는 마돈나에 관한 강연을 해서 돌풍을 일으킬 겁니다. 그들 모두를 짓밟아 버리거나, 아니면 나 혼자 쓰러지거나 둘 중 하나가 되겠지요!」

「아마 당신 혼자 쓰러질 거예요, 스쩨빤 뜨로피모비치.」

「그것이 내 운명입니다. 나는 그 비열한 노예에 대해, 손에 가위를 들고 제일 먼저 계단을 기어 올라가 평등과 평망……그리고 소화(消化)를 위해서라는 명목으로 위대한 이상의 신성한 얼굴을 찢으려는 그 악취 나고 방탕한 하인에 대해서 이야기할 겁니다. 나의 저주가 울려 퍼질 것이고…… 그러면, 그러면…….」

「정신 병원으로 가시나요?」

「그럴지도 모르지요. 그러나 어쨌든, 패배자가 되건 승리자가 되건, 나는 바로 그날 저녁에 나의 자루, 그 거지 같은 자루를 들고, 가재도구나 당신이 준 선물, 연금, 미래의 축복에 대한 약속은 그대로 둔 채 걸어서 떠날 것입니다. 상인의 집에서 가정 교사로 생을 마감하거나, 아니면 어느 담장 밑에서 굶어 죽겠지요. 나는 분명히 말했습니다. *Alea jacta est*(주사위는 던져졌도다)![43]」

43 율리우스 카이사르가 루비콘강을 건너면서 한 말을 인용한 것이다.

그는 다시 일어났다.

「나도 그럴 거라고 확신하고 있었어요.」 바르바라 뻬뜨로브나도 눈을 번뜩이며 일어났다. 「당신이 결국 나와 내 집을 비방하고 망신시킬 목적으로만 살아왔다는 것을 이미 오래전부터 확신하고 있었다고요! 상인 집안의 가정 교사니 담장 밑에서의 죽음이니, 대체 무슨 말을 하고 싶은 거죠? 악의와 중상, 그 이상 아무것도 아니네요!」

「당신은 항상 나를 경멸해 왔습니다. 그러나 나는 자신의 숙녀에게 충실한 기사처럼 생을 마감할 겁니다. 왜냐하면 당신의 의견은 항상 내게 그 무엇보다 귀중했기 때문입니다. 이 순간부터는 아무것도 받지 않고 사심 없이 숭배하겠습니다.」

「이렇게 어리석을 수가!」

「당신은 한 번도 나를 존중해 주지 않았습니다. 내게는 수많은 약점이 있을 수 있지요. 그래요, 나는 당신에게 빌붙어 살았습니다. 난 지금 허무주의자의 말투로 말하고 있는 겁니다. 그러나 빌붙어 사는 것이 내 행위의 최고 원칙은 아니었습니다. 저절로 그렇게 된 것일 뿐, 나도 어떻게 된 건지 잘 모르겠습니다……. 나는 항상 우리 둘 사이에 음식보다 더 고상한 무언가가 있다고 생각해 왔습니다. 나는 결코, 결코 비열한 인간이 아니었어요! 그래서 이제 상황을 바로잡기 위해 길을 떠나는 겁니다! 뒤늦게 떠나는 길을 말이죠. 밖에서는 가을도 저물고, 들판 위로 안개가 깔려 있는데, 얼어붙은 노인과 같은 서리가 내 갈 길을 덮고 있고, 윙윙거리는 바람은 무덤이 가까워졌음을 알리고 있군요……. 그러나 떠날 겁니다, 떠날 겁니다, 새로운 길로 떠날 겁니다.

순수한 사랑으로 가득 차고,
달콤한 꿈에 충실하도다……[44]

오, 잘 있거라 나의 꿈들이여! 나의 20년이여! *Alea jacta est*(주사위는 던져졌도다).」

갑자기 터져 나온 눈물로 그의 얼굴이 젖었다. 그는 모자를 집어 들었다.

「나는 라틴어를 전혀 모른다고요.」 바르바라 뻬뜨로브나는 온 힘을 다해 자신을 억제하며 이렇게 말했다.

어쩌면 그녀도 울고 싶었는지 모르지만, 분노와 변덕이 또다시 승리했다.

「단, 한 가지는 알아요. 이 모든 게 장난이라는 거지요. 당신은 결코 그런 이기심으로 가득 찬 위협을 실행할 수 없어요. 당신은 어디로도, 어떤 상인에게도 가지 못하고, 연금을 받으면서 화요일마다 아무짝에도 쓸모없는 친구들을 모아놓고 지내다가 내 팔 안에서 평온하게 생을 마감할 거예요. 안녕히 가세요, 스쩨빤 뜨로피모비치.」

「*Alea jacta est*(주사위는 던져졌도다)!」 그는 그녀에게 깊이 허리 숙여 인사를 하고, 흥분한 나머지 거의 사색이 되어 집으로 돌아왔다.

44 뿌시낀의 발라드 「옛날에 가난한 기사가 살고 있었네……」의 한 구절.

제6장
분주한 뾰뜨르 스쩨빠노비치

1

축제 날짜는 최종적으로 결정되었지만, 폰 렘쁘께는 점점 더 침울하고 수심이 깊어졌다. 그는 이상하고 불길한 예감에 가득 차 있어서 율리야 미하일로브나를 몹시 불안하게 만들었다. 사실 모든 일이 순조로운 상태는 아니었다. 느긋한 전 지사는 행정 업무를 질서가 제대로 잡히지 않은 상태로 넘겨 주었고, 때마침 콜레라가 닥쳐왔으며, 어떤 지역에서는 강력한 가축 전염병이 나타났다. 여름 내내 도시와 시골에서 화재가 맹렬하게 번져 나가고 있었는데, 사람들 사이에서는 방화라고 어리석게 투덜거리는 소리들이 점점 더 강하게 뿌리내리고 있었다. 강도 사건은 이전에 비해 두 배로 늘어났다. 그러나 지금까지 행복했던 안드레이 안또노비치의 평온한 생활을 깨뜨린 훨씬 중대한 다른 원인만 아니었다면 이 모든 것은 물론 아주 일상적인 상황이었을 것이다.

무엇보다 율리야 미하일로브나에게 충격을 준 것은 그가 날이 갈수록 말이 더 없어지고, 이상하게도 숨기는 게 더 많

223

아졌다는 것이다. 그런데 그가 숨길 것이 뭐가 있겠는가? 사실 그는 부인에게 반대하는 일이 거의 없었고, 대부분 그녀를 전적으로 따랐다. 예를 들어 그녀의 강력한 요구로 지사의 권력을 강화하기 위한 매우 위험하고 위법적이기까지 한 두세 가지 조치가 취해졌다. 같은 목적으로 몇 가지 불길한 일들이 묵인되기도 했다. 예를 들어 재판에 회부해 시베리아로 유형 보내야 할 사람들이 단지 그녀의 요구만으로 포상을 받기도 했다. 몇몇 고소나 질의에 대해서는 일관되게 대응하지 않기로 결정되었다. 이 모든 일은 나중에 밝혀졌다. 렘쁘께는 모든 것에 서명했을 뿐만 아니라 자신의 개인적인 직무 이행에서도 아내가 어느 정도 참여해야 하는가 하는 문제를 논의조차 하지 않으려 했다. 그 대신 가끔씩 〈아주 하찮은 일〉에 돌발적으로 열을 내는 바람에 율리야 미하일로브나를 깜짝 놀라게 했다. 물론 그는 며칠 동안 순종했으니 짧은 순간의 반란으로 스스로에게 보상할 필요를 느꼈던 것이다. 유감스럽게도 율리야 미하일로브나는 명민함에도 불구하고 이 고결한 성격 안에 숨겨진 고결한 섬세함을 이해하지 못했다. 아아! 그녀는 그럴 겨를이 없었으며 바로 이 때문에 많은 혼란이 생겨났다.

어떤 것들에 대해선 나는 말을 해서도 안 되고, 또 그럴 능력도 없다. 행정적인 실수에 관해 판단하는 것 역시 내 일이 아니므로, 모든 행정적인 측면은 완전히 배제하고자 한다. 이 기록을 시작하면서 나는 다른 임무를 염두에 두었다. 게다가 우리 현에 임명된 조사 위원회에서 많은 것이 밝혀질 것이므로 조금만 기다리면 된다. 그럼에도 불구하고 몇 가지 해명은 빼놓을 수가 없다.

그러나 율리야 미하일로브나에 대해서는 계속 이야기하고자 한다. 이 불행한 부인(나는 그녀를 정말 동정한다)은 우리 현에 첫발을 내디뎠을 때 마음먹었던 그렇게 강력하고 기이한 노력 없이도 그녀의 마음을 끌어당기고 유혹했던 모든 것(명예 등등)을 달성할 수 있었을 것이다. 그러나 시적 감흥의 과잉 때문인지, 처녀 시절의 길고 슬픈 불운 때문인지, 운명의 변화와 더불어 갑자기 자기 자신을 너무도 특별하게 선택된 사람으로, 거의 〈머리 위에서 불의 혀가 활활 타오르는〉[45] 성유를 바른 사람으로 느끼기 시작했다. 그런데 이 타오르는 혀에는 불행이 내포되어 있었다. 어쨌건 그것은 어느 여자들의 머리에나 맞는 머리 장식은 아니었다. 그러나 이러한 진리를 여자에게 납득시키기는 정말 어려운 일이다. 반대로 맞장구를 칠 마음을 가지고 있는 사람은 성공하기 마련이다. 그래서 사람들은 앞다투어 그녀에게 맞장구쳤다. 불행한 부인은 단번에 다양한 세력의 노리개가 되었지만, 당사자는 전적으로 자신이 독창적인 사람이라 생각하고 있었다. 노련한 사람들은 그녀 주변에서 자신들의 이익을 꾀했고, 그녀가 지사 부인으로 머무는 짧은 기간 동안 그녀의 단순함을 실컷 이용했다. 그러니 자립성을 빙자해 어떤 혼란이 벌어졌겠는가! 그녀는 대규모 토지 소유도, 귀족적인 요소도, 지사 권력의 강화도, 민주주의적인 요소도, 새로운 제도도, 질서도, 자유사상도, 사회주의 사상도, 귀족 살롱의 엄격한 기풍도, 그녀를 에워싸고 있는 젊은이들의 거의 선술집 같은 방종한 태도도 다 마음에 들어 했다. 그녀는 **행복을 제공**하고 화해할 수 없는 것을 화해시키려는 꿈을 꾸었다. 아니, 오히려 자기 자신에

45 뿌시낀의 시 「영웅」의 한 구절을 인용한 것이다.

대한 숭배 속에서 모든 사람과 모든 것을 결합시키려는 꿈을 꾸었다. 그녀에게는 특별히 좋아하는 사람들도 있었다. 그중에서도 뾰뜨르 스쩨빠노비치는 노골적으로 아부를 하며 그녀의 마음을 사로잡았다. 그러나 그녀는 또 다른 이유로도 그를 마음에 들어 했는데, 그것은 가장 기이하면서도 이 불행한 부인의 특징을 잘 보여 준다. 그녀는 그가 자기에게 국가적인 음모의 총체를 밝혀 줄 것이라는 희망을 가지고 있었던 것이다! 이건 정말 상상하기 어려운 일이지만, 정말로 그랬다. 그녀는 무슨 이유에서인지 이 현에 틀림없이 국가적인 음모가 잠복해 있다고 생각하는 것 같았다. 뾰뜨르 스쩨빠노비치는 때로는 침묵으로, 때로는 암시로 그녀의 이상한 생각이 뿌리내리도록 조장했다. 그녀는 뾰뜨르가 러시아에 있는 모든 혁명 조직과 관계를 맺고 있지만, 동시에 숭배에 가까울 정도로 그녀에게 충실하다고 상상하고 있었다. 음모의 폭로, 뻬쩨르부르끄로부터의 감사, 앞으로의 출세, 젊은이들이 극단으로 치닫지 않도록 〈다정함〉으로 감화 주기 등, 이 모든 것이 그녀의 환상적인 머릿속에 완전히 자리를 잡았다. 정말이지 그녀는 뾰뜨르 스쩨빠노비치를 구해 주고 그를 길들였으니(그녀는 어째서인지 반박할 수 없을 정도로 그렇게 확신하고 있었다), 다른 사람들도 구해 줄 수 있지 않겠는가. 그들 중 아무도, 아무도 파멸하지 않을 것이며, 그녀는 그들 모두를 구해 줄 것이다. 그녀는 그들을 분류하고, 그들에 관해 보고할 것이다. 그녀는 최고의 공정함을 가지고 행동할 것이며, 아마도 역사와 러시아 자유주의 전체가 그녀의 이름에 고마움을 표할 것이다. 어쨌건 음모는 밝혀질 것이다. 그러면 한 번에 모두가 이득을 보는 것이다.

그러나 어쨌건 축제 전만이라도 안드레이 안또노비치가 좀 더 밝게 행동했으면 싶었다. 반드시 그를 기쁘게 하고 진정시켜야만 했다. 이러한 목적으로 그녀는 뾰뜨르 스쩨빠노비치를 남편에게 보냈는데, 뭔가 그가 잘 알고 있는 진정시킬 수 있는 방법으로 남편의 우울함에 영향을 줄 수 있지 않을까 하는 희망에서였다. 어쩌면 그가 확실한 소식통으로부터 직접 들은 어떤 소식을 전할 수도 있을 것이다. 그녀는 그의 능수능란함에 완전히 기대를 걸고 있었다. 뾰뜨르 스쩨빠노비치는 이미 오래전부터 폰 렘쁘께 씨의 사무실에 출입하지 않고 있었다. 뾰뜨르는 그 환자가 특히 곤란한 기분에 잠겨 있던 바로 그 순간, 그의 방에 뛰어들었다.

2

폰 렘쁘께 씨가 좀처럼 해결할 수 없는, 복합적인 상황이 벌어졌다. 한 군에서(뾰뜨르 스쩨빠노비치가 최근에 주연을 벌였던 바로 그곳에서) 육군 소위 한 명이 직속상관으로부터 구두로 질책을 받았다. 그것도 전 중대원이 보는 앞에서 말이다. 최근 뻬쩨르부르끄에서 온 아직 젊은 이 소위는 몸집도 작고 뚱뚱하고 새빨간 볼을 하고 있었지만, 항상 말이 없고 음울하며 겉으로는 거만해 보였다. 그는 질책을 참지 못하고 갑자기 전 중대를 놀라게 할 만큼 예기치 못한 날카로운 소리를 지르며 거칠게 고개를 숙이고 상관에게 달려들었다. 그는 상대를 마구 때리다가 있는 힘껏 그의 어깨를 물었다. 사람들은 간신히 그를 떼어 놓았다. 그가 미쳤다는 것은 의심할 바 없었으며, 적어도 최근 들어 그가 도저히 있을 수 없는 이상한 행동을 보였다는 것이 밝혀졌다. 예를 들어 그가 자기 집 밖으로 두 개의 성상을 집어 던지고는, 그중 하나는 도끼로 부숴 버렸다는 것이다. 방 안에는 교회 경탁 모양으로 된 세 개의 받침대 위에 포크트, 몰레쇼트, 뷔히너[46]의 저서를 올려놓고 각 경탁 앞에 교회용 초를 켜놓았다고 한다. 그의 집에서 발견된 책의 양으로 보아 그는 독서광이라고 결론 내릴 수 있었다. 만약 그에게 5만 프랑이 있었다면 그는 아마도 게르쩬이 자신의 한 작품 안에서 유쾌한 유머를 가지고 언급했던 〈사관생도〉처럼 배를 타고 마르키즈섬으로 떠났을지도 모른다.[47] 그가 붙잡혔을 때 그의 주머니와 집에서는 아주 격렬한 격문 다발이 발견되었다.

격문 그 자체는 사소한 것으로, 내 생각에는 전혀 성가신 일이 아니었다. 우리는 그런 것들을 적잖이 보았기 때문이다. 게다가 그것은 새로운 격문도 아니었다. 나중에 사람들이 한 말에 따르면 그것과 똑같은 것들이 얼마 전 H현에도 뿌려졌다고 한다. 한 달 반 전에 그 지역과 다른 이웃 현에 다녀온 리뿌쩐은 이미 그때 똑같은 전단지를 보았다고 단언했다. 그러나 안드레이 안또노비치에게 충격을 준 것은 시뻬굴린 공장 지배인이 바로 같은 날 경찰서로 육군 소위의 집에 있던

<hr>

46 Karl Vogt(1817~1895), Jacob Moleschott(1822~1893), Ludwig Büchner(1824~1899). 독일 철학자, 자연과학자이자 속류 유물론의 대표자들. 이들의 저작은 1860년대 러시아의 급진적인 젊은이들 사이에서 인기를 끌었다.

47 게르쩬의 회상록 『과거와 사상』에서 바흐메쩨프가 사회주의 원칙에 기반한 식민지를 건설하기 위해 마르키즈섬으로 떠나는 내용을 염두에 두고 있다.

것과 정확히 똑같은 전단지 두세 다발을 가져온 것이었다. 한밤중에 전단지가 공장에 던져졌다고 했다. 다발은 아직 개봉도 되지 않았고 그걸 읽어 본 노동자도 없었다. 사건의 실체는 얼빠진 듯했지만, 안드레이 안또노비치는 집요하게 그 생각에 몰두했다. 그에게는 이 사건이 불쾌할 정도로 복잡한 것으로 보였다.

이 시뼤굴린 공장에서는 당시 〈시뼤굴린 사태〉가 막 시작되고 있었지만, 그 일에 관해서는 우리 도시에서도 많이 떠들고 있었고, 다양하게 변형되어 수도의 신문들에도 전해지고 있었다. 3주 전쯤 그곳에서 한 노동자가 아시아 콜레라를 앓다가 죽었다. 그 후 몇 사람이 더 앓기 시작했다. 콜레라가 이웃 현에서 확산되고 있었기 때문에 우리 도시에서도 모두 겁을 먹고 있었다. 사실 우리 도시에서는 이 불청객과 맞닥뜨렸을 때를 대비해 최대한 만족할 만한 위생 조치들을 취해 두고 있었다. 그러나 시뼤굴린 공장은 공장주가 백만장자인 데다 사람들과 연줄이 많아서인지 대충 지나가 버렸다. 그런데 이번에는 갑자기 모두가 입을 모아서, 그 안에 병균이 잠복해 있다가 병의 온상지가 되었다든가 공장 자체, 특히 노동자들의 숙소는 근본적으로 불결해서 이번 콜레라가 없었더라도 그 안에서 저절로 생겨났을 것이라고 아우성치기 시작했다. 물론 곧바로 응급조치가 취해졌고, 안드레이 안또노비치는 지체 없이 그 조치들을 실행하라고 강력하게 주장했다. 공장은 3주간이나 소독을 실시했다. 그런데 시뼤굴린 집안은 무슨 이유에서인지 공장 문을 닫고 말았다. 시뼤굴린 형제 중 한 사람은 계속해서 뻬쩨르부르끄에 살고 있었고, 또 한 사람은 당국에서 소독 명령을 내리자 모스끄바로 떠나 버렸다. 공장 관리인은 노동자들의 임금 정산에 착수했지만, 지금 밝혀진 바로는 노동자들에게 뻔뻔하게 사기를 쳤다. 노동자들은 불평을 하며 정당한 정산을 원했고, 어리석게도 경찰을 찾아가기도 했다. 하지만 크게 소리 지르는 일도 없었고, 그다지 흥분하지도 않았다. 바로 이러한 때 안드레이 안또노비치는 관리인으로부터 그 격문들을 입수했던 것이다.

뾰뜨르 스쩨빠노비치는 친한 친구나 집안사람이라도 되는 것처럼 자기가 왔다는 것을 알리지도 않고 곧바로 지사의 서재로 뛰어들었다. 게다가 이번에는 율리야 미하일로브나의 의뢰도 있었던 것이다. 그를 보자 폰 렘쁘께는 침울하게 얼굴을 찌푸리며 무뚝뚝하게 책상 앞에 멈춰 섰다. 그때까지 그는 서재 안을 돌아다니며 자기 관청 관리인 블룸과 얼굴을 맞대고 뭔가 이야기하고 있었다. 그는 굉장히 행동이 굼뜨고 무뚝뚝한 독일인으로, 렘쁘께는 율리야 미하일로브나의 강력한 반대에도 불구하고 그를 직접 뻬쩨르부르끄에서부터 데리고 왔다. 이 관리는 뾰뜨르 스쩨빠노비치가 들어오자 문 쪽으로 물러섰지만 나가지는 않았다. 뾰뜨르 스쩨빠노비치의 눈에는 그가 자기 상관과 뭔가 의미심장한 눈빛을 교환한 것처럼 보였다.

「아하, 마침내 뵙게 되었네요, 숨어 지내시는 지사님!」 뾰뜨르 스쩨빠노비치는 웃으면서 큰 소리로 외치고는 책상 위에 놓여 있던 격문을 손바닥으로 덮었다. 「이것으로 당신의 수집품이 늘어나겠네요, 그쵸?」

안드레이 안또노비치는 얼굴을 붉혔다. 갑자기 그의 얼굴이 일그러지기 시작했다.

「그만두게, 당장 그만둬!」 그는 분노에 몸을 떨며 소리쳤다.

「감히 그 따위로 행동하다간…… 자네는……」

「왜 그러십니까? 혹시 화가 나셨나요?」

「이보게, 미리 말해 두네만, 이제부터 자네의 *sans façon*(무례함)을 절대 참지 않을 것일세. 잘 기억해 두게…….」

「이런, 젠장. 진심이군!」

「입 다물게, 입 다물어!」 폰 렘쁘께는 양탄자 위에서 발을 굴렀다. 「감히 그 따위로…….」

앞으로 무슨 일이 일어날지 아무도 알 수가 없었다. 아, 여기에는 또 하나 다른 상황이 있었는데, 뾰뜨르 스쩨빠노비치도, 율리야 미하일로브나조차 전혀 모르는 일이었다. 불행한 안드레이 안또노비치는 너무도 혼란스러운 나머지 최근 들어 아내와 뾰뜨르 스쩨빠노비치의 관계를 속으로 질투하기 시작했던 것이다. 혼자 있을 때, 특히 밤만 되면 그는 불쾌한 순간들을 견뎌 내야 했다.

「내 생각으로는, 만약 어떤 사람이 이틀 연속으로 한밤중까지 당신과 단둘이 앉아서 자기가 쓴 소설을 읽어 주곤 그에 대한 당신의 의견을 요구한다면, 그 사람은 이미 적어도 그런 예의를 차려야 하는 관계는 벗어난 사람인 것 같습니다만……. 율리야 미하일로브나께서는 저를 아주 친밀하게 대해 주고 계시죠. 그런데 도대체 당신은 어떻게 이해해야 할까요?」 뾰뜨르 스쩨빠노비치는 일종의 위엄까지 보이며 이렇게 말했다. 「그건 그렇고, 이건 당신 소설입니다.」 그는 둥글게 말아 파란 종이로 빈틈없이 감싼 크고 두툼한 공책을 책상 위에 올려놓았다.

렘쁘께는 얼굴을 붉히며 우물쭈물했다.

「이걸 어디서 찾았나?」 그는 넘치는 기쁨 속에서 조심스럽게 물어보았다. 기쁨을 참을 수 없었지만 혼신의 힘을 다해 간신히 참고 있었다.

「그게 말이지요, 원통 모양으로 되어 있다 보니 장롱 안에서 뒹굴고 있지 뭡니까. 아마 방에 들어서자마자 장롱 안에 아무렇게나 던져 두었던 모양입니다. 그저께 마루를 닦다가 발견했어요. 어쨌건 당신은 제게 일거리를 주신 겁니다!」

렘쁘께는 굳은 표정으로 시선을 떨구었다.

「당신 덕분에 이틀 밤을 꼬박 샜습니다. 그저께 찾았지만, 낮에는 읽을 시간이 없어서 가지고 있다가 밤에 읽었지요. 그런데…… 그러니까, 마음에 들지는 않았습니다. 제 사상과 달라서요. 하지만 그게 무슨 상관입니까, 전 한 번도 비평가인 적은 없었거든요. 그러나 지사님, 만족스럽지는 않았지만 손에서 떼어 놓을 수가 없더군요! 4장과 5장은, 그…… 그…… 그…… 무슨 소린지 알 수가 있어야지요! 게다가 웃긴 내용을 얼마나 많이 집어넣어 놨던지, 정말 웃겼습니다. 하여간 당신은 sans que cela paraisse(알아차리지 못하게 슬쩍) 웃게 만드는 능력이 대단하십니다! 그런데 그 9장과 10장은 온통 사랑 이야기던데, 내가 관여할 바는 아니지만, 어쨌든 효과적이었습니다. 이그레뉴프의 편지 부분에서는, 당신이 그를 아주 섬세하게 그려 놓긴 했지만, 거의 눈물을 찔끔거릴 뻔했습니다. 사실 감동적이긴 했습니다. 그런데 당신은 동시에 그의 위선적인 측면을 보여 주고 싶어 하는 것 같던데, 그렇지 않은가요? 제 추측이 맞습니까, 아닙니까? 어쨌든 결말에 가서는 당신을 정말 때리고 싶었습니다. 대체 어떤 결론으로 이끌어 가는 건가요? 그것은 결국 아이들도 많이 낳고 재산도 늘려서 그 후 행복하게 잘 살았다는, 가정의 행복에 대한 구식

예찬 아닙니까, 맙소사! 나조차 책을 놓을 수 없었으니 당신은 독자들을 매료시킬 것입니다. 하지만 그래서 더 언짢다는 겁니다. 독자들은 여전히 어리석으니, 현명한 사람들이 그들을 흔들어 깨워야 하지 않을까요? 그런데 당신은…… 아니, 이제 그만두죠. 안녕히 계십시오. 다음번에는 화내지 마십시오. 당신에게 한두 마디 전할 말이 있어서 왔는데, 당신은 뭔가 좀 그런…….」

안드레이 안또노비치는 그사이 자기 소설을 집어 들어 참나무 책장에 집어넣고 자물쇠를 잠갔고, 그러면서 블륨에게 물러가라고 눈짓을 보냈다. 그는 유감스럽다는 듯 슬픈 표정으로 사라졌다.

「나는 **뭔가 좀 그런 것**이 아니라, 그냥…… 계속 불쾌한 일이 생겨서 그렇다네.」 그는 얼굴을 찌푸렸지만 이미 분노의 기색은 없이 책상 옆에 앉으면서 이렇게 중얼거렸다. 「자, 앉아서, 자네의 그 한두 마디를 해보게. 자네를 오랫동안 보지 못했군, 뾰뜨르 스쩨빠노비치. 다만 앞으로는 자네식대로 그렇게 홀쩍 뛰어 들어오지 말게나……. 가끔 업무를 보는 중인데…….」

「저의 태도는 항상 같은데요…….」

「알고 있네. 일부러 그러는 건 아니겠지. 하지만 분주할 때도 있으니……. 자, 앉게.」

뾰뜨르 스쩨빠노비치는 소파에 길게 자리를 잡고 앉더니 순식간에 양반다리를 했다.

3

「대체 어떤 일로 그렇게 분주하십니까? 설마 이 쓸데없는 것 때문에요?」 그는 격문 쪽을 향해 고개를 끄덕였다. 「저런 종잇장이라면 얼마든지 가져다드릴 수 있습니다. H현에서도 본 적이 있는데요.」

「그러니까 자네가 그곳에 머물렀을 때 말인가?」

「물론 제가 없을 때 일은 아니지요. 그중 하나는 그림도 있었는데, 위쪽에 도끼가 그려져 있었어요.[48] 잠깐만요. (그는 격문을 집어 들었다.) 자, 역시, 여기에도 도끼가 있네요. 정확히 같은 거군요.」

「그래, 도끼지. 보다시피 도끼라네.」

「그래서요? 도끼에 놀라셨습니까?」

「나는 도끼에…… 그러니까 그것에 놀란 건 아니네. 여기서 문제는…… 문제는 그러니까, 여기에는 여러 가지 상황이 개입되어 있단 말일세.」

「어떤 상황들요? 공장에서 가져온 거라서 그러시나요? 하하. 그런데요, 여기 공장에서도 노동자들 스스로 곧 그런 격문을 쓰게 될 겁니다.」

「어떻게 그런 일이?」 폰 렘쁘께는 엄격한 시선으로 그를 응시했다.

「바로 이렇게요. 그들을 잘 살펴보십시오. 당신은 사람이 너무 물러서 탈입니다, 안드레이 안또노비치. 소설이나 쓰시

---

48 혁명가 네차예프 S. G. Nechaev가 1869년 결성한 비밀 혁명 조직 〈민중 재판〉의 인쇄물에 도끼가 그려져 있었다. 도스또예프스끼는 네차예프의 이 혁명 조직이 일으킨 사건을 주요 소재로 삼아 『악령』 집필에 착수하였다.

고. 하지만 이 경우에는 옛날식으로 할 필요가 있습니다.」

「옛날식이라니, 그게 무슨 말인가? 도대체 무슨 충고를 하려고? 공장은 청소를 끝냈네. 내가 지시를 내렸지.」

「노동자들이 폭동을 계획하고 있습니다. 그들을 모조리 후려치십시오. 그래야 일이 끝날 테니까요.」

「폭동이라고? 말도 안 되는 소리. 내가 지시를 내려 청소를 끝냈는데.」

「에이, 안드레이 안또노비치, 사람이 너무 무르시네요!」

「나는, 첫째, 전혀 그렇게 무른 사람이 아니네. 그리고 둘째……」 폰 렘쁘께는 다시 감정이 상하려 했다. 그는 이 젊은 이가 뭔가 새로운 것을 말해 주지 않을까 하는 호기심에 억지로 이야기를 하는 중이었다.

「아, 또 하나 낯익은 게 있군요!」 뾰뜨르 스쩨빠노비치는 문진 아래 있는 또 다른 종이를 겨냥하며 상대의 말을 가로막았다. 이 역시 격문 같은 것으로, 분명 외국에서 인쇄된 것인데, 시 형식으로 되어 있었다. 「아, 이거라면 외울 정도로 잘 알고 있어요. 〈빛나는 인격〉[49]이지요! 한번 볼까요. 그래, 바로, 〈빛나는 인격〉 맞네요. 이 사람과는 외국에 있을 때부터 알고 지냈습니다. 어디서 찾아냈습니까?」

「외국에서 본 적이 있단 말이지?」 폰 렘쁘께는 심하게 몸을 떨었다.

「그럼요, 네 달인가, 아니면 다섯 달 전인 것 같은데.」

「자네는 외국에서 참 많은 것을 보았군.」 폰 렘쁘께는 그를 미묘한 시선으로 쳐다보았다. 뾰뜨르 스쩨빠노비치는 그의

49 〈젊은 벗 네차예프에게〉 바쳐진, 러시아의 시인이자 혁명가 오가료프N. I. Ogarev의 시 「대학생」을 패러디한 것이다.

말은 듣지도 않고 종이를 펼쳐서 큰 소리로 읽기 시작했다.

빛나는 인격

그는 명문가 출신이 아니고,
민중과 더불어 자라났지만,
황제의 보복에 쫓기고,
귀족들의 사악한 질투에 쫓겨나,
고통과 형벌,
고문과 학대의 운명을 짊어지고,
박애, 평등, 자유를
민중에게 전하러 왔노라.

봉기를 일으켰으나,
황제의 지하 감옥을 피해,
채찍, 형틀, 사형 집행인을 피해,
낯선 나라로 달아났다.
가혹한 운명을 벗어나려
봉기 준비가 된 민중은,
스몰렌스끄부터 따시껜뜨까지
초조하게 대학생을 기다렸다.

민중은 예외 없이 그를 기다렸다,
무슨 일이 있더라도
귀족의 세상을 마침내 끝장내고,
황제의 세상을 완전히 끝장내고,

영지를 공유화하고,
교회, 결혼, 가족 제도,
이 세상의 모든 낡은 악습에
영원히 복수하기 위해!

「이건 틀림없이 그 장교에게서 입수한 거겠지요, 네?」 뾰뜨르 스쩨빠노비치가 물었다.

「자네, 그 장교도 알고 있나?」

「그럼요. 그곳에서 이틀 동안이나 그들과 함께 술을 마시며 지냈는데요. 그가 미쳐 버린 것도 어찌 보면 당연하지요.」

「그는 미치지 않았을지도 모르네.」

「사람을 물기 시작했기 때문이라는 말은 아니겠지요?」

「하지만 이보게, 자네는 이 시들을 외국에서 봤다는데, 그것이 지금 이곳 그 장교 집에서 발견되었다면…….」

「뭐라고요? 뭔가 교묘하군요! 안드레이 안또노비치, 보아하니 저를 시험하시는 것 같은데요?」 그는 갑자기 유난히 거드름을 피우며 말하기 시작했다. 「이것 보세요, 내가 외국에서 본 것에 대해서는 여기 돌아와서 이미 누군가에게 설명을 해두었고, 그것은 만족할 만한 것으로 판명되었습니다. 그렇지 않았다면 이 도시 사람들이 내가 여기 머무는 걸 달가워하지 않았겠지요. 그런 의미에서 나에 대한 일은 종결되었고, 누구에게도 보고할 의무가 없다고 생각하는데요. 내가 밀고자라서 종결된 것이 아니라, 달리 어떻게 할 수 없었기 때문입니다. 율리야 미하일로브나에게 소개장을 써준 사람들도 사정을 알고 있었기 때문에 내가 결백하다고 인정한 겁니다……. 하지만 그런 건 다 쓸데없는 일이고, 나는 당신한테

한 가지 진지한 이야기를 하려고 온 건데, 당신의 굴뚝 청소부를 내보낸 것은 잘하셨습니다. 내게는 중요한 일입니다만, 안드레이 안또노비치, 당신에게 특별히 부탁드릴 것이 하나 있습니다.」

「부탁이라고? 흠, 말해 보게, 기다리고 있으니. 솔직히 궁금하기도 하네. 그리고 일단 한 가지 덧붙이자면, 자네는 나를 상당히 놀라게 하는군, 뾰뜨르 스쩨빠노비치.」

폰 렘쁘께는 약간 흥분한 상태였다. 뾰뜨르 스쩨빠노비치는 다리를 꼬고 걸터앉았다.

「뻬쩨르부르끄에 있을 때,」 그가 말하기 시작했다. 「나는 많은 것을 솔직하게 이야기했지만, 어떤 것에 관해서는, 예를 들어 여기 이런 것들에 관해서는(그는 손가락으로 〈빛나는 인격〉을 가리켰다) 침묵을 지켰습니다. 첫째는 이야기할 가치가 없었기 때문이고, 둘째는 물어보는 것에 대해서만 설명해 주었기 때문입니다. 이러한 의미에서 난 앞서 나가는 것을 좋아하지 않습니다. 이 점에서 나는 비열한 인간과 단지 상황때문에 그렇게 된 정직한 인간의 차이점을 잘 알고 있습니다……. 어쨌든, 한마디로, 아니 이 이야기는 나중에 하기로 합시다. 아무튼 지금은…… 이 바보들은…… 그러니까 이것이 발각되어 이미 당신 수중에 들어와 있으니, 당신에게 숨길 수 없다는 것은 잘 알겠습니다. 당신은 안목도 있는 분이고, 당신 생각을 미리 알아낼 수는 없으니까요. 그런데 이 바보들은 계속해서 그러고 있으니, 나는…… 나는…… 저기, 나는 단도직입적으로, 한 사람을 구해 달라고 부탁하러 왔습니다. 그역시 바보이고, 아마 미치광이일 수도 있지만, 그의 젊음과 불행한 처지를 생각해서 당신의 인도적 원칙으로 구해 주셨으면 해서요……. 자신이 쓴 소설 속에서만 그렇게 인도적이신 것은 아니겠지요!」 그는 무례하게 비꼬는 듯한 태도로 초조하게 갑자기 말을 끊었다.

한마디로 그는 직설적이긴 하지만, 인도적인 감정의 과잉과 어쩌면 지나친 섬세함으로 서툴고 버릇없는 사람처럼 보였으며, 무엇보다 약간 덜떨어진 사람 같다고 폰 렘쁘께는 즉각적으로 그에 대해 아주 섬세하게 평가를 내렸다. 그는 이미 오래전부터 그렇게 추측하고 있었으며, 특히 최근 일주일 동안 밤마다 서재에 혼자 앉아서 그가 어떻게 율리야 미하일로브나의 마음에 든 것인지 참으로 설명할 수 없는 일이라고 혼자 실컷 욕을 하면서도 그렇게 생각하고 있었던 것이다.

「대체 누구를 부탁하는 건가? 대체 무슨 말인가?」 그는 호기심을 숨기려고 애쓰면서 무게 잡고 물었다.

「그건…… 그건…… 젠장…… 당신을 믿는 것은 내 잘못이 아니지 않습니까! 내게 잘못이 있다면, 그건 당신이 인품이 높은 사람이라고, 뭐니 뭐니 해도 이해력이 빠른…… 즉, 이해할 줄 아는…… 그런 사람이라고 생각한다는 것입니다……. 젠장……」

이 불쌍한 사람은 분명 어떻게 사태를 처리해야 할지 모르는 것 같았다.

「그러니까 당신도 이해하시겠지요」 그는 말을 이었다. 「내가 그의 이름을 말하는 순간 그를 당신에게 넘겨주는 셈이 된다는 걸 이해하시겠죠. 정말 배신하게 되는 거란 말입니다, 그렇지 않습니까? 그렇지 않습니까?」

「하지만 자네가 털어놓을 결심을 하지 않는다면, 내가 어떻게 짐작할 수 있겠나?」

「바로 그게 문제지요. 당신은 항상 당신의 논리로 내 힘을 빼버리시는군요, 젠장…… 이런, 젠장……. 이 〈빛나는 인격〉, 이 〈대학생〉은 바로 샤또프입니다. 이제 당신에게 다 말했습니다!」

「샤또프라고? 그러니까, 이게 어떻게 샤또프란 말인가?」

「샤또프, 그가 바로 여기서 언급되고 있는 그 〈대학생〉입니다. 지금 이곳에 살고 있지요. 예전엔 농노였고, 그 뺨을 때린 사람 말입니다.」

「알았네, 알았어!」 렘쁘께는 눈을 가늘게 떴다. 「그런데 이보게, 그가 대체 무슨 죄를 저질렀나? 더 중요한 것은, 자네는 뭘 청원하고 있는 거지?」

「그를 구해 달라고 부탁하고 있는 겁니다, 아시잖아요! 그러니까 나는 이미 8년 전부터 그를 알아 왔고, 아니 그의 친구라고 해도 될 겁니다.」 뾰뜨르 스쩨빠노비치는 냉정을 잃었다. 「아니, 당신에게 나의 과거 생활을 보고할 의무는 없습니다.」 그는 손을 내저었다. 「이건 전부 하찮은 일이고, 세 사람 반 정도의 인간이 하는 일입니다. 외국에 있는 사람들까지 합해 봤자 열 명도 되지 않을걸요. 아무튼 나는 당신의 인도적 감정과 이성에 희망을 걸고 있습니다. 당신은 제대로 이해하고 사건의 진상을 밝혀 주실 수 있을 겁니다. 아무도 이해할 수 없는 일이 아니라, 미치광이 같은 인간이 불행해서, 알겠습니까, 오랫동안 불행하다 보니 가진 어리석은 꿈에 불과하다는 것을요……. 당치도 않게 전례 없는 반국가적 음모 같은 것은 없습니다……!」

그는 거의 숨까지 헐떡거렸다.

「흠, 그러니까 그가 도끼 그림이 들어간 격문에 책임이 있다는 말이군.」 렘쁘께는 거의 장엄한 표정으로 결론을 내렸다. 「하지만 이보게, 만일 그 혼자라면, 어떻게 이곳이나 다른 지방들, 심지어 H현에서까지 그것들을 뿌릴 수 있었을까? 그리고…… 그리고 특히 중요한 것은, 그가 어디서 이걸 입수했단 말인가?」

「그들은 전부 해야 다섯 명 정도라고 말씀드리지 않았습니까? 아니, 열 명쯤 되려나, 내가 어찌 알겠습니까?」

「자네는 모르나?」

「네, 어찌 알겠습니까? 젠장.」

「하지만 샤또프가 공모자들 중 한 사람이라는 것을 알고 있지 않았나?」

「에이!」 뾰뜨르 스쩨빠노비치는 질문자의 압도적인 통찰력을 피하려는 것처럼 손을 내저었다. 「자, 들어 보세요, 모든 사실을 말하겠습니다. 격문에 관해서는 아무것도 모릅니다, 즉 정확히는 아무것도요. 젠장, 아무것도 모른다는 게 무슨 뜻인지는 이해하시죠……? 아니, 물론 그 소위와 그 밖에 다른 한 사람, 그리고 이곳에 있는 다른 한 사람…… 그리고 아마 샤또프와 그 외 또 한 사람, 이렇게가 전부겠지요. 하나같이 쓰레기이고 비참한 인간들입니다……. 그러나 나는 샤또프를 위해 부탁하러 온 겁니다. 그를 구해 주어야 해요. 왜냐하면 이 시는 그의 자작시이고, 그를 통해 외국에서 인쇄되었기 때문이지요. 이 정도가 내가 확실히 알고 있는 내용입니다. 격문에 관해서는 정말 아무것도 모릅니다.」

「만약 이 시가 그의 것이라면, 격문도 틀림없이 그의 것이겠군. 하지만 대체 어떤 증거로 자네는 샤또프 씨를 의심하게 되었나?」

뾰뜨르 스쩨빠노비치는 결국 참을성을 잃은 것 같은 표정으로 주머니에서 지갑을 꺼내더니, 그 안에서 쪽지를 한 장 꺼냈다.

「이것이 증거입니다!」 그는 쪽지를 책상 위에 집어 던지며 외쳤다. 렘쁘께가 펼쳐 보니 쪽지는 반년쯤 전 이곳에서 외국으로 보내기 위해 쓴 것으로, 두 줄짜리 짧은 내용이었다.

「빛나는 인격」은 이곳에서 인쇄할 수 없네. 아무것도 할 수 없네. 외국에서 인쇄해 주게. Iv 샤또프.

렘쁘께는 뾰뜨르 스쩨빠노비치를 뚫어지게 쳐다보았다. 바르바라 뻬뜨로브나는 그가 특히 가끔씩 양처럼 멍한 시선을 보인다고 했는데, 그것은 옳은 말이었다.

「그것은 이렇게 된 겁니다.」 뾰뜨르 스쩨빠노비치는 서둘러 말하기 시작했다. 「그러니까 그는 이곳에서 반년 전에 이 시를 썼습니다만, 이곳에서는, 그 뭐냐, 비밀 인쇄소 같은 곳에서는 인쇄할 수 없었습니다. 그래서 외국에서 인쇄해 달라고 부탁했던 것입니다…… 어때요, 분명해졌나요?」

「그래, 분명해졌네. 그런데 대체 누구한테 부탁한 거지? 그건 아직 명확하지 않은데.」 렘쁘께는 교활하게 비꼬는 말투로 지적했다.

「끼릴로프죠, 물론. 쪽지는 외국에 있던 끼릴로프에게 쓴 것입니다…… 모르고 계셨단 말인가요? 당신은 아마도 내 앞에서 시치미를 떼고 있는 모양인데, 아주 짜증 나네요. 이미 아주 오래전부터 이 시에 관해 모든 것을 알고 있었잖아요! 도대체 어떻게 이것들이 당신 책상 위에 있는 겁니까? 저절

242

로 나타난 모양입니다! 그렇다면 대체 무엇 때문에 나를 괴롭히는 건가요?」

그는 불안한 듯 이마의 땀을 수건으로 닦았다.

「아마 나도 뭔가 알고 있는 게 있겠지……」 렘쁘께는 교묘하게 질문을 피했다. 「그런데 끼릴로프는 대체 누구인가?」

「그게 그러니까, 그는 타지에서 온 기사인데, 스따브로긴의 결투 입회인을 했던 사람입니다. 광적인 성향에 미친 사람이지요. 당신의 소위는 사실 알코올 섬망증일 뿐이겠지만, 이 사람은 완전히 미친 사람입니다, 완전히요. 그 점은 내가 보증하지요. 에잇, 안드레이 안또노비치, 만약 정부도 이들이 하나같이 어떤 사람들인지 알게 된다면, 그들에게 손댈 생각 같은 건 하지도 않을 겁니다. 그야말로 몽땅 정신 병원으로 보내야 합니다. 스위스에 있을 때나 여러 국제회의에서 지긋지긋하게 봤습니다.」

「이곳 운동을 조종하고 있다는 그곳에서 말인가?」

「아니, 누가 조종한단 말인가요? 세 사람 반요? 사실, 그들을 보고 있으면 지루하기만 합니다. 그런데 이곳의 운동이라니, 무슨 운동요? 격문을 말하는 겁니까? 그래, 누가 가입해 있는데요? 섬망증 걸린 소위와 두세 명의 대학생이 있군요! 당신은 영리한 분이니 한 가지 묻겠습니다. 어째서 좀 더 뛰어난 사람들은 그들 무리에 가입하지 않을까요? 어째서 죄다 대학생 아니면 스물두 살 정도의 철부지들일까요? 게다가 그들이 많기는 한가요? 아마도 백만 마리 정도 되는 개가 찾아다니고 있겠지만, 얼마나 많은 사람들을 찾아냈습니까? 단 일곱 명입니다. 정말이지 지루할 따름입니다.」

렘쁘께는 주의 깊게 듣고 있었지만 표정은 〈꾀꼬리를 우화로만 기를 수는 없다)[50]고 말하고 있었다.

「그런데 이보게, 자네는 이 쪽지가 외국으로 발송되었다고 확신했네만, 여기에 주소는 없군. 자네는 어떻게 이 메모가 끼릴로프 씨에게, 그러니까 외국으로 발송되었다는 것과, 그리고…… 그리고…… 실제로 이것을 샤또프 씨가 썼다는 것을 알게 되었나?」

「그럼 당장 샤또프의 필적을 찾아서 대조해 보세요. 당신 사무실에서 그의 서명 하나쯤은 틀림없이 발견될 테니까요. 그리고 끼릴로프에게 부쳤다는 것은 끼릴로프가 직접 그때 나에게 보여 주어서 알고 있습니다.」

「그렇다면 자네가 직접…….」

「네, 그렇습니다. 물론 직접 보았지요. 그들은 나한테 온갖 걸 보여 주었습니다. 그리고 이 시 말인데요, 이건 고인이 된 게르쩬이 샤또프에게 써준 것 같습니다. 샤또프가 외국에서 방랑 생활을 하고 있는 동안 그들의 만남을 기억하기 위해, 칭찬의 의미로, 추천을 위해…… 아무튼 젠장, 그랬을 겁니다. 샤또프는 또 그걸 젊은이들 사이에 퍼뜨리고 다녔고요. 게르쩬이 자기에 대해서 쓴 의견이라면서 말입니다.」

「으음,」 마침내 렘쁘께도 완전히 납득했다. 「나도 이상하게 생각했네. 격문은 이해가 되는데, 시는 뭔가 하고 말일세.」

「아니, 어째서 이해가 안 될까요? 대체 지금 무엇 때문에 당신한테 지껄이고 있는 건지! 저기요, 내게 샤또프를 넘겨 주십시오. 나머지 놈들은 어떻게 되든 상관없습니다. 끼릴로프 역시 마음대로 하세요. 그는 지금 샤또프가 살고 있는 필리뽀프 집에 틀어박혀 숨어 있습니다. 그들은 나를 좋아하지

50 〈말만으로는 배가 부르지 않다〉는 의미다.

않습니다. 왜냐하면 내가 돌아왔기 때문이지요……. 어쨌든 샤또프를 내게 넘기겠다고 약속해 주세요. 나는 그들 모두를 한곳에 담아 당신한테 넘겨드릴 테니. 나도 쓸모가 있을 겁니다, 안드레이 안또노비치! 내 생각에 이 비참한 무리는 아홉 명이나 열 명 정도일 겁니다. 나는 개인적으로 그들의 동태를 살피고 있습니다. 우리는 이미 세 명을 알고 있지요. 샤또프와 끼릴로프, 그리고 그 소위요. 나머지는 아직 그냥 **살펴보는 중입니다만**…… 나도 아주 근시안은 아닙니다. 이것은 H현에 서와 같습니다. 그곳에서는 격문 사건으로 대학생 두 명, 김 나지움 학생 한 명, 스무 살가량의 귀족 두 명, 선생 한 명, 술 때문에 멍청해진 예순 살가량의 퇴역 소령이 잡혔는데, 이 사람들이 전부였습니다. 정말 이게 전부였어요. 이들이 전부라는 사실에 당국에서도 놀랐지요. 하지만 엿새가 필요합니다. 미리 계산을 좀 해보았는데, 엿새 정도 걸릴 것 같습니다. 그보다 더 빨리는 안 됩니다. 만일 어떤 결과를 보고 싶다면 엿 새 동안은 그들을 건드리지 마세요. 내가 그들을 하나로 묶어 가져다드릴 테니까요. 일찍 건드리면 둥지에서 날아가 버리 고 말 겁니다. 그러나 샤또프는 나에게 주십시오. 나는 샤또 프를 위해서…… 그런데 가장 좋은 방법은, 그를 우호적으로 은밀하게 이곳 서재로라도 불러내서 그 앞에서 장막을 들어 올리고 그를 시험해 보는 겁니다……. 그러면 그는 아마도 당신의 발아래 몸을 던지고 울음을 터뜨릴 겁니다! 그는 신경질적이고 불행한 인간이지요. 그의 아내가 스따브로긴과 놀아나고 있거든요. 그에게 조금만 다정하게 대해 주면, 그는 모든 것을 털어놓을 겁니다. 그러나 엿새가 필요합니다……. 하지만 무엇보다 중요한 것은, 율리야 미하일로브나에게는

245

한마디도 해서는 안 됩니다. 비밀입니다. 비밀을 지키실 수 있겠습니까?」

「뭐라고?」 렘쁘께의 눈이 휘둥그레졌다. 「자네는 정말 율리야 미하일로브나에게 아무것도…… 털어놓지 않았나?」

「부인께요? 맙소사, 천만에요! 이런, 안드레이 안또노비치! 아시다시피, 나는 부인의 우정을 대단히 존중하고 또한 부인을 매우 존경하고 있습니다……. 그건 사실이지만…… 말하는 데 실수를 하지는 않습니다. 나는 부인에게 반대하지 않습니다. 아시다시피 부인에게 반대하는 것은 위험하기 때문이지요. 아마 부인께 넌지시 암시를 한 적은 있을 겁니다. 그런 것을 좋아하시니까요. 하지만 당신께 하듯이 부인께 이름이나 뭐 그런 것을 알려 주는 것은, 에이 천만에요! 사실 내가 왜 지금 당신에게 이런 말을 하겠습니까? 당신은 어쨌든 남자고, 이전부터 확고한 근무 경험이 있는 진지한 사람이기 때문입니다. 당신은 인생 경험이 많은 분입니다. 당신은 이미 뻬쩨르부르끄의 경험이 있으니, 이런 일이라면 하나하나 아주 자세히 알고 계시리라 생각합니다. 하지만 내가 예를 들어 부인에게 두 명의 이름을 댄다면, 그분은 그것을 여기저기 떠들어 대고 다닐 겁니다…… 부인은 이곳에서 뻬쩨르부르끄를 깜짝 놀라게 하고 싶어 하거든요. 안 됩니다, 너무 열정적이라서요, 사실.」

「그래, 그 사람에게는 그런 푸기[51]가 좀 있지.」 안드레이 안또노비치는 이 막돼먹은 인간이 감히 율리야 미하일로브나에 대해 제멋대로 말하는 것 같아 굉장히 언짢으면서도, 동시에 어느 정도 만족을 느끼며 이렇게 중얼거렸다. 한편 뾰뜨르

51 프랑스어 〈fougue(열정)〉를 발음대로 러시아어 철자로 표기하고 있다.

스쩨빠노비치는 이걸로는 아직 부족하다, 〈렘쁘까〉의 비위를 맞춰 주고 그를 완전히 손아귀에 넣기 위해서는 강도를 좀 더 높여야겠다고 생각하는 듯했다.

「푸기, 바로 그겁니다.」 그는 맞장구를 쳤다. 「부인은 천재적이고 문학적인 소양을 가진 여성이지만, 참새들을 놀라게 해서 쫓아 버리고 말 겁니다. 엿새는커녕 여섯 시간도 참지 못하실 걸요. 에이, 안드레이 안또노비치, 여성에게 엿새라는 기간을 부담 지우지 마세요! 내가 사실 이런 일에서 어느 정도 경험이 있다는 것을 인정하시겠지요? 나는 뭔가 알고 있고, 당신은 내가 뭔가 알고 있다는 것을 알고 있지 않습니까. 나는 장난으로 엿새를 요구하는 것이 아니라, 사정이 있어서 그러는 겁니다.」

「내가 듣기에…….」 렘쁘께는 주저하며 자기 생각을 말했다. 「자네가 외국에서 돌아와 해당 부서에 참회 비슷하게…… 진술했다는 이야기를 들은 적이 있네.」

「음, 무슨 일인들 없었을까요.」

「물론 나도 관여하고 싶지는 않지만…… 내 생각에 자네는 이곳에서 지금까지 완전히 다른 태도로 이야기했던 것 같은데. 예를 들어 기독교 신앙이나 사회 시설, 그리고 정부에 관해서 말일세…….」

「여러 가지 이야길 하긴 했죠. 지금도 말하고 있고요. 다만 이러한 사상을 저 바보들처럼 실행하지 않는 것, 그것이 중요합니다. 어깨를 물어 봐야 무슨 소용이겠습니까? 당신도 내게 동의하셨잖아요. 다만 시기상조라는 말씀을 하신 걸 보면.」

「내가 그런 일에 동의해서 시기상조라고 말한 건 아닐세.」

「당신은 한마디 한마디를 저울에 달듯이 하시는군요. 하하! 신중한 분이십니다!」 뾰뜨르 스쩨빠노비치는 갑자기 재미있다는 듯이 말했다. 「그런데요, 친애하는 지사님, 나는 당신과 알아 둘 필요가 있었고, 그래서 그런 태도로 말한 것입니다. 나는 당신뿐만 아니라 많은 사람들과 그런 식으로 알아 갑니다. 나는 당신의 성격을 알아내야 했거든요.」

「무엇 때문에 내 성격이 필요한 건가?」

「글쎄요, 무엇 때문인지 어찌 알겠습니까! (그는 다시 큰 소리로 웃었다.) 친애하고 대단히 존경하는 안드레이 안또노비치, 당신은 정말 교활합니다만, **거기까지는** 아직 도달하지 못했습니다. 아마 앞으로도 도달하지 못할 겁니다, 아시겠어요? 아마 아시겠지요? 나는 외국에서 돌아왔을 때 해당 부서에 해명했지만, 사실 어떤 신념을 가진 사람이 왜 자신의 진정한 신념을 위해 행동할 수 없는지 이해가 안 됩니다……. 그러나 **그곳에서는** 누구도 당신의 성격을 알아봐 달라고 지시하지 않았고, 나는 그와 비슷한 어떤 지시도 **그곳으로부터** 받은 적이 없습니다. 깊이 한번 생각해 보십시오. 나는 먼저 그 두 사람의 이름을 당신에게 밝히지 않고 바로 **그곳으로**, 즉 내가 처음 해명했던 그곳으로 뛰어갔을 수도 있습니다. 만약 내가 돈 때문에, 혹은 이익을 바라고 애쓰는 것이라면, 물론 내 입장에서는 손해일 수밖에 없습니다. 왜냐하면 이제 감사를 받을 사람은 당신이지 내가 아니기 때문입니다. 나는 다만 샤또프를 위해서,」 뾰뜨르 스쩨빠노비치는 고귀한 태도로 덧붙였다. 「다만 샤또프를 위해서, 지난날의 우정을 위해서……. 그런데 물론 펜을 들어 **그곳으로** 보고서를 쓸 때, 원하신다면 나를 칭찬해 주셔도 됩니다……. 반대하지는 않겠습니다, 하하! 하지만 이제 *Adieu*(안녕히 계십시오), 너무 오래 앉아 있었네요. 이렇게 많이 떠들 필요도 없었는데!」 그는 어느 정도 유쾌함을 보이며 이렇게 덧붙이고 소파에서 일어섰다.

「그 반대일세. 나는 사건이, 말하자면 명확해져서 아주 기쁘다네.」 폰 렘쁘께 역시 상대의 마지막 말에 영향을 받은 듯 상냥한 표정으로 일어섰다. 「나는 감사하는 마음으로 자네의 수고를 받아들이겠네. 그리고 자네의 노고에 대한 보답으로 내가 할 수 있는 모든 일을 할 테니 믿어도 좋네…….」

「엿새입니다, 중요한 것은 엿새라는 기한입니다. 그동안은 건드리지 마세요. 그것이 나에게 필요합니다!」

「그렇게 하지.」

「물론 나는 당신의 손을 묶어 두려는 것은 아닙니다. 감히 그렇게 할 수도 없고요. 당신도 지켜보지 않을 수는 없겠지요. 다만 시간이 되기 전에 그들의 둥지를 위협하지는 마십시오. 이 점에서 나는 당신의 이성과 경험에 기대를 걸고 있습니다. 아마 당신은 꽤 많은 사냥개를 장만해 두셨겠죠. 온갖 종류의 수색견들도요, 헤헤!」 뾰뜨르 스쩨빠노비치는 유쾌하면서도 경박한 말투로(젊은이처럼) 떠벌렸다.

「꼭 그렇지만은 않네.」 렘쁘께는 기분 좋은 듯 대답을 피했다. 「너무 장만해 두었다는 것은 젊은이들의 편견이네……. 말이 나온 김에 한 가지 물어보고 싶은데, 만약 이 끼릴로프가 스따브로긴의 결투 입회인이었다면, 스따브로긴 군도…….」

「스따브로긴이 뭐요?」

「그러니까 그 둘이 그런 친구라면?」

「에이, 아닙니다, 아니에요, 아니에요! 당신이 교활하다 하더라도 이번에는 틀렸습니다. 나는 좀 놀랐습니다. 나는 당신이 이것과 관련해서 어느 정도는 정보가 있다고 생각했는데요……. 흠, 스따브로긴은, 그는 완전히 정반대입니다, 즉 완전히요……. *Avis su lecteur*(미리 경고해 드리는 겁니다).[52]」

「설마! 그럴 리가.」 렘쁘께는 믿지 못하겠다는 듯 이렇게 말했다. 「율리야 미하일로브나에게 들었지만, 뻬쩨르부르끄에서 온 정보에 따르면 그는, 그러니까 어떤 지령을 받고 온 사람이라고…….」

「나는 아무것도 모릅니다, 아무것도 몰라요, 전혀 아무것도요. *Adieu. Avis au lecteur*(안녕히 계십시오, 미리 경고해 드렸습니다)!」 뾰뜨르 스쩨빠노비치는 갑자기 눈에 띄게 대화를 피했다.

그는 문 쪽으로 빠르게 걸어갔다.

「잠깐, 뾰뜨르 스쩨빠노비치, 잠깐만.」 렘쁘께가 소리쳤다. 「한 가지 간단한 용건이 더 있네. 더 이상은 붙잡지 않겠네.」

그는 책상 서랍에서 봉투를 꺼냈다.

「여기 같은 종류로 한 통이 또 있네. 내가 자네를 절대적으로 신뢰한다는 것을 이걸로 증명할 수 있겠지. 자 여기, 자네 의견은 어떤가?」

봉투 안에는 편지가 들어 있었다. 그것은 렘쁘께 앞으로 발송된 익명의 이상한 편지로, 어제 받은 것이었다. 뾰뜨르 스쩨빠노비치는 굉장히 짜증이 난 태도로 편지를 읽었다.

각하!
관등에 따르면 당신은 각하이므로 이렇게 부르겠습니다. 이 편지로써 저는 장군 나리들의 목숨과 조국에 대한 음모를 알려 드리고자 합니다. 왜냐하면 모든 것이 곧장

52 원뜻은 〈일러두기〉지만, 여기서는 미리 경고한다는 의미다.

그쪽으로 향해 가고 있기 때문입니다. 저 스스로 여러 해 동안 계속해서 격문을 뿌려 왔습니다. 무신론도 전파했습니다. 폭동은 준비를 갖춰 가고 있고, 격문은 수천 장이나 되니, 만일 당국에서 미리 몰수하지 않는다면 백 명의 사람이 혀를 내밀고 헉헉대며 한 장 한 장 찾으러 쫓아다녀야 할 것입니다. 왜냐하면 막대한 보상이 약속되어 있기 때문인데, 일반 민중은 어리석은 데다 또한 보드까 탓도 있지요. 민중은 죄인을 존경하다 보니 죄인이건 아니건 죄다 파멸시키고 있습니다. 저는 양쪽 모두 두려워하며 제가 가담하지 않은 일에도 참회를 했습니다. 제 상황이 그럴 수밖에 없기 때문입니다. 만약 조국을 구하고, 교회와 성상을 구하기 위해 밀고할 사람을 원하신다면, 오직 저만이 할 수 있습니다. 그러나 제3분과에서 즉각 전보로 모든 사람 중 단 한 사람, 저를 용서하고 다른 사람들이 책임을 지도록 하겠다는 명령이 있어야 한다는 조건입니다. 그에 대한 신호로 문지기 방 창문에 매일 밤 7시에 촛불을 켜두십시오. 그것을 보면 저는 수도에서 내려 준 자비의 손바닥을 믿고 입을 맞추러 오겠습니다. 그러나 연금을 받는다는 조건입니다. 그것이 없으면 제가 어떻게 살아가겠습니까? 당신은 후회하지 않을 것입니다. 당신에게 훈장이 주어질 테니까요. 은밀히 해야 합니다. 아니면 내 목이 달아날 겁니다.

　　각하의 절망에 찬 종.

　　회개한 자유사상가 *Incognito*(무명씨).

　　각하의 발밑에 몸을 던져 빕니다.

폰 렘쁘께는 어제 아무도 없을 때 문지기 방에 누가 두고

간 편지라고 설명했다.

「그래서 어떻게 생각하십니까?」 뾰뜨르 스쩨빠노비치는 거의 무례하다 싶을 정도의 말투로 물었다.

「나는 이것이 장난삼아 한 익명의 음해라고 생각하네만.」

「그럴 가능성이 가장 농후합니다. 당신을 속이지는 못할 테니까요.」

「나야 이게 너무도 바보 같아서 그렇게 생각한 거지.」

「여기서 이런 음해 투서를 또 받은 적 있나요?」

「두 번 정도 받았네, 익명으로.」

「음, 물론, 서명은 하지 않았겠지요. 문체가 달랐나요? 필체도 달랐나요?」

「다른 문체에 다른 필체였네.」

「이것처럼 장난 편지였습니까?」

「그래, 장난 편지였네. 그리고 말일세⋯⋯ 아주 추악했네.」

「전에도 그런 일이 있었다면, 이것도 같은 것이겠네요.」

「중요한 것은 이것이 너무 어리석다는 거야. 그들은 교육을 받은 사람들이니 이처럼 어리석게 쓰지는 않을 텐데.」

「그럼요, 그럼요.」

「그런데 실제로 누군가 정말 밀고를 하려는 거라면 어떡하나?」

「그럴 리 없습니다.」 뾰뜨르 스쩨빠노비치는 무뚝뚝하게 말을 끊었다. 「제3분과로부터의 전보니 연금이니 하는 게 무슨 말이겠습니까? 명백한 음해지요.」

「그렇지, 그래.」 렘쁘께는 얼굴을 붉혔다.

「그런데요, 이 편지를 제게 좀 주십시오. 당신에게 틀림없이 찾아다 드리겠습니다. 그들보다 먼저 찾아다 드리죠.」

「가져가게.」폰 렘쁘께는 약간 주저하면서 승낙했다.

「누군가에게 이걸 보여 주신 적 있나요?」

「아니, 그럴 리가. 아무에게도 보여 주지 않았네.」

「율리야 미하일로브나에게도요?」

「아, 당치도 않은 소리. 제발 자네도 그 사람에게 보여 주지 말게!」렘쁘께는 겁에 질려 소리쳤다.「그녀는 엄청 충격을 받고…… 나한테 무섭게 화를 낼 걸세.」

「그렇군요, 당신이 먼저 비난을 받겠네요. 당신이 이런 편지를 받았다는 건 그 정도 가치밖에 되지 않기 때문이라고 말하면서요. 우리는 여성의 논리를 잘 알고 있지요. 그럼 안녕히 계십시오. 아마도 사흘 안에 이 글을 쓴 사람을 당신에게 데려올 수 있을 겁니다. 중요한 것은 우리의 약속입니다!」

4

뾰뜨르 스쩨빠노비치는 꽤 똑똑한 사람일지 모르지만, 유형수 폐찌까가 정확하게 표현했듯이 〈다른 사람에 대해 이렇다고 제멋대로 단정 지어 놓고는 그걸 바탕으로 살아가는 사람〉이었다. 그는 폰 렘쁘께를 떠나면서 적어도 엿새 동안은 그를 진정시켰다고 확신하고 있었다. 이 기한이 그에게는 절대적으로 필요했던 것이다. 그러나 그의 생각은 틀렸으며, 이 모든 것은 그가 안드레이 안또노비치를 처음부터 완전히 얼간이 같은 인간으로 단정 지어 버렸다는 사실에 근거하고 있었다.

고통스러울 정도로 의심이 많은 사람이라면 누구나 그렇

듯이, 안드레이 안또노비치는 미지의 상황에서 벗어나는 첫 순간에는 언제든 지나칠 정도로 기쁘게 상대를 믿어 버리는 경향이 있었다. 사건의 새로운 전환은, 몇 가지 새롭게 닥쳐오는 귀찮은 복잡함에도 불구하고 처음에는 그에게 기분 좋은 모습으로 비쳤다. 적어도 이전의 의심은 먼지처럼 사라졌다. 게다가 최근 며칠 동안 너무 피곤해서 녹초가 되고 무기력했기에 그의 마음은 더없이 안정을 갈망하고 있었다. 그러나 안타깝게도 그는 다시 불안해졌다. 뻬쩨르부르끄에서의 오랜 생활은 그의 마음속에 지울 수 없는 흔적을 남겼다. 〈신세대〉의 공식적인 역사뿐 아니라 비밀스러운 역사까지도 그는 너무나 잘 알고 있었다. 그는 호기심이 많은 사람이라 격문들을 수집하고 있었던 것이다. 그러나 단 한마디도 이해하지 못했다. 지금은 마치 숲속에 있는 것 같았다. 그는 뾰뜨르 스쩨빠노비치의 말 속에 모든 형식이나 조건을 벗어난 완전히 모순된 무언가가 들어 있음을 본능적으로 느끼고 있었다. 〈비록 이《신세대》에게 무슨 일이 일어날지 누가 알겠으며, 그들이 앞으로 어떻게 될지 누가 알까만은!〉 그는 자신의 상념 속에서 갈팡질팡하며 이런 생각에 잠겨 있었다.

바로 이때 일부러인 듯 블륨이 다시 고개를 내밀었다. 뾰뜨르 스쩨빠노비치가 방문해 있는 동안 그는 내내 근처에서 기다리고 있었던 것이다. 이 블륨은 안드레이 안또노비치의 먼 친척이었지만, 그 사실은 일생 동안 주도면밀하고 조심스럽게 은폐되어 왔다. 독자들에게는 미안하지만, 이 하찮은 인물에 대해 여기서 몇 마디나마 언급해야겠다. 블륨은 〈불행한〉 독일인이라는 이상한 종족에 속해 있었다. 그것은 그들이 전혀 재능이 없어서가 아니라, 결코 알 수 없는 이유에서였다. 〈불행한〉 독일인은 신화가 아니라, 실제로 러시아에서도 존재하고 있었으며, 그들만의 유형을 가지고 있었다. 안드레이 안또노비치는 일생 동안 그에게 대단히 감동적인 동정심을 품고 있었으며, 자신이 관직에서 성공함에 따라 할 수만 있다면 어디에서든 그를 자기 관할 부하 직원 자리에 앉혔다. 그러나 그는 어디에서든 운이 나빴다. 때로는 그의 자리가 정원에서 밀려나 없어지기도 했고, 상관이 바뀌기도 했으며, 한 번은 다른 사람들과 함께 재판에 회부될 뻔하기도 했다. 그는 꼼꼼한 성격이었지만 필요 이상으로 지나치게 꼼꼼했으며, 자신에게 해가 될 정도로 음울한 성격이었다. 머리색은 붉고 키가 크고 등이 굽었으며, 침울하고 감상적이기까지 했다. 겸손한 성격이었지만 황소처럼 고집이 세고 끈기가 있었는데, 항상 때를 잘못 골랐다. 그와 그의 아내, 그리고 그들의 많은 자식들은 안드레이 안또노비치에게 오랜 세월 동안 경건한 애착의 감정을 품고 있었다. 그러나 안드레이 안또노비치를 제외하고는 아무도 결코 그를 사랑하지 않았다. 율리야 미하일로브나는 곧바로 그를 배척했지만 남편의 고집을 꺾을 수는 없었다. 이것이 그들의 첫 번째 부부 싸움이었다. 싸움은 결혼 직후 신혼 초기에 그녀 앞에 블룸이 갑자기 나타나면서 벌어졌다. 그때까지 안드레이 안또노비치는 부인에게 모욕감을 줄 친척 관계를 비밀로 한 채 주도면밀하게 그녀의 눈을 피해 왔던 것이다. 안드레이 안또노비치는 두 손을 모아 쥐고 애원하면서, 블룸에 대한 모든 이야기와 아주 어린 시절부터의 그들의 우정에 대해 애절하게 말했다. 그러나 율리야 미하일로브나는 자신이 영원히 치욕을 입었다고 생각하여 기절하는 방법을 사용하기도 했다. 폰 렘쁘께는 한 발짝도 양보하지 않았으며, 무슨 일이 있어도 블룸을 버리거나 멀리하지 않겠다고 선언했기에 결국 그녀도 놀라서 블룸의 존재를 허락할 수밖에 없었다. 다만 친척 관계라는 사실을 지금까지보다 더 주도면밀하게 숨기기로 하고, 가능하다면 블룸의 이름과 부칭조차 바꾸기로 했다. 왜냐하면 그 역시 무슨 일인지 안드레이 안또노비치라고 불려 왔기 때문이다. 블룸은 우리 도시에 와서도 독일 약제사 한 명을 제외하고는 누구와도 친분을 맺지 않았으며, 어느 누구의 집도 방문하지 않았고, 자신의 습관대로 사람들과 멀리 떨어져 인색한 생활을 하고 있었다. 그는 이미 오래전부터 안드레이 안또노비치의 문학적 약점을 알고 있었다. 그는 특히 단둘만의 비밀 강독회에 불려 나가 렘쁘께의 소설을 들어야 했으며, 여섯 시간 정도 계속해서 기둥처럼 앉아 있곤 했다. 그는 땀을 흘렸고, 졸지 않고 미소를 짓기 위해 혼신의 힘을 기울였다. 집에 돌아가면 다리가 길고 말라빠진 아내와 함께 러시아 문학을 향한 은인의 불행한 약점에 대해 탄식하곤 했다.

안드레이 안또노비치는 들어오는 블룸을 괴로운 표정으로 쳐다보았다.

「블룸, 부탁이니 나를 내버려 두게.」 그는 불안한 듯 빠르게 말했다. 분명 뾰뜨르 스쩨빠노비치가 오는 바람에 끊겼던 조금 전 대화를 다시 시작하고 싶어 하지는 않는 것 같았다.

「하지만 이건 아주 신중하게, 완전히 비공개적으로 처리될 수 있습니다. 당신은 전권을 가지고 계시니까요.」 블룸은 허리를 굽히고 잔걸음으로 안드레이 안또노비치에게 점점 더 가까이 다가가면서 공손하지만 집요하게 뭔가를 계속 주장했다.

「블룸, 자네가 그렇게까지 나에게 충성하고 봉사하니, 난 자네를 볼 때마다 두려워서 어쩔 줄 모르겠네.」

「당신은 항상 기지 넘치는 말씀을 하시고, 그 말에 만족하며 조용히 잠드시지만, 그럴수록 더 해로워지십니다.」

「블륨, 나는 이제 확신을 얻었네. 그건 전혀 그런 것이 아니네, 전혀 아니야.」

「당신도 의심하고 있던 그 사기꾼 같은 악랄한 젊은이의 말 때문은 아니겠지요? 그는 당신의 문학적 재능을 칭찬하는 아첨의 말로 당신을 사로잡았군요.」

「블륨, 자네는 아무것도 모르고 있어. 자네 계획은 터무니없네, 정말로. 우리는 아무것도 찾지 못할 거고, 결국 무서운 아우성 소리만 터져 나올 거야. 그다음에는 웃음이 터지고, 그러면 율리야 미하일로브나는……」

「우리는 틀림없이 우리가 찾고자 하는 것을 다 찾게 될 것입니다.」 블륨은 오른손을 가슴에 대면서 단호하게 한 걸음 다가갔다. 「우리는 아침 일찍 불시에 수색할 거고, 물론 당사자에 대한 정중함과 법에 명시된 모든 엄격한 형식은 지킬 것입니다. 럄신이나 쩰랴뜨니꼬프 같은 젊은이들도 우리가 원하는 모든 것을 발견할 수 있으리라고 분명하게 단언하고 있습니다. 그들은 그곳을 여러 번 방문했거든요. 베르호벤스끼 씨에게는 아무도 호의를 보이지 않고 있습니다. 스따브로긴 장군 부인도 공공연하게 그에 대한 자신의 친절을 거두어들였고, 정직한 마음을 가진 사람은 — 이 무례한 도시에 그런 사람들이 있다면 말이지요 — 그곳에 항상 무신론과 사회주의 교의의 근원이 숨겨져 있다고 확신하고 있습니다. 그의 집에는 릴레예프[53]의 『명상록』이나 게르쩬 전집 등 모든 금

---

53 Kondratii Ryleev(1795~1826). 제까브리스뜨, 혁명적 낭만주의 시인.

서가 보관되어 있습니다……. 저는 만일의 경우에 대비해 대략적인 목록을 구비해 두었습니다만…….」

「오, 맙소사, 그런 책은 누구나 가지고 있네. 자네는 정말 단순하군, 불쌍한 블륨!」

「격문도 많습니다.」블륨은 상대의 지적을 듣지도 않고 계속 이야기했다. 「우리는 이곳의 진짜 격문들을 추적해 바로 습격함으로써 상황을 종결지을 수 있습니다. 이 젊은 베르호벤스끼는 정말로, 정말로 의심스럽습니다.」

「그런데 자네는 아버지와 아들을 혼동하고 있군. 그들은 사이가 좋지 않네. 아들은 아버지를 대놓고 비웃고 있다네.」

「그것은 단지 가면일 뿐입니다.」

「블륨, 자네는 나를 괴롭히려고 맹세라도 했나 보군! 생각해 보게. 그는 어쨌건 이곳에서 명사일세. 전직 교수였고 유명한 인물이라서 그가 소리라도 치면 그 즉시 온 도시에 웃음거리가 될 거야. 그리고 사방에서 무시를 당하겠지……. 율리야 미하일로브나는 또 어떻게 나올지 생각해 보게!」

블륨은 듣지도 않고 앞으로 다가섰다.

「그는 그냥 조교수였지요. 조교수에 불과했습니다. 관등으로 봐도 기껏 퇴역 8등관일 뿐이고요.」그는 손으로 가슴을 쳤다. 「받은 훈장도 없고, 반정부 음모 혐의로 면직을 당했습니다. 비밀 감시를 당하고 있었는데, 틀림없이 지금도 그럴 겁니다. 이번에 밝혀진 불미스러운 사건을 봐도 당신은 틀림없이 그렇게 할 의무가 있습니다. 그런데 당신은 오히려 진범을 묵인해 공훈을 세울 기회를 놓치고 계십니다.」

「율리야 미하일로브나다! 당장 나가게, 블륨!」폰 렘쁘께는 옆방에서 아내 목소리가 들리자 갑자기 소리쳤다.

블룸은 몸을 떨긴 했지만 나가려 하지 않았다.

「자, 허가를 해주십시오, 허가를 해주세요.」그는 두 손을 가슴에 더 강하게 대면서 앞으로 나아갔다.

「당장 나가게!」안드레이 안또노비치는 이를 갈았다.「원하는 대로 하게⋯⋯. 나중에⋯⋯ 오, 맙소사!」

커튼이 올라가고 율리야 미하일로브나가 모습을 드러냈다. 그녀는 블룸의 모습을 보자 위엄 있게 멈춰 서더니, 이 사람이 여기 있다는 사실만으로도 자신에게는 모욕이라는 듯 거만하고 화가 난 시선으로 그를 노려보았다. 블룸은 조용하고 공손하게 깊이 머리 숙여 인사하고, 존경의 표시로 허리를 굽힌 채 두 팔을 양쪽으로 조금 벌리고 발뒤꿈치를 들고 문을 향해 걸어갔다.

그가 안드레이 안또노비치의 마지막 히스테릭한 외침을 실제로 자신이 요청한 대로 수행하라는 직접적인 허락으로 이해한 것인지, 아니면 결과의 성공을 지나치게 믿은 나머지 은인의 직접적 이익을 위해 양심에 어긋나게 행동한 것인지는 아무튼 나중에 알게 되겠지만, 이 지사와 부하 직원 사이의 대화 때문에 정말 예기치 않은 일이 벌어졌다. 그것은 많은 사람의 조소거리가 되었고, 소문이 쫙 났을 뿐만 아니라, 율리야 미하일로브나의 무자비한 분노를 불러일으켰다. 이 모든 것이 결국 안드레이 안또노비치를 혼란스럽게 만들었고, 가장 공사다망한 시기에 그를 가장 비참하고 우유부단한 상태에 빠뜨리게 되었다.

5

뾰뜨르 스쩨빠노비치에게는 아주 분주한 날이었다. 그는 폰 렘쁘께를 떠나 서둘러 보고야블렌스까야 거리로 달려가고 있었는데, 비꼬바야 거리를 지나다가 까르마지노프가 살고 있는 집 근처에서 갑자기 걸음을 멈추고 씩 웃으며 그 집으로 들어갔다. 〈기다리고 계십니다〉라는 말을 전해 듣고 그는 매우 흥미를 느꼈다. 왜냐하면 자신의 방문을 미리 알린 적이 전혀 없었기 때문이다.

그러나 대문호는 정말로 그를 기다리고 있었다. 심지어 어제도 그제도 기다리고 있었다. 3일 전에 그는 자신의 「Merci(메르시)」(그는 그것을 율리야 미하일로브나의 축제 때 문학의 아침에서 낭독할 예정이었다) 원고를 뾰뜨르에게 넘겨주었다. 그는 자신의 걸작을 미리 읽어 보도록 주어서 상대의 자존심에 기분 좋은 만족감을 주리라 전적으로 확신하고 호의로 그렇게 한 것이었다. 뾰뜨르 스쩨빠노비치는 이미 오래전부터 허영심 많고 응석받이에, 선택받지 못한 사람에게는 모욕적일 정도로 접근을 허용하지 않는, 거의 〈국가적 지성〉인 이 사람이 그의 환심을, 그것도 아주 열심히 사고 싶어 한다는 것을 알아차리고 있었다. 내 생각에 이 젊은이는 까르마지노프가 그를 전 러시아 비밀혁명 조직의 우두머리까지는 아니더라도, 러시아 혁명의 비밀에 아주 밀접하게 연관되어 있고 젊은이들에게 절대적인 영향력을 미치는 사람 중 하나로 생각한다는 것을 알아차린 것 같았다. 뾰뜨르 스쩨빠노비치에게 〈러시아에서 가장 영리한 사람〉의 사상적 경향은 흥미롭긴 했지만, 지금까지 그는 어떤 이유들로 그것을 밝히기를 꺼려 왔다.

대문호는 시종관의 아내이자 지주인 여동생 집에서 기거하고 있었다. 남편과 아내 두 사람은 이 유명한 친척을 숭배하고 있었지만, 이번에 그가 왔을 때는 대단히 유감스럽게도 모스끄바에 머물고 있어, 시종관의 아주 먼 친척으로 이 집에 살면서 오래전부터 모든 집안 살림살이를 도맡아 하고 있는 가난한 노파가 그를 대접하는 영광을 얻었다. 까르마지노프 씨가 도착한 이후 이 집 사람들은 모두 발뒤꿈치를 들고 걸어다니기 시작했다. 노파는 거의 매일 그가 어떻게 주무셨고 무엇을 드셨는지 등을 모스끄바에 보고했으며, 한번은 그가 시장 댁 만찬에 초대받은 뒤 한 숟가락의 약을 드셔야 했다는 소식을 전보로 보내기도 했다. 그는 노부인에게 정중하지만 무뚝뚝하게 대했고 뭔가 필요할 때만 대화를 해서, 노부인은 그의 방에 아주 가끔씩만 용기를 내어 들어갔다. 뾰뜨르 스쩨빠노비치가 들어갔을 때 그는 커틀릿과 레드와인 반 잔으로 아침 식사를 하고 있었다. 뾰뜨르 스쩨빠노비치는 전에도 그의 집에 들르면 항상 커틀릿으로 아침 식사를 하고 있는 그를 보곤 했는데, 상대는 뾰뜨르를 앞에 두고 식사하면서도 한 번도 대접하는 일이 없었다. 커틀릿을 다 먹고 나면 작은 잔에 커피가 나왔다. 식사를 가져오는 하인은 연미복을 입고 부드럽고 소리가 나지 않는 부츠를 신고 장갑을 끼고 있었다.

「아―아!」까르마지노프는 냅킨으로 입을 닦으면서 소파에서 일어나 진정 기쁘다는 표정을 지으며 그에게 입을 맞추기 위해 다가갔다. 이것은 너무도 저명한 러시아 사람이라면 가지고 있는 특징적 습관이었다. 그러나 뾰뜨르 스쩨빠노비치는 이전 경험으로 그가 입을 맞추기 위해 오지만 실은 자기 뺨을 내밀 뿐이라는 것을 기억하고 이번에는 자신도 똑같이 했다. 그 결과 두 볼이 맞닿았다. 까르마지노프는 그것을 눈치챘다는 티를 내지 않고 소파에 앉으며 뾰뜨르 스쩨빠노비치에게 기분 좋은 얼굴로 맞은편 안락의자를 가리켰다. 뾰뜨르는 그 위에 몸을 쭉 펴고 앉았다.

「혹시…… 아침 식사를 하시지 않겠습니까?」 주인이 이번에는 평상시 습관을 바꾸어 이렇게 물어보았다. 그러나 물론 표정으로는 분명 정중한 거절의 대답을 재촉하고 있었다. 뾰뜨르 스쩨빠노비치는 곧장 아침 식사를 청했다. 모욕을 받은 것 같은 놀라움의 그림자가 주인의 얼굴을 흐리게 했다. 그러나 그것은 순간적이었을 뿐이다. 그는 신경질적으로 벨을 눌러 하인을 부르더니, 평상시 교양과는 상관없이 퉁명스럽게 목소리를 높이며 아침 식사 1인분을 가져오라고 지시했다.

「그럼 뭘 하겠습니까, 커틀릿 아니면 커피?」 그는 다시 한 번 물었다.

「커틀릿도 하고 커피도 하겠습니다. 와인도 가져오라고 해 주십시오. 배가 엄청 고프네요.」 뾰뜨르 스쩨빠노비치는 주인의 옷차림을 침착하고 주의 깊게 살펴보면서 이렇게 대답했다. 까르마지노프는 자개 단추가 달리고 재킷 모양으로 된 짧은 실내용 솜옷을 입고 있었는데, 길이가 너무 짧아서 그의 꽤 불룩한 배와 다부지고 둥근 허벅지까지도 닿지 않았다. 하지만 취향은 다양한 법이다. 방 안이 따뜻한데도 그는 무릎 위에 바둑판무늬의 모직 담요를 덮고 있었다.

「혹시 편찮으십니까?」 뾰뜨르 스쩨빠노비치가 물었다.

「아니, 아프지는 않아요. 이런 날씨에 아플까 봐 걱정되서.」

작가는 새된 소리로 대답했다. 하지만 단어 하나하나를 부드럽게 또박또박, 그리고 귀족풍으로 감미롭게 말했다. 「어제부터 당신을 기다리고 있었어요.」

「아니, 왜요? 저는 약속을 드린 적이 없는데요.」

「그렇지만 당신한테 내 원고가 있으니 말입니다. 당신……읽어 보았습니까?」

「원고라니? 무슨 원고요?」

까르마지노프는 몹시 놀랐다.

「하지만 어쨌든 그걸 가져왔겠지요?」 그는 갑자기 너무 놀라서 먹던 것도 멈추고 경악한 표정으로 뾰뜨르 스쩨빠노비치를 쳐다보았다.

「아, 〈*Bonjour*(봉주르)〉 말이군요…….」

「〈*Merci*(메르시)〉입니다.」

「뭐, 하여간요. 완전히 잊고 있었네요. 읽지 못했습니다. 시간이 없어서요. 사실, 모르겠네요, 주머니에도 없고……. 아마 집 책상에 있는 것 같습니다. 걱정 마십시오, 어딘가에서 나오겠지요.」

「아니, 지금 당장 당신 집에 사람을 보내 가져오도록 하죠. 사라질 수도 있고, 누가 훔쳐 갈 수도 있으니.」

「참, 누가 그런 걸 필요로 하겠습니까! 게다가 뭘 그리 놀라십니까? 율리야 미하일로브나가 당신은 항상 몇 개의 사본을 준비해서 한 개는 외국의 공증인에게, 다른 하나는 뻬쩨르부르끄에, 세 번째는 모스끄바에, 그리고 하나는 은행인가 어딘가로 보낸다고 하던데요.」

「그러나 모스끄바에 불이 날 수도 있고, 그러면 내 원고도 같이 타버리지 않겠습니까. 아니, 지금 당장 사람을 보내야겠어요.」

「잠깐만요, 여기 있네요!」뾰뜨르 스쩨빠노비치는 뒷주머니에서 편지지 한 묶음을 꺼냈다. 「좀 구겨졌습니다. 기가 막혀서, 지난번에 당신한테 받은 뒤 계속 손수건과 함께 뒷주머니에 들어 있었네요. 잊고 있었습니다.」

까르마지노프는 정신없이 원고를 움켜쥐고 신중하게 들여다보며 매수를 세어 보더니 옆에 있던 별도의 탁자 위에 잠시 올려놓았다. 언제든 눈에 띌 수 있도록 하기 위해서였다.

「당신은 독서를 그다지 많이 하는 것 같지는 않군요.」그는 참지 못하고 식식거리며 말했다.

「네, 그다지 많이 읽지는 않습니다.」

「그럼 러시아 문학 중에서 아무것도 안 읽습니까?」

「러시아 문학 중에서요? 잠깐만요, 뭔가 읽었는데…… 〈여행 중에〉…… 아니면 〈여행을 나서며〉…… 아니면 〈갈림길에서〉, 뭐 그런 거였는데, 기억이 나지 않네요. 오래전에 읽어서요, 5년 정도 되었나. 읽을 시간이 없었거든요.」

잠시 침묵이 이어졌다.

「나는 이곳에 오자마자 사람들한테 당신이 대단히 영리한 사람이라고 장담했는데, 이제는 모두가 당신에게 열광하고 있는 것 같더군요.」

「감사합니다.」뾰뜨르 스쩨빠노비치는 차분히 대꾸했다.

아침 식사가 나왔다. 뾰뜨르 스쩨빠노비치는 엄청난 식욕을 보이며 커틀릿을 향해 달려들어 순식간에 그것을 먹어 치운 뒤 와인도 비우고 커피도 단숨에 마셔 버렸다.

〈이런 무식한 놈.〉까르마지노프는 이런 생각을 하며 마지막 한 조각까지 먹어 치우고 마지막 잔을 비우는 그를 곁눈

질로 힐끔거렸다. 〈이 무식한 놈은 아마 내 말 속에 든 빈정거림을 다 이해했을 거야……. 물론 내 원고도 열심히 읽어 놓고 무슨 이유에서인지 거짓말하고 있는 거겠지. 아니, 어쩌면 거짓말하고 있는 게 아니라 정말 완전히 바보일지도 몰라. 나는 진짜 천재가 약간 바보같이 굴 때 좋단 말이야. 그런데 이놈도 그들 사이에서는 실제로 천재 같은 건 아닐까? 빌어먹을, 될 대로 되라지.〉

그는 소파에서 일어나 식후 운동으로 방 안 구석구석을 돌아다니기 시작했다. 아침 식사 후에 항상 하는 행동이었다.

「이곳에서 곧 떠나십니까?」 뾰뜨르 스쩨빠노비치는 안락의자에 앉아 담배를 피우며 물었다.

「나는 사실 영지를 팔려고 왔으니까, 이제 내 관리인에게 달려 있지요.」

「저쪽에 전쟁이 끝나고 전염병이 번질 것 같아서 온 것 아닌가요?」

「아니, 그런 이유는 전혀 아닙니다.」 까르마지노프 씨는 부드럽게 또박또박 발음하며 말을 이었다. 그는 한쪽 구석에서 다른 쪽 구석으로 방향을 돌릴 때마다 오른쪽 다리를 아주 약간씩 바들바들 떨었다. 「나는 사실,」 그는 어느 정도 독기를 품은 미소를 지었다. 「가능한 한 오래 살 생각입니다. 러시아 귀족 사회에는 모든 점에 있어서 뭔가 굉장히 빨리 마모되는 경향이 있는 것 같단 말입니다. 그러나 나는 가능한 한 나한테는 늦게 마모가 왔으면 싶어서, 이제 완전히 외국으로 넘어가려 합니다. 그곳은 날씨도 좋고 건물도 석조이고, 모든 것이 더 단단하거든요. 내 한 세대 동안은 유럽이 무사할 것 같은데. 당신은 어떻게 생각합니까?」

「내가 그걸 어떻게 알겠습니까.」

「흠, 그곳에서는 실제로 바빌론이 무너져 내리고 그 파괴 정도가 어마어마하겠지만(그 점에서 나는 당신에게 완전히 동의합니다. 비록 내 생애에는 무사하리라고 생각하지만), 우리 러시아에서는, 비교를 하자면 무너질 것이 아무것도 없습니다. 우리 나라에서는 돌이 무너지는 것이 아니라 모든 것이 진흙 속에 파묻혀 버릴 겁니다. 신성한 루시는 이 세상에서 그 무엇에 대해서건 저항하는 힘이 가장 약해요. 일반 민중은 아직 러시아의 신을 간신히 믿고 있긴 하지만, 최근 정보에 따르면 러시아의 신도 아주 희망이 없어졌으며, 농노 해방에 대해서조차 간신히 버텨 냈을 뿐입니다. 어쨌든 심하게 흔들리긴 했지만요. 이곳에 철도도 생기고, 당신 같은 사람들도 생기니…… 이제 나는 러시아의 신 같은 건 전혀 믿지 않아요.」

「그렇다면 유럽의 신은요?」

「나는 그 어떤 신도 믿지 않아요. 나를 러시아의 젊은이들과 비교하며 비방하는 사람들도 있었지요. 나는 젊은이들의 행동 하나하나에 항상 공감하고 있습니다. 나한테 이곳의 격문도 보여 주더군요. 모두가 그 형식에 놀라서 의심의 눈초리로 바라보고 있지만, 그 위력에 대해서는, 인정하지는 못한다 하더라도, 확신하고 있어요. 다들 오래전부터 쓰러지고 있고, 오래전부터 의지할 것이 전혀 없다는 것도 알고 있어요. 나는 이 비밀 격문들이 성공하리라고 확신합니다. 왜냐하면 러시아야말로 지금 전 세계에서 유일하게 아무런 저항도 받지 않고 무슨 일이든 일어날 수 있는 곳이기 때문이지요. 나는 재산이 있는 러시아 사람들이 왜 계속 외국으로 쏟아져 나가고, 매년 그 수가 점점 더 증가하는지 너무도 잘 이해하고 있어요. 그건 그냥 본능입니다. 만약 배가 가라앉는다면, 가장 먼저 쥐들이 그곳에서 빠져나오거든요. 신성한루시, 이것은 목조로 된 빈곤한…… 그리고 위험한 나라이고, 상류 계급에는 허영심 강한 거지들로 가득 찬 나라이며, 대다수 국민은 닭다리 오두막[54]에서 살고 있을 뿐입니다. 이 나라는 어떠한 출구라도 좋아할 테니 설명만 해주면 됩니다. 정부만은 아직 저항하고 싶어 하는데, 그래 봤자 어둠 속에서몽둥이를 휘두르다가 자기 사람들만 때리게 되지요. 이곳에서는 모든 운명이 결정되고 선고되었습니다. 지금 현재 러시아에는 미래가 없어요. 나는 독일인이 되었고, 이 점을 영광으로 생각합니다.」

「그런데 당신은 격문에 관해 이야기를 시작하셨으니, 그것을 어떻게 보고 계신지 전부 말씀해 주시겠습니까?」

「모두가 그것을 두려워하고 있는 것을 보니 강력한 것임에틀림없어요. 그것은 거짓을 공개적으로 폭로할뿐더러 우리에게는 매달릴 것도 의지할 것도 없다는 사실을 증명해 주고있어요. 그것은 모두가 침묵할 때 큰 소리로 말하고 있어요. 그 안에서 무엇보다 강력한 것은(형식의 문제점에도 불구하고) 진리를 정면으로 쳐다보려는 전대미문의 대담함입니다. 이처럼 진리를 정면으로 쳐다보는 능력은 오직 러시아인들만이 가진 속성이지요. 그런데 아직 유럽에서는 그렇게 대담하지 못합니다. 그곳은 아직 석조 왕국이고 아직도 뭔가 의지할 것이 있거든요. 내가 보고 판단한 바로, 러시아 혁명 사상의 본질은 명예의 부정에 있어요. 그것이 그렇게 대담하고 두려움 없이 표현되어 있다는 게 마음에 들더군요. 유럽에서는

54 러시아 민화에 등장하는 마귀할멈 바바야가가 사는 낡은 오두막.

아직 그것을 이해하지 못하지만, 우리는 곧장 이것을 향해 달려들고 있단 말입니다. 러시아인에게 명예는 쓸데없는 부담에 불과해요. 게다가 전 역사를 통틀어 항상 부담이었어요. 공공연한 〈불명예의 권리〉가 그들에게는 훨씬 더 매력적일 수 있어요. 나는 구세대 인간으로서, 솔직히 말하면 여전히 명예를 지지하지만, 단지 습관 때문에 그런 것입니다. 내가 낡은 형식을 좋아하는 것은 그저 소심함 때문이라고 해두지요. 어떻게 해서든 여생을 보내야 하니 말입니다.」

그는 갑자기 말을 멈췄다.

〈그런데 내가 이렇게 이야기하고, 또 이야기하고 있는데도,〉 그는 생각했다. 〈그는 여전히 말없이 지켜만 보고 있군. 내가 자기한테 직접적으로 질문하게 하려고 찾아왔을 거야. 그렇다면 질문을 해주지.〉

「율리야 미하일로브나께서 저한테 모레 있을 무도회에서 당신이 어떤 깜짝 선물을 준비하고 계신지 슬쩍 알아봐 달라고 부탁하셨습니다.」 뾰뜨르 스쩨빠노비치는 갑자기 이렇게 말했다.

「그렇지, 그건 정말로 깜짝 선물이 될 겁니다. 나는 사람들을 진짜 놀라게 할 거예요…….」 까르마지노프는 거들먹거렸다. 「그러나 비밀이 뭔지는 말해 주지 않을 거요.」

뾰뜨르 스쩨빠노비치는 강요하지 않았다.

「이곳에 샤또프라는 사람이 있다는데,」 대문호가 질문했다. 「그러고 보니 나는 아직 그를 만난 적이 없군요.」

「아주 훌륭한 인물입니다. 그런데 무슨 일로?」

「그냥, 그에 관해서 뭐라고 말들을 하고 있어서. 스따브로긴의 뺨을 때린 그 사람 아닌가요?」

「그 사람 맞습니다.」

「그런데 당신은 스따브로긴을 어떻게 생각합니까?」

「모르겠습니다, 바람둥이라고나 할까요.」

까르마지노프는 스따브로긴을 증오하고 있었다. 스따브로긴이 그를 전혀 거들떠보려고도 하지 않았기 때문이다.

「그 바람둥이는,」 그는 키득키득 웃으면서 말했다. 「만약 언젠가 격문에서 선언하는 일이 실현된다면, 아마 맨 먼저 나무에 매달려 교수형에 처해지겠지요.」

「어쩌면 더 빠를 수도 있습니다.」 뾰뜨르 스쩨빠노비치가 갑자기 말했다.

「당연히 그렇게 해야지.」 까르마지노프는 더 이상 웃지도 않고 굉장히 진지하게 맞장구쳤다.

「당신은 전에도 이 말을 한 적이 있습니다. 그래서 제가 그에게 전해 주었지요.」

「아니, 정말로 전했단 말입니까?」 까르마지노프는 또다시 크게 웃었다.

「그가 말하기를, 만약 자기가 교수형을 당하게 된다면, 당신은 채찍으로 맞는 것으로 충분하다, 다만 형식적으로 할 게 아니라 농부를 매질하듯이 아프게 해야 한다고 하더군요.」

뾰뜨르 스쩨빠노비치는 모자를 집어 들고 자리에서 일어났다. 까르마지노프는 작별 인사로 그에게 두 손을 내밀었다.

「그런데,」 그는 여전히 뾰뜨르의 손을 잡고 뭔가 독특한 억양이 섞인 간지러운 목소리로 끽끽거리며 말했다. 「그런데 만일 지금 계획하고 있는…… 그 모든 일이 실현될 것이 분명하다면, 언제쯤 가능할 것 같습니까?」

「내가 그걸 어떻게 알겠습니까.」 뾰뜨르 스쩨빠노비치는 약간 무례하게 대답했다. 두 사람은 서로를 뚫어지게 쳐다보았다.

「대략적으로, 대충이라도.」까르마지노프는 더 달콤한 목소리로 끽끽거리며 말했다.

「영지를 팔 시간도 되고, 정리하고 떠날 시간도 될 겁니다.」 뾰뜨르 스쩨빠노비치는 더 무례하게 중얼거렸다. 두 사람은 더 뚫어져라 상대를 쳐다보았다.

1분 정도 침묵이 흘렀다.

「다가오는 5월 초에 시작해서 성모제[55]까지는 모두 끝날 것입니다.」뾰뜨르 스쩨빠노비치는 갑자기 이렇게 말했다.

「진심으로 고맙소.」까르마지노프는 그의 손을 꽉 쥐고 열정적으로 말했다.

〈쥐새끼 같은 놈, 배에서 도망칠 시간은 충분할 거다!〉뾰뜨르 스쩨빠노비치는 거리로 나서며 이렇게 생각했다. 〈그런데《거의 국가적 지성》이라는 이 사람이 이렇게 확신을 가지고 날짜와 시간을 물어보고 정보를 얻게 되자 정중하게 고마워하는 것을 보니, 우리도 이제 스스로에게 의심을 가질 필요가 없겠군. (그는 조용히 미소 지었다.) 흠. 그래도 그는 그 무리 중에서 바보는 아니군……. 그래 봤자 다른 곳으로 옮겨 가는 쥐새끼에 불과하지만. 저런 인간이 밀고할 리는 없지!〉

그는 보고야블렌스까야 거리에 있는 필리뽀프의 집으로 달려갔다.

---

55 구력으로 10월 1일(신력 10월 14일)이다.

6

뾰뜨르 스쩨빠노비치는 먼저 끼릴로프에게 들렀다. 그는 평상시와 다름없이 혼자였지만, 이번에는 방 한가운데서 운동을 하고 있었다. 다리를 벌리고 두 팔을 머리 위로 올려 독특한 방식으로 흔들고 있었다. 바닥에는 공이 굴러다니고 탁자 위에는 아침에 마시던 차가 차갑게 식은 채 그대로 있었다. 뾰뜨르 스쩨빠노비치는 잠시 문지방 앞에 서 있었다.

「자네는 건강을 엄청 신경 쓰는군.」그는 방 안으로 들어서며 유쾌하게 큰 소리로 말했다.「그건 그렇고, 정말 멋진 공인걸. 와아, 잘도 튀어 오르네. 이것도 운동용인가?」

끼릴로프는 프록코트를 입었다.

「그래, 역시 건강을 위해서지.」그는 무뚝뚝하게 중얼거렸다.「앉게.」

「잠깐 들른 걸세. 하지만 좀 앉도록 하지. 건강은 건강이고, 자네에게 합의를 상기시키려고 왔네. 〈어떤 의미에서는〉 우리의 기한이 다가오고 있으니 말일세.」그는 어색하게 몸을 비틀며 말을 맺었다.

「무슨 합의?」

「무슨 합의라니?」뾰뜨르 스쩨빠노비치는 당황스러워하며 깜짝 놀라기까지 했다.

「그건 합의도 아니고 의무도 아닐세. 나는 그 무엇에도 얽매여 있지 않네. 자네가 잘못 생각한 거야.」

「이봐, 그럼 어떻게 하겠다는 건가?」뾰뜨르 스쩨빠노비치는 자리에서 벌떡 일어났다.

「내 의지대로 하겠네.」

「그래서 어떻게?」

「이전처럼.」

「그걸 어떻게 해석해야 하지? 이전의 생각을 그대로 가지고 있단 말인가?」

「그런 의미라네. 다만 합의 같은 건 없네. 전에도 없었고. 나는 그 무엇에도 얽매여 있지 않아. 과거에도 나의 의지만 있었고, 지금도 나의 의지만 있을 뿐이네.」

끼릴로프는 단호하면서도 까다로운 투로 이야기했다.

「좋아, 좋아, 의지라고 해두지. 다만 이 의지가 변하지만 않는다면 말일세.」 뾰뜨르 스쩨빠노비치는 만족한 표정으로 다시 자리에 앉았다. 「자네는 말만 하면 화를 내는군. 무슨 일인지 최근 들어 화를 너무 잘 낸단 말이야. 그래서 자네를 방문하는 걸 피해 왔네. 하지만 자네가 절대 배신하지 않으리라는 것은 확신하고 있었네.」

「나는 자네가 정말 마음에 안 들지만, 어쨌든 그렇게 믿어도 좋네. 배신을 하느니 안 하느니 따위를 확인해 주지는 않겠지만.」

「하지만 이보게,」 뾰뜨르 스쩨빠노비치는 다시 불안해지기 시작했다. 「잘못되는 일이 없도록 다시 한번 분명하게 말해야겠네. 모든 일은 정확성을 요하는데, 자네는 나를 너무 당황스럽게 하는군. 이야기를 해도 되겠나?」

「해보게.」 끼릴로프는 한쪽 구석으로 시선을 돌린 채 그의 말을 끊었다.

「자네는 오래전부터 자살하려고 마음먹고 있었지……. 말하자면 그런 생각을 가지고 있었다는 걸세. 내가 제대로 말한 건가? 혹시 잘못 말한 건 없나?」

「나는 지금도 그런 생각을 가지고 있네.」

「좋았어. 더불어 누구도 자네에게 그렇게 하도록 강요하지 않았다는 것을 염두에 두게.」

「물론이지. 무슨 바보 같은 소린가.」

「좋아, 좋아. 내가 정말 바보 같은 소리를 했군. 그런 것을 강요한다는 것은 두말할 나위도 없이 바보 같은 짓이지. 이야기를 계속하자면, 자네는 그 단체가 아직 구 조직이었을 때 회원이 되었고, 당시 단체의 회원 중 한 명에게 그 사실을 고백했네.」

「고백한 것이 아니라, 그냥 말한 거야.」

「좋아. 그런 것을 〈고백〉한다는 것도 웃기는 일이지. 무슨 참회도 아니고. 자네는 그냥 말한 것이었네. 좋아.」

「아니, 좋지 않아. 자네가 계속 우물쭈물하고 있으니 말이야. 나는 자네에게 보고할 의무도 없고, 또한 자네는 내 생각을 이해하지도 못할 거야. 내가 자살하려는 것은 내게 그런 사상이 있기 때문이고, 죽음의 공포를 원하지 않기 때문이고…… 자네는 알 필요가 없기 때문이지. 왜 그러나? 차라도 한잔하겠나? 다 식었군. 다른 잔을 하나 가져오지.」

뾰뜨르 스쩨빠노비치는 실제로 찻주전자를 들고 빈 그릇을 찾았다. 끼릴로프는 찬장으로 가서 깨끗한 컵을 가지고 왔다.

「방금 전 까르마지노프 집에서 아침을 먹었네.」 손님이 말했다. 「그러고 나서 그의 말을 듣느라 땀을 많이 흘린 데다 여기까지 뛰어오느라 또 땀 좀 흘렸더니 목말라 죽겠군.」

「마시게, 차가운 차라 좋을 거야.」

끼릴로프는 의자에 앉았고, 다시 시선을 한쪽 구석에 고정했다.

「그 단체에 있을 때 생각이 떠올랐지.」그는 같은 목소리로 말을 계속했다.「내가 자살한다면, 자네들에게 도움이 되지 않을까. 즉, 자네들이 이곳에서 뭔가 소동을 일으킨 뒤 범인 수색이 시작될 때, 갑자기 내가 이 모든 일을 저질렀다는 유서 한 통을 남기고 권총 자살을 한다면 자네들이 1년 정도 의심받지 않게 해줄 수 있다고 말일세.」

「며칠만이라도 좋지. 하루가 소중한 상황이니.」

「좋아. 그런 의미에서 자네들은 나한테 자살하고 싶더라도 기다려 달라고 말했네. 그래서 나도 단체에서 시기를 말해 줄 때까지 기다리겠다고 했지. 나한테는 이러나저러나 마찬가지니까.」

「그래, 하지만 한 가지 기억해야 할 게 있는데, 자네가 유서를 쓸 때 반드시 나와 함께 하기로 약속했다는 것이네. 러시아에 돌아와서도 나의…… 그러니까 말하자면 내가 지시하는 대로 하겠다고 했지. 물론 이 경우에만 그런 것이고, 그 밖의 일은 자네 마음대로라네.」뾰뜨르 스쩨빠노비치는 아주 친절한 말투로 이렇게 덧붙였다.

「약속한 게 아니라 동의한 것일세. 나한테는 이러나저러나 마찬가지니까.」

「그래, 좋았어, 좋았어. 자네 자존심을 상하게 할 의도는 전혀 없네만…….」

「이건 자존심의 문제가 아니네.」

「하지만 자네 여비로 120탈러[56]를 모아서 준 것은 기억해 두게. 결국 자네는 그 돈을 받은 것이지.」

「천만에.」끼릴로프는 벌컥 화를 냈다.「그 돈은 그런 게 아

56 탈러는 3마르크에 해당하는 독일 은화다.

니었어. 그런 일로 누가 돈을 받는단 말인가.」

「가끔 받는 사람도 있지.」

「허튼소리 하지 말게. 나는 뻬쩨르부르끄에서 보낸 편지로 이미 밝혀 두었고, 뻬쩨르부르끄에서 자네에게 120탈러를 갚았네, 자네 손에 직접…… 만약 자네가 그 돈을 착복하지 않았다면, 그쪽으로 보내졌겠지.」

「좋아, 좋아. 그런 걸로 논쟁하지 않겠네. 돈은 보냈네. 요점은 자네가 전과 마찬가지로 여전히 같은 생각을 가지고 있는가 하는 것이니.」

「같은 생각이네. 자네가 찾아와서 〈때가 되었다〉라고 말하면 바로 실행하지. 그런데 곧인가?」

「그렇게 오래 걸리지는 않을 거야…… 그러나 그날 밤 우리는 함께 유서를 작성한다는 것을 기억해 두게.」

「낮이라도 상관없네. 격문에 대한 책임을 지라는 말이지?」

「그리고 그 밖에도 좀.」

「모든 걸 내 책임으로 떠맡지는 않겠네.」

「어떤 걸 떠맡지 않겠다는 건가?」 뾰뜨르 스쩨빠노비치는 또다시 불안해했다.

「내가 원하지 않는 것. 이제 그만하지. 그 이야기는 더 이상 하고 싶지 않군.」

뾰뜨르 스쩨빠노비치는 화를 억누르고 화제를 돌렸다.

「그럼 다른 이야기를 하지.」 그가 선수를 쳤다. 「오늘 우리 저녁 모임에 참석할 건가? 비르긴스끼의 영명축일을 핑계 삼아 모이려고 하거든.」

「아니.」

「부탁이니 와주게. 그래야 해. 사람 수로나 얼굴로나 인상

275

을 심어 줘야지……. 자네 얼굴은…… 음, 한마디로 치명적이 거든.」

「그렇게 생각하나?」끼릴로프는 크게 웃었다. 「좋아, 가지. 하지만 얼굴 때문은 아니야. 언제인가?」

「오, 가능한 한 일찍, 6시 반 정도. 거기 사람들이 얼마나 있건 자네는 들어와서 아무하고도 이야기하지 말고 그냥 앉아 있으면 되네. 다만 종이하고 연필을 잊지 말고 가져오게.」

「그건 뭣 때문에?」

「자네한테는 아무려나 상관없잖은가. 이건 내 특별한 부탁일세. 자네는 그냥 앉아서 아무하고도 이야기하지 말고 듣고 있다가 가끔씩 뭔가 적는 시늉만 하면 되네. 뭐 그림을 그려도 되고.」

「무슨 말도 안 되는 소리야? 뭣 때문에?」

「음, 자네한테 상관없다면야. 자네가 계속 상관없다고 그러지 않았나?」

「아니야, 뭣 때문인가?」

「이유가 뭐냐면, 우리 단체 회원 중 한 사람인 감독관이 지금 모스끄바에 머물고 있는데, 내가 몇몇 사람들한테 감독관이 방문할지도 모른다고 말해 두었거든. 그들은 자네가 바로 그 감독관이라고 생각할 거야. 자네는 이곳에 온 지 이미 3주가 되었으니 그들은 그것 때문에 더 놀랄 걸세.」

「그건 사기야. 모스끄바에 감독관 같은 건 없네.」

「그래, 없긴 하지. 젠장! 자네에게 무슨 상관인가? 자네를 곤란하게라도 한단 말인가? 자네 역시 단체 회원이잖나.」

「그럼 그들에게 내가 감독관이라고 말하게. 나는 아무 말 않고 앉아 있을 테니. 하지만 종이와 연필은 거절하네.」

「아니, 왜?」

「싫으니까.」

뾰뜨르 스쩨빠노비치는 엄청 화가 나서 얼굴까지 새파래졌지만, 다시 화를 억누르고 일어나서 모자를 집어 들었다.

「**그자**는 자네 집에 있나?」 그는 갑자기 소리를 낮춰 이렇게 말했다.

「우리 집에 있네.」

「그거 잘됐군. 그를 곧 끌어낼 테니 걱정하지 말게.」

「걱정하지 않네. 그는 밤에만 머물고 있으니. 노파는 병원에 있네. 며느리가 죽었거든. 이틀 동안 나는 혼자일세. 울타리 나무판 하나가 빠지는 곳을 그에게 알려 주었네. 그는 그곳으로 드나들기 때문에 아무도 보지 못하지.」

「그를 곧 데려가지.」

「그가 잠잘 곳은 많다고 하던데.」

「거짓말이야. 지금 수배 중인데, 여기 있으면 당분간 눈에 띄지는 않겠지. 자네 정말 그자하고 이야기라도 하는 건가?」

「그래, 밤새. 자네 욕을 엄청 하던데. 나는 밤에 그에게 묵시록을 읽어 주고 차를 대접했네. 그는 아주 열심히 듣더군. 심지어 밤을 새울 정도로 열심히 말이지.」

「이런, 빌어먹을, 그러다 그를 기독교도로 개종시키겠군.」

「그는 이미 기독교 신자라네. 걱정 말게, 그는 살인을 할 테니. 그런데 누구를 해하고 싶은 건가?」

「아니, 내가 그를 필요로 하는 건 그것 때문이 아니라, 다른 이유로…… 그런데 샤또프는 페찌까에 대해 알고 있나?」

「나는 샤또프와 말도 하지 않고 만나지도 않고 있네.」

「화라도 난 건가?」

「아니, 우리는 화가 났다기보다 서로를 외면하고 있는 거지. 미국에서 너무 오랫동안 함께 지냈거든.」

「지금 그에게 가보려고 하네만.」

「마음대로 하게.」

「돌아오는 길에 스따브로긴과 함께 자네한테 들를 수도 있어, 10시쯤.」

「그래.」

「그와 중요한 이야기를 할 게 있어서……. 그런데 자네 공을 나한테 주었으면 하는데. 아직도 필요한가? 나도 운동을 해볼까 해서. 돈을 지불할 수도 있고.」

「그냥 가져가게.」

뾰뜨르 스쩨빠노비치는 공을 뒷주머니에 넣었다.

「하지만 스따브로긴을 거스르는 것이라면 그 무엇도 주지 않겠네.」 끼릴로프는 손님을 배웅하며 뒤에다 대고 중얼거렸다. 손님은 놀라서 그를 쳐다보았지만, 대답은 하지 않았다.

끼릴로프의 마지막 말은 뾰뜨르 스쩨빠노비치를 굉장히 당황하게 했다. 그는 그 말의 의미를 제대로 이해하기도 전에 벌써 샤또프의 집 계단에 도착하자 불만스러운 표정을 상냥한 얼굴로 바꾸려고 노력했다. 샤또프는 집에 있었는데, 몸이 별로 좋지 않은지 옷을 입은 채 침대에 누워 있었다.

「이런 불운이!」 뾰뜨르 스쩨빠노비치는 문 앞에서 소리쳤다. 「심각한 병인가?」

그의 얼굴에서 상냥한 표정이 갑자기 사라지고, 뭔가 악의에 찬 시선이 번쩍거렸다.

「아니 전혀.」 샤또프는 신경질적으로 벌떡 일어났다. 「많이 아픈 게 아니라, 머리가 조금…….」

그는 당황한 듯 보이기까지 했다. 이 손님의 갑작스러운 출현이 그를 놀라게 한 게 분명했다.

「나는 자네가 이렇게 앓고 있어서는 안 되는 용건 때문에 찾아왔네.」뾰뜨르 스쩨빠노비치는 왠지 좀 위압적으로 빠르게 말하기 시작했다. 「좀 앉아야겠네. (그는 앉았다.) 자네는 그 침대에 다시 앉게, 그래, 그렇게. 오늘 비르긴스끼의 생일을 핑계 삼아 그의 집에서 모이기로 했네. 그 밖에 다른 의미 부여 같은 건 전혀 없네. 그렇게 하도록 조치해 두었지. 나는 니꼴라이 스따브로긴과 함께 갈 거야. 물론 자네의 현재 사고방식을 알고 있으니 그곳으로 끌고 갈 생각은 없네······. 즉, 그 말은 자네를 괴롭히지 않겠다는 것이지, 자네가 밀고할 것이라고 생각한다는 의미는 아닐세. 하지만 결국은 자네도 참석해야 할 것 같아. 자네가 어떤 식으로 단체를 탈퇴할 것이며 자네가 가지고 있는 것을 누구에게 넘길 것인지 최종적으로 함께 결정할 사람들을 그곳에서 만날 거야. 우리는 눈에 띄지 않게 마무리 지을 걸세. 자네를 한쪽 구석으로 데리고 가겠네. 사람들이 많겠지만 모두에게 알릴 필요는 없지. 솔직히 말해 나는 자네를 대신해서 입을 좀 놀려야 했어. 하지만 지금은 모두가 동의한 것 같네. 물론 자네가 인쇄기와 모든 문서를 넘긴다는 조건으로 말이지. 그 후에는 사방 어디로든 가도 좋아.」

샤또프는 얼굴을 찌푸린 채 화가 난 듯 듣고 있었다. 조금 전의 신경질적인 경악은 완전히 사라져 버렸다.

「누군지도 모르는 인간에게 보고할 의무 같은 건 인정할 수 없어.」그는 단호하게 말했다. 「어느 누구도 나를 자유롭게 놓아줄 권리 같은 건 없다고.」

「꼭 그렇지만도 않네. 자네한테는 맡겨진 일이 많았거든. 그런 식으로 관계를 즉시 끊어 버릴 권리는 없네. 그리고 지금까지 단 한 번도 그 사실을 명확하게 밝힌 적이 없으니, 그들을 애매한 입장에 있게 했던 거지.」

「나는 이곳에 오자마자 서면으로 분명하게 밝혔어.」

「아니, 분명하게는 아니었어.」뾰뜨르 스쩨빠노비치는 차분하게 반박했다. 「예를 들어 나는 〈빛나는 인격〉을 보내면서, 여기서 그것을 인쇄한 뒤 요청이 있을 때까지 그 인쇄본을 자네 집 어딘가에 보관해 달라고 했지. 격문 두 개도 함께 보냈고. 그런데 자네는 아무런 뜻도 없는 애매한 편지와 함께 그것을 되돌려 보냈네.」

「나는 딱 잘라서 인쇄를 거절한 걸세.」

「딱 잘라서는 아니지. 자네는 〈할 수 없다〉고 썼을 뿐, 이유가 뭔지는 설명하지 않았네. 〈할 수 없다〉는 〈하기 싫다〉는 의미가 아니거든. 자네가 그냥 외부적인 이유로 할 수 없다고 생각할 수도 있으니까. 우리는 그렇게 이해했고, 자네가 어쨌든 단체와의 관계를 유지하는 데 동의했다고 판단했네. 그래서 우리는 다시 자네에게 뭔가 비밀을 털어놓았다가 결국 그대가를 치를지도 모르게 된 것이지. 이곳에서는 자네가 그들을 기만해서 뭔가 중요한 정보를 얻어 내 밀고하려 했다고 말하고 있네. 나는 전력을 다해 자네를 변호하면서 자네에게 유리한 증거물로 그 두 줄짜리 서면 답장을 보여 주었지. 그러나 지금 다시 읽어 보니, 이 두 줄의 내용이 분명하지도 않고 오해를 불러일으킬 수도 있다는 것을 인정하지 않을 수 없군.」

「그 편지를 그렇게 신경 써서 보관하고 있었다고?」

「그걸 보관한 게 뭐 대단하다고. 지금도 가지고 있는데.」

「마음대로 하게, 젠장……!」 샤또프는 미친 듯이 화를 내며 소리쳤다. 「바보 같은 자네 패거리들이 내가 밀고했다고 생각하건 말건 내가 무슨 상관이야! 자네들이 나한테 무슨 짓을 할 수 있는지나 봤으면 좋겠군.」

「자네 이름을 기록해 두었다가 혁명이 성공하자마자 교수형에 처하겠지.」

「자네들이 최고의 권력을 손에 넣고 러시아를 정복했을 때 말인가?」

「웃지 말게. 다시 말하지만, 나는 자네를 옹호해 주었네. 그러니 어쨌건 오늘은 참석하기를 권하겠네. 그런 어리석은 자존심 때문에 쓸데없는 말을 해봐야 무슨 소용인가? 사이좋게 헤어지는 것이 좋지 않겠나? 어쨌든 자네는 인쇄기와 활자, 이전 서류들을 넘겨주어야 하잖나. 그 얘기도 같이 하세.」

「가겠네.」 샤또프는 고개를 숙이고 생각하다가 이렇게 중얼거렸다. 뾰뜨르 스쩨빠노비치는 자기 자리에서 곁눈질로 그를 힐끗 쳐다보았다.

「스따브로긴도 오나?」 샤또프는 갑자기 고개를 들면서 물었다.

「반드시 올 거야.」

「허, 허!」

두 사람은 또 잠시 침묵에 잠겼다. 샤또프는 까다롭고 초조한 표정으로 얼굴을 찌푸렸다.

「내가 여기서 인쇄를 거절했던 자네의 그 저열하기 짝이 없는 〈빛나는 인격〉은 출판되었나?」

「출판되었지.」

「게르쩬이 자네 앨범에 직접 써준 것이라고 김나지움 학생들을 속이고 있겠지?」

「게르쩬이 써준 것이네.」

다시 3분 정도 침묵이 흘렀다. 샤또프는 마침내 침대에서 일어났다.

「이제 내 방에서 나가 주게. 더 이상 자네와 같이 앉아 있고 싶지 않으니.」

「그럼 가지.」 뾰뜨르 스쩨빠노비치는 오히려 유쾌한 듯 이렇게 말하며 서둘러 일어섰다. 「그런데 한마디만 더. 끼릴로프는 지금 곁채에서 하녀도 없이 혼자 지내는 것 같던데, 그런가?」

「혼자 지내고 있네. 이제 가게. 나는 자네하고 한 방에 있는 걸 견딜 수가 없군.」

〈음, 지금 네놈 상태가 아주 좋군!〉 뾰뜨르 스쩨빠노비치는 거리로 나서며 기분 좋게 생각에 잠겼다. 〈오늘 저녁에도 좋을 거야. 나는 지금 바로 너 같은 인간이 필요하거든. 더 이상 바랄 게 없겠어, 더 이상 바랄 게 없다고! 러시아 신이 직접 도와주는군!〉

7

틀림없이 그는 이날 여기저기 뛰어다니느라 아주 분주했을 것이다. 일은 모두 성공적이었던지 저녁 6시 정각에 니꼴라이 프세볼로도비치의 집에 나타났을 때 그의 얼굴에는 만족스러운 표정이 역력했다. 그러나 스따브로긴에게 곧 안내

받지는 못했다. 방금 마브리끼 니꼴라예비치가 니꼴라이 프세볼로도비치와 함께 그의 서재로 들어갔기 때문이다. 이 소식은 순식간에 그를 불안하게 했다. 그는 서재 문 바로 앞에 앉아 손님이 나오기를 기다렸다. 대화 소리가 들리긴 했지만 말귀를 알아들을 수는 없었다. 방문은 그리 오래 걸리지는 않았다. 곧 소란한 소리가 들리고 아주 크고 날카로운 목소리가 들리더니 뒤이어 문이 열리며 마브리끼 니꼴라예비치가 새파랗게 질린 얼굴로 나왔다. 그는 뾰뜨르 스쩨빠노비치도 알아보지 못하고 빠르게 지나쳤다. 뾰뜨르 스쩨빠노비치는 곧바로 서재로 뛰어 들어갔다.

이 두 〈연적〉의 대단히 짧은 만남, 복잡한 상황 때문에 불가능할 것이라고 생각되었지만 결국 성사된 이 만남에 대해서는 상세하게 언급하지 않을 수 없겠다.

그 일은 이렇게 된 것이었다. 니꼴라이 프세볼로도비치가 점심 식사 후 소파에 누워 잠깐 졸고 있을 때, 하인인 알렉세이 예고로비치가 들어와 예기치 않은 손님의 방문을 전했다. 전하는 이름을 듣자 그는 믿을 수 없다는 듯 자리에서 벌떡 일어나기까지 했다. 그러나 곧 미소가 그의 입가에 번졌다. 그것은 오만한 승리의 미소였으며, 동시에 뭔가 믿을 수 없다는 듯 멍한 놀라움의 미소였다. 방 안으로 들어선 마브리끼 니꼴라예비치는 미소 짓는 그의 표정에 충격을 받았는지 갑자기 방 한가운데 멈춰 서서 앞으로 나아갈 것인가, 아니면 되돌아갈 것인가 결정하지 못하는 것 같았다. 주인은 곧장 얼굴 표정을 바꾸고 진지한 의혹의 빛을 띠며 상대를 향해 걸음을 옮겼다. 손님은 자기에게 내민 손을 잡지도 않고 어색하게 의자를 끌어당기더니, 한마디 말도 없이 주인이 앉으라고

하기도 전에 그보다 먼저 앉아 버렸다. 니꼴라이 프세볼로도 비치는 소파에 비스듬히 앉아 마브리끼 니꼴라예비치를 바라보며 조용히 기다렸다.

「가능하다면 리자베따 니꼴라예브나와 결혼해 주십시오.」 마브리끼 니꼴라예비치는 갑자기 그에게 그녀를 선사라도 하듯이 말했다. 무엇보다 흥미로운 것은, 그의 목소리 억양으로 보아 이것이 부탁인지, 추천인지, 양보인지, 아니면 명령인지 도무지 알 수 없다는 점이었다.

니꼴라이 프세볼로도비치는 여전히 침묵을 지키고 있었다. 그러나 손님은 분명 자기가 찾아온 이유를 이미 다 말해 버린 듯 대답을 기다리며 상대의 얼굴을 응시했다.

「내가 잘못 알고 있는 게 아니라면(하지만 이것은 틀림없는 사실이지요), 리자베따 니꼴라예브나는 당신과 이미 약혼한 사이 아닌가요.」 스따브로긴이 마침내 이렇게 말했다.

「결혼하기로 하고 약혼식도 했습니다.」 마브리끼 니꼴라예비치는 단호하고 분명하게 확인해 주었다.

「당신들은…… 다투기라도 했습니까? 이런 말을 해서 죄송합니다만, 마브리끼 니꼴라예비치…….」

「아닙니다, 그녀는 나를 〈사랑하고 존경하고〉 있습니다. 그녀가 한 말이지요. 그녀의 말은 무엇보다 귀중합니다.」

「그 점에는 의심의 여지가 없지요.」

「그러나 말입니다, 그녀는 교회 경탁 앞에서 결혼식을 치르는 중에라도 당신이 그녀의 이름을 부르면 달려 나와 모든 사람을 버려두고 당신에게로 갈 것입니다.」

「결혼식 중에요?」

「결혼식 후에라도요.」

「잘못 생각하고 있는 것 아닙니까?」

「아닙니다. 당신에 대한 끝없는 증오, 진심에서 우러나온 완전한 증오 밑에서 매 순간 사랑과…… 광기가…… 진심에서 우러나온 한없는 사랑과 광기가 번뜩이고 있습니다! 반대로 그녀가 나에 대해 느끼는 사랑에서는, 물론 진심이긴 하지만, 매 순간 증오가, 가장 강력한 증오가 번뜩이고 있습니다! 나는 전 같으면 그런 식의…… 감정의 탈바꿈은 상상도 할 수 없었습니다.」

「그런데 당신이 어떻게 여기 찾아와서 리자베따 니꼴라예브나의 손을 마음대로 넘겨줄 수 있는지 놀라울 따름입니다. 당신은 그럴 권리를 가지고 있습니까? 아니면 그녀가 권한을 위임했나요?」

마브리끼 니꼴라예비치는 얼굴을 찌푸리며 잠시 고개를 숙이고 있었다.

「그건 어디까지나 당신이 그냥 꺼내 놓는 말일 뿐입니다.」 그는 갑자기 이렇게 말했다. 「복수심과 승리감에 가득 찬 말이지요. 당신은 내 말속에 내포된 의미를 잘 이해하리라 확신합니다만, 정말 이 상황에서 하찮은 허영심을 보여야겠습니까? 아직도 만족하지 못했나요? 정말 이야기를 줄줄이 늘어 놓고 i에 점을 찍듯 확실하게 마무리해야 합니까? 좋습니다, 나의 굴욕이 그토록 필요하다면 점을 찍어 드리지요. 내게 권리 같은 건 없으며, 전권이라니 말도 안 됩니다. 리자베따 니꼴라예브나는 아무것도 모르고 있지만, 그녀의 약혼자는 마지막 남은 이성마저 잃고 정신 병원에라도 가야 할 형편이어서, 결국 스스로 이것을 알리려고 당신을 찾아온 겁니다. 이 세상에서 당신만이 그녀를 행복하게 해줄 수 있고, 그녀를 불행하게 하는 건 나 한 사람뿐입니다. 당신은 그녀를 차지하려고 하고 계속 뒤따라다니고 있지만, 왜 그러는지는 모르겠는데 결혼은 하지 않으려 하네요. 만약 그것이 외국에 있을 때부터 시작된 사랑싸움이라면, 그리고 그 싸움을 끝내기 위해 나를 희생시켜야겠다면 그렇게 하십시오. 그녀가 너무 불행해서 난 견딜 수가 없습니다. 내 말은 허가도 아니고 지시도 아니니, 당신의 자존심에 모욕이 될 리는 없을 겁니다. 당신이 경탁 앞 나의 자리를 차지하고 싶었다면 내 승낙 없이 그렇게 할 수 있었을 것이고, 나는 물론 이런 미친 짓을 하려고 당신을 찾아올 필요도 없었을 것입니다. 더욱이 나의 이 행보 이후 우리의 결혼은 완전히 불가능해졌습니다. 내가 비열한 인간이 되어 그녀를 제단으로 데리고 갈 수는 없지 않겠습니까? 내가 여기서 하고 있는 짓, 그녀를 당신에게, 그러니까 그녀의 불구대천 원수에게 팔아넘기는 짓이 너무 비열하다는 것을 알기에 나로서도 도저히 견딜 수가 없을 겁니다.」

「우리가 결혼식을 올릴 때 권총 자살을 할 겁니까?」

「아니요, 훨씬 나중에요. 나의 피로 그녀의 웨딩드레스를 더럽혀서야 되겠습니까. 어쩌면 지금이든 나중이든 전혀 자살하지 않을지도 모릅니다.」

「그렇게 말해 나를 안심시키려는 것이겠지요?」

「당신을요? 피가 한 방울 더 튄다고 해서 당신에게 무슨 의미가 있겠습니까?」

그의 얼굴이 창백해지고 눈은 번쩍거리기 시작했다. 잠시 동안 침묵이 이어졌다.

「당신에게 이런 질문들을 드려 미안합니다.」 스따브로긴이 다시 말을 시작했다. 「그중 몇 가지는 제가 당신에게 물을 권리 같은 게 전혀 없는 것들이었습니다. 다만 한 가지만은 충분한 권리를 가지고 있다고 생각합니다. 대체 무슨 근거로 리자베따 니꼴라예브나에 대한 나의 감정을 그렇게 결론 내렸습니까? 그러니까 내 말은, 그런 감정의 정도에 관한 것인데, 어떤 확신이 들었기에 나를 찾아와서…… 위험을 무릅쓰고 그런 제안을 하는가 하는 겁니다.」

「뭐라고요?」 마브리끼 니꼴라예비치는 몸을 약간 떨기까지 했다. 「당신은 정말 구애를 한 게 아닌가요? 지금도 구애를 하는 게 아니고, 그러기를 원하지도 않는단 말입니까?」

「일단 나는 여성들에 대한 나의 감정을 당사자를 제외하고는 누구든 간에 제삼자에게 말할 수 없습니다. 미안합니다만, 내 기질이 워낙 이상해서요. 대신 나머지 진실에 대해서는 당신에게 전부 말해 드리죠. 나는 이미 결혼했기 때문에 또 결혼한다거나 〈구애를 한다〉거나 하는 것이 불가능합니다.」

마브리끼 니꼴라예비치는 너무 놀라서 의자 등받이에 쓰러질 듯 기대며 한동안 꼼짝도 않고 스따브로긴의 얼굴을 쳐다보았다.

「그러니까, 나는 그런 일은 생각도 못했습니다.」 그가 중얼거렸다. 「당신은 그날 아침 결혼하지 않았다고 말했고…… 나는 결혼하지 않았다는 말을 그대로 믿었으니까요…….」

그는 무섭게 창백해졌다. 갑자기 그는 온 힘을 다해 주먹으로 탁자를 내리쳤다.

「만약 당신이 그런 고백을 한 뒤에도 리자베따 니꼴라예브나를 가만두지 않고 그녀를 불행하게 만든다면, 담장 밑 개처럼 당신을 몽둥이로 때려죽일 거요!」

그는 벌떡 일어나 빠르게 방을 나가 버렸다. 방 안으로 뛰어든 뾰뜨르 스쩨빠노비치는 집주인이 뜻밖의 기분에 잠겨 있는 것을 발견했다.

「아, 자네로군!」스따브로긴은 큰 소리로 웃음을 터뜨렸다. 그는 단지 열렬한 호기심을 보이며 뛰어 들어오는 뾰뜨르 스쩨빠노비치의 모습이 웃겼던 것 같았다.

「자네 문 앞에서 엿들었겠지? 잠깐, 무슨 일로 왔나? 뭔가 자네한테 약속했던 것 같은데…… 아, 그렇지! 기억나는군. 〈우리 일당〉에게 가기로 했지! 이제 가지. 정말 기쁘군. 지금 이보다 더 적당한 것은 자네도 생각해 낼 수 없었을 거야.」

그는 모자를 집어 들었고, 두 사람은 지체 없이 집에서 나왔다.

「〈우리 일당〉을 본다고 벌써부터 웃고 있는 건가?」뾰뜨르 스쩨빠노비치는 벽돌이 깔린 좁은 인도를 동행과 나란히 걸어가기도 하고 차도로 뛰어내려 진흙탕 속을 걸어가기도 하면서 유쾌한 듯 부산하게 움직였다. 그것은 동행이 혼자 인도 한가운데를 걸어가면서 자기가 그 길을 다 차지하고 있다는 것을 전혀 알아차리지 못하고 있었기 때문이다.

「전혀 웃지 않았네.」스따브로긴은 큰 소리로 유쾌하게 대답했다. 「오히려 나는 그곳에 있는 사람들이 가장 진지한 사람들이라고 믿고 있네.」

「자네가 언젠가 표현한 대로 〈음울한 얼간이들〉이지.」

「음울한 얼간이보다 더 유쾌한 것은 없지.」

「아, 마브리끼 니꼴라예비치를 말하는 거군! 그가 분명 자네한테 약혼녀를 양보하러 왔다고 생각하는데, 맞지? 짐작했겠지만, 그를 간접적으로 꼬드긴 것은 나라네. 그가 양보하지 않으면 우리가 직접 뺏어 오면 되는 거지, 그렇지 않나?」

물론 뾰뜨르 스쩨빠노비치는 그런 기이한 행동은 위험을 무릅써야 한다는 것을 잘 알고 있었다. 그러나 그는 흥분을 하게 되면 모르는 상태로 있기보다 무엇이든 위험을 무릅쓰고자 했다. 니꼴라이 프세볼로도비치는 그저 웃음을 터뜨릴 뿐이었다.

「자네는 여전히 나를 도와줄 작정인가?」 그가 물었다.

「자네가 큰 소리로 부르기만 한다면. 하지만 알다시피 가장 좋은 방법이 하나 있긴 하지.」

「자네 방법은 알고 있네.」

「아니, 당분간은 비밀이네. 비밀에는 돈이 든다는 것만 기억해 두게.」

「얼마가 드는지도 알고 있네.」 스따브로긴은 혼잣말을 하다가 참고 입을 다물었다.

「얼마라고? 자네 뭐라고 했나?」 뾰뜨르 스쩨빠노비치는 펄쩍 뛰었다.

「내 말은, 자네와 자네의 그 비밀 따위는 어디로 꺼지든 상관없다는 거지! 그보다는 그곳에 누가 오는지나 말해 보게. 영명축일 파티에 간다는 것은 알고 있는데, 정확히 어떤 사람들이 오나?」

「오, 온갖 잡동사니가 다 온다네! 끼릴로프도 올 걸세.」

「모두 다 서클 회원들인가?」

「젠장, 너무 서두르는군! 이곳에는 아직 단 하나의 서클도 결성되지 않았네.」

「그렇다면 어떻게 그 많은 격문을 뿌린 건가?」

「지금 우리가 가고 있는 그곳에는 서클 회원이 단 네 명뿐이네. 나머지는 가입을 기다리면서 서로 앞다투어 정탐하고 나한테 보고하고 있지. 믿을 만한 사람들일세. 하지만 아직 모두 재료일 뿐이니 조직하고 정리해야만 하네. 그나저나 자네가 직접 규약을 썼으니 자네한테 설명할 필요는 없겠군.」

「어떤가, 진행이 어렵나? 애를 먹고 있는 건가?」

「어떠냐고? 이보다 더 쉬울 수는 없지. 웃긴 얘기 좀 해주지. 엄청 효과가 좋은 첫 번째는 제복이라네. 제복보다 더 강력한 것은 없다니까. 나는 일부러 관등과 직책을 고안했다네. 나한테는 비서진, 비밀 정탐꾼, 회계원, 의장단, 기록계, 그들의 조수도 있다는 식으로 말일세. 그러자 아주 마음에 들어하며 열렬히 환영하더군. 그다음으로 강력한 힘은 물론 감상성이라네. 알겠지만, 우리 나라의 사회주의는 주로 감상성에서 퍼져 나온 것이거든. 그런데 여기서 한 가지 곤란한 점은 바로 저 물어뜯기 좋아하는 육군 소위 같은 작자들이야. 가끔씩 이런 작자들과 부딪친단 말이야. 그다음에는 진짜 사기꾼들이 있지. 이자들은 대개 좋은 무리이고 가끔씩은 아주 쓸모가 있지만, 시간을 너무 많이 쏟아야 하고 부단한 감시가 필요하다네. 그리고 마지막으로 모든 것을 결합시키는 시멘트와 같은 가장 강력한 힘, 그것은 자신의 견해에 대한 수치심이네. 이거야말로 강력한 힘이지! 그 누구의 머릿속에도 단 하나의 자기 사상이 남아 있지 않도록 작업한 사람은 대체 누구인가, 이런 노력을 기울인 이 〈사랑스러운 사람〉은 누구란 말인가! 그들은 모두 그걸 수치라고 생각하네.」

「그렇다면 자네는 왜 그렇게 분주하게 돌아다니고 있나?」

「그럼 가만히 누워서 멍하니 입을 벌리고 다른 사람들을 보고만 있는 녀석들을 어찌 끌어내지 않을 수 있겠나! 자네는 성공 가능성을 진심으로 믿지 못하겠나? 아니, 신념은 있으니 욕망만 있으면 되네. 그래, 바로 그런 녀석들과 함께라야 성공할 수 있다네. 분명히 말하지만, 그런 놈들이라면 나를 위해 불길 속에라도 들어갈 테니. 그들의 자유주의 사상이 충분하지 않다고 소리치기만 하면 돼. 그 바보 같은 놈들은 내가 중앙 위원회니 〈무수히 많은 지부〉니 하며 이곳 사람들 모두에게 허풍을 쳤다고 책망하더군. 자네도 언젠가 나를 책망한 적이 있지만, 여기에 무슨 허풍이 있단 말인가. 중앙 위원회는 나와 자네고, 지부는 얼마든지 만들 수 있는 건데.」

「하나같이 쓰레기 같은 놈들뿐이지!」

「우리의 재료일세. 그런 놈들도 쓸모는 있다네.」

「그런데 자네는 여전히 나에게 기대를 걸고 있나?」

「자네는 우두머리이고, 자네는 힘이야. 나는 기껏해야 자네 옆에 있는 비서에 불과하다네. 우리는 한배를 탈 거야. 단풍나무 노에 비단 돛을 달고, 선미에는 아름다운 처녀, 우리의 빛 리자베따 니꼴라예브나가 앉아 있고…… 그리고 그다음 노래가 어떻게 되더라, 젠장…….」

「말이 막혔군!」 스따브로긴은 큰 소리로 웃었다. 「아니, 그보다는 내가 한 가지 더 재미있는 이야기를 해주지. 자네는 지금 서클이 어떤 힘으로 구성되고 있는지 손가락으로 계산하고 있겠지? 그 관료적 태도라든가 감상성이라든가 하는 것은 모두 좋은 접착제이긴 하지만, 그보다 훨씬 더 좋은 게 하나 있네. 네 명의 서클 회원을 선동해서 다섯 번째 회원이 밀고할 것 같다는 구실로 그를 죽이는 거지. 그러면 자네는 즉시 그 흘린 피로 그들 모두를 하나의 매듭으로 묶어 둘 수 있을 걸세. 그들은 자네의 노예가 되어, 감히 반기를 들거나 해명을 요구하거나 하지 못할 거야. 하, 하, 하!」

〈하지만 너도…… 하지만 너도 그 말에 대한 대가를 치르게 될 거야.〉 뾰뜨르는 속으로 이렇게 생각했다. 〈그것도 바로 오늘 밤에. 너는 이미 너무 멀리 나갔어.〉

뾰뜨르 스쩨빠노비치는 이렇게, 아니 거의 이렇게 생각했음에 틀림없다. 그사이 두 사람은 비르긴스끼 집에 다가가고 있었다.

「자네는 물론 그들에게 내가 *Internationale*(인터내셔널)과 관련 있는 외국에서 온 회원이라고 말했겠지, 감독관이니 뭐니 하고 말이야?」 스따브로긴이 갑자기 물었다.

「아니, 감독관은 아니네. 감독관은 자네가 아니야. 하지만 자네는 외국에서 온 창립 멤버로, 가장 중요한 비밀을 알고 있는 사람이지. 그게 자네의 역할이네. 자네는 물론 한마디 할 거지?」

「무슨 근거로 그런 생각을 하게 된 거지?」

「자네는 이제 한마디 해야만 하네.」

스따브로긴은 놀란 나머지 가로등에서 멀지 않은 도로 한복판에 멈춰 섰다. 뾰뜨르 스쩨빠노비치는 대담하고 태연하게 그의 시선을 받아 냈다. 스따브로긴은 침을 뱉더니 가던 길을 계속 갔다.

「그럼 자네는 무슨 말을 할 건가?」 그가 갑자기 뾰뜨르 스쩨빠노비치에게 물었다.

「아니, 나는 자네 말을 듣기만 할 걸세.」

「망할! 덕분에 좋은 생각이 하나 떠오르는군!」

「어떤 생각인데?」 뾰뜨르는 펄쩍 뛰었다.

「그곳에 가면 말을 하긴 하겠지만, 대신 나중에 자네를 패주겠네. 알겠나, 제대로 패주겠어.」

「그러고 보니, 아까 나는 까르마지노프에게 자네 이야기를 했네. 자네가 그에 대해서, 그런 인간은 실컷 매질해야 한다, 그것도 그냥 형식적으로가 아니라 농부를 매질하듯이 아프게 해야 한다고 하더라고 말일세.」

「나는 한 번도 그런 말을 한 적이 없는데, 하-하!」

「상관없네. *Se non è vero*(사실이 아니더라도)······.[57]」

「아, 고맙군, 진심으로 감사하네.」

「그런데 까르마지노프가 이런 말도 하더군. 우리의 교의는 본질적으로 명예에 대한 부정이다, 그리고 불명예에 대한 공공연한 권리야말로 러시아인들을 무엇보다 잘 사로잡을 수 있다고 말이야.」

「아주 멋진 말이군! 금언이야!」 스따브로긴이 외쳤다. 「정곡을 찌르는 말이야! 불명예에 대한 권리라, 그래, 이 말 한마디로 모두가 우리한테 달려들겠군. 그쪽에는 한 명도 남지 않고! 그런데 베르호벤스끼, 자네 혹시 고등 경찰 소속은 아닌가, 응?」

「머릿속에 그런 의문을 품고 있는 사람은 그 말을 입 밖에 내지 않는 법이지.」

「그렇긴 하지만, 우리끼린데 뭐 어떤가.」

「아니, 현재로서는 고등 경찰 소속은 아니네. 이제 그만하지, 다 왔네. 얼굴 표정을 좀 지어 보게, 스따브로긴. 나는 이들이 있는 곳에 들어설 때 항상 그렇게 한다네. 좀 더 음울하게, 그렇게만 하면 돼. 더 이상은 필요 없네. 아주 간단하지.」

---

57 이탈리아어의 관용적 표현 〈*Se non è vero, è ben trovato*(사실이 아니더라도, 잘 고안해 냈군)〉의 일부다.

제7장
일당의 모임에서

1

비르긴스끼는 무라비이나야 거리에 있는 자기 집, 다시 말해 아내의 집에 살고 있었다. 집은 단층의 목조 건물로 다른 거주자들은 없었다. 주인의 생일을 빙자해 열다섯 명가량 되는 손님이 모였다. 그러나 이 모임은 지방에서 흔히 볼 수 있는 영명축일 파티와는 전혀 달랐다. 비르긴스끼 부부는 결혼 생활을 시작하면서 영명축일에 손님을 부르는 것은 어리석은 짓이며, 게다가 〈기뻐할 이유도 전혀 없다〉고 서로 단호하게 결정지었던 것이다. 지난 몇 년 동안 그들은 어떻게든 스스로를 사회에서 완전히 단절시켜 왔다. 그는 능력도 있는 데다 〈무슨 불쌍한〉 사람이 전혀 아님에도 불구하고, 모두 그를 은둔 생활을 즐기고 말투가 〈오만한〉 기인이라고 생각하는 것 같았다. 마담 비르긴스까야는 산파 일을 하고 있었기 때문에 그것만으로도 사회 계층에서 가장 낮은 곳에 속해 있었으며, 남편의 장교직 관등에도 불구하고 사제의 아내[58]보다 낮

58 러시아 정교도 사제들 중에는 결혼을 하는 경우도 있다.

은 신분이었다. 하지만 그녀의 신분에 걸맞은 겸손함 같은 것은 전혀 찾아볼 수 없었다. 사기꾼인 레뱟낀 대위와 무슨 원칙에 따라 대단히 어리석고 용서받을 수 없을 정도로 공개적인 관계를 맺은 이후에는 우리 중 가장 관대한 부인들조차 눈에 띌 정도로 경멸하며 그녀를 외면해 버렸다. 그러나 마담 비르긴스까야는 바로 그런 것을 필요로 했다는 태도로 모든 것을 받아들였다. 주목할 점은 바로 그 엄격한 부인들도 임신을 하게 되면 우리 도시의 다른 세 명의 산파를 제쳐 두고 가능한 한 아리나 쁘로호로브나(즉 비르긴스까야)를 찾았다는 것이다. 지주의 아내들을 위해 군에서조차 그녀를 부르러 보낼 정도로, 사람들은 모두 결정적인 경우 그녀의 지식과 운, 능란함을 신뢰하고 있었다. 결국 그녀는 가장 부유한 집에서만 산파 일을 하기로 결론을 내렸다. 탐욕스러울 정도로 돈을 좋아했기 때문이다. 자신의 힘을 완전히 실감하자 그녀는 결국 자기 성격을 조금도 억누르거나 하지 않게 되었다. 아마도 일부러 그러는 듯 명문가에서 진료를 보는 중에는 전대미문의 허무주의자처럼 예의범절을 망각한다든지, 또는 〈신성한 것〉이 가장 필요할 수도 있는 바로 그 순간 〈모든 신성한 것들〉에 대한 냉소를 드러내어 신경이 약해진 부모들을 놀라게 만들었다. 우리 보건소 의사이자 그 역시 산부인과 의사이기도 했던 로자노프가 확실히 목격한 바에 따르면, 한번은 산모가 산고 때문에 소리를 지르고 전능한 하느님의 이름을 부르고 있을 때, 갑자기 〈권총에서 발사된 듯〉 아리나 쁘로호로브나에게서 튀어나온 무신론적 언급이 산모를 경악하게 만들어, 결과적으로 그녀의 빠른 분만을 촉진시켰다. 그러나 아리나 쁘로호로브나는 허무주의자이긴 했지만, 필요한 경우 상류 사회의 관습뿐만 아니라 낡고 아주 편견이 심한 관습조차, 그것이 자기에게 이익이 된다면 전혀 꺼리는 법이 없었다. 예를 들어 그녀는 자기 손으로 받아 낸 갓난아기의 세례식은 무슨 일이 있어도 놓치지 않았다. 게다가 다른 때 같았으면 자신의 단정치 못한 옷차림에 자기만족까지 느낄 정도였지만, 이때만은 뒷자락이 긴 녹색 실크 드레스를 입고 머리를 곱슬곱슬하게 말아 뒤로 틀어 올린 모습으로 나타났다. 또한 성찬식이 진행되는 동안에는 항상 〈매우 불손한 표정〉을 짓고 있어 사제들을 당황케 했지만, 식이 끝나고 나면 반드시 샴페인을 직접 따라서 돌리곤 했으며(이것을 하려고 그녀는 이곳에 참석하고, 또 옷을 차려입는 것이었다), 그녀에게 축의금을 내지 않고 잔을 받아 들면 큰 화를 입을 수도 있었다.

이번에 비르긴스끼 집에 모인 손님들은(거의 대부분 남자였다) 뭔가 우연히 모인 것처럼 특이한 모습을 하고 있었다. 안주도 없고 카드놀이도 없었다. 눈에 띄게 낡은 하늘색 벽지를 바른 커다란 객실 한가운데에는 두 개의 식탁이 붙어 있었으며 그 위에 크기는 하지만 그다지 깨끗하지 않은 식탁보가 덮여 있었다. 식탁 위에서는 두 개의 사모바르가 끓고 있었다. 스물다섯 개의 컵이 놓인 거대한 쟁반과 귀족 학교 기숙사에서 남녀 학생들을 위해 준비해 놓을 법한 여러 개의 조각으로 얇게 자른 흔한 프랑스식 흰 빵이 담긴 바구니가 식탁 한쪽 끝을 차지하고 있었다. 여주인의 언니인 서른 살 정도의 처녀가 차를 따르고 있었는데, 그녀는 눈썹이 없고 머리카락이 희끗희끗했으며, 말이 없고 독살스럽지만 신식 견해에는 동조하는 여자로서, 비르긴스끼 자신도 집안일에서는 그녀를 엄청 무서워하고 있었다. 방 안에 여자는 총 세 명이었다. 여주인과 그녀의 눈썹 없는 언니, 그리고 뻬쩨르부르끄에서 방금 도착한 비르긴스끼의 여동생이었다. 아리나 쁘로호로브나는 스물일곱 살의 당당한 여성으로 외모는 꽤 괜찮았지만, 머리는 부스스하고 푸르스름한 모직 평상복을 입고 있었다. 그녀는 앉아서 대담한 눈초리로 손님들을 둘러보았는데, 그 시선은 마치 〈이것 봐요, 나는 아무것도 두려워하지 않아요〉라고 서둘러 말하는 것 같았다. 방금 도착한 비르긴스까야 양은 역시 꽤 괜찮은 외모에 여대생이자 허무주의자였으며, 작은 공처럼 통통하고 팽팽한 몸집에 볼은 굉장히 빨갛고 키는 좀 작았다. 그녀는 아리나 쁘로호로브나 옆에 앉아 있었는데, 아직 여행하던 옷차림 그대로 손에는 무슨 종이 꾸러미를 들고 바쁘게 두리번거리는 시선으로 손님들을 둘러보았다. 비르긴스끼는 이날 밤 몸이 별로 좋지 않았으나, 그래도 나와서 식탁 앞의 안락의자에 앉아 있었다. 손님들도 모두 자리에 앉아 있었는데, 식탁 주위로 의자 위에 점잖게 자리하고 있는 모습이 무슨 회의를 연상시켰다. 그들은 모두 뭔가 기다리고 있는 것이 분명했으며, 기다리는 동안 큰 소리로 별로 관계없어 보이는 이야기를 주고받았다. 스따브로긴과 베르호벤스끼가 나타나자 모두들 갑자기 조용해졌다.

그러나 나는 여기서 정확성을 기하기 위해 몇 가지 설명을 하고자 한다.

내 생각에 이 사람들은 사실 뭔가 특별히 흥미로운 이야기를 들을 수 있으리라는 기분 좋은 기대감으로 모인 것 같았다. 그들은 미리 통지를 받고 모였을 것이다. 그들은 우리의 오래된 도시에서 가장 선명한 적색 자유주의의 대표자들이었으며, 비르긴스끼가 이 〈회의〉를 위해 아주 신중하게 선택한 사람들이었다. 한 가지 더 말해 두자면, 그들 중 몇몇(극히 일부)은 이전에 한 번도 이런 모임에 참석한 적이 없었다. 물론 대다수 손님은 무엇 때문에 자기들이 미리 통지를 받았는지 확실히는 알지 못했다. 사실 그때 그들은 뾰뜨르 스쩨빠노비치를 전권을 부여받고 외국에서 온 밀사로 생각하고 있었다. 이 생각은 어쩐 일인지 곧 그대로 굳어졌고 자연스럽게 사람들의 마음을 끌어당겼다. 그 와중에도 영명축일을 구실로 이렇게 모인 무리 속에는 구체적인 제안을 받은 사람이 몇 명 있었다. 뾰뜨르 스쩨빠노비치는 그가 이미 모스끄바에서 조직했고, 또 하나는 지금 우리 군의 장교들 사이에도 있는 것으로 밝혀진 〈5인조〉와 같은 것을 우리 도시에서도 결성하는 데 성공했다. 들리는 말로는 H현에도 하나가 있었다. 이렇게 선택받은 5인조는 지금 공용 식탁에 앉아 아주 교묘하게 가장 평범한 사람과 같은 표정을 짓고 있었으니 아무도 그들을 알아보지 못했다. 이제는 비밀도 아니므로 그들을 밝히자면, 우선 리뿌찐, 그다음에 비르긴스끼 자신, 비르긴스까야 부인의 오빠인 귀가 긴 시갈료프, 럄신, 그리고 마지막으로 똘까첸꼬라는 사람이었다. 그는 나이가 마흔 살 정도 된 독특한 개성을 가진 사람으로 러시아 민중, 특히 사기꾼이나 강도들에 대한 방대한 연구로 유명했다. 또한 일부러 선술집만 돌아다니며(민중 연구를 위해서만은 아니었다) 우리 사이에서 허름한 복장과 기름칠한 구두, 눈을 가늘게 뜬 교활한 표정, 현란한 속어 표현 등으로 잘난 체하는 사람이었다. 이전에 한두 번 럄신이 그를 스쩨빤 뜨로피모비치의 저녁 모임에 데려온 적이 있었는데, 그다지 특별한 인상을 불러일으키지 못했다. 그는 이따금, 특히 일자리가 없을 때 우리 도시에 나타나곤 했는데, 보통은 철도 관련 일을 했다. 이들 5인조 멤버는 자기들 조직이 러시아 전역에 흩어져 있는 수백, 수천 개의 5인조 중 하나이며, 중앙의 거대한 비밀 단체와 연결되어 있고, 그 중앙 단체는 때가 되면 유럽의 세계 혁명 운동과 유기적으로 연계될 것이라는 뜨거운 신념을 가지고 첫 번째 집단을 결성했다. 그러나 유감스럽게도 그들 사이에 이미 그때부터 불화가 드러나기 시작했다는 것을 인정하지 않을 수 없다. 문제는 이러했다. 그들은 지난봄부터 처음에는 똘까첸꼬가, 그다음에는 돌아온 시갈료프가 통보해 준 대로 뾰뜨르 베르호벤스끼의 도착을 기다리고 있었고, 또한 그에게서 특별한 기적을 기대하며 그의 첫 부름에 조금의 비판도 없이 바로 서클에 가입했음에도 불구하고, 5인조를 결성하자마자 바로 모욕을 느꼈던 듯하다. 내가 추측하기로는 자기들이 너무 빨리 동의했다고 생각하는 것 같았다. 물론 그들은 나중에 가입할 용기도 없었다는 말을 듣지 않으려는 고상한 수치심 때문에 가입한 것이지만, 그럼에도 불구하고 뾰뜨르 베르호벤스끼는 그들의 고결한 공훈을 평가해 주어야 했고, 보상 차원에서 적어도 가장 중요한 일화 하나쯤은 이야기해 주어야 했다. 그러나 베르호벤스끼는 그들의 정당한 호기심을 전혀 만족시켜 주려 하지 않았으며, 필요 없는 말은 한마디도 하지 않았다. 그는 대체로 그들을 상당히 엄격하고 심지어 무관심하게 대했다. 이것이 결정적으로 그들을 화나게 했으며, 시갈료프는 〈상황 설명을 요구해야 한다〉고 나머지 사람들을 부추겼다. 그러나 물론 국외자가 이렇게 많이 모여 있는 지금의 비르긴스끼 집에서는 아니었다.

국외자와 관련해서도 한 가지 생각나는 게 있다. 위에서 말한 첫 5인조 멤버들은, 그날 밤 비르긴스끼 집에 모인 손님들 중, 자기들은 아직 모르지만 역시 똑같은 비밀 조직에 따라 베르호벤스끼에 의해 이 도시에서 결성된 또 다른 그룹 멤버가 있을지도 모른다는 의심을 하기 시작했다. 그래서 결국 이 자리에 모인 모든 사람들은 서로를 의심했고 상대방 앞에서 제각각 거드름을 피워 댔다. 그것은 모임 전체에 대단히 모순적이면서도 부분적으로 소설과 같은 모습을 띠게 해 주었다. 하지만 여기에는 어떤 의심스러운 점도 없는 사람들 또한 있었다. 예를 들어 비르긴스끼의 가까운 친척인 현역 소령은 완전히 결백한 사람이었다. 그는 영명축일에 초대받지도 않았는데 직접 찾아왔기 때문에 결국 받아들이지 않을 수 없었던 것이다. 그럼에도 불구하고 영명축일의 주인공은 태연했는데, 왜냐하면 소령은 〈결코 밀고할 사람이 아니기 때문〉이었다. 그는 어리석은 인간이긴 했지만 극단적인 자유주의자들을 만날 수 있는 곳이라면 어디든 분주하게 돌아다니는 것을 좋아했다. 스스로 공감하지는 못했지만 듣는 것은 아주 좋아했던 것이다. 그뿐만 아니라 치욕스러운 상황도 있었다. 젊은 시절에 그의 손을 통해 많은 부수의 『종』[59]과 격문들이 전달된 적이 있는데, 그는 그것들을 펴보는 것도 두려워했지만, 배포를 거절하는 것은 완전히 비열한 짓이라고 생각했었다. 러시아인들 중에는 지금도 그런 인간들이 있다. 그 밖의 손님들은 고결한 자존심이 짓눌려 짜증이 나 있는 유형이거나, 아니면 타오르는 젊음의 가장 고귀한 첫 발작을 경험하고 있는 유형이었다. 선생도 두세 명 있었는데, 그중 마흔다섯 살가량의 절름발이 김나지움 선생은 매우 독살스럽고 대

---

59 게르첸이 영국으로 망명해 1857년부터 발행한 잡지.

단히 허세를 부리는 사람이었다. 장교도 두세 명 있었다. 그 중 아주 젊은 포병 장교 한 사람은 최근 사관 학교를 졸업하고 이곳에 왔으며, 말수도 적고 아직 사람들과 사귈 시간도 갖지 못한 젊은이였다. 그런데 지금 갑자기 비르긴스끼 집에 나타나 손에 연필을 들고 대화에는 거의 참여하지 않은 채 쉴 새 없이 자기 수첩에 뭔가를 적고 있었다. 모두 이것을 보았지만 무슨 이유에서인지 알아채지 못한 것 같은 표정을 지으려고 애썼다. 이곳에는 럄신과 함께 서적 행상인의 짐에 혐오스러운 사진을 몰래 집어넣었던, 항상 빈둥거리기만 하는 신학생도 있었는데, 그는 몸집이 큰 사내로, 제멋대로 행동하면서도 남을 잘 믿지 못하는 태도를 가지고 있었다. 또한 늘 뭔가 폭로하려는 듯한 웃음을 짓고 있었지만, 동시에 자기 자신의 완벽함을 자랑스러워하는 침착한 표정을 하고 있었다. 무엇 때문인지는 모르겠으나, 우리 도시 시장의 아들, 즉 나이에 맞지 않게 방탕한 생활을 일삼고 있으며, 지난번 자그마한 중위 부인 이야기를 할 때 이미 언급했던 바로 그 추악한 소년도 있었다. 그런데 이날은 밤새 입을 다물고 있었다. 그리고 마지막으로 욱하는 성격에 헝클어진 머리를 하고 있는 열여덟 살가량의 김나지움 학생이 한 명 있었다. 그는 존엄성에 상처를 입은 젊은이 같은 음울한 표정으로 앉아 있었는데, 열여덟 살이라는 자신의 나이를 고통스러워하는 것 같았다. 이 꼬마는 김나지움 상급반에서 조직된 독자적인 음모 단체의 우두머리였는데, 이 사실이 알려졌을 때 모든 사람이 깜짝 놀랐다. 나는 샤또프에 관한 이야기는 아직 하지 않았다. 그는 식탁 뒤쪽 구석에서 의자를 다른 사람들보다 조금 뒤로 움직여 놓고 앉아서 바닥만 쳐다보며 침울하게 입을 다물고 있었다. 차도 빵도 사양하고 줄곧 손에서 모자를 내려놓지 않는 모습이, 마치 자기는 손님이 아니라 일이 있어서 왔을 뿐이니 원하는 때에 일어나서 가버리겠다는 것을 알려 주려는 것 같았다. 그에게서 얼마 떨어지지 않은 곳에 끼릴로프도 자리 잡고 있었다. 그 역시 굉장히 말수가 적었지만 바닥을 보고 있지는 않았고, 오히려 광채 없는 부동의 시선으로 이야기하는 사람 하나하나를 뚫어져라 쳐다보며 조금도 흥분하거나 놀라지 않고 귀를 기울이고 있었다. 그를 전에 한 번도 본 적 없는 몇몇 손님들은 뭔가 생각에 잠겨 그를 힐끔힐끔 쳐다보았다. 마담 비르긴스까야가 5인조의 존재에 대해 뭔가 알고 있었는지는 모르겠다. 내 추측으로는 그녀가 모든 것을, 그것도 바로 자기 남편을 통해 알고 있었을 듯하다. 여학생은 물론 아무 일에도 관여하지 않았다. 그녀에게는 자기만의 걱정거리가 있었던 것이다. 그녀는 기껏해야 하루나 이틀 정도 머물다가 〈가난한 대학생들의 고통을 함께하고 그들의 저항 운동을 불러일으키기 위해서〉 대학이 있는 도시들을 따라 멀리, 더 멀리 길을 떠날 생각이었다. 그녀는 석판으로 인쇄한 수백 부의 호소문을 가지고 왔는데, 아마 직접 쓴 것 같았다. 주목할 만한 점은 김나지움 학생이 그녀를 보자마자, 이번에 그녀를 처음 보는 것임에도 불구하고 무슨 철천지원수처럼 증오했다는 것이며, 그녀 역시 똑같이 반응했다는 것이다. 소령은 그녀의 숙부뻘 되었는데, 오늘 그녀를 10년 만에 처음 보는 것이었다. 스따브로긴과 베르호벤스끼가 들어섰을 때 그녀의 뺨은 크랜베리처럼 새빨개져 있었다. 그녀는 방금 숙부와 여성 문제에 대한 신념의 차이로 격렬하게 논쟁을 하고 있었던 것이다.

2

베르호벤스끼는 거의 누구와도 인사를 나누지 않고 눈에 띌 만큼 무성의한 태도로 식탁의 상석 의자에 털썩 주저앉았다. 그는 비웃는 듯하기도 하고, 오만하기까지 한 표정을 짓고 있었다. 스따브로긴은 공손하게 허리를 숙여 인사했지만, 사람들은 그들이 오기만 기다리고 있었으면서 마치 지시라도 받은 것처럼 그들을 전혀 알아차리지 못했다는 표정을 지었다. 스따브로긴이 자리에 앉자마자 여주인은 엄격한 태도로 그를 돌아보았다.

「스따브로긴 씨, 차를 드시겠어요?」

「주십시오.」 그가 대답했다.

「스따브로긴 씨에게 차를.」 그녀는 차를 따르는 여자에게 지시했다. 「당신도 드시겠어요?」 (이건 베르호벤스끼에게 한 말이었다.)

「물론이죠, 주십시오. 누가 그런 걸 손님에게 물어본답니까? 그리고 크림도 주시죠, 당신들은 항상 차 대신 뭔가 끔찍한 것을 내오던데. 더욱이 영명축일을 맞은 사람 집에서 말입니다.」

「그럼, 당신도 영명축일을 인정하시나요?」 여학생이 갑자기 웃었다. 「지금 그 이야기를 하고 있었거든요.」

「구식이야.」 식탁 다른 쪽 끝에서 김나지움 학생이 투덜거렸다.

「구식이라니, 그게 무슨 말이에요? 아무리 순진한 것이라 해도 편견을 버리는 일은 구식이 아니죠. 오히려 모두에게 수치스럽게도 아직까지 여전히 새로운 것이죠.」 여학생은 의자에서 앞으로 튀어나오며 재빨리 이렇게 주장했다. 「게다가 순진한 편견이란 없어요.」 그녀는 격분해서 이렇게 덧붙였다.

「내가 표명하고 싶었던 것은,」 김나지움 학생은 무서울 정도로 흥분했다. 「물론 아무리 오래된 것이라 해도 편견은 근절해야지요. 그러나 영명축일에 대해서 이미 모든 사람이 그건 어리석고 매우 낡은 것이며 귀중한 시간을 낭비하는 것이라고 생각하고 있으며, 그러잖아도 전 세계가 이미 시간을 낭비했으니, 이제는 자신의 기지를 더 필요한 곳에 사용했으면 한다는 거예요…….」

「너무 길게 늘어놓아서 한마디도 이해할 수가 없네요.」 여학생이 소리쳤다.

「나는 누구든 다른 사람들과 동등하게 발언권을 가지고 있다고 생각합니다. 그러니 만약 내가 다른 사람들과 마찬가지로 내 의견을 말하고 싶다면…….」

「아무도 당신의 발언권을 빼앗지 않아요.」 이번에는 여주인이 날카롭게 말을 가로막았다. 「다만 웅얼거리지 말라고 부탁하는 거예요. 아무도 당신 말을 이해할 수가 없잖아요.」

「한 가지만 말씀드리자면, 당신들은 나를 존중하지 않고 있습니다. 만약 내가 생각을 채 다 말하지 못했다면, 그것은 내게 사상이 없기 때문이 아니라, 오히려 사상의 과잉 때문에…….」 김나지움 학생은 거의 절망에 빠져 중얼거리다가 완전히 혼란에 빠져 버렸다.

「말할 줄 모르면 잠자코 있어요.」 여학생이 쏘아붙였다.

김나지움 학생은 의자에서 벌떡 일어섰다.

「내가 다만 표명하고 싶었던 것은,」 그는 수치심 때문에 온몸이 달아올라 주변을 둘러볼 엄두도 내지 못하고 소리쳤다.

「당신이 똑똑하다고 잘난 척하려는 것은 단지 스따브로긴 씨가 들어왔기 때문이라는 겁니다. 그뿐입니다!」

「당신의 생각은 더럽고 부도덕하며, 정신적 발전이 보잘것없다는 것을 보여 주네요. 더 이상 내게 말 걸지 마세요.」여학생은 따다닥거리며 말했다.

「스따브로긴 씨,」여주인이 말을 시작했다. 「당신이 오기 전에 이곳에서는 가정의 권리에 관해 떠들고 있었어요. 바로 이 장교가요(그녀는 자신의 친척인 소령 쪽으로 고개를 끄덕였다). 물론 나는 오래전에 결판난 그런 낡은 헛소리로 당신을 괴롭히고 싶지는 않아요. 하지만 지금 일반적으로 생각되고 있는 그 편견의 의미를 띤 가정의 권리니 의무니 하는 것이 대체 어디서 생겨난 것일까요? 이것이 질문이에요. 당신의 의견은 어떠신가요?」

「어디서 생겼다니, 그게 무슨 말입니까?」스따브로긴은 되물었다.

「그러니까 우리는 예를 들어 신에 관한 미신은 천둥이나 번개로부터 생겨났다는 것을 알고 있잖아요.」스따브로긴에게 거의 덤벼들기라도 할 것 같은 시선으로 여학생이 갑자기 다시 튀어나왔다. 「원시 인류가 천둥과 번개에 놀라 그 앞에서 자신들의 무력함을 느꼈기 때문에 보이지 않는 적을 신격화했다는 것은 너무도 잘 알려져 있잖아요. 그러나 가정에 대한 편견은 어디서 생겨났을까요? 가정 자체는 어디서 생긴 것일까요?」

「그건 전혀 그런 이야기가 아닌데…….」여주인은 그녀를 중단시키려고 했다.

「제 생각에 그런 질문에 대답하는 것은 실례가 될 것 같습니다만.」 스따브로긴이 대답했다.

「어째서요?」 여학생이 앞으로 나섰다.

그러나 선생들 사이에서 킬킬거리는 웃음소리가 들려왔으며, 곧바로 다른 쪽 끝에서 람신과 김나지움 학생이 그 웃음에 합류했고, 뒤이어 친척인 소령이 쉰 목소리로 크게 웃기 시작했다.

「당신은 보드빌[60]을 쓰셔야 할 것 같군요.」 여주인이 스따브로긴에게 말했다.

「대답이 너무도 명예롭지 않으시네요, 당신의 성함은 모르지만요.」 여학생은 단호하게 화를 내며 쏘아붙였다.

「주제넘게 굴지 말거라!」 소령이 불쑥 말했다. 「숙녀가 되었으니 얌전하게 행동해야지, 꼭 가시방석 위에 앉아 있는 것 같구나.」

「조용히 하시죠. 그런 불쾌한 비유를 하며 내게 허물없이 대하는 것도 그만두세요. 나는 당신을 처음 봤고, 당신과의 친척 관계도 원하지 않으니까요.」

「나는 너의 숙부란 말이다. 네가 젖먹이였을 때 이 손으로 안고 다녔다고!」

「당신이 뭘 안고 다녔건 그게 나하고 무슨 상관이죠? 나는 그때 당신한테 안아 달라고 부탁한 적도 없는데. 결국 자기만족을 위해 그런 거잖아요, 무례한 장교님. 그리고 한 가지 더 말씀드리겠는데, 같은 시민이라서 그런 것이 아니라면 **너**라고 부르지 마시죠. 그건 절대 안 됩니다.」

「요즘은 다들 저 모양이라니까요!」 소령은 맞은편에 앉아 있던 스따브로긴을 보며 주먹으로 식탁을 내리쳤다. 「아니,

60 노래와 춤을 곁들인 가볍고 풍자적인 연극.

306

잠깐만요, 나는 자유주의도 현대성도 좋아하고 지적인 대화를 듣는 것도 좋아합니다만, 미리 말해 두는데, 남자들에 한해서입니다. 하지만 여자들이라면, 이런 현대적인 말괄량이들이라면, 그건 아니죠, 그건 내게 고통입니다! 그만 좀 들썩거려라!」 그는 의자에서 튀어 일어나는 여학생을 보며 소리쳤다. 「아니, 나 역시 발언권을 요구합니다. 정말 화가 나서 말입니다.」

「당신은 다른 사람들을 방해만 하고 있잖아요, 스스로는 아무 말도 할 줄 모르면서.」 여주인이 분개해서 투덜거렸다.

「아니요, 이제 다 말하겠습니다.」 소령은 흥분하며 스따브로긴을 향해 말했다. 「스따브로긴 씨, 나는 당신과 지기가 되는 영광을 갖지는 못했지만, 방금 새롭게 도착하신 분이니 당신께 기대를 걸어 보겠습니다. 여자들은 남자가 없다면 파리처럼 사라지고 말 겁니다. 이것이 바로 나의 의견입니다. 그들이 말하는 여성 문제라는 것도 전부 독창성이 결여되어 있을 뿐입니다. 단언합니다만, 여성 문제는 전부 남자들이 생각해 낸 것으로, 어리석게도 남자들이 스스로 자기 목에 매단 것이지요. 내가 결혼을 하지 않은 것이 얼마나 다행인지! 여자들은 옷의 다양한 형태는 고사하고 단순한 무늬조차 생각해 낼 줄 모릅니다. 무늬도 남자들이 대신 생각해 줘야 한다니까요! 여기 이 애만 해도 어렸을 때 내가 안아 주었고, 열살쯤 되었을 때는 함께 마주르카를 추기도 했는데, 오늘 여기 왔기에 자연스럽게 뛰어가서 안아 주려 했더니 두 마디째부터 벌써 신은 없다고 선언하는 게 아니겠습니까. 글쎄, 두 마디째부터가 아니라 세 마디째부터라 해도 너무 빠른데 말입니다! 뭐, 똑똑한 사람들은 믿지 않는다고 해둡시다. 그거야 똑똑하니까 그런 것 아니겠습니까. 그런데 너는 말이다, 그냥 거품이란다. 네가 신에 관해 뭘 알겠니? 아마 남학생이 가르쳐 주었겠지. 그가 성상 앞에 현수등을 켜두라고 했으면 너는 그렇게 했을 거다.」

「당신은 거짓말만 하고 있고, 정말 사악한 인간이에요. 당신의 논리가 얼마나 엉성한지 내가 조금 전에 확실히 증명해 보여 드렸잖아요.」 여학생은 이런 인간에게 많은 설명을 하는 것이 경멸스럽다는 듯 무시하는 태도로 대답했다. 「좀 전에 저는 우리 모두는 교리문답을 통해 이런 가르침을 받았다고 말씀드렸죠. 〈너의 아버지와 너의 부모를 공경하라. 그리하면 너는 오래 살 것이고 부자가 될 것이다.〉[61] 십계명에 있는 말이지요. 만약 하느님이 사랑의 대가로 보상 같은 걸 줄 필요를 느낀다면, 결국 당신네들의 하느님은 부도덕한 신인 거예요. 바로 이런 말로 조금 전 당신께 논증한 거잖아요. 두 마디째부터가 아니라, 당신이 자신의 권리를 내세우니까 그렇게 말한 거죠. 당신이 둔해서 지금까지 이해하지 못하고 있는데, 그게 누구 잘못이라는 거예요? 당신은 그게 분해서 화를 내고 있는 거예요. 바로 이것이 당신 세대의 정체지요.」

「이런 머저리 같은 것!」 소령이 말했다.

「당신은 멍청이예요.」

「욕을 하다니!」

「그런데 실례지만 까피똔 막시모비치, 당신 스스로 나한테 신을 믿지 않는다고 말하지 않았습니까?」 식탁 끝에서 리뿌

---

61 성서의 출애굽기 20장 12절에 있는 십계명을 잘못 인용한 것이다. 본래는 〈네 부모를 공경하라. 그리하면 너는 너희 하느님께서 주신 땅에서 오래 살 것이다〉라고 되어 있다.

찐이 끽끽거리는 소리로 말했다.

「그런 말이 뭐가 어때서요. 그건 다른 문제입니다! 어쩌면 나는 신을 믿고 있을지도 모르지만, 완전히는 아닙니다. 내가 신을 완전히 믿지는 않는다 해도, 어쨌건 신을 총살해야 한다고는 말하지 않을 겁니다. 나는 경기병으로 근무할 때도 신에 관해 깊이 생각해 보았습니다. 모든 시에서 경기병은 술이나 마시고 방탕한 생활을 하는 것으로 그려져 있습니다. 아마 나도 그렇게 마셔 댔겠지요. 그러나 믿으실지 모르겠지만, 나는 밤마다 양말만 신은 채 침대에서 벌떡 일어나 성상 앞에서 성호를 그으며 믿음을 보내 달라고 신께 기도했습니다. 그 당시 신은 존재하는가 아닌가의 문제로 안정을 얻을 수 없었기 때문입니다. 그 정도로 나는 고통을 당했습니다. 물론 아침이 되면 기분이 좋아져서 신앙이 다시 사라져 버린 것 같지요. 나는 낮에는 신앙이 항상 어느 정도 사라지는 것을 알아차렸습니다.」

「댁에 혹시 카드 없습니까?」 베르호벤스끼가 입을 힘껏 벌리고 하품하면서 여주인에게 물었다.

「저는 당신의 질문에 너무너무 공감해요!」 소령의 말에 분개해서 새빨개진 여학생이 끼어들었다.

「어리석은 이야기를 듣느라 황금 같은 시간만 버렸네요.」 여주인이 말을 자르며 남편을 엄격한 시선으로 쳐다보았다.

여학생은 몸을 똑바로 하며 말했다.

「나는 여기 모인 분들께 대학생들의 고통과 저항 운동에 대해 알려 드리고자 했습니다만, 시간을 비도덕적인 대화에다 써버려서…….」

「도덕적인 것도, 비도덕적인 것도 아무것도 존재하지 않아요!」여학생이 말을 꺼내자마자 김나지움 학생은 참지 못하고 바로 이렇게 말했다.

「김나지움 학생 양반, 당신이 그걸 배우기 훨씬 전부터 나는 알고 있었어요.」

「제가 확신하는 건,」상대도 격분했다. 「당신은 우리도 다 알고 있는 건데, 우리를 계몽해 주겠다고 뻬쩨르부르끄에서 찾아온 어린아이라는 겁니다. 당신이 잘못 인용한 〈너의 아버지와 너의 어머니를 공경하라〉는 계율과 관련해서도, 그것이 비도덕적이라는 건 이미 벨린스끼 시대 이후 러시아 사람 모두가 알고 있습니다.」

「이것이 과연 끝이 날까요?」마담 비르긴스까야가 남편에게 단호하게 말했다. 여주인으로서 그녀는 새롭게 초대받아 온 손님들 사이에서 슬쩍 웃는 얼굴과 심지어 의혹마저 이는 표정을 눈치채자 쓸데없는 대화에 얼굴이 새빨개졌다.

「여러분,」비르긴스끼가 갑자기 목소리를 높였다. 「만약 누구라도 우리 일에 더 적합한 이야기를 시작하고 싶다거나 발표할 것이 있으면, 시간을 지체하지 말고 그렇게 해주시기를 제안합니다.」

「그럼 제가 감히 한 가지 질문을 드리겠습니다만,」지금까지 말없이 아주 단정하게 앉아 있던 절름발이 선생이 부드럽게 말했다. 「우리는 지금 이곳에서 어떤 회의를 열고 있는 건지, 아니면 그냥 손님으로 초대된 보통 사람들의 모임인지 알았으면 합니다. 좀 더 질서를 갖췄으면 해서, 그리고 아무것도 모른 채 있고 싶지 않아서 드리는 질문입니다.」

이 〈교묘한〉질문은 효과를 발휘했다. 모두 서로에게서 답을 기대하는 듯 시선을 주고받다가 갑자기 지시라도 받은 것처럼 베르호벤스끼와 스따브로긴에게 시선을 돌렸다.

「나는 〈우리가 회의 중인가 아닌가〉 하는 질문에 대한 답을 간단히 투표로 정할 것을 제안하겠어요.」 마담 비르긴스까야가 말했다.

「그 제안에 전적으로 동의합니다.」 리뿌찐이 응했다. 「그 제안이 약간 모호하긴 하지만요.」

「나도 동의합니다, 나도.」 동의하는 사람들의 목소리가 들려왔다.

「내 생각에도 그러면 정말 더 질서 있을 것 같긴 합니다.」 비르긴스끼가 매듭을 지었다.

「그럼 투표를 실시합니다!」 여주인이 선언했다. 「럄신 씨, 부탁이니 피아노 앞에 앉아 주세요. 투표가 시작되면 그곳에서 투표하시면 돼요.」

「또요?」 럄신이 소리쳤다. 「나는 당신들을 위해서 이미 충분히 연주했어요.」

「간곡하게 부탁드리니 앉아서 연주해 주세요. 우리 과업에 유용한 사람이 되고 싶지 않으세요?」

「확실하게 말씀드리지만, 아리나 쁘로호로브나, 아무도 엿듣지 않을 겁니다. 그냥 당신의 상상일 뿐이에요. 게다가 창문이 이렇게 높은데, 누가 엿듣는다 해도 뭘 알아듣겠습니까?」

「우리도 무슨 일인지 이해 못하겠는데요.」 누군가 투덜거리는 소리가 들렸다.

「제 말은 항상 경계가 필요하다는 것이지요. 스파이가 있을 경우에 대비해서요.」 그녀는 이렇게 설명하며 베르호벤스끼를 돌아보았다. 「거리에서 누가 엿듣더라도 우리에겐 영명축일과 음악만 있을 뿐이죠.」

「에이, 젠장!」 람신은 욕을 하며 피아노 앞에 앉아 거의 주먹으로 내려치듯이 건반을 마구 두드리며 왈츠를 연주하기 시작했다.

「회의를 열었으면 하는 분들은 오른손을 위로 들어 주세요.」 마담 비르긴스까야가 제안했다.

일부는 손을 들었고 일부는 들지 않았다. 손을 들었다가 내리는 사람도 있었다. 어떤 사람들은 손을 내렸다가 다시 들었다.

「이런, 빌어먹을! 나는 아무것도 모르겠어.」 한 장교가 소리쳤다.

「나도 모르겠어.」 다른 사람이 소리쳤다.

「아니, 나는 알겠는데.」 세 번째 사람이 소리쳤다. 「**찬성**이면 손을 들라고.」

「도대체 **찬성**의 의미가 뭔데?」

「회의를 한다는 거지.」

「아니, 회의를 안 한다는 거야.」

「나는 회의에 찬성입니다.」 김나지움 학생은 마담 비르긴스까야를 향해 소리쳤다.

「그럼 대체 왜 손을 안 들었어요?」

「나는 계속 당신을 보고 있었는데, 당신이 손을 들지 않기에 나도 들지 않았습니다.」

「이런 바보 같으니. 내가 제안했으니까 손을 들지 않은 거지요. 여러분, 다시 한번 제안하겠습니다. 회의를 원하는 사람은 앉은 채 손을 들지 말고, 원하지 않는 사람만 오른손을 들어 주세요.」

「찬성하지 않는 사람요?」 김나지움 학생이 되물었다.

「일부러 그러는 거지요?」 마담 비르긴스까야가 화가 나서 소리쳤다.

「아니요, 찬성하는 사람인지 찬성하지 않는 사람인지 묻고 있는 겁니다. 좀 더 정확하게 정해 두어야 하니까요.」 두세 사람의 목소리가 들려왔다.

「찬성하지 않는 사람이요, 찬성하지 **않는** 사람.」

「그건 그런데, 뭘 어떻게 하라는 건가요? 찬성하지 **않으면** 손을 들어야 합니까, 들지 말아야 합니까?」 장교가 소리쳤다.

「에이, 우리는 아직 헌법 체계에 익숙하지 않단 말이야!」 소령이 지적했다.

「럄신 씨, 제발 부탁합니다. 당신이 그렇게 두드리고 있으니 아무도 들을 수가 없잖아요.」 절름발이 선생이 지적했다.

「정말 그래요, 아리나 쁘로호로브나, 아무도 엿듣지 않는 다고요.」 럄신은 벌떡 일어났다. 「게다가 연주도 하기 싫고요! 나는 손님으로 온 거지 연주자로 온 게 아니니까요!」

「여러분,」 비르긴스끼가 제안했다. 「그럼 회의인지 아닌지 구두로 대답해 주시지요.」

「회의요, 회의!」 사방에서 이런 소리가 들려왔다.

「그렇다면 투표할 필요가 없겠군요. 됐습니다. 여러분, 이것으로 충분한가요, 아니면 투표를 해야 할까요?」

「필요 없습니다, 필요 없어요. 이해했습니다!」

「혹시 회의에 찬성하지 않는 분 있나요?」

「없습니다, 없어요, 모두 찬성합니다.」

「그런데 대체 회의란 뭘 말합니까?」 누군가 외치는 소리가 들려왔다. 아무도 그 말에 대답하지 않았다.

「의장을 선출해야 합니다.」사방에서 외쳐 댔다.

「물론 주인이 해야지요, 주인이!」

「여러분, 그렇다면,」의장으로 선출된 비르긴스끼가 말하기 시작했다. 「제가 조금 전 처음에 제안했던 것을 다시 제안합니다. 누구든 우리 과업에 더 적합한 이야기를 시작하고 싶다거나 발표할 것이 있으면, 지체하지 말고 해주십시오.」

모두 말이 없었다. 모든 사람의 시선이 또다시 스따브로긴과 베르호벤스끼를 향했다.

「베르호벤스끼 씨, 당신은 표명하실 것이 아무것도 없나요?」여주인이 노골적으로 물었다.

「전혀 없습니다.」그는 의자에 앉아 하품을 하며 기지개를 켰다. 「대신 코냑이나 한잔 마셨으면 하는데요.」

「스따브로긴 씨, 당신은요?」

「감사합니다만, 저는 술을 마시지 않습니다.」

「코냑에 대한 게 아니라, 말씀하고 싶은 것이 있나 물어본 건데요.」

「말하라니, 뭘 말인가요? 아니요, 하고 싶지 않습니다.」

「당신에게 코냑을 드리지요.」그녀는 베르호벤스끼에게 대답했다.

여학생이 일어섰다. 그녀는 이미 몇 번이나 일어나려고 했었다.

「나는 불행한 학생들의 고통에 대해, 그리고 전국 각지에서 그들의 저항 운동을 불러일으키는 것에 대해 알리려고 왔습니다……」

그러나 그녀는 말을 중단했다. 식탁 다른 쪽 끝에서 이미 두 번째 경쟁자가 나타났고, 모든 시선이 그쪽으로 향했기 때문이다. 귀가 긴 시갈료프가 어둡고 침울한 표정으로 천천히 자리에서 일어나며 깨알 같은 글씨로 빽빽이 써놓은 두꺼운 공책을 식탁 위에 우울하게 내려놓았다. 그는 앉지도 않고 아무 말도 하지 않았다. 많은 사람들이 당황해서 그 공책을 쳐다보았지만, 리뿌찐과 비르긴스끼, 절름발이 선생은 뭔가 만족해하는 것 같았다.

「발언을 청합니다.」시갈료프는 침울하지만 단호하게 말했다.

「하십시오.」비르긴스끼는 허락했다.

연사는 자리에 앉아 30초 정도 침묵을 지키다가 엄숙한 목소리로 말하기 시작했다.

「여러분…….」

「여기, 코냑요!」차를 따르다가 코냑을 가지러 나갔던 친척 여자가 쟁반이나 접시도 없이 손가락으로 잔과 술을 들고 돌아와서 베르호벤스끼 앞에 내려놓으며 불쾌하고 경멸적인 말투로 쏘아붙였다.

말이 끊긴 연사는 점잖을 부리며 말을 중단했다.

「괜찮습니다, 계속하세요, 나는 듣고 있지 않으니.」베르호벤스끼가 자기 잔에 술을 따르며 큰 소리로 말했다.

「여러분, 여러분의 주의를 청하며,」시갈료프는 다시 시작했다. 「그리고 나중에 아시겠지만, 최우선으로 중요한 한 가지 점에서 도움을 요청하기에 앞서 저는 서론을 말해야 할 것 같습니다.」

「아리나 쁘로호로브나, 혹시 가위 있습니까?」뾰뜨르 스쩨빠노비치가 갑자기 물었다.

「가위는 뭐 하려고요?」그녀는 눈이 휘둥그레져서 그를 쳐다보았다.

「손톱 깎는 것을 잊어버렸습니다. 3일째 계속 깎는다 하면서…….」그는 자신의 길고 더러운 손톱을 태연하게 바라보며 말했다.

아리나 쁘로호로브나는 화가 나서 얼굴이 새빨개졌다. 하지만 비르긴스끼의 여동생은 뭔가 마음에 드는 모양이었다.

「조금 전 여기 창가에서 본 것 같은데.」그녀는 의자에서 일어나 창가로 가더니 바로 가위를 찾아서 돌아왔다. 뾰뜨르 스쩨빠노비치는 그녀를 쳐다보지도 않고 가위를 받아 들더니 가위질에 집중하기 시작했다. 아리나 쁘로호로브나는 이것이 그의 실제적인 태도라는 것을 깨닫게 되자, 자신이 화를 낸 것이 부끄러워졌다. 사람들은 말없이 시선을 주고받았다. 절름발이 선생은 매서우면서도 부러운 듯한 시선으로 베르호벤스끼를 지켜보았다. 시갈료프는 다시 말하기 시작했다.

「현대 사회를 대체할 미래 사회 조직에 대한 문제를 연구하는 데 힘을 쏟은 결과, 나는 고대로부터 지금 187…년까지 사회 체계를 만들었던 사람들은 자연 과학이나 인간이라 불리는 그 이상한 동물에 대해 전혀 아무것도 이해하지 못하는 몽상가, 이야기꾼, 자가당착적인 멍청이라는 확신을 얻게 되었습니다. 플라톤, 루소,[62] 푸리에, 알루미늄 기둥,[63] 이런 것은 전부 참새에게나 쓸모 있을 뿐 인간 사회를 위한 것이 아닙니다. 그러나 우리가 더 이상 생각만 하지 않고 마침내 행

62 플라톤과 루소는 공정한 사회 건설을 목표로 한 사람들이라는 점에서 언급되고 있다.
63 체르니셰프스끼의 소설 『무엇을 할 것인가』에서 묘사된 유토피아 미래 사회의 모습. 주인공 베라 빠블로브나는 네 번째 꿈 속에서 알루미늄 기둥으로 된 수정궁을 보고 그 아름다움에 감탄한다.

동하려는 바로 지금, 미래 사회의 형식은 필요하므로 내가 생각해 낸 세계 조직 체계를 제안하고자 합니다. 바로 이것입니다!」그는 쾅 하고 공책을 쳤다. 「나는 내 책의 내용을 가능한한 요약해서 설명하고 싶었습니다. 그러나 지금 보니 많은 부분 구두 설명을 덧붙여야 하기에 결국 전부 설명하려면 장마다 하루씩 해서 적어도 열흘은 걸릴 것입니다. (웃음소리가 들려왔다.) 게다가 미리 밝혀 둡니다만 나의 체계는 아직 완성되지 않았습니다. (또다시 웃음소리.) 나는 내가 수집한 자료들 속에서 혼돈에 빠졌고, 시작할 때 가졌던 최초의 관념과는 완전히 정반대되는 결론에 다다르고 말았습니다. 무한의 자유에서 시작했는데, 결국 무한의 전제주의로 결론이 나버렸습니다. 그렇다고 해도 한마디 덧붙이자면, 사회 공식에 대한 나의 해법 이외에 다른 것은 있을 수 없습니다.」

웃음소리는 점점 더 커졌지만, 웃는 사람들은 주로 젊은이들, 즉 상황 파악을 제대로 못한 젊은 손님들이었다. 여주인과 리뿌찐, 절름발이 선생의 얼굴에는 약간 짜증 난 표정이 떠올랐다.

「당신 자신도 자기 체계를 조합하지 못하고 절망에 빠졌는데, 우리가 그걸 어떻게 할 수 있겠습니까?」장교가 조심스럽게 지적했다.

「맞는 말씀입니다, 장교님.」시갈료프는 그를 향해 몸을 휙 돌렸다. 「무엇보다 〈절망〉이라는 단어를 사용하신 것이 그렇습니다. 네, 나는 절망에 빠졌습니다. 그럼에도 불구하고 내 책 속에 진술된 내용은 바뀔 수 없으며, 다른 해결책 또한 없습니다. 어느 누구도 다른 것을 생각해 낼 수 없을 것입니다. 따라서 시간을 허비하지 않도록 서둘러 여러분을 초대해 열흘 밤 동안 내가 책 읽는 것을 들어 보고 각자 의견을 말해 달라고 부탁하는 바입니다. 만약 회원 여러분이 내 이야기를 듣고 싶지 않다면, 처음부터 그냥 헤어집시다. 남자들은 공직 생활을 하러 가고 여자들은 부엌일을 하러 가면 됩니다. 내 책을 거부한다면 다른 해결책을 찾지 못할 테니까요. 절-대-로! 때를 놓치면 자책하게 될 것입니다. 왜냐하면 불가피하게 원래대로 되돌아갈 수밖에 없기 때문이지요.」

사람들이 동요하기 시작했다. 「저 사람 뭐야? 정신이 나갔나?」이런 소리가 들려왔다.

「결국 모든 문제는 시갈료프의 절망에 있군.」람신이 결론을 내렸다. 「하지만 여기서 반드시 짚고 넘어가야 할 문제는 그가 절망에 빠져야 하느냐, 마느냐겠지.」

「시갈료프 씨가 절망에 가까이 있다는 것은 개인적인 문제입니다.」김나지움 학생이 말했다.

「나는 시갈료프 씨의 절망이 어느 정도 공동의 과업과 관련되어 있는지, 그와 더불어 그것을 들을 필요가 있을지 없을지 결정하는 투표를 제안합니다.」장교는 유쾌하게 결론지었다.

「그건 그렇지 않습니다.」절름발이 선생이 끼어들었다. 대체로 그는 약간 조롱하는 것 같은 미소를 띠고 말했기 때문에 그 말이 진심인지 농담인지 분간하기가 어려웠다. 「여러분, 그건 그렇지 않습니다. 시갈료프 씨는 자기 과업에 너무나 헌신적이고, 게다가 너무나 겸손하십니다. 저는 그분의 책을 잘 알고 있습니다. 그는 문제의 최종적 해결책으로 인류를 불균등한 두 부류로 나눌 것을 제안하고 있습니다. 10분의 1은 인격의 자유와 나머지 10분의 9에 대한 무한한 권리를 얻습니다. 나머지 사람들은 인격을 잃고 마치 가축 떼 같은 것으로 변해 무한한 복종을 하는 가운데, 마치 태초의 천국과 같은 태초의 순진무구한 상태로 줄지어 재탄생해야 합니다. 비록 노동은 해야겠지만 말입니다. 인류의 10분의 9에게서 자유를 빼앗고 전 세대에 걸친 재교육을 통해 그들을 가축 떼로 개조하기 위해 작가가 제안한 방안들은 아주 훌륭하며, 자연의 증거들에 근거하고, 매우 논리적입니다. 어떤 결론에 대해서는 동의하지 않을 수도 있습니다만, 작가의 지성과 지식은 의심할 여지가 없습니다. 열흘 밤이라는 조건이 주변 상황들과 도저히 양립할 수 없다는 것이 유감입니다. 그렇지 않다면 우리는 많은 흥미로운 이야기를 들을 수 있을 텐데요.」

「정말 진심이세요?」 마담 비르긴스까야가 약간 불안한 기색을 띠면서 그에게 물었다. 「만약 이 사람이 사람들을 어떻게 처리해야 할지 몰라서 10분의 9를 노예로 만들어 버리는 것이라면요? 나는 오래전부터 그를 의심해 왔어요.」

「그러니까 지금 당신 오빠에 관해 말하는 거지요?」 절름발이 선생이 물었다.

「가족 관계를 말하는 건가요? 당신 지금 나를 비웃는 건가요?」

「게다가 귀족을 위해 일하고, 마치 하느님이라도 되는 듯 그들에게 복종하는 것은 정말 비열한 짓이에요!」 여학생이 격분하며 지적했다.

「나는 비열함이 아니라 천국, 지상의 천국을 제안하는 겁니다. 이 지상에 다른 것은 있을 수 없습니다.」 시갈료프는 위압적으로 말을 맺었다.

「나라면 천국 대신,」 럄신이 소리쳤다. 「만약 인류의 10분의 9를 어떻게 처리해야 할지 모르겠다면, 그들을 잡아다 공중으로 폭발시켜 버리고, 학문적으로 삶을 시작할 수 있을 교육받은 사람들 한 무리만 남게 할 겁니다.」

「어릿광대나 그런 말을 할 거예요! 」여학생이 발끈했다.

「그는 광대지만 쓸모가 있어요.」마담 비르긴스까야가 그녀에게 속삭였다.

「어쩌면 그것이 가장 좋은 해결책일지도 모르겠군!」시갈료프는 열띤 표정으로 람신을 돌아보았다. 「물론 자네 자신은 지금 얼마나 깊이 있는 것을 말했는지 모르겠지만, 이 유쾌한 양반아. 그러나 자네 생각은 거의 실현 불가능하니, 이렇게 부르는 게 가능하다면, 그냥 지상의 천국으로 해두어야겠네.」

「어쨌거나 대단한 헛소리로군!」갑자기 입에서 튀어나온 것처럼 베르호벤스끼는 이렇게 말했다. 하지만 그는 전혀 무관심하게 눈도 들지 않고 계속해서 손톱을 깎고 있었다.

「왜 헛소리라는 겁니까?」절름발이 선생은 트집을 잡으려고 그가 입 열기를 기다리고 있었던 것처럼 바로 말꼬리를 물고 늘어졌다. 「대체 왜 헛소리라는 건가요? 시갈료프 씨는 어느 정도 광신적인 인류애를 가지고 있긴 하지요. 하지만 푸리에나, 특히 카베,[64] 심지어 프루동[65] 같은 사람도 가장 전제적이고 가장 환상적으로 문제 해결을 하려고 한 경우가 많았다는 점을 기억해 두십시오. 시갈료프 씨는 어쩌면 그들보다 훨씬 더 냉철하게 문제를 해결하고 있는지도 모릅니다. 그의 책을 다 읽고 나면 어떤 부분에서는 거의 동의하지 않을 수

64 E. Cabet(1788~1856). 프랑스의 작가이자 유토피아 사회주의자.
65 P. J. Proudhon(1809~1865). 프랑스의 프티 부르주아 사회주의자이자 무정부주의 사상가.

없으리라는 점을 보증합니다. 그는 아마도 그 누구보다 현실주의에 가까울 것이며, 그의 지상 낙원은 거의 실제입니다. 만약 그런 낙원이 언젠가 존재했다면 인류는 그것의 상실에 한숨을 내쉴 바로 그런 것입니다.」

「이런 말도 듣게 될 줄 알았지.」 베르호벤스끼는 다시 중얼거렸다.

「실례지만,」 절름발이 선생은 점점 더 열을 내기 시작했다. 「미래의 사회 조직에 관한 대화나 판단은 현대의 모든 생각 있는 사람들에게 절박하고 필연적인 문제입니다. 게르쩬은 한평생 그 문제만 신경 썼습니다. 벨린스끼는, 내가 확실히 들은 바로는, 저녁마다 친구들과 미래 사회 조직의 아주 세세한 것들, 그러니까 부엌일 같은 사소한 것들까지 논쟁하고 미리 결정하면서 시간을 보냈다고 합니다.」

「그중엔 미친 사람도 있었습니다.」 소령이 갑자기 말했다.

「하지만 어쨌건 독재자의 모습으로 말없이 앉아 있기보다는 뭔가에 도달할 때까지 이야기해 보는 것이 좋지 않겠습니까.」 리뿌찐은 마침내 용기를 내어 공격을 시작하려는 것처럼 씩씩거리는 소리로 말했다.

「내가 헛소리라고 한 것은 시갈료프를 두고 한 말이 아닙니다.」 베르호벤스끼는 입속으로 우물거렸다. 「그런데 여러분,」 그는 시선을 약간 들었다. 「내 생각에 이런 모든 책들, 푸리에, 카베, 〈노동에 대한 권리〉, 시갈료프주의 등 이 모든 것들은 그런 종류라면 10만 권도 쓸 수 있는 소설 같은 것들입니다. 미학적인 심심풀이지요. 당신들이 이 작은 도시에 앉아 있어 지루하다 보니 뭔가 쓰인 종이에 달려들게 되는 것이 이해는 됩니다.」

「잠깐만요.」절름발이 선생은 의자 위에서 몸을 들썩거리기 시작했다. 「우리가 지방 사람들이라, 물론 그 점으로 충분히 동정받을 만하지만, 그래도 한동안은 이 세상에서 우리가 보지 못하고 놓쳤다고 해서 울고 싶을 만큼 새로운 일은 아무것도 일어나지 않았다는 것쯤은 잘 알고 있습니다. 그런데 어떤 사람들은 외국의 수법으로 쓰여 슬쩍 던져진 전단지를 통해, 우리에게 오로지 전반적인 파괴만을 목적으로 하는 단체들과 결합하고, 또 그런 단체를 결성하지 않겠느냐는 제안을 하고 있습니다. 그들이 내세우는 구실은 이 세상은 아무리 치료를 해도 도저히 완치시킬 수 없으니, 차라리 1억 명의 머리를 과감하게 잘라 버리고 자기 몸을 가볍게 함으로써 도랑을 더 확실하게 건너뛸 수 있다는 것입니다. 이것은 의심할 나위 없이 훌륭한 생각이지만, 당신이 방금 그렇게 경멸적으로 언급했던 〈시갈료프주의〉와 마찬가지로 적어도 현실과 양립하긴 불가능하지요.」

「뭐, 어쨌든 나는 논의하려고 여기 온 게 아니니까요.」베르호벤스끼는 무심코 의미심장한 말을 내뱉었지만, 그것을 전혀 알아차리지 못한 듯이 불을 더 밝게 하려고 촛불을 자기 쪽으로 끌어당겼다.

「당신이 논의하려고 온 것이 아니라니, 유감스럽군요, 정말 유감스럽습니다. 지금 그렇게 몸단장에 열중하는 것도 정말 유감입니다.」

「내 몸단장이 당신한테 무슨 상관입니까?」

「1억 명의 머리라는 것도 선전으로 세상을 개조하는 것만큼이나 실현하기 어려울 것입니다. 특히 러시아에서라면 더 어려울 겁니다.」리뿌찐은 또다시 용기를 내어 말했다.

「그런 러시아에 지금 모두가 기대를 걸고 있지요.」장교가 말했다.

「기대를 걸고 있다는 이야기는 우리도 들었어요.」절름발이 선생이 대꾸했다. 「비밀의 *index*(손가락)이 우리의 아름다운 조국에 대해 위대한 과업을 수행하기에 가장 적합한 나라라고 지적했다는 것은 우리도 압니다. 다만 이것이 문제입니다. 선전에 의해 과업을 점진적으로 해결할 경우엔 적어도 나는 뭐가 되었든 개인적으로 성과를 거두거나, 하다못해 기분 좋게 지껄일 수도 있을 테고, 아니면 당국으로부터 사회사업에 대한 공적을 인정받아 관등을 받을 수도 있겠지요. 하지만 두 번째 경우, 즉 1억 명의 머리를 자르는 것으로 빠르게 문제를 해결할 경우, 나한테는 어떤 보상이 있을까요? 아마 선전을 시작하자마자 바로 혀가 잘릴 겁니다.」

「어김없이 잘리겠지요.」베르호벤스끼가 말했다.

「그런데 말이죠, 가장 형편이 좋은 상황에서도 그런 학살은 50년, 아니 30년 안에는 끝나지 않을 겁니다. 왜냐하면 그들이 양도 아니고 자기 목을 자르라고 내주지는 않을 테니까요. 그보다는 자기 가재도구들을 챙겨 조용한 바다 너머 조용한 섬으로 이사 가서 평온하게 눈을 감고 있는 것이 더 낫지 않을까요? 바로 그렇습니다.」그는 손가락으로 식탁을 의미심장하게 튕겼다. 「당신네들은 그런 선전으로 이민만 재촉할 뿐, 그 이상 아무것도 아닙니다!」

그는 의기양양한 어조로 말을 끝맺었다. 이 사람은 현에서 꽤 똑똑한 머리를 가지고 있었다. 리뿌찐은 교활하게 미소 지었고, 비르긴스끼는 좀 우울한 표정으로 듣고 있었지만, 나머지 사람들, 특히 부인들과 장교들은 엄청 주의를 기울이며 논

323

쟁을 지켜보고 있었다. 그들은 모두 1억 명의 머리를 치자고 주창하는 자들이 궁지에 빠졌음을 알았고, 어떻게 될 것인지 기다렸다.

「여하튼 당신의 이야기는 좋았습니다.」 베르호벤스끼는 전보다 훨씬 더 무관심하게, 심지어 지루하다는 듯이 웅얼거렸다. 「이민 간다는 것은 좋은 생각이군요. 그러나 어쨌든 당신이 예상하고 있는 그 모든 뚜렷한 불이익에도 불구하고 공동의 과업을 위해 투쟁하는 전사들은 하루하루 더 많아지고 있으니 당신 없이도 잘될 것입니다. 그런데 이것 보십시오, 지금은 새로운 종교가 낡은 종교를 대체하고 있으니 많은 전사가 나타나고 있는 겁니다. 이건 정말 대단한 과업이니까요. 당신은 이민을 가시죠! 그런데 나라면 조용한 섬이 아니라 드레스덴을 권하겠습니다. 첫째, 그곳은 아직까지 어떤 전염병도 겪지 않은 도시로, 당신은 교육을 받은 사람이니 아마 죽음이 두렵겠지요. 둘째, 러시아 국경에서 가까우니 사랑하는 조국에서 수입을 더 빨리 받을 수 있을 겁니다. 셋째, 그곳은 소위 말하는 예술의 보물을 간직하고 있는 곳으로서, 당신은 전직 문학 선생이니 미학적인 인간일 것 같아서요. 그리고 마지막으로 일종의 축소판 스위스 같은 모습을 하고 있어서 시적 감흥을 위해 좋을 겁니다. 아마 당신은 시를 쓰고 있을 테니 말입니다. 한마디로 담뱃갑 속에 든 보물이지요.」

사람들 사이에서 동요가 일어났다. 특히 장교들이 웅성거리기 시작했다. 한순간만 더 두었다간 모두가 한꺼번에 말하기 시작했을 것이다. 그러나 절름발이 선생은 흥분해서 미끼를 덥석 물었다.

「아니요, 우리는 아마도 아직 공동의 과업에서 떠나지 않

324

을 겁니다! 그걸 이해하셔야 합니다…….」

「내가 제안한다면 정말 5인조에 가입이라도 하겠다는 겁니까?」 베르호벤스끼는 갑자기 이런 말을 툭 던지며 가위를 식탁 위에 내려놓았다.

모두 흠칫 놀란 것 같았다. 수수께끼 같은 인간이 너무도 갑작스럽게 정체를 드러낸 것이다. 심지어 〈5인조〉라는 말을 직접 꺼내기까지 했다.

「누구라도 자기가 정직한 사람이라고 느낀다면 공동의 과업을 피하지 않을 겁니다.」 절름발이 선생은 얼굴을 찌푸렸다. 「그러나…….」

「아니, 여기서 문제는 **그러나**가 아니지요.」 베르호벤스끼는 위압적으로 날카롭게 말을 끊었다. 「여러분, 내게는 직접적인 답이 필요하다는 것을 밝혀 두고자 합니다. 내가 여기에 와서 당신들을 한자리에 소집한 이상 나는 설명할 의무가 있다는 것을 너무나 잘 알고 있습니다. (또다시 예기치 않은 폭로였다.) 그러나 여러분이 어떤 사상을 견지하고 있는지 알기 전까지는 어떤 설명도 해줄 수 없습니다. 이런 대화는 생략하고 ─ 지금까지 30년을 떠들어 온 것처럼 그렇게 또다시 30년을 떠들 필요는 없으니까요 ─ 당신들은 어느 쪽이 더 좋은지 묻겠습니다. 먼저 사회 소설을 쓰거나 관청에서 몇천 년 후 인간의 운명을 미리 결정해 종이 위에 기입해 두는 느린 길을 원하십니까? 그사이 당신 입을 향해 날아왔다가 그 입을 그냥 지나쳐 버리고 마는 익힌 고깃덩어리는 전제주의가 꿀걱 삼켜 버릴 것입니다. 아니면 그것이 어떤 것이든 결국 인류의 속박을 풀어 주고 그들이 자유롭게 사회적으로 정착할 수 있도록, 그것도 종이 위에서가 아니라 실제로 가능하게 해주는 빠른 결정에 매달리시겠습니까? 사람들은 〈1억 개의 머리〉라고 소리치고 있는데, 이것은 아마도 은유겠지만, 그것을 왜 두려워해야 합니까? 종이 위에서의 느릿한 몽상에서라면 전제주의는 백여 년 동안 1억 개의 머리 정도가 아니라 5억 개라도 먹어 버릴 텐데요. 불치병 환자는 종이에 어떤 처방을 써주어도 어쨌든 치료할 수 없다는 것을 알아 두십시오. 오히려 시간을 지체해서 썩기 시작하면 우리도 감염시키고, 아직까지는 의지할 수 있는 모든 신선한 힘들을 못 쓰게 만들 테고, 그렇게 되면 결국 우리 모두 자취를 감추게 되겠지요. 자유롭고 유창하게 떠들어 대면 기분이 대단히 좋다는 데는 나도 전적으로 동의합니다만, 반면에 행동하는 것은 좀 힘들지요……. 자, 그런데 나는 말을 잘 못하지만 보고할 것이 있어 이곳에 왔으니, 존경하는 동료 여러분께 투표할 것이 아니라 어느 쪽이 더 마음에 드는지 그냥 직접적으로 밝혀 주시기를 부탁드립니다. 거북이 걸음으로 늪 속을 걸어가겠습니까, 아니면 전속력으로 늪 위를 통과해 가겠습니까?」

「나는 물론 전속력으로 가는 것에 찬성합니다.」 김나지움 학생이 열광적으로 소리쳤다.

「나도요.」 럄신이 맞장구쳤다.

「물론 그 선택에 조금의 의심도 없습니다.」 한 장교가 중얼거리자 그 뒤를 이어 다음 사람이, 그리고 또 누군가가 대답했다. 무엇보다 사람들에게 충격을 주었던 것은 베르호벤스끼가 〈보고〉할 것을 가지고 왔으며, 지금 그것을 말하겠다고 약속했다는 것이다.

「여러분, 거의 모든 분이 격문의 정신에 따르기로 결심한 것으로 보입니다.」 그는 사람들을 둘러보며 말했다.

「전부 다, 전부 다요.」 대다수 사람들의 목소리가 들려왔다.

「나는 솔직히 인도적인 해결을 선호하지만,」 소령이 말했다. 「이미 모두가 그렇다고 하니 나도 동의합니다.」

「그렇다면 당신도 반대하지 않겠지요?」 베르호벤스끼는 절름발이 선생을 돌아보았다.

「나는 그게 아니라…….」 그는 약간 얼굴을 붉혔다. 「내가 지금 모두에게 동의한다면, 그것은 다만 이 상황을 뒤엎지 않기 위해서…….」

「당신들은 모두 이렇다니까요! 자유주의적인 열변을 토하기 위해서는 반년이라도 논쟁할 준비가 되어 있으면서, 결국은 모든 사람들과 같은 곳에 표를 던져 버리는군요! 하지만 여러분, 잘 판단하십시오. 당신들 모두 다 정말로 준비되어 있습니까? (그런데 무슨 준비? 질문은 막연했지만, 무섭도록 유혹적이었다.)」

「물론, 전부요…….」 이렇게 선언하는 소리가 울려 퍼졌다. 하지만 그래 놓고 그들은 서로의 얼굴을 쳐다보았다.

「하지만 나중에 너무 빨리 동의했다고 화를 낼 수도 있을 텐데요. 당신들은 거의 항상 그런 식 아닙니까?」

사람들은 여러 가지 의미에서 흥분하기 시작했다. 굉장히 흥분했다. 절름발이 선생은 베르호벤스끼에게 대들었다…….

「실례지만, 그런 질문에 대한 대답은 조건부라는 점을 지적해야 할 것 같습니다. 우리가 만약 결단을 내렸다면, 유념해 두실 것은 그런 이상한 방식의 질문은 어쨌거나…….」

「어떻게 이상한 방식이란 말입니까?」

「그런 질문은 그렇게 해서는 안 된다는 것입니다.」

「그럼 가르쳐 주시지요. 그런데 말이지요, 나는 당신이 제일 먼저 화를 내리라고 확신하고 있었습니다.」

「당신은 우리에게서 즉각적인 행동을 할 준비가 되어 있는 지 대답을 끌어냈지만, 그렇게 행동할 권리라도 있나요? 그런 질문을 할 전권을 가지고 있기라도 한 겁니까?」

「그런 문제라면 좀 더 일찍 물어봤어야지요! 그럼 대답은 왜 한 겁니까? 동의하고 나니 갑자기 생각난 모양이군요.」

「그런 중요한 질문을 하는 당신의 경박한 솔직함을 보니, 당신은 전권이나 권리 같은 것을 전혀 가지고 있지 않으며 단지 개인적 호기심 때문에 그랬던 것 같군요.」

「그래서 무슨 말을 하려는 겁니까, 무슨 말을?」 베르호벤스끼는 매우 불안해지기 시작한 듯 소리쳤다.

「내 말은, 입회라는 것은 그것이 어떠한 것이든 적어도 일대일로 이루어져야지, 스무 명이나 되는 알지 못하는 사람들 속에서는 아니라는 겁니다!」 절름발이 선생이 불쑥 내뱉었다. 그는 말을 다 했지만, 이미 너무 격분해 있었다. 베르호벤스끼는 교묘하게 짐짓 불안한 표정을 지으면서 사람들을 향해 재빨리 돌아섰다.

「여러분, 이 모든 것이 어리석을뿐더러 우리의 대화가 너무 멀리 나갔다는 점을 여러분께 알려 드리는 것이 저의 의무일 것 같군요. 나는 아직 그 누구에게도 입회를 권하지 않았고, 그 누구도 내가 입회를 권하고 있다고 말할 권리가 없습니다. 우리는 그냥 의견을 말했을 뿐입니다. 그렇지 않습니까? 하지만 여하튼간에 당신은 나를 매우 불안하게 하는군요.」 그는 다시 절름발이 선생 쪽으로 몸을 돌렸다. 「나는 그런 순수하기 짝이 없는 이야기를 일대일로 해야 한다고는 생각하지 않았습니다. 혹시 밀고를 당할까 두렵습니까? 지금 우리 중에 정말 밀고자가 숨어 있을까요?」

엄청난 동요가 일어났다. 모두가 수군거리기 시작했다.

「여러분, 만일 그렇다면,」 베르호벤스끼는 말을 이었다. 「누구보다 치욕을 당할 사람은 나일 테니, 한 가지 질문에 대답해 주실 것을 요청합니다. 물론 당신들이 원한다면요. 전적으로 여러분의 자유입니다.」

「어떤 질문입니까? 어떤 질문입니까?」 모두가 떠들기 시작했다.

「이 질문을 하고 나면 우리는 함께 이곳에 남을 것인가, 아니면 각자 모자를 찾아 들고 자기 갈 길로 흩어져 갈 것인가가 명확해질 그런 질문입니다.」

「그래서 질문은요?」

「만약 우리 중 누군가가 정치 살인 계획을 알게 되었을 경우, 그는 모든 결과를 예상하고 밀고하러 갈까요, 아니면 사건을 기다리며 집에 앉아 있을까요? 이에 대한 관점은 다양할 것입니다. 하지만 이 질문에 대한 답은 명확하게 우리가 헤어질 것인가, 아니면 함께 남아 있을 것인가를 말해 줄 것입니다. 그리고 이건 이미 오늘 하룻밤만의 문제가 아닙니다. 먼저 당신에게 물어보겠습니다.」 그는 절름발이 선생을 향해 돌아섰다.

「왜 내가 처음입니까?」

「그건 당신이 이 모든 걸 시작했기 때문이지요. 부디 피하지 말아 주시기 바랍니다. 여기서 잔꾀는 도움이 안 됩니다. 하지만 당신이 원하는 대로, 전적으로 당신의 자유입니다.」

「미안하지만, 질문이 모욕적이군요.」

「그건 아니지요. 좀 더 정확할 수 없습니까?」

「비밀경찰의 앞잡이가 된 적은 한 번도 없습니다.」그는 더 심하게 얼굴을 찌푸렸다.

「좀 더 정확하게 말씀해 주시기 바랍니다. 그렇게 우물쭈물하지 말고요.」

절름발이 선생은 너무 화가 나서 이제 대답도 하지 않게 되었다. 그는 말없이 안경 너머로 악의에 찬 시선을 보내며 고문자를 노려보았다.

「그렇습니까, 아닙니까? 밀고할 겁니까, 안 할 겁니까?」베르호벤스끼가 소리쳤다.

「물론 밀고하지 **않습니다!**」절름발이 선생이 두 배는 더 크게 소리쳤다.

「아무도 밀고하지 않을 겁니다. 물론 밀고하지 않아요.」많은 사람의 목소리가 들려왔다.

「실례지만 소령님, 당신이라면 밀고하겠습니까, 안 하겠습니까?」베르호벤스끼는 계속했다. 「일부러 당신에게 묻는다는 걸 알아 두십시오.」

「밀고 안 합니다.」

「하지만 만약 누군가가 일반인을 죽이고 강도짓하려는 것을 안다면, 당신은 밀고해서 미리 알려 주겠지요?」

「물론입니다. 그러나 그것은 시민적인 사건이지만, 지금 이야기하고 있는 것은 정치적인 밀고지요. 나도 비밀경찰의 앞잡이가 된 적은 없습니다.」

「그렇습니다, 여기 있는 누구도 그런 적은 없습니다.」다시 목소리들이 들려왔다. 「쓸데없는 질문입니다. 모두가 똑같은 대답일 겁니다. 이곳에 밀고자는 없습니다!」

「이분은 왜 일어나는 거죠?」여학생이 소리쳤다.

「저분은 샤또프인데. 왜 일어나셨나요, 샤또프 씨?」 여주인이 소리쳤다.

샤또프는 실제로 일어나 있었다. 그는 모자를 손에 들고서 베르호벤스끼를 바라보고 있었다. 그는 베르호벤스끼에게 무슨 말을 하고 싶지만 망설이는 것 같았다. 얼굴은 창백하고 악의에 차 있었지만, 그는 스스로를 억누르며 한마디 말도 없이 조용히 방 밖으로 나가 버렸다.

「샤또프, 그러면 자네한테 좋을 게 없을 거야!」 베르호벤스끼가 그의 뒤에 대고 수수께끼 같은 소리를 질렀다.

「대신 너한테는 좋겠지, 이 스파이, 비열한 자식아!」 샤또프는 문 앞에서 이렇게 소리 지르고는 그대로 나가 버렸다.

또다시 비명과 절규가 들려왔다.

「이래서 시험이 필요한 거군!」 누군가가 소리쳤다.

「쓸모가 있었어!」 다른 사람이 소리쳤다.

「너무 늦은 건 아니겠지?」 세 번째 사람이 언급했다.

「누가 그를 초대했지?」「누가 들여보낸 거야?」「뭐 하는 놈이지?」「샤또프가 누구야?」「밀고할까, 안 할까?」 질문들이 쏟아졌다.

「그가 만약 밀고자라면 아닌 척했을 텐데, 침을 뱉고 나가 버렸잖아.」 누군가가 이런 지적을 했다.

「여기 스따브로긴 씨도 일어나시네요. 스따브로긴 씨 역시 질문에 대답하지 않았어요.」 여학생이 소리쳤다.

스따브로긴은 정말로 일어났으며, 그와 함께 식탁 다른 쪽 끝에서 끼릴로프도 일어났다.

「실례지만, 스따브로긴 씨,」 여주인이 날카롭게 그를 향해 말했다. 「여기 있는 우리 모두는 질문에 답했는데, 당신은 말없이 떠나실 건가요?」

「나는 당신들이 관심 갖는 질문에 대답할 필요가 없다고 봅니다.」 스따브로긴은 중얼거렸다.

「우리는 치욕을 감수했는데, 당신은 그러지 않았습니다.」 몇 사람이 소리치기 시작했다.

「당신들이 치욕을 감수한 것이 나하고 무슨 상관입니까?」 스따브로긴은 웃기 시작했지만, 그의 눈은 번득거렸다.

「무슨 상관이라니요? 무슨 상관이라니요?」 절규하는 소리들이 들려왔다. 많은 사람들이 의자에서 벌떡 일어섰다.

「잠깐만요, 여러분, 잠깐만요.」 절름발이 선생이 소리쳤다. 「베르호벤스끼 씨도 질문에 대답하지 않았잖아요, 질문만 했을 뿐이지.」

이러한 언급은 깜짝 놀랄 만한 효과를 불러일으켰다. 모두들 서로를 쳐다보았다. 스따브로긴은 절름발이 선생의 면전에서 큰 소리로 웃어 대고는 방을 나갔으며, 그를 따라 끼릴로프도 나갔다. 베르호벤스끼는 두 사람을 뒤쫓아 현관으로 뛰어나갔다.

「나한테 이게 무슨 짓인가?」 그는 스따브로긴의 손을 잡고 있는 힘껏 꽉 쥐면서 중얼거렸다. 스따브로긴은 조용히 손을 뺐다.

「끼릴로프 집에 가 있게, 나도 갈 테니……. 나한테 꼭 필요한 일이네, 꼭 필요한 일이야!」

「나한테는 필요 없네.」 스따브로긴은 딱 잘랐다.

「스따브로긴은 갈 거야.」 끼릴로프가 마무리 지었다. 「스따브로긴, 자네한테도 필요한 일일세. 가서 알려 주지.」

두 사람은 떠나갔다.

제8장
이반 왕자

두 사람은 떠나갔다. 뾰뜨르 베르호벤스끼는 되돌아가서 〈회의〉의 혼란을 가라앉히려다 그런 일에 매달릴 필요가 없다고 판단한 듯 모든 일을 그대로 둔 채 2분 뒤 이미 길을 나서 앞서 떠난 두 사람을 따라 달려가고 있었다. 그는 달려가다가 필리뽀프의 집까지 더 빨리 갈 수 있는 골목길이 생각났다. 무릎까지 빠지는 진흙탕을 헤치며 그는 골목길을 따라 달려서 실제로 스따브로긴과 끼릴로프가 문 안으로 들어서려는 순간 도착했다.

「벌써 왔나?」 끼릴로프가 그를 알아보았다. 「잘됐군, 들어오게.」

「자네는 혼자 산다고 하지 않았나?」 스따브로긴은 현관에 미리 준비되어 끓고 있는 사모바르 옆을 지나면서 물었다.

「내가 누구와 살고 있는지 곧 알게 될 걸세.」 끼릴로프는 중얼거렸다. 「들어들 오게.」

방으로 들어서자마자 베르호벤스끼는 곧바로 주머니에서 아까 렘쁘께 집에서 가져온 익명의 편지를 꺼내 스따브로긴 앞에 내놓았다. 세 사람은 모두 자리에 앉았다. 스따브로긴은 말없이 편지를 읽었다.

「그래서?」그가 물었다.

「이 불한당은 편지에 쓰여 있는 대로 할 걸세.」베르호벤스끼가 설명했다. 「그는 자네 통제하에 있으니, 어떻게 하면 좋을지 알려 주게. 분명히 말하지만, 그는 내일이라도 렘쁘께에게 달려갈지 모르네.」

「그러라지 뭐.」

「그러라니? 무엇보다 그걸 피해 갈 방법이 있는데.」

「자네가 잘못 알고 있는데, 그는 내 의지에 좌우되지 않네. 게다가 어떻게 되든 나와는 상관없지. 그는 결코 나를 위협하지 못해, 위협을 받는 건 자네지.」

「자네도 마찬가지야.」

「그런 것 같지는 않은데.」

「그러나 다른 사람들이 자네를 용서하지 못할 텐데, 정말 모르겠나? 이보게, 스따브로긴, 이런 건 말장난에 불과하네. 자네는 정말 돈이 아까운가?」

「정말 돈이 필요한가?」

「반드시, 2천 루블 아니면 *minimum*(최소) 1천5백 루블 정도 필요하네. 내일이나 아니면 오늘이라도 그 돈을 나한테 주게. 내일 저녁쯤이면 내가 그를 본인이 그렇게나 원하는 뻬쩨르부르그77로 쫓아 버릴 테니. 자네가 원한다면 마리야 찌모페예브나도 함께 보내 버리지. 알아 두게나.」

그는 완전히 제정신이 아닌 것처럼 보였으며 그의 말투는 왠지 신중하지 못했고, 생각지도 못했던 말들이 튀어나왔다. 스따브로긴은 놀라서 그를 유심히 쳐다보았다

「내게 마리야 찌모페예브나를 보낼 필요 같은 건 없네.」

「아마 원하지도 않겠지?」 뾰뜨르 스쩨빠노비치는 비꼬듯 웃음 지었다.

「그럴지도.」

「단도직입적으로, 돈은 줄 건가 말 건가?」 그는 악에 받쳐 초조함을 드러내며 스따브로긴을 향해 위압적으로 소리쳤다. 스따브로긴은 진지한 눈빛으로 그를 훑어보았다.

「돈은 없을 걸세.」

「에이, 스따브로긴! 자네 뭔가 알고 있거나, 이미 무슨 수를 써놓았군! 자넨 나를 놀리고 있어!」

그의 얼굴이 일그러지고 입술 양쪽 끝에 경련이 일어났다. 그러다가 갑자기 도대체 영문을 알 수 없는 막연한 웃음소리를 내기 시작했다.

「자네야말로 자네 아버지로부터 영지 대금을 받지 않았나.」 니꼴라이 프세볼로도비치는 조용히 언급했다. 「내 어머니가 스쩨빤 뜨로피모비치를 대신해서 자네에게 6천인가 8천 루블을 주었을 텐데. 그러니 자네 돈에서 1천5백 루블을 지불하게. 나는 이제 다른 사람을 위해 돈을 내고 싶지 않네. 그동안 너무 많은 돈을 나누어 주었더니 이제는 화가 나는군…….」 그는 자기 말에 웃음을 지었다.

「아, 자네 또 농담을 하고 있군…….」

스따브로긴이 의자에서 일어나자 베르호벤스끼도 순식간에 벌떡 일어나 출구를 막기라도 하려는 듯 무의식적으로 문에 등을 대고 섰다. 니꼴라이 프세볼로도비치는 그를 문에서 밀쳐 내고 나가려는 몸짓을 하다가 갑자기 멈추었다.

「나는 샤또프를 자네에게 양보하지 않겠네.」 그가 말했다. 뾰뜨르 스쩨빠노비치는 몸을 떨었다. 두 사람은 서로를 바라보았다.

「자네가 무엇 때문에 샤또프의 피를 필요로 하는지는 내가
조금 전에 이미 말했네.」 스따브로긴의 눈이 번쩍거리기 시
작했다. 「자네는 그 피로 자네 무리들의 눈을 멀게 하고 싶은
거지. 방금 전엔 샤또프를 아주 훌륭하게 쫓아냈네. 자네는
그가 〈나는 밀고하지 않습니다〉라는 말을 할 리 없다는 것도,
자네 앞에서 거짓말하는 것을 비열한 짓이라고 생각한다는
것도 잘 알고 있지. 그런데 나는 지금 대체 무엇 때문에 필요
한 건가? 자네는 이미 외국에 있을 때부터 나를 귀찮게 따라
다녔네. 지금까지 자네가 내게 그걸 설명한 것은 그냥 헛소리
에 불과해. 그리고 자네는 내가 레뱟낀에게 1천5백 루블을
주면 그것이 페찌까가 그를 살해할 기회를 만들어 줄 거라는
생각을 하고 있지. 자네는 내가 아내까지 죽이고 싶어 한다고
생각한다는 것도 난 알고 있네. 그런 범죄로 나를 묶어 놓으
면 당연히 나에 대한 권력을 얻을 수 있다고 생각하겠지, 그
렇지 않나? 무엇 때문에 그런 권력을 필요로 하는 건가? 젠
장, 무엇 때문에 나를 필요로 하는 거지? 마지막으로 가까이
와서 한번 보게. 내가 자네 사람인가? 나를 좀 내버려 둬.」

「페찌까가 직접 자네를 찾아갔었나?」 베르호벤스끼가 숨
을 몰아쉬며 물었다.

「그래, 왔었네. 그도 1천5백 루블을 부르더군……. 자, 그가
직접 확인해 줄 걸세. 저기 서 있군…….」 스따브로긴은 팔을
내밀었다.

뾰뜨르 스쩨빠노비치는 재빨리 돌아보았다. 어둠을 뚫고
문턱에 새로운 인물이 등장했다. 그는 반코트를 입고 집에서
처럼 모자를 쓰지 않은 페찌까였다. 그는 가만히 서서 고르게

난 하얀 이를 드러내며 조소하듯 웃고 있었다. 누런빛이 감도는 검은색 눈이 방 안에 있는 신사들을 둘러보며 조심스럽고 빠르게 움직였다. 그는 뭔가를 이해하지 못하고 있었다. 끼릴로프가 방금 그를 이곳으로 데려왔는지, 그는 궁금해하는 시선으로 끼릴로프를 바라보고 있었다. 그는 문턱에 서 있기만 할 뿐 방 안으로 들어오려 하지 않았다.

「이자에게 우리 거래를 들려주거나, 손에 돈이라도 쥐고 있는 모습을 보여 주려고 자네가 미리 준비시켜 둔 모양이군, 그렇지?」스따브로긴은 이렇게 묻더니 대답도 기다리지 않고 그대로 방에서 나가 버렸다. 베르호벤스끼는 거의 미친 듯이 문 앞까지 그를 쫓아갔다.

「멈춰! 한 발짝도 움직이지 마!」그가 스따브로긴의 팔꿈치를 잡으며 소리쳤다. 스따브로긴은 팔을 잡아당겼지만 빼낼 수가 없었다. 미친 듯한 분노가 그를 사로잡았다. 그는 왼손으로 베르호벤스끼의 머리를 잡아 있는 힘껏 땅바닥에 내던지고 밖으로 나갔다. 그러나 서른 걸음도 채 가지 못해 베르호벤스끼가 다시 그를 따라잡았다.

「화해하세, 화해하세.」그는 발작적으로 그에게 속삭였다.

니꼴라이 프세볼로도비치는 어깨를 으쓱했지만, 멈추지도 않았고 뒤돌아보지도 않았다.

「이보게, 내일 리자베따 니꼴라예브나를 자네에게 데려가겠네. 괜찮아? 아닌가? 대체 왜 대답이 없나? 자네가 원하는 걸 말해 보게, 다 해줄 테니. 이보게, 자네에게 샤또프를 넘기겠네. 괜찮나?」

「그럼 자네가 샤또프를 죽이기로 마음먹은 게 사실이란 말이지?」니꼴라이 프세볼로도비치는 흥분해서 소리쳤다.

「대체 자네한테 샤또프가 왜 필요한 건가? 대체 왜?」극도로 흥분한 그는 연신 앞으로 달려 나가면서 자기도 의식하지 못한 채 스따브로긴의 팔꿈치를 잡고 헐떡거릴 정도로 빠른 말투로 계속 말했다. 「이보게, 자네에게 그를 넘기겠네. 우리 화해하세. 자네 요구는 너무 비싸지만, 그러나…… 화해하세!」

스따브로긴은 마침내 그를 향해 시선을 돌렸다가 깜짝 놀라고 말았다. 평소와 같은, 혹은 방금 방에서 본 것과 같은 그런 시선도 아니었고, 그런 목소리도 아니었다. 그의 눈앞에는 거의 다른 얼굴이 있었다. 목소리 억양도 좀 전과 달랐다. 베르호벤스끼는 간청하고 부탁하고 있었던 것이다. 그것은 가장 귀중한 것을 빼앗길 것 같거나 이미 빼앗겨서 아직 정신을 못 차리고 있는 사람의 모습이었다.

「대체 왜 이러는 거지?」스따브로긴이 소리쳤다. 베르호벤스끼는 대답도 하지 않고 그를 따라 뛰어가면서 여전히 간청하는, 그러나 동시에 끈질긴 시선으로 그를 바라보았다.

「우리 화해하세!」베르호벤스끼가 다시 한번 속삭였다. 「이보게, 내 부츠 속에도 페찌까처럼 칼이 들어 있네만, 나는 자네와 화해하고 싶네.」

「대체 무엇 때문에 내가 필요한 거야, 젠장!」스따브로긴은 극도의 분노와 놀라움 속에서 소리쳤다. 「대체 무슨 비밀이 있는 거지? 내가 자네한테 부적이라도 된단 말인가?」

「들어 보게, 우리는 혼돈을 불러일으킬 거라네.」그는 거의 헛소리하듯 빠르게 웅얼거렸다. 「우리가 혼돈을 불러일으킬 거라는 것을 믿지 못하겠나? 모든 것이 밑바닥부터 뒤집어지는 그런 혼돈을 일으킬 걸세. 까르마지노프가 무엇 하나 의지할 것이 없다고 한 말은 사실일세. 까르마지노프는 아주 똑똑하단 말이야. 러시아에 그런 무리가 열 개 정도만 있어도, 나는 잡히지 않을 것일세.」

「전부 똑같은 바보들이지.」 스따브로긴에게서 무의식 중에 이런 말이 튀어나왔다.

「오, 좀 더 바보가 되어 보게, 스따브로긴, 자네도 좀 더 바보가 되어 보게! 그런데 자네는 그런 것을 바랄 만큼 그렇게 똑똑하지는 않지. 자네는 두려워하고 있네. 자네는 믿음이 없어. 자네는 일의 규모가 너무 커서 놀라고 있는 것이네. 그런데 그들이 왜 바보란 말인가? 그들은 그렇게까지 바보는 아니라네. 요즘 세상엔 어떤 사람들이건 이성은 자기 것이 아니거든. 요즘 세상엔 특별한 이성을 가진 사람이 너무 적다네. 비르긴스끼는 가장 순수한 사람이지. 우리 같은 사람보다 열배는 더 순수할 걸세. 하지만 뭐, 그는 아무래도 상관없네. 리뿌찐은 사기꾼이지만, 나는 그자의 약점을 하나 알고 있네. 약점 없는 사기꾼이란 없거든. 람신만은 약점이 하나도 없지만, 어쨌든 그는 내 손아귀에 있다네. 그 밖에 그런 무리가 몇몇 더 있고, 나한테는 어디서나 통용되는 여권과 돈도 있으니, 이거면 되지 않겠나? 이것만 있으면 되지 않겠나? 또한 비밀 장소도 있으니 찾아보라지 뭐. 하나의 무리를 제거하면, 다른 무리를 찾아가면 되니까. 우리는 혼돈을 불러일으킬 걸세……. 자네는 정말로 우리 두 사람이면 완전히 충분하다는 것을 믿지 못하겠나?」

「시갈료프를 데려가고, 나는 가만히 좀 내버려 두게…….」

「시갈료프는 천재적인 인간이지! 그가 푸리에에 버금가는 천재라는 걸 알고 있나? 아니, 푸리에보다 더 대담하고, 푸리에보다 더 강하지. 나는 그에게 공을 들일 생각이네. 그는 〈평등〉을 고안해 냈거든!」

〈이 인간은 열에 들떠서 헛소리만 하고 있군. 뭔가 굉장히 특별한 일이 일어난 모양이야.〉 스따브로긴은 다시 한번 그를 쳐다보았다. 두 사람은 멈추지 않고 계속 걸어갔다.

「그의 공책에 잘 적혀 있다네.」 베르호벤스끼는 말을 계속했다. 「스파이 활동에 관한 내용일세. 조합의 회원 각자는 서로서로 지켜보고 밀고할 의무가 있다. 개인은 전체에 속해 있고, 전체는 개인에 속해 있다. 모든 사람은 노예이며, 노예라는 점에서 평등하다. 극단적인 경우에는 중상과 살인도 가능하지만, 중요한 것은 평등이다. 우선 할 일은 교육과 학문, 재능의 수준을 낮추는 것이다. 높은 수준의 학문과 재능은 고도의 능력을 가진 사람만 도달할 수 있는데, 그런 고도의 능력은 필요 없다! 고도의 능력은 항상 권력을 장악하고 전제 군주가 되어 왔다. 고도의 능력은 전제 군주가 되지 않을 수 없으며, 이익을 주기보다는 항상 더 많은 타락을 가져왔다. 그래서 그들은 쫓겨나거나 처형당한다. 키케로는 혀가 잘리고, 코페르니쿠스는 눈이 뽑히고, 셰익스피어는 돌팔매질을 당했다. 이것이 시갈료프주의라네! 노예는 평등해야 한다. 전제주의가 없는 곳에는 자유도 평등도 아직 없었지만, 가축 떼 속에는 틀림없이 평등이 있다. 이것이 시갈료프주의라네! 하-하-하, 이상한가? 나는 시갈료프주의에 찬성인데!」

스따브로긴은 발걸음을 서둘러 더 빨리 집에 도착하려고 애썼다. 〈이 인간이 취한 거라면, 대체 어디서 이렇게 마셔 댄거지?〉 그의 머릿속에 이런 생각이 떠올랐다. 〈설마 그 코냑 때문인가?〉

「이보게, 스따브로긴, 산을 평평하게 만든다는 것은 웃긴 생각이 아니라 좋은 생각이라네. 나는 시갈료프에게 찬성일 세! 교육도 필요 없고 학문도 그만하면 됐지! 학문이 없더라도 천 년 정도는 견딜 수 있는 재료가 충분하네만, 복종이 자리를 잡아야지. 이 세상에 단 하나 부족한 것이 있다면 그것은 복종일세. 교육에 대한 갈망은 이미 귀족적인 갈망이라네. 아주 조금이라도 가정적인 것이나 사랑이 있다면 바로 소유욕이 생기지. 우리는 갈망을 파괴할 것이네. 우리는 음주, 유언비어, 밀고를 퍼뜨릴 것이네. 우리는 전대미문의 방탕함을 퍼뜨릴 것이네. 우리는 모든 천재를 유아기에 짓눌러 버릴 걸세. 모든 것을 하나의 분모로 만들어 버리면 완전한 평등이 되지. 〈우리는 기술을 습득했고, 우리는 정직한 사람들이니 다른 것은 아무것도 필요 없다.〉 이것은 얼마 전에 내놓은 영국 노동자들의 대답이라네. 단지 필요한 것만이 필요할 뿐이다, 이것이 이제부터 전 세계의 신조일세. 그러나 발작도 필요하지. 이 일은 우리 지배자들이 신경 쓸 것일세. 노예들에게는 지배자가 있어야만 해. 완전한 복종과 완전한 몰개성. 그러나 30년에 한 번 정도는 시갈료프도 발작을 사용하더군. 모두 갑자기 서로서로 잡아먹기 시작하는데, 다만 지루하지 않을 정도로 어느 정도까지만 말일세. 지루함은 귀족적인 감정이거든. 시갈료프주의에는 갈망이 존재하지 않네. 갈망과 고통은 우리를 위한 것이고, 노예들을 위해서는 시갈료프주의가 있는 거지.」

「자네는 예외인가?」 스따브로긴에게서 다시 이런 질문이 불쑥 튀어나왔다.

「자네 역시 예외지. 이보게, 나는 이 세상을 교황에게 넘겨

줄 생각을 하고 있었네. 그가 맨발로 걸어 나와서 우매한 군중 앞에 모습을 드러내게 하는 거지. 그리고 〈그대들이 나를 이렇게 만들었도다!〉라고 말하게 하는 거야. 그러면 모두 그를 따라 몰려들기 시작하겠지. 심지어 군대까지도. 교황은 위쪽에 있고, 우리는 그 주변을 에워싸고, 우리 밑으로 시갈료프주의가 있을 것이네. 다만 *Internationale*(인터내셔널)이 교황과 합의해야 하는데, 그렇게 될 걸세. 노인네는 순식간에 합의할 걸세. 그에게는 달리 방도가 없거든. 내 말을 기억해 두게, 하-하-하. 어리석어 보이나? 말해 보게. 어리석은가, 아닌가?」

「그만하게.」 스따브로긴은 짜증을 내며 중얼거렸다.

「그래, 그만하지! 이보게, 나는 교황은 포기했네! 시갈료프주의야 어찌 되든 말든! 교황도 어찌 되든 말든! 필요한 것은 당면 문제지 시갈료프주의가 아니야. 시갈료프주의는 귀금속과 같은 거지. 그것은 이상이고, 그것은 미래에나 이루어질 걸세. 시갈료프는 여느 박애주의자들과 마찬가지로 보석공이면서 바보라네. 필요한 건 막노동인데, 시갈료프는 막노동을 경멸하고 있거든. 이보게, 교황은 서유럽에 있을 것이고, 우리에게는, 우리에게는 자네가 있을 것일세!」

「날 좀 내버려 둬, 자넨 취했어!」 스따브로긴은 이렇게 중얼거리며 발걸음을 재촉했다.

「스따브로긴, 자네는 미남이야!」 뾰뜨르 스쩨빠노비치는 환희에 넘쳐 소리쳤다. 「자네가 미남이라는 것을 알고 있나? 자네에게서 무엇보다 훌륭한 것은 자네가 가끔은 이 사실을 모른다는 것이네! 오, 나는 자네를 연구했네! 나는 자주 옆에서, 혹은 구석에서 자네를 지켜보고 있다네! 자네한테는 심지어 순박함과 순진함이 있는데, 자네는 그걸 알고 있나? 그 밖에도 더 있다네, 더 있어! 자네는 틀림없이 그 순박함 때문에 고통받고 있을 거야, 진정으로 고통받고 있을 거야. 나는 아름다움을 사랑하네. 나는 허무주의자이지만 아름다움을 사랑한다네. 과연 허무주의자는 아름다움을 사랑하지 않을까? 그들은 단지 우상을 사랑하지 않을 뿐이지만, 나는 우상을 사랑하네! 자네는 나의 우상이야! 자네는 어느 누구도 모욕하지 않지만, 모두가 자네를 증오하지. 자네는 모두를 차별 없이 바라보지만, 모두들 자네를 두려워하고 있네. 이건 좋은 일이야. 어느 누구도 자네에게 다가가서 어깨를 두드리지 못할 걸세. 자네는 아주 무서운 귀족이라네. 귀족이 민주주의를 향해 나아갈 때 얼마나 매력적이겠는가! 자네에게는 자신의 인생이건 타인의 인생이건 그것을 희생하는 것이 아무런 의미가 없지. 자네는 꼭 필요한 바로 그런 사람일세. 내게는, 내게는 바로 자네 같은 사람이 필요하다네. 나는 자네 외에는 그 누구도 알지 못하네. 자네는 지휘자이고, 자네는 태양이며, 나는 자네의 벌레에 불과하네……」

그는 갑자기 스따브로긴의 손에 입을 맞췄다. 스따브로긴의 등에 한기가 스쳐 지나갔고, 그는 경악하며 손을 빼냈다. 그들은 멈춰 섰다.

「미쳤군!」 스따브로긴이 속삭였다.

「내가 헛소리하고 있는지도 모르지, 헛소리하고 있는지도 몰라!」 베르호벤스끼는 빠른 말투로 대꾸했다. 「그러나 첫걸음은 내가 생각해 낸 것일세. 시갈료프는 결코 첫걸음을 생각해 낼 수 없어. 시갈료프 같은 인간들은 아주 많지! 그러나 한 사람, 러시아에서 단 한 사람만이 첫걸음을 고안해 냈고, 그것을 어떻게 해야 할지 알고 있네. 그 사람은 바로 나일세. 왜 그렇게 쳐다보나? 나한테는 자네가, 자네가 필요하네. 자네가 없으면 나는 제로에 불과해. 자네가 없으면 나는 파리이고, 병 속에 든 사상이고, 아메리카 없는 콜럼버스라네.」

스따브로긴은 가만히 서서 그의 광기 어린 눈을 뚫어지게 쳐다보았다.

「들어 보게, 우리는 먼저 혼돈을 일으킬 걸세.」베르호벤스끼는 엄청 서두르며 연신 스따브로긴의 왼쪽 소매를 잡았다. 「이미 자네에게 말했지만, 우리는 민중 속으로 침투할 것일세. 우리는 지금도 이미 무섭게 강하다는 걸 알고 있나? 우리는 베어 죽이거나, 태워 죽이거나, 고전적인 방법으로 총을 쏘거나 물어뜯는 그런 놈들만 있는 게 아니라네. 그런 놈들은 방해만 할 뿐이지. 나는 규율 없이는 아무것도 이해하지 못하네. 나는 사기꾼이지 사회주의자가 아니거든, 하-하! 들어 보게, 나는 그들을 한번 따져 보았다네. 아이들과 함께 그들의 신을 비웃고 그들의 요람을 비웃는 교사는 이미 우리 편이지. 교양 있는 살인자가 피해자보다 지적으로 더 발전해 있고, 그가 돈을 얻기 위해서는 살인을 하지 않을 수 없었다는 논리로 살인자를 변호하는 변호사도 우리 편이네. 살인의 감각을 맛보기 위해 농민을 죽인 학생들도 우리 편, 범인들을 하나같이 무죄로 인정하는 배심원들도 우리 편이지. 자신이 충분히 자유주의적이지 않다고 법정에서 동요하는 검사도 우리 편이라네. 행정 관리, 문학가, 오, 우리 편이 이렇게나 많네. 엄청 많다네. 본인들만 모르고 있지! 다른 한편으로 학생들과 바보들의 복종은 이미 최고 수준에 도달했네. 교사들의 쓸개는 짓눌려 있는 상태고. 사방에 터무니없을 정도의 허세와 전대미문의 탐욕이 넘쳐흐르고 있지……. 이미 준비되어 있던 시시한 사상만으로 우리가 얼마만 한 성공을 거둘수 있을지 자넨 알고 있나, 알고 있나? 내가 떠날 때만 해도 범죄는 정신 착란이라는 리트레[66]의 명제가 맹위를 떨치고 있었는데, 돌아와서 보니 이미 범죄는 정신 착란이 아니라 상식이며, 거의 의무이자 적어도 고결한 저항이 되어 있더군. 〈돈이 필요한데, 지적으로 발전한 인간이 어떻게 살인을 하지 않을 수 있을까!〉라고 말일세. 그러나 이건 아직 열매에 불과하다네. 러시아의 신은 이미 〈싸구려 보드까〉 앞에 자신의 무력함을 인정했네. 민중은 취해 있고, 어머니들도 취해 있고, 아이들도 취해 있고, 교회는 텅텅 비어 있고, 모두 법정에서 〈매질 2백대, 아니면 그 대신 보드까 한 통을 가져와라〉라는 말을 듣고 있지. 오, 이 세대가 늘어나도록 해야만 하는데! 기다릴 시간이 없는 게 유감일 뿐이군. 아니면 그들이 훨씬 더 취하도록 할 수 있을 텐데! 아, 프롤레타리아가 없다는 게 얼마나 안타까운지! 그러나 생길 것이네, 생길 거야, 그 방향으로 나아가고 있으니……」

「우리가 멍청해진 것도 유감이로군.」 스따브로긴은 이렇게 중얼거리고 나서 가던 길을 계속 가기 시작했다.

「이보게, 나는 여섯 살짜리 어린애가 술 취한 자기 엄마를 집으로 데려가는 걸 본 적이 있는데, 그 엄마는 아들한테 아주 더러운 욕설을 퍼붓더군. 내가 그걸 보고 즐거워했을 거라 생각하나? 우리 손에 들어오기만 하면, 우리는 그런 사람들을 치료해 줄 수 있을 걸세…… 필요하다면 40년 정도 황야로 내쫓을 수도 있지…… 그러나 지금은 한두 세대 정도 방종

66 Émile Littré(1801~1881). 프랑스 언어학자, 콩트 실증주의 추종자.

의 시대가 필요하다네. 인간이 추악하고 비겁하고 잔인하고 이기적인 쓰레기로 전락하는 그런 전대미문의 비열한 방종의 시대, 바로 그것이 필요하단 말이지! 그런데 그것에 익숙해지려면 약간의 〈신선한 피 한 방울〉도 필요하다네. 왜 웃나? 내가 자기모순에 빠진 것도 아닌데. 나는 박애주의나 시갈료프주의와 모순될 뿐이지, 자기모순에 빠진 것은 아닐세. 나는 사기꾼이지 사회주의자가 아니거든. 하-하-하! 시간이 부족한 게 유감이군. 나는 까르마지노프에게 5월에 시작해서 성모제 때까지 끝내겠다고 약속했네. 너무 빠른가? 하, 하! 그런데 자네 그거 아나, 스따브로긴? 러시아 민중은 지금까지 추악한 욕설을 퍼부은 적은 있어도, 그들에게 냉소주의는 없었다네. 이 농노들이 까르마지노프보다 훨씬 더 스스로를 존중해 왔다는 사실을 알고 있나? 그들은 매질을 당해도 자신들의 신을 지켜 냈지만, 까르마지노프는 지켜 내지 못했지.」

「이런, 베르호벤스끼, 나는 처음으로 자네 이야기를 듣고 있네만, 듣다 보니 놀랍군.」 니꼴라이 프세볼로도비치가 말했다. 「그러니까 자네는 실제로 사회주의자가 아니라, 일종의 정치적…… 야심가란 말인가?」

「사기꾼이라네, 사기꾼……. 내가 어떤 인간인지 걱정되나? 내가 어떤 인간인지, 어떤 의도를 가지고 있는지 지금 당장 말해 주지. 내가 자네 손에 입을 맞춘 건 괜히 그런 게 아니었네. 우리는 우리가 무엇을 원하는지 알고 있지만, 저들은 〈몽둥이를 휘두르며 자기들끼리 치고받기〉만 할 뿐이라고 민중이 믿게 할 필요가 있네. 에이, 시간이 조금만 더 있다면! 한 가지 곤란한 점은 시간이 없다는 것일세. 우리는 파괴를 선언할 걸세……. 왜냐고? 왜냐고? 역시 이 하찮은 사상이 너

무 매력적이거든! 그러나 미리 뼈를 좀 주물러서 부드럽게
해둘 필요는 있지. 우리는 화재를 일으킬 걸세…… 전설도 좀
퍼뜨리고……. 이럴 때는 옴에 걸린 〈무리〉라도 쓸모가 있지.
나는 자네에게 바로 이 무리 속에서 어떠한 포탄이 날아와도
앞으로 나아가고, 게다가 이 명예를 감사하게 여길 줄 아는
자원자들을 찾아 주겠네. 자, 혼돈이 시작될 걸세! 아직 세상
이 보지 못한 그런 동요가 일어날 걸세……. 루시는 안개로 자
욱하고 대지는 옛 신을 그리워하며 눈물 흘리겠지……. 자, 바
로 이때 우리는 내보내는 걸세…… 누구를?」

「누구를?」

「이반 왕자[67]를.」

「누-누구라고?」

「이반 왕자. 바로 자네, 자네 말일세!」

스따브로긴은 잠시 생각에 잠겼다.

「참칭자가 되는 건가?」 그는 심하게 놀라서, 극도로 흥분
해 있는 상대를 쳐다보며 갑자기 말했다. 「하! 그러니까 이것
이 결국 자네의 계획이군.」

「우리는 〈그는 숨어 계시다〉라고 말할 걸세.」 베르호벤스
끼는 무슨 사랑의 말이라도 속삭이듯 조용히 말했다. 실제로
취한 사람처럼 보였다. 「〈그는 숨어 계시다〉라는 말이 무슨
뜻인지 아나? 그러나 그는 곧 나타날 걸세, 나타날 거야. 우리
는 거세파 교도들보다 전설을 더 잘 퍼뜨릴 거야. 그는 존재
한다, 그러나 아무도 그를 본 적이 없다. 오, 얼마나 멋진 전
설을 만들어 낼 수 있을까! 중요한 것은 새로운 힘이 다가오
고 있다는 것일세. 바로 그 힘이 필요하며, 사람들은 그 힘을

67 러시아 설화에 등장하는 민족 영웅.

그리워하며 눈물 흘리고 있네. 그런데 사회주의는 어떤가? 낡은 힘을 파괴했지만, 새로운 힘을 들여오지는 못했네. 하지만 우리에게는 힘이, 그것도 전대미문의 엄청난 힘이 있다네! 우리에게는 대지를 들어 올릴 단 한 번의 지렛대만 있으면 되네. 그러면 모든 것이 들릴 것이네!」

「그럼 자네는 정말로 진지하게 나를 염두에 두고 있는 건가?」 스따브로긴은 심술궂은 미소를 지었다.

「왜 웃나, 더구나 그렇게 심술궂게? 나를 겁먹게 하지 말게. 나는 지금 어린애 같아서, 그런 웃음만으로도 죽을 만큼 겁을 먹을 수 있으니. 이보게, 나는 자네를 누구에게도 보여 주지 않을 것이네, 누구에게도. 그래야만 해. 그는 존재하지만 아무도 그를 본 적은 없으며, 그는 숨어 있는 거야. 그래도 예를 들어, 10만 명 중 한 명에게는 모습을 드러낼 수도 있겠지. 그러면 전 세계에 소문이 퍼질 것이네. 〈그를 보았다, 그를 보았다〉라고. 만군의 주 이반 필리뽀비치[68]가 사람들 앞에서 전차를 타고 하늘로 승천하는 것을 그들이 〈자기들〉 눈으로 보았다고 하지 않았나. 그러나 자네는 이반 필리뽀비치가 아니지. 자네는 신처럼 오만하며, 자신을 위해서는 아무것도 구하지 않고, 희생자의 후광으로 둘러싸인 채 〈숨어 있는〉 아름다운 사람일세. 중요한 것은 전설을 퍼뜨리는 거야! 자네는 그들을 정복하게 될 걸세, 한 번 쳐다보기만 해도 정복하게 될 걸세. 그는 새로운 진실을 가져오지만, 〈숨어 있는〉 거

---

68 러시아 정교의 한 종파인 흘리스트(고행교도)들 사이에는 스스로를 만군의 주 사바옷이라 부르는 다닐라 필리뽀비치Danila Filippovich와 그리스도라 부르는 이반 찌모페예비치 수슬로프Ivan Timofeevich Suslov가 있었다. 뾰뜨르는 이 두 사람의 이름을 조합해서 이반 필리뽀비치라 부르고 있다.

지. 바로 이때 우리는 솔로몬의 심판을 두세 개 정도 세상에 퍼뜨릴 걸세. 무리들도 있고 5인조도 있으니, 신문 같은 건 필요 없네! 만약 1만 가지 중 한 가지의 청원이라도 만족시켜 준다면, 모두가 자신의 청원을 들고 우리에게 올 것이네. 어느 마을에서나 모든 농민들은 자기 청원을 말할 수 있는 나무 구멍이 어딘가 있다는 것을 알게 될 걸세. 그러면 온 대지에 〈새롭고 올바른 법이 도래하고 있다〉는 신음 소리가 울려 퍼지고, 바다에는 파도가 일고, 가건물들은 무너져 내릴 것이네. 그때 우리는 어떻게든 석조 건물을 세우겠다는 생각을 하는 거지. 세상에서 처음으로! **우리**가 세우는 것이네, 우리가, 우리만이!」

「완전히 미쳤군!」 스따브로긴이 말했다.

「왜, 왜 자네는 원하지 않나? 두렵나? 내가 자네를 붙잡은 것은 자네가 아무것도 두려워하지 않아서였네. 말도 안 되는 소리 같나? 그래, 나는 아직 아메리카 없는 콜럼버스지. 그런데 아메리카 없는 콜럼버스가 과연 합리적일 수 있을까?」

스따브로긴은 아무 말도 하지 않았다. 그러는 사이 두 사람은 집 바로 앞에 도착했기에 현관 앞에 멈춰 섰다.

「이보게,」 베르호벤스끼는 그의 귀를 향해 몸을 굽혔다. 「돈을 받지 않고 해주겠네. 마리야 찌모페예브나와의 일을 끝장내 주지…… 돈을 받지 않고. 그리고 내일 리자를 자네에게 데려오겠네. 내일 리자를 데려오길 원하나?」

〈뭐야, 이 인간이 정말로 미친 건가?〉 스따브로긴은 웃음이 나왔다. 현관문이 열렸다.

「스따브로긴, 우리의 아메리카가 되어 주겠나?」 베르호벤스끼는 마지막으로 다시 한번 그의 손을 잡았다.

「무엇 때문에?」 니꼴라이 프세볼로도비치는 진지하고 단호하게 말했다.

「할 마음이 없다는 거군. 그럴 줄 알았어!」 그는 난폭한 분노의 발작 속에서 이렇게 소리쳤다. 「자네는 거짓말을 하고 있어, 아무짝에도 쓸모없고 음란한 짓이나 즐기는 변태 귀족 도련님, 나는 믿지 않겠어, 자네는 굶주린 늑대니까……! 잘 알아 두게. 이제 자네한테 든 비용이 너무 커져서 나는 자네를 포기할 수가 없어! 이 세상에 자네 같은 인간은 없다고! 나는 외국에 있을 때부터 자네를 생각해 두었네. 자네를 보면서 생각해 두었다고. 만약 내가 한쪽 구석에서 자네를 보지만 않았어도, 내 머릿속엔 아무것도 떠오르지 않았을 텐데……!」

스따브로긴은 대답도 하지 낳고 계단을 올라갔다.

「스따브로긴!」 베르호벤스끼는 그의 뒤에 대고 소리쳤다. 「자네에게 하루를 주겠네……. 뭐 이틀 정도…… 아니면 사흘…… 사흘 이상은 안 돼. 그때 대답을 들으러 오지!」

제9장
가택 수색을 당하는 스쩨빤 뜨로피모비치

그러는 사이 우리 쪽에서도 나를 놀라게 하고, 스쩨빤 뜨로피모비치를 동요케 한 엽기적인 사건이 발생했다. 아침 8시경에 선생 댁 나스따시야가 주인 나리가 〈가택 수색을 당했다〉는 소식을 가지고 나한테 달려왔다. 처음에는 무슨 소리인지 이해할 수가 없었다. 관리들이 〈가택 수색〉을 했다는 것, 즉 와서 종이들을 가져갔으며, 군인들이 그것을 전부 묶어 〈손수레에 싣고 갔다〉는 것만 알아들었다. 그것은 정말 기괴한 소식이었다. 나는 곧바로 스쩨빤 뜨로피모비치에게 달려갔다.

내가 가보니 그는 아주 놀라운 상황에 처해 있었다. 그는 냉정을 잃고 엄청 흥분해 있었지만, 동시에 의심할 바 없이 의기양양한 표정이었다. 방 한가운데 있는 탁자 위에서는 사모바르가 끓고 있었고, 차를 따라 놓았지만 잊었는지 손도 대지 않은 찻잔이 하나 있었다. 스쩨빤 뜨로피모비치는 자기가 무슨 행동을 하는지 알지도 못하는 듯 탁자 주변과 방 안 구석구석을 어슬렁거렸다. 그는 평소와 마찬가지로 붉은색 누비 재킷을 입고 있다가 나를 보더니 서둘러 조끼와 프록코트를 그 위에 입었다. 그런데 이전에는 가까운 사람들이 이처럼 누비 재킷을 입고 있는 모습을 보더라도 결코 그런 행동을 한 적이 없었다. 그는 곧바로 뜨겁게 내 손을 잡았다.

「*Enfin un ami*(드디어 와주었군, 친구). (그는 가슴 깊이 한숨을 쉬었다) *Cher*(이보게), 나는 자네한테만 사람을 보냈고, 이 일은 아직 아무도 모르네. 나스따시야한테 문을 잠그고 아무도 들이지 말라고 해야겠군. 물론 **그들**은 예외로 하고…… *Vous comprenez*(자네 이해하겠나)?」

그는 대답을 기다리듯 불안해하며 나를 바라보았다. 물론 나는 그에게 달려들어 꼬치꼬치 캐묻기 시작했다. 중간에 끊기기도 하고 불필요한 내용이 들어가기도 하면서 연결되지 않는 이야기에서 내가 간신히 알아낸 것은 이날 아침 7시에 〈갑자기〉 현의 관리가 그에게 들이닥쳤다는 사실이었다…….

「*Pardon, j'ai oublié son nom*(미안하지만, 그의 이름을 잊어버렸네). *Il n'est pas du pays*(이 나라 사람이 아니었어). 아마도 렘쁘께가 데려온 것 같던데, *quelque chose de bête et d'allemand dans la physionomie. Il s'appelle Rosenthal*(얼굴 표정은 뭔가 좀 우둔하고 독일인 같은 느낌이었네. 로젠탈이라고 부르던데).」

「혹시 블룸 아니었나요?」

「블룸. 바로 그런 이름이었네. *Vous le connaissez? Quelque chose d'hébété et de très content dans la figure, pourtant très sévère, roide et sérieux*(그를 알고 있나? 겉으로는 뭔가 우둔하고 아주 자기만족적인 것 같았지만, 매우 엄격하고 접근하기 어렵고 거만해 보였네). 경찰에 속해 있는 인물이지만, 그냥 밑에서 명령을 수행하는 정도 같았달까. *Je m'y connais*

(나도 그 정도는 알고 있지). 나는 아직 자고 있었는데, 글쎄 그가 나한테 내 책과 초고들을 〈살펴봐야겠다〉고 요구하지 않겠나. *Oui, je m'en souviens, il a employé ce mot*(그래 생각 나는데, 그는 바로 이런 말을 썼네). 그는 나를 체포하지는 않고, 다만 책들을……. *Il se tenait à distance*(그는 거리를 두고 있었네). 그런데 자기가 찾아온 이유를 설명하기 시작하면서 표정이…… *enfin il avait l'air de croire que je tomberai sur lui immédiatement et que je commencerai à le battre comme plâtre*(간단히 말해, 그는 내가 꼭 자기한테 달려들어 무자비하게 때리기 시작할 거라고 생각했던 것 같아). *Tous ces gens du bas étage sont comme ça*(신분이 낮은 사람들은 점잖은 사람들을 상대할 때 다들 그런 식이라니까). 두말할 나위 없이 나는 바로 모든 것을 이해했지! *Voilà vingt ans que je m'y prépare*(이미 20년 동안이나 그런 일을 각오하고 있었거든). 나는 모든 서랍을 열어 주고 열쇠도 다 건네주었네. 내가 직접 그에게 내주었지. 나는 그에게 모든 것을 내주었네. *J'était digne et calme*(나는 차분하고 당당하게 행동했네). 책들 중에서 그는 게르첸의 외국 판본과 『종』의 합본, 내 시 사본 네 부를 가져갔네. *Et enfin tout ça*(그러니까 한마디로 전부 다 말일세). 그다음에는 서류와 편지들 *et quelques unes de mes ébauches historiques, critiques et politiques*(그리고 내가 쓴 역사적, 비평적, 정치적인 글들의 초고 같은 것도 가져갔네). 모든 것을 가져간 것일세. 나스따시야 말로는 군인들이 손수레에 싣고 가면서 덮개를 씌워 놨다더군. *Oui, c'est cela*(그래, 바로 그렇게), 덮개를 씌워서 말이야.」

이것은 말도 안 되는 소리였다. 이걸 이해할 수 있는 사람이 누가 있겠는가? 나는 그에게 다시 질문을 퍼부었다. 블룸이 혼자 왔었나요, 아닌가요? 누구의 명을 받고? 무슨 권리로? 그가 어떻게 감히 그런 짓을? 뭐라고 설명하던가요?

「*Il était seul, bien seul*(그는 혼자였네, 완전히 혼자였어). 하지만 누군가 또 있었네, *dans l'antichambre, oui, je m'en souviens, et puis*(현관에, 그래, 이제 생각나는군, 그 밖에도)……. 누군가 또 있었던 것 같기도 하고, 현관 밖에는 감시병이 서 있었네. 나스따시야에게 물어봐야겠군. 그 애는 이 모든 걸 더 잘 알고 있을 테니. *J'étais surexcité, voyez-vous. Il parlait, il parlait…un tas de choses*(나는 정말로 너무 흥분했네. 그는 뭐라고, 뭐라고 한바탕…… 말을 쏟아 놓았다네). 아니, 그는 거의 말하지 않았어. 계속 말을 한 건 나였네……. 나는 내 인생 이야기를 들려주었지, 물론 그 한 가지 관점에서 말일세……. *J'étais surexcité mais digne, je vous l'assure* (나는 너무 흥분했지만, 분명히 말하겠는데, 당당하게 행동했다네). 그나저나 내가 눈물을 터뜨렸던 것 같은데, 그게 걱정이군. 손수레는 이웃 상점에서 가져온 것이라네.」

「오, 맙소사, 어떻게 이런 일이 일어날 수 있단 말입니까! 제발 더 정확히 말씀해 주십시오, 스쩨빤 뜨로피모비치. 당신이 말하는 내용이 너무 꿈같아서요!」

「*Cher*(이보게), 나도 꿈을 꾸고 있는 것 같네……. *Savez-vous, il a prononcé le nom de Teliatnikoff*(그런데 그가 쩰랴뜨니꼬프라는 이름을 언급하더군). 내 생각에 바로 그 사람이 현관 밖에 숨어 있었던 것 같네. 그리고 그가 검사를 한 명 추천해 주었던 것도 기억나는데, 아마 드미뜨리 미뜨리치였던 것 같군……. *Qui me doit encore quinze roubles de ералаш*

soit dit en passant. Enfin, je n'ai pas trop compris(그건 그렇
고, 그는 예랄라시 카드놀이에서 나한테 15루블을 빚진 자라
네. 한마디로 나는 도무지 이해할 수가 없었다네). 그러나 나
는 그들에게 꾀를 좀 썼지. 드미뜨리 미뜨리치가 나한테 무슨
상관인가. 나는 그에게 비밀로 해달라고 열심히 부탁하기 시
작했던 것 같아. 열심히 부탁했지, 정말 열심히. 너무 비굴하
진 않았는지 걱정될 정도네. *Comment croyez-vous? Enfin il a
consenti*(어떻게 됐을 것 같나? 그는 결국 내 말에 동의해 주
었네). 그래, 생각해 보니, 비밀로 하는 게 더 낫겠다고 부탁
한 쪽은 그였군. 그는 다만 〈둘러보려고〉 온 것이지, *et rien de
plus*(그 이상은 아무것도 없다), 그 이상은 아무것도, 아무것
도 없다…… 그러니 만약 아무것도 발견하지 못하면, 아무 일
도 없을 거라고 말일세. 그렇게 우리는 모든 일을 서로 *en
ami*(우호적으로) 마무리 지었고, *je suis tout-à-fait content*
(나는 완전히 만족했네).」

「맙소사, 그는 당신에게 이런 경우 정해진 절차와 보증을
제안한 것인데, 그것을 스스로 거절하시다니요!」 나는 친구
로서 격분해서 소리쳤다.

「아니, 보증이 없는 게 이 경우엔 더 낫네. 소동을 일으킬
필요가 뭐 있나? 당분간은 그냥 *en amis*(우호적으로) 가게
내버려 두세. 자네도 알겠지만, 만약 우리 도시에 이 일이 알
려진다면…… *mes ennemis*(내 적들)에게…… *Et puis, à quoi
bon ce procureur, ce cochon de notre procureur, qui deux fois
m'a manqué de politesse et qu'on a rossé à plaisir l'autre
année chez cette charmante et belle Наталья Павловна
quand il se cacha dans son boudoir. Et puis, mon ami*(게다가

그런 검사가 무슨 소용 있겠나. 그 돼지 같은 검사는 두 번이나 내게 무례하게 대했고, 작년에는 저 매력적이고 아름다운 나딸리야 빠블로브나 집 내실에 숨어들었다가 실컷 두드려 맞기도 했네. 그러니 친구), 내 말에 반대하지 말고, 내가 자신감을 잃지 않도록 해주게, 제발 부탁이네. 왜냐하면 사람이 불행에 빠져 있는데 옆에서 백 명이나 되는 친구들이 그에게 바보짓을 했다고 지적하면 정말 참을 수가 없거든. 하여간 좀 앉아서 차라도 마시게. 솔직히 나는 정말 피곤하군…… 잠깐 누워서 머리에 식초 찜질이라도 해야 할 것 같은데, 어떻게 생각하나?」

「꼭 그렇게 하셔야지요.」 나는 외쳤다. 「그보다 얼음찜질 하시는 게 더 낫겠군요. 지금 제정신이 아니십니다. 얼굴은 창백하고 손은 떨고 계시는군요. 누워서 좀 쉬십시오. 이야기는 뒤로 미루고요. 여기 옆에 앉아서 기다리겠습니다.」

그가 누울 결심을 하지 못하기에 내가 고집을 부렸다. 나스따시야가 찻잔에 식초를 담아 가지고 왔고, 나는 그것을 수건에 적셔 그의 머리 위에 올려놓았다. 그 후 나스따시야는 의자 위에 올라서더니 구석에 있는 성상 앞 현수등에 불을 켜려고 했다. 나는 놀라서 그것을 지켜보았다. 지금까지 그 자리에 현수등이 있었던 적이 없는데, 갑자기 나타난 것이다.

「아까 그들이 떠나자마자 바로 내가 지시해서 준비한 것이네.」 스쩨빤 뜨로피모비치는 나를 교활한 눈초리로 쳐다보며 이렇게 중얼거렸다. 「*Quand on a de ces choses-là dans sa chambre et qu'on vient vous arrêter*(방 안에 그런 게 있으면 체포하러 왔다가도) 인상에 남을 테고, 그들은 자기들이 본 것을 보고해야 할 테니 말일세……」

현수등에 불을 켜고 난 뒤, 나스따시야는 문 앞에 서서 오른쪽 손바닥을 뺨에 대고 울상을 지으며 그를 바라보기 시작했다.

「무슨 핑계를 대서라도 *eloignez-la*(저 애를 내보내 주게).」그는 소파에서 나를 향해 고개를 끄덕였다. 「나는 저런 러시아식 동정을 참을 수가 없네. *Et puis ça m'embête*(게다가 귀찮기도 하군).」

그러나 그녀는 알아서 방을 나갔다. 나는 그가 계속 문 쪽을 주시하면서 현관에 귀를 기울이고 있음을 알아차렸다.

「*Il faut être prêt, voyez-vous*(이보게, 이제 준비를 해야겠네).」그는 의미심장한 눈빛으로 나를 쳐다보았다. 「*Chaque moment*(언제라도)…… 그들이 와서 끌고 가면, 사람 하나 그냥 사라지는 거니까!」

「맙소사! 누가 오는데요? 누가 당신을 끌고 간다는 겁니까?」

「*Voyez-vous, mon cher*(이보게, 친구), 나는 그가 떠날 때 이제 나를 어떻게 할 거냐고 직접적으로 물어보았다네.」

「차라리 어디로 유형 보낼 작정이냐고 물어보시지 그랬습니까!」나 역시 너무 화가 나서 이렇게 소리쳤다.

「나도 질문할 때 그걸 염두에 두었네. 그러나 그는 아무 대답도 하지 않고 그냥 가버렸어. *Voyez-vous*(그런데 이보게), 속옷이나 겉옷, 특히 방한복 같은 것은, 물론 그들 마음대로이긴 하지만, 가져가도록 해주겠지? 아니면 군인 외투라도 입혀서 보내겠지? 나는 35루블을(그는 갑자기 나스따시야가 나간 문 쪽을 돌아보며 목소리를 낮췄다) 조끼 주머니 안쪽의 터진 곳에 몰래 찔러 넣어 두었다네. 바로 여기, 한번 만져

보게……. 내 생각에 그들이 조끼를 벗기려 하지는 않을 것 같아서 말이야. 그리고 일부러 보라고 지갑 속에는 7루블만 남겨 두었네. 〈내가 가진 건 이게 전부다〉라는 듯이 말일세. 여기 탁자 위에 잔돈과 동전이 놓여 있으니 그들은 내가 돈을 숨겼다고 짐작하지 못하고 이게 전부라 생각하겠지. 내가 오늘 밤 어디서 묵게 될지는 아무도 모르잖는가.」

나는 그런 광기 앞에 고개를 떨구었다. 그가 말해 준 방식대로 사람을 체포하거나 수색하는 것은 분명 있을 수 없는 일이었으니, 물론 그는 완전히 혼란스러운 상태에 빠져 있는 것이었다. 사실 최근의 새로운 법령이 시행되기 전에는 그런 일이 일어나기도 했다. 그가 적법한 절차를 제안받았지만(그의 말에 따르자면), 꾀를 부려 거절했다는 것 역시 사실이다……. 물론 이전에는, 즉 아주 최근까지도 지사는 극단적인 경우라면 그렇게 할 수도 있었다……. 그러나 대체 여기에 어떤 극단적인 경우가 있을 수 있단 말인가? 바로 이 점이 나를 완전히 당황하게 만들고 말았다.

「틀림없이 뻬쩨르부르끄에서 전보가 왔을 거야.」 스쩨빤 뜨로피모비치가 갑자기 말했다.

「전보라니! 당신 일로요? 게르쩬의 저서나 당신의 시 때문이라는 건가요? 완전히 미쳤군요. 무엇 때문에 체포한단 말입니까?」

나는 그저 울화가 치밀었다. 그가 얼굴을 찌푸리는 것이, 모욕감을 느낀 게 분명했다. 그것은 내가 소리를 질러서가 아니라, 체포될 이유가 없다고 한 내 생각 때문이었다.

「요즘 세상에 어떤 이유로 체포될지 누가 알겠나?」 그는 수수께끼 같은 말을 중얼거렸다. 기괴하고 황당한 생각 하나가 내 머릿속에 번쩍 떠올랐다.

「스쩨빤 뜨로피모비치, 친구로서 제게 말씀해 주십시오.」
나는 소리쳤다. 「진정한 친구로 여기고 말입니다. 당신을 배
신하지 않겠습니다. 혹시 무슨 비밀 단체에 소속되어 있는 건
아닌가요?」

그런데 놀랍게도, 그는, 이 점에서도 자신이 무슨 비밀 단
체에 속해 있는지 아닌지 확신하지 못하는 것 같았다.

「글쎄, 그건 생각하기에 따라서겠지, *voyez-vous*(이보
게)…….」

「〈생각하기에 따라서〉라니요?」

「온 마음으로 진보에 속해 있는 사람이라면…… 누가 그것
을 확실히 말할 수 있겠나. 어딘가에 속해 있다고 생각하지
않았는데, 알고 보니 그곳에 소속되어 있는 것으로 판명된다
면 말일세.」

「어떻게 그럴 수가 있습니까? 여기서는 그렇다 혹은 아니
다일 뿐입니다.」

「*Cela date de Pétersbourg*(그것은 뻬쩨르부르끄에서 시작
되었네). 당시 나와 그녀는 잡지를 창간하려고 했지. 이것이
바로 사건의 근원이네. 우리는 그때 용케 빠져나왔고, 그들은
우리를 잊고 있었는데, 지금 기억이 난 거지. *Cher, cher*(이보
게, 이보게), 자네 정말 모르겠나?」 그는 괴로운 듯 소리쳤다.
우리는 잡혀가서 호송 마차에 태워져 평생을 시베리아에서
보내도록 추방당하거나, 독방에 갇혀 잊혀질 걸세.」

그러더니 그는 갑자기 뜨겁고도 뜨거운 눈물을 흘리기 시
작했다. 그는 펑펑 눈물을 흘렸다. 그는 붉은색 비단 손수건
으로 눈을 가리고 5분 정도 몸을 들썩이며 흐느껴 울었다. 나

는 온몸에 경련이 일어났다. 20년 동안 우리의 예언자, 우리의 설교자, 스승, 족장, 우리 모두의 앞에서 그렇게 엄숙하고 위풍당당한 태도를 보이던 꾸꼴니끄였고, 우리는 그 앞에서 영광이라 생각하며 진심으로 고개를 숙였던 바로 그 사람이 지금 갑자기 흐느껴 울고 있다니, 그것도 장난치던 어린 학생이 선생님이 회초리를 가지러 간 사이 그것을 기다리며 우는 것처럼 그렇게 흐느껴 울고 있었던 것이다. 나는 그가 너무나 안쓰러웠다. 그는 〈호송 마차〉가 온다는 것을 내가 자기 옆에 앉아 있는 것만큼이나 분명하게 확신하고 있었으며, 바로 이 날 아침, 지금 이 순간 그 마차를 기다리고 있었다. 이 모든 것이 게르쩬의 저작과 자신이 지은 무슨 시 때문이었던 것이다! 세상 돌아가는 평범한 현실에 대한 이처럼 완벽하고 완전한 무지는 감동적이었지만, 왠지 혐오스럽기도 했다.

그는 마침내 울음을 그치고 소파에서 일어나 다시 방 안을 서성이며 나와 이야기를 계속했다. 그러나 연신 창밖을 내다보거나 현관에 귀를 기울였다. 우리의 이야기는 두서없이 계속되었다. 내가 아무리 설득하고 안심시켜도 벽에 던진 콩이 튕겨 나오듯 아무 소용이 없었다. 그는 내 말에 거의 귀를 기울이지 않으면서도 내가 안심시켜 주기를 엄청 바랐으며, 그런 의미에서 나는 쉴 새 없이 말을 해야 했다. 보아하니 그는 이제 나 없이는 아무것도 하지 못하는 지경인 것 같았다. 그래서 무슨 일이 있어도 나를 놓아주려 하지 않았다. 나는 그의 옆에 머물렀고, 그렇게 우리는 두 시간 넘게 함께 앉아 있었다. 이야기 중에 그는 블룸이 두 장의 격문을 발견해서 가져갔다는 사실을 떠올렸다.

「격문이라니요!」 나는 바보같이 깜짝 놀라고 말았다. 「설마 당신은…….」

「아니, 누군가 격문 열 장을 몰래 집어넣고 갔더라고.」그는 짜증을 내며 대답했다(그는 나와 이야기하면서 짜증을 내거나 거만하게 굴기도 했으며, 또 엄청 불쌍하거나 비굴하게 말하기도 했다). 「그러나 내가 이미 여덟 장을 처리해 버려블룸은 두 장만 가져갔네…….」

그러더니 그는 갑자기 분노로 얼굴이 새빨개졌다.

「*Vous me mettez avec ces gens-là*(자네가 나를 그런 인간들과 한패로 보다니)! 정말로 내가 그런 비열한 놈들, 전단이나 뿌리고 다니는 놈들, 내 아들 뾰뜨르 스쩨빠노비치나 *avec ces esprits-forts de la lâcheté*(비열한 자유사상가들과 한패가 될 수 있을 거라고 생각하나)? 오, 맙소사!」

「아, 혹시 당신을 누군가와 혼동한 것 아닐까요……. 하지만 그건 말도 안 되는 소리지요. 그럴 리가 없습니다!」내가 말했다.

「*Savez-vous*(이보게),」그는 갑자기 일을 열었다. 「나는 가끔 *que je ferai là-bas quelque esclandre*(내가 그곳에서 무슨 추문을 일으킬지도 모른다는) 느낌이 드네. 오, 가지 말게, 날 혼자 남겨 두지 말아 주게! *Ma carrière est finie aujourd'hui, je le sens*(내 출셋길은 오늘로서 끝났네. 그런 느낌이 들어). 어쩌면 내가, 누군가에게 달려들어 마구 물어뜯어 버릴지도 모르네. 저 육군 소위처럼 말일세…….」

그는 이상한 시선으로 나를 쳐다보았다. 놀란 것도 같고, 동시에 놀라게 하려는 것 같기도 했다. 그는 실제로 시간은 흘러가는데 〈호송 마차〉는 오지 않으니 누군가에게, 혹은 무엇인가에 점점 더 짜증이 났다. 심지어 화가 나기까지 했다.

그때 무슨 일인가로 부엌에서 나와 현관방에 들렀던 나스따시야가 갑자기 옷걸이에 부딪혀 그것을 쓰러뜨렸다. 스쩨빤 뜨로피모비치는 몸을 부르르 떨더니 그 자리에 그대로 굳어 버렸다. 그러나 사태를 파악하자 그는 발을 구르며 나스따시야에게 소리를 꽥 지르고는 부엌으로 다시 내쫓아 버렸다. 1분 정도 지난 뒤 그는 절망에 차서 나를 쳐다보며 말했다.

「나는 이제 파멸일세, *Cher*(친구)!」 그는 갑자기 내 옆에 앉아 불쌍하게, 진짜 불쌍하게 내 눈을 뚫어져라 쳐다보았다. 「*Cher*(이보게), 나는 시베리아가 두렵지는 않네, 맹세코, *je vous jure*(맹세코 말일세). (심지어 눈에서 눈물이 흐르기까지 했다.) 나는 다른 걸 두려워하고 있다네…….」

나는 이미 그의 표정을 보고 그가 지금까지 이야기하지 않고 숨겨 두고 있던 뭔가 굉장한 것을 마침내 밝히려 한다는 것을 알아차렸다.

「나는 치욕이 두렵네.」 그는 은밀하게 속삭였다.

「치욕이라니요? 오히려 반대 아닙니까! 정말이지, 스쩨빤 뜨로피모비치, 이 일은 오늘 안으로 완전히 해명되고 당신에게 유리하게 끝날 것입니다…….」

「자네는 정말 내가 용서받을 것이라고 확신하나?」

「아니, 대체 〈용서받는다〉니요! 무슨 말씀이십니까! 당신이 뭘 어쨌는데요? 분명히 말씀드리지만, 당신은 아무 일도 저지르지 않았습니다!」

「*Qu'en savez-vous*(자네도 알고 있겠지만), 내 삶은 온통…… *cher*(이보게)…… 그들은 모든 걸 알아낼 걸세……. 만일 아무것도 찾아내지 못한다면, 그건 **더 나쁘지**.」 그는 갑자기 불쑥 이렇게 덧붙였다.

「어째서 더 나쁘다는 건가요?」

「더 나쁘네.」

「이해가 안 되는데요.」

「이보게 친구, 이보게 친구, 뭐, 시베리아로 보내든, 아르
한겔스끄[69]로 보내든, 시민권을 박탈하든 상관없네. 파멸해
야 한다면 파멸하지 뭐! 그러나…… 나는 다른 게 두렵네(또
다시 속삭임과 겁에 질린 표정과 비밀스러움).」

「대체 뭡니까, 그게 뭔데요?」

「매질을 당하는 일이네.」 그는 이렇게 말하며 난처한 표정
으로 나를 바라보았다.

「누가 당신에게 매질을 가하는데요? 어디서? 무슨 이유로
요?」 나는 그가 미친 건 아닌가 하는 생각에 놀라서 소리쳤다.

「어디서냐고? 그게, 저기…… 그걸 하는 곳이지.」

「그래서 그게 어딘데요?」

「에, *cher*(이보게),」 그는 거의 내 귀에 닿을 정도로 가까이
대고 속삭였다. 「갑자기 발밑에서 바닥이 양쪽으로 갈라지면
서 몸의 반이 떨어지는…… 이건 누구나 알고 있는 걸세.」

「그건 우화지요!」 나는 무슨 말인지 짐작하고 소리쳤다.
「옛날 우화라고요. 정말 그걸 지금까지 믿고 계셨던 겁니까?」
나는 껄껄대며 웃기 시작했다.

「우화라니! 우화라도 뭔가 근거는 있지 않겠나. 매질을 당
한 자가 그런 말을 하지는 않을 테니. 나는 수천 번이나 그런
장면을 상상해 봤다네!」

「하지만 당신한테, 대체 당신한테 무슨 이유로요? 아무 짓
도 하지 않으셨잖습니까?」

69 러시아의 북쪽 백해에 면해 있는 도시다.

「그래서 더 나쁘다는 거지, 내가 아무 짓도 하지 않은 것을 알고서도 매질을 해댈 테니.」

「그래서 당신을 뻬쩨르부르끄로 끌고 갈 거라고 확신하고 계신단 겁니까!」

「이보게 친구, 이미 말했듯이 나는 아무것도 유감스럽지 않네. *Ma carrière est finie*(내 출셋길은 끝났네). 스끄보레시니끼에서 그녀가 내게 작별 인사를 고한 그 순간부터 나는 내 인생이 유감스럽지가 않다네……. 그러나 치욕은, 치욕은, 만약 그녀가 알게 된다면, *que dira-t-elle*(뭐라고 할까)?」

그는 절망에 빠져 나를 쳐다보았다. 이 불행한 친구는 얼굴이 온통 새빨개져 있었다. 나 역시 고개를 숙였다.

「부인은 아무것도 모를 겁니다. 당신에게는 아무 일도 일어나지 않을 테니까요. 나는 살면서 당신과 처음으로 이야기를 나누는 것 같은 생각이 드네요, 스쩨빤 뜨로피모비치. 그 정도로 당신은 오늘 아침 나를 놀라게 했습니다.」

「이보게 친구, 이건 정말이지 공포가 아니라네. 그러나 내가 용서받는다 해도, 아무 일 없이 다시 나를 이곳으로 돌려보내 준다 해도, 나는 어쨌건 파멸일세. *Elle me soupçonnera toute sa vie*(그녀는 평생 동안 나를 의심할 거야)……. 나를, 나를. 시인이자 사상가이며, 22년 동안 자기가 숭배해 왔던 나를 말일세!」

「부인의 머릿속에 그런 생각이 떠오르지는 않을 겁니다.」

「그런 생각을 할 걸세.」 그는 깊은 확신을 가지고 속삭였다. 「나는 그녀와 뻬쩨르부르끄에 있을 때 여러 번 그 이야기를 나누었네. 출발하기 전 사순절 기간에 말일세. 우리 두 사람은 겁에 질려 있었다네……. *Elle me soupçonnera toute sa vie*(그녀는 평생 동안 나를 의심할 거야)……. 그런데 어떻게 그녀의 의심을 거둘 수 있을까? 믿지 못하겠지. 게다가 이 도시의 누가 믿어 주겠나? *C'est invraisemblable*(그건 거의 불가능하네)……. *Et puis les femmes*(게다가 여자들이란)……. 그녀는 오히려 기뻐할 걸세. 물론 진정한 친구로서 매우 슬퍼하겠지, 진심으로 말일세. 그러나 속으로는 기뻐할 걸세……. 그녀에게 평생 동안 나에게 맞설 무기를 주는 거니까. 오, 나의 삶은 파멸했네! 20년 동안 그녀와 완벽한 행복을 누렸는데…… 이렇게 되다니!」

그는 손으로 얼굴을 감쌌다.

「스쩨빤 뜨로피모비치, 지금 당장 바르바라 뻬뜨로브나에게 무슨 일이 있었는지 알려야 하지 않겠습니까?」 내가 제안했다.

「말도 안 되는 소리!」 그는 몸을 부르르 떨며 자리에서 벌떡 일어났다. 「스끄보레시니끼에서 헤어질 때 그런 말을 들었는데, 무슨 일이 있어도 절대 안 되지, 절-대-로!」

그의 시선이 번쩍거렸다.

내 생각에 우리는 계속 뭔가를 기다리면서 ─ 이미 그 생각은 피할 수 없게 되었다 ─ 한 시간이나 그 이상 앉아 있었던 것 같다. 그는 다시 자리에 누워 눈까지 감더니 20분가량을 한마디 말도 없이 그대로 있었다. 나는 그가 잠들었거나 정신을 잃은 게 아닌가 하는 생각까지 하게 되었다. 그러다가 그는 갑자기 맹렬한 기세로 몸을 일으켜 머리에서 수건을 벗어 던지고 소파에서 벌떡 일어나더니 거울 앞으로 달려가 떨리는 손으로 넥타이를 매기 시작했다. 그러고는 찌렁찌렁한 목소리로 나스따시야에게 외투와 새 모자, 그리고 지팡이를 가져오라고 소리쳤다.

「나는 더 이상 참을 수가 없네.」그는 더듬거리는 목소리로 말했다. 「참을 수가 없어, 참을 수가 없다고……! 직접 가봐야겠네.」

「어디로요?」나 역시 벌떡 일어났다.

「렘쁘께한테. *Cher*(이보게), 나는 그래야만 하네. 마땅히 그래야 해. 이건 나의 의무야. 나는 시민이자 인간이지 나뭇조각이 아니므로, 권리를 가지고 있네. 나는 내 권리를 원하네……. 나는 지난 20년 동안 내 권리를 요구하지 않았고, 평생 동안 그것을 잊고 산 죄를 지었네……. 그러나 이제 그것을 요구하겠네. 그는 내게 모든 것을 말해 주어야만 해, 모든 것을. 그는 분명 전보를 받았어. 그는 나를 괴롭힐 권리가 없어. 그렇지 않으면 나를 체포하라고 해, 체포하라고, 체포하라고!」

그는 이상한 쳇소리를 내며 목소리를 높였고 발을 동동 굴렀다.

「저는 당신 생각에 찬성입니다.」나는 그 때문에 상당히 걱정되었지만, 일부러 될 수 있는 한 침착하게 말했다. 「정말이지 이렇게 우울하게 앉아 있는 것보다는 그편이 더 낫겠지요. 그러나 당신 기분에는 찬성하지 않습니다. 지금 당신 상태가 어떤지 한번 보십시오. 그래 가지고 어떻게 가겠다는 겁니까. *Il faut être digne et calme avec Lembke*(렘쁘께를 만나려면 당당하고 침착하게 처신해야 합니다). 사실 당신은 지금 그 곳에 가면 정말 누군가에게 달려들어 물어뜯을지도 몰라요.」

「나는 나 자신을 직접 넘겨줄 것이네. 직접 사자의 아가리 속으로 들어가는 거지…….」

「그럼 저도 함께 가겠습니다.」

「자네가 그러리라 기대하고 있었네. 자네의 희생을, 진정한 친구로서의 희생을 받아들이지. 그러나 집까지, 집까지만일세. 자네는 더 이상 나와 함께해 명예를 훼손해서도 안 되고, 그럴 권리도 없네. *O, croyez-moi, je serai calme*(오, 나를 믿게나, 침착하게 있을 테니). 나는 이 순간 *à la hauteur de tout ce qu'il y a de plus sacré*(존재하는 가장 신성한 모든 것의 정상에 있음을 인식하고 있네)…….」

「저도 아마도 당신과 함께 그 집으로 들어가게 될 것 같습니다.」 나는 그의 말을 가로막았다. 「어제 그 어리석은 위원회가 비소쯔끼를 통해 제게 알려 오기를, 다들 저에게 기대를 걸고 있으며 내일 있을 축제에 간사의 한 사람으로 절 초대한다고 하더군요. 그 뭐라더라…… 음식 접시를 살펴보고, 부인들의 시중을 들고, 손님들을 자리로 안내하고, 왼쪽 어깨에는 흰색과 진홍색으로 된 리본을 매도록 임명받은 여섯 명의 젊은이 중 한 명이라고 했어요. 저는 거절하려고 했습니다만, 지금 율리야 미하일로브나를 직접 만나 설명한다는 핑계로 그 집에 들어가지 않을 이유가 없겠는데요……. 자, 그러니 함께 가시죠.」

그는 고개를 끄덕이며 듣고 있었지만, 한마디도 이해하지 못한 것 같았다. 우리는 문턱 앞에 서 있었다.

「*Cher*(이보게),」 그는 구석에 있는 현수등을 향해 손을 내밀었다. 「이보게, 결코 이것을 믿은 적은 없네만…… 이렇게라도, 이렇게라도! (그는 성호를 그었다.) *Allons*(이제 가세).」

〈뭐, 이게 더 낫겠군.〉 나는 그와 함께 현관으로 나오면서 생각했다. 〈가는 도중에 신선한 공기가 도움이 될 거야. 우리는 안정을 되찾고 집으로 돌아와서 자면 되는 거야…….〉

그러나 이것은 주인을 제쳐 둔[70] 나 혼자만의 생각이었다. 마침 가는 도중에 기이한 사건이 벌어졌는데, 그것은 스쩨빤 뜨로피모비치를 더욱 뒤흔들어 놓았고, 결국 그의 결심을 굳히게 만들었다……. 솔직히 말해, 나는 우리의 친구가 이날 아침 갑자기 보여 준 그런 기민함을 예상조차 못했다. 불행한 친구여! 선량한 친구여!

---

70 프랑스어 속담 〈주인을 제쳐 두다compter sans son hôte〉에서 가져온 표현으로, 당사자를 제쳐 두고 자기 혼자 지나치게 행동한다는 의미다.

제10장

해적들, 운명의 아침

1

우리가 가는 도중에 일어난 사건 역시 놀라운 것이었다. 그러나 모든 일은 순서대로 말해야만 한다. 나와 스쩨빤 뜨로 피모비치가 거리로 나서기 한 시간쯤 전 시뻐굴린 공장 노동 자 70명 정도가, 아니면 그보다 좀 더 많은 한 무리의 군중이 도시를 따라 행진하고 있었으며, 많은 사람들이 호기심을 가 지고 그들에게 주목했다. 그들은 거의 말없이 보란 듯이 질서 를 지키며 차분하게 행진하고 있었다. 나중에 확인된 바로는 이들 70명은 9백 명에 이르는 시뻐굴린 공장 노동자들 중 뽑 힌 사람들로, 공장주가 부재중인 상황에서 공장 관리인을 처 리해 달라고 호소하기 위해 지사를 찾아가는 중이었다. 관리 인이 공장 문을 닫고 노동자들을 해고하는 과정에서 뻔뻔하 게도 그들의 급료를 속였다는 것인데, 그것은 이제 누구도 의 심하지 않는 명백한 사실로 밝혀졌다. 일부 사람들은 지금까 지도 70명은 선출되기에 너무 많은 숫자라고 확신하며 선출 설을 부정하고 있다. 이들 군중은 그냥 가장 분노한 사람들을 중심으로 구성되어 각자 자신들의 일을 요구하러 온 것에 불과하므로, 나중에 그렇게 떠들어 대던 공장 전체의 〈폭동〉 같은 것은 전혀 없었다는 것이다. 또 다른 사람들은 이 70명이 단순한 폭도가 아니라 분명히 정치적인 폭도라고, 즉 가장 난폭한 사람들로 이루어져 있는 것을 보면 틀림없이 익명의 정치적 전단지를 통해 선동되었을 것이라고 흥분해서 주장했다. 한마디로 여기에 누군가의 영향력이나 사주가 있었느냐 하는 문제인데, 지금까지 정확하게 알려진 것은 없다. 내 개인적인 견해로는 그 익명의 전단지를 노동자들은 전혀 읽지 않았으며, 읽었다 해도 그중 한마디도 이해하지 못했을 것이다. 전체적으로 노골적인 문체에도 불구하고 그 글의 필자들이 너무 불분명하게 썼다는 한 가지 사실만 봐도 알 수 있다. 그러나 공장 노동자들은 실제로 곤란한 상황에 처해 있었고, 그들이 도움을 청한 경찰은 그들의 곤경에 개입하고 싶어 하지 않았다. 그러니 그들이 단체로 〈장군을 직접〉 찾아가서, 가능하다면 선두에 호소문까지 들고 저택 현관 앞에 질서 정연하게 정렬해 있다가 장군이 모습을 드러내자마자 일제히 무릎을 꿇고 신에게 하듯 그를 향해 도와달라고 외쳐 보자는 생각이 들었다는 것은 정말 당연한 것이 아니겠는가? 내 생각엔 폭동도 필요 없고, 선출도 필요 없었는데, 왜냐하면 그것은 역사에나 등장하는 낡은 수단이었기 때문이다. 러시아 민중은 예로부터 대화가 어떤 식으로 결론이 나건 오직 자신들의 만족을 위해서 〈장군과 직접〉 이야기하는 것을 좋아했다.

따라서 나는 뾰뜨르 스쩨빠노비치나 리뿌찐, 그 밖에 다른 누군가, 어쩌면 뻬찌까까지도 공장 노동자들 사이를 돌아다니며 사전 작업을 하고(실제로 이런 정황을 뒷받침할 만한 상당히 확실한 증거들이 있다) 그들과 이야기를 나누었다 하더라도, 아마 기껏해야 두세 명, 많아야 다섯 명 정도와 시험삼아 한 게 다였을 것이며, 또한 이 대화에서 아무것도 얻어내지 못했을 것이라고 전적으로 확신한다. 폭동 문제와 관련해서도, 노동자들이 격문 중 일부를 이해했다 하더라도 아마 그들은 바로 그것이 어리석은 짓이며 전혀 부적절하다고 여기고는 귀를 기울이지 않았을 것이다. 그러나 페찌까는 문제가 달랐다. 그는 뾰뜨르 스쩨빠노비치보다는 운이 더 좋았던 것 같다. 사흘 뒤 일어난 도시의 화재 사건에는, 지금 확실히 밝혀진 바와 같이, 실제로 페찌까와 함께 두 명의 공장 노동자가 가담했다. 그로부터 한 달 뒤 또 다른 세 명의 전직 공장 노동자가 방화와 약탈 혐의로 군에서 체포되었다. 그러나 페찌까가 그들을 직접적인 행동으로 바로 유인하는 데 성공했다 하더라도, 어쨌든 역시 이 다섯 명에 불과했는데, 왜냐하면 다른 사람들에 대해서는 더 이상 그런 얘기를 들은 바가 없었기 때문이다.

여하튼 간에 노동자들은 무리를 지어 지사 저택 앞 작은 광장에 도착한 뒤 질서 정연하게 조용히 정렬했다. 그러고 나서 입을 벌린 채 현관을 바라보며 기다리기 시작했다. 내가 들은 바로는, 그들은 멈춰 서자마자 바로 모자를 벗었던 모양이다. 즉, 현의 주인이 나타날 때까지 30분 동안 그러고 있었다는 것인데, 지사는 고의로 그러기라도 한 듯 마침 그 순간 부재중이었다. 경찰들도 바로 나타났는데, 처음에는 하나 둘 모습을 드러내더니 나중에는 대규모 인원이 되었다. 물론 그들은 위협적으로 해산 명령을 내리기 시작했다. 그러나 노동자들은 울타리에 도착한 양 떼들처럼 고집을 부렸고, 〈장군님을 직접〉 만나러 왔다고 간결하게 대답했다. 그들에게서는 굳은 결의가 엿보였다. 부자연스러운 외침 소리가 그쳤고, 그 대신 심사숙고하는 태도, 귓속말로 전해지는 은밀한 지시 사항, 경찰 수뇌부의 눈썹이 찌푸려질 정도로 엄중하고 분주한 걱정스러운 모습이 그것을 빠르게 대체했다. 경찰서장은 폰 렘쁘께의 도착을 기다리기로 했다. 그가 삼두마차를 타고 전 속력으로 달려와서는 마차에서 채 내리기도 전에 싸움을 시작했다는 말은 다 헛소문이다. 그는 실제로 뒷부분이 노란 자기 마차를 타고 도시를 돌아다녔는데, 그렇게 다니는 것을 좋아했다. 〈걷잡을 수 없을 정도로 날뛰는 양쪽 말들〉이 점점 더 정신없이 달려 시장 상인들을 모두 환호하게 만들 때쯤이면 그는 마차 위에 일어서 몸을 쭉 펴고, 일부러 옆구리에 묶어 둔 허리끈을 잡고, 마치 기념비에서처럼 오른손을 허공으로 쭉 뻗은 자세로 도시를 둘러보았다. 그러나 이번 경우에는 싸움을 하지 않았으며, 마차에서 뛰어내리며 심한 말 한마디 하지 않을 수는 없었지만, 그것은 단지 인기를 잃지 않기 위해서였던 것이다. 또한 총검을 든 군대가 소집되었다느니, 어딘가로 전보를 보내 포병대와 까자끄 군대 파견을 요청했다느니 하는 것은 더 말도 안 되는 헛소리였다. 이것은 그런 소문을 낸 당사자들도 이제 믿지 않는 지어낸 이야기다. 화재 진압용 물통을 가져와 군중에게 물을 뿌렸다는 것도 헛소리였다. 그것은 그냥 경찰서장 일리야 일리치가 흥분한 상태에서 단 한 사람도 물벼락을 맞지 않고 나가지는 못할 것이라고 소리친 것에 불과했다. 틀림없이 물통 이야기도 여기에서 나온 것이겠지만, 그대로 수도의 신문들에 전달되어 통신란에 실렸다. 어쩌면 가장 그럴듯한 내용은 마침 그 자리에 있던 경찰들이 우선 군중을 에워싸게 하고, 렘쁘께를 부르러 제1지구 분서장을 급사로 보냈다는 정도일 것이다. 그는 폰 렘쁘께가 자기 마차를 타고 30분 전에 스끄보레시니끄로 출발했다는 사실을 알고서 경찰서장의 마차를 몰고 그 길을 따라 빠르게 달려갔다……

그러나 솔직히 말해, 나에게는 여전히 해결되지 않은 의문이 하나 남아 있다. 어떻게 해서 이 하찮은, 즉 평범한 청원자 집단을 — 사실 70명이나 되긴 하지만 — 처음 대하자마자, 시작부터 국가의 근간을 뒤흔들고 위협하는 폭동으로 몰아갔을까? 왜 렘쁘께마저 20분 뒤 급사의 뒤를 따라 나타났을 때 이 생각에 매달리게 되었을까? 내 생각은 이렇다(역시 개인적인 의견이지만). 공장 관리인과 가까운 사이였던 일리야 일리치 입장에서는 폰 렘쁘께가 이 사건의 실체적인 조사를 하지 못도록 그의 눈에 군중이 그렇게 비치는 것이 유리했을 것이다. 그런데 그에게 이런 방법을 생각하게 해준 사람은 폰 렘쁘께 자신이었다. 최근 이틀 동안 그는 렘쁘께와 두 번의 은밀하고 특별한 대화를 나누었는데, 대단히 요령부득한 내용이었지만, 어쨌든 일리야 일리치는 그 대화를 통해 상관이 격문에 관한 것이라든지, 누군가 시삐굴린 공장 노동자들에게 사회주의 폭동을 교사하고 있다는 생각에 강하게 매달려 있다는 것을 알아차렸다. 거기에 너무 몰두해 있다 보니 격문이니 교사니 하는 생각들이 헛소리로 판명되면 아마 그 자신이 안타까워할 것이라는 생각이 들 정도였다. 〈어떻게 해서든 뻬쩨르부르끄에서 인정받을 공적을 세우고 싶어 하는군.〉 우리의 교활한 일리야 일리치는 폰 렘쁘께의 집을 나서며 이렇게 생각했다. 〈뭐 좋아, 우리에게 안성맞춤인걸.〉

그러나 나는 불쌍한 안드레이 안또노비치가 자신의 공적을 세우기 위한 일이라도 폭동을 원하지는 않았을 것이라고 확신한다. 그는 결혼하는 순간까지도 동정을 지켰던 대단히 성실한 관리였다. 관용 장작을 담당하는 무해한 직업 대신, 또 그만큼 순진한 민헨[71] 대신 마흔 살의 공작 영애가 그를 자신의 사회적 수준으로 끌어올렸다고 해서, 그것이 그의 죄겠는가? 불쌍한 안드레이 안또노비치는 지금 스위스의 한 유명한 특수 시설에 들어가 그곳에서 새로 기력을 회복하고 있다던데, 나는 이런 정신 상태의 첫 징후들이 바로 이날의 숙명적인 아침으로부터 시작되었다고 확신한다. 그러나 만약 바로 이날 아침 **뭔가** 분명한 징후들이 나타났다는 것을 인정한다면, 아마 그 전날 밤부터 이미 그렇게 분명하지는 않더라도 그와 유사한 사실들이 나타났을 것이라고 생각해도 좋을 것 같다. 나는 가장 가까운 소식통을 통해 이것을 알게 되었다 (율리야 미하일로브나 자신이 나중에 이미 의기양양함을 잃고 **거의** 후회하면서 — 여자들은 **완전히** 후회하는 일이 없으므로 — 이 사건 일부를 내게 들려주었다고 추정해 두라). 내가 알게 된 바로는 안드레이 안또노비치가 그 전날 밤, 이미 밤이 상당히 깊은 새벽 2시 넘어 아내의 방을 찾아와서 그녀를 깨우더니 〈자신의 최후통첩〉을 들어 달라고 요구했다는 것이다. 그 요구가 너무 완강해서 그녀는 화가 난 상태에서도 컬페이퍼를 한 채 자리에서 일어나지 않을 수 없었다. 그녀는 냉소적인 경멸을 보이긴 했지만, 침대에 앉아 어쨌건 그의 말을 다 들어 주었다. 이때야 처음으로 그녀는 안드레이 안또노비치가 자기를 얼마나 물고 늘어질 수 있는지 이해하고 내심

71 일반적인 독일 여성의 이름.

놀랐다. 그녀도 마침내 정신을 차리고 한발 물러섰으면 좋았을 테지만, 오히려 자신의 공포를 숨기고 이전보다 더 완강하게 고집을 부렸다. 그녀에게는 안드레이 안또노비치를 대하는(아내들이라면 누구나 가지고 있을), 이미 여러 번 사용되어 그때마다 남편을 광란의 상태로 몰아갔던 자신만의 방법이 있었다. 율리야 미하일로브나의 방법은 한 시간, 두 시간, 하루 종일, 때로는 거의 사흘 동안 경멸적으로 무언의 시위를 하는 것, 즉 무슨 일이 있어도, 그가 무슨 말을 하거나 무슨 짓을 해도, 심지어 3층 창밖으로 몸을 던지려 기어 올라간다 해도 침묵을 지키는 것이었다. 이것은 감수성이 예민한 사람에게는 참을 수 없는 방법이었다! 율리야 미하일로브나는 최근 남편이 저지른 실책이나 그가 시장으로서 그녀의 행정적 수완에 대해 보이는 질투 어린 시기심에 대해 벌을 주려 한 것인지, 아니면 그녀의 섬세하고 선견지명 있는 정치적 목적을 이해하지 못하고 젊은이들이나 우리의 사교계 전체를 대하는 자신의 행동을 비판하는 남편에게 분개한 것인지, 아니면 뾰뜨르 스쩨빠노비치에 대한 그의 우둔하고 무의미한 질투에 화가 난 것인지, 아무튼 어떻게 된 것이든지 간에 그녀는 새벽 3시의 아직 한 번도 본 적 없었던 안드레이 안또노비치의 흥분에도 불구하고 여전히 굽히지 않겠다고 결심했던 것이다. 그는 이성을 잃고 부인의 내실 양탄자 위를 이리저리 돌아다니며 모든 것을, 사실 전혀 두서가 없었지만, 대신 속에서 끓어오르고 있던 **모든 것**을 털어놓았다. 왜냐하면 그것들이 〈한계를 넘어섰기〉 때문이었다. 그는 모두가 자기를 비웃고 있으며 그의 〈코를 잡아끌고 다닌다〉[72]는 말로 이야기

72 〈오랫 동안 속이다〉라는 뜻의 관용구.

를 꺼냈다. 「표현 같은 거야 무슨 상관이오!」 그는 아내의 조소를 눈치채자 바로 이렇게 소리 질렀다. 「〈코를 끌고〉 다니라지, 어쨌든 그건 사실이니까……!」 「아니, 부인, 때가 왔소. 지금은 웃고 있을 때도 아니고, 여성의 교태를 부릴 때도 아니란 걸 알아 두시오. 우리는 고상한 척하는 부인들의 내실에 있는 게 아니라, 진실을 토로하기 위해 열기구 위에서 만난 두 개의 추상적인 존재 같은 것이오(그는 물론 이성을 잃고 자신의 생각을, 그것이 틀린 것이 아님에도, 제대로 표현할 형식을 찾지 못하고 있었다). 그건 당신이오, 부인, 나를 이전의 지위로부터 끌어낸 것은 바로 당신이오. 나는 오로지 당신을 위해, 당신의 공명심을 위해 이 자리를 받아들였소……. 당신, 빈정대는 거요? 의기양양해하지 마시오, 그렇게 서두를 것 없어요. 알아 두시오, 부인, 나도 해낼 수 있다는 것을, 이런 자리쯤은 잘 해낼 수 있다는 것을 알아 두시오. 단지 이 자리 하나뿐 아니라 그런 자리 열 개라도 해낼 수 있소. 나는 그럴 능력이 있기 때문이오. 그러나 당신과 함께라면, 당신이 옆에 있으면 해낼 수가 없소. 당신이 옆에 있으면 나는 능력이 없어지기 때문이오. 두 개의 중심은 존재할 수 없는 법인데, 당신은 두 개를 만들어 놓았소. 하나는 내게, 또 하나는 당신 내실에 말이오. 권력의 중심이 두 개라니, 부인, 나는 그것을 용납하지 않겠소, 용납하지 않겠다고! 부부 생활에서와 마찬가지로 공무에서도 중심은 하나일 뿐, 두 개는 불가능하오……. 당신은 대체 나한테 뭘로 보답을 해준 거요?」 그는 계속 소리 질렀다. 「우리의 부부 생활은 당신이 항상, 매시간 나는 하찮고 어리석고 비열하기까지 하다고 증명하면, 나는 또 항상, 매시간 굴욕적으로 당신한테 나는 하찮은 인간도 아니고, 전혀 어리석지도 않으며, 나의 고결함으로 모두에게 충격을 주고 있다고 증명해야만 하는 상황의 연속이었소. 이것은 양쪽 모두에게 굴욕적이지 않소?」 그러면서 그는 양탄자 위를 두 발로 빠르고 짧게 쿵쾅거리기 시작했고, 그 때문에 율리야 미하일로브나는 엄격한 위엄을 보이면서 일어설 수밖에 없었다. 그는 바로 조용해졌지만, 대신 이번에는 감상적이 되어 흐느껴 울기 시작하더니(그야말로 흐느껴 울었다), 율리야 미하일로브나가 깊은 침묵을 고수하자 점점 더 흥분하면서 5분을 꼬박 자기 가슴을 두드리며 펑펑 울었다. 그러다가 결정적으로 실수를 하고 말았는데, 그녀를 가까이 하는 뾰뜨르 스쩨빠노비치를 질투하고 있다고 말해 버린 것이다. 말도 안 되는 어리석은 짓을 했다는 것을 알아차리자 그는 미친 듯이 화를 내며 〈신을 부정하는 것은 용납할 수 없소〉라든가, 아내의 〈신앙이 없는 뻔뻔한 살롱〉을 다 쫓아버리겠다든가, 지사라면 신을 믿어야 하며, 〈따라서 지사의 아내도 믿어야 하오〉라든가, 자기는 젊은이들을 참지 못하겠노라고 하면서, 〈부인, 당신은 자신의 자존심 때문에라도 남편을 염려하고, 비록 그가 무능력하더라도(하지만 나는 전혀 무능력하지 않소) 그의 지적 능력을 지지해 주어야 하건만, 오히려 이곳의 모두가 나를 경멸하도록 만든 당사자가 바로 당신이오. 당신이 바로 그들 모두를 그렇게 만들었소!〉라고 소리 지르기 시작했다. 또 여성 문제 따위 없애 버리겠다, 그런 것은 냄새도 풍기지 못하게 하겠다, 가정 교사들을(그들이 무슨 상관이야!) 위해 예약을 받아 개최하는 말도 안 되는 축제는 내일 당장 금지시키고 해산시키겠다, 처음 마주친 가정 교사를 내일 아침 〈까자끄와 함께!〉 현에서 내쫓겠다고 소리쳤다. 「일

377

부러라도 그럴 거요, 일부러라도!」 그는 고함을 질렀다. 「그거 알고 있소?」 그는 소리쳤다. 「공장에서 당신의 그 불한당들이 사람들을 부추기고 있고, 내가 그것을 알고 있다는 것을 말이오. 그들이 일부러 격문을 뿌리고 다닌다는 것은 알고 있소? 일-부-러 말이오! 내가 불한당 네 명의 이름을 알고 있다는 것을, 나는 미칠 것 같다는 것을, 완전히, 완전히 미쳐 버릴 것 같다는 것을 말이오!」 이때 율리야 미하일로브나가 갑자기 침묵을 깨고 엄격한 태도로 자기 생각을 밝히기를, 자신은 오래전부터 그런 범죄 음모를 알고 있다, 이건 그냥 어리석기 짝이 없는 일인데 그가 너무 진지하게 받아들이고 있다, 장난꾼들과 관련해서는 그들 네 사람뿐만 아니라 전부 다 알고 있다(이건 그녀의 거짓말이었다), 자기는 이런 일로 미쳐 버리거나 하지는 않을 것이며, 오히려 자신의 지적 능력을 더욱더 믿으며 모든 일이 원만하게 해결되도록 할 것이다, 즉 젊은이들을 격려하고 정신 차리게 한 뒤 갑자기 그들이 예상치 못하게 그들의 계획을 이미 알고 있었다고 증명할 것이다, 그러고 나서 그들에게 이성적이고 보다 빛나는 활동을 하도록 새로운 목표를 제시할 것이다라고 말했다. 오, 이 순간 안드레이 안또노비치는 어떻게 되었을까! 그는 뾰뜨르 스쩨빠노비치가 또다시 자기를 속이고 무례하게도 자기를 조롱했으며, 그녀에게는 자기보다 먼저 훨씬 더 많이 털어놓았고, 그리고 마지막으로 아마 뾰뜨르 스쩨빠노비치 자신이 이 모든 범죄 음모의 주동자일 것이라는 사실을 알게 되자, 완전히 이성을 잃고 말았다. 「두고 봐, 이 멍청하고 간악한 여자야.」 그는 단숨에 모든 속박을 끊어 내고 이렇게 고함쳤다. 「두고 봐, 나는 지금 당장 너의 그 야비한 정부를 체포해서 족쇄를 채워 요새 감옥으로 끌고 갈 테니. 아니면 지금 당장 네가 보는 앞에서 창문 밖으로 뛰어내리겠어!」 이 장광설을 듣고 분노가 일어 새파랗게 질린 율리야 미하일로브나는 바로 깔깔거리며 웃음을 터뜨렸다. 그것은 프랑스 극장에서 10만 루블을 받고 초빙된 파리 여배우가 요부 역할을 맡아 감히 자기를 질투하는 남편을 앞에 두고 조소할 때처럼 다양하게 변조되고 크게 울려 퍼지며 길게 흘러나오는 그런 웃음소리였다. 폰 렘쁘께는 창문으로 달려가려다가 갑자기 못 박힌 듯 그 자리에 멈춰 서서, 손을 가슴에 얹고 거의 죽은 사람처럼 창백한 얼굴로 자신에게 조소를 보내고 있는 아내를 무시무시한 시선으로 쳐다보았다. 「당신 그거 알아, 알고 있냐고, 율랴…….」 그는 숨을 헐떡이며 애원하는 목소리로 말했다. 「나도 뭔가 할 수 있다는 거, 알고 있나?」 그러나 그의 마지막 말에 뒤이어 새로이 더 강력하게 웃음소리가 터져 나오자, 그는 이를 악물고 신음 소리를 내며 갑자기 ─ 창문이 아니라 ─ 자기 아내를 향해 달려들면서 그녀의 머리 위로 주먹을 치켜들었다! 그는 주먹을 휘두르지는 않았다. 아니, 절대로 그러지는 않았다. 대신 그 자리에서 곧바로 사라지고 말았다. 그는 자기 발소리조차 들리지 않을 정도로 빠르게 서재로 달려가서 옷을 입은 상태 그대로 미리 준비해 둔 잠자리에 털썩 쓰러지더니, 발작적으로 머리부터 온몸을 시트로 감싸고는 두 시간가량 그대로 누워 있었다. 자는 것도 아니었고, 생각에 빠진 것도 아니었으며, 가슴속에 돌을 품은 채로, 영혼 속엔 둔탁하고 움직이지 않는 절망을 품은 채로 그러고 있었다. 가끔씩 고통스러운 열병에라도 걸린 듯 온몸을 부들부들 떨었다. 어디에도 걸맞지 않은 뭔가 두서없는 생각들이 그의 기억 속에 떠올랐다. 예를 들어 15년 전쯤 뻬쩨르부르끄의 그의 집에 있던 분침이 떨어져 나간 오래된 벽시계가 생각나는가 하면, 밀부아라는 이름의 유쾌한 관리도 생각났는데, 한번은 그와 함께 둘이서 알렉산드르 공원에서 참새를 잡다가, 둘 중 한 명이 이미 8등관이라는 사실을 깨닫고는 온 공원이 떠나가라 웃어 댔던 일들 같은 것이 떠올랐다. 내 생각에 그는 아침 7시쯤 잠이 들었던 듯한데, 그것을 알아채지도 못하고 달콤하고 기분 좋은 잠에 빠져들었다. 그러다가 10시경 잠에서 깨자 갑자기 침대에서 벌떡 일어나 순식간에 모든 걸 기억해 내고는 손바닥으로 이마를 찰싹 때렸다. 그는 아침도 먹지 않았고, 블룸이나 경찰서장도 만나지 않았으며, 한 위원회 멤버들이 이날 아침 각하를 기다리고 있다고 보고하러 온 관리도 만나려 하지 않았다. 아무 말도 듣지 않고 이해하려 하지도 않았으며, 미친 사람처럼 율리야 미하일로브나의 방으로 달려갔다. 그러나 이미 오래전부터 율리야 미하일로브나의 집에서 살고 있던 귀족 가문 출신의 노파 소피야 안뜨로뽀브나가 부인은 이미 10시에 많은 일행과 함께 마차 세 대를 나눠 타고 스끄보레시니끼의 바르바라 뻬뜨로브나 스따브로기나를 방문하러 떠났다고 설명해 주었다. 그것은 2주 뒤로 예정되어 있는 다음번, 벌써 두 번째가 되는 축제를 위해 마련된 장소를 둘러보기 위한 것으로, 이미 사흘 전에 바르바라 뻬뜨로브나가 직접 그렇게 정해 놓았다는 것이다. 이 소식에 깜짝 놀란 안드레이 안또노비치는 서재로 돌아와서 신속하게 말을 준비하라고 시켰다. 조금도 기다릴 수가 없었던 것이다. 그의 마음은 율리야 미하일로브나에 대한 그리움으로 가득 찼고, 그녀를 보기라도 했으면, 단 5분이라도 그녀

곁에 머물렀으면 하는 생각뿐이었다. 그러면 그녀는 그를 쳐다보다가 그가 있다는 것을 알아채고는 전처럼 미소 지으면서 용서해 줄지도 모른다. 오-오! 〈대체 말은 어떻게 된 거야?〉 그는 기계적으로 탁자 위에 놓여 있던 두꺼운 책을 펼쳤다(그는 가끔 이런 식으로 책을 들고 아무 곳이나 열어서 오른쪽 페이지 위에서 세 번째 줄까지 읽으며 점을 쳤다). 거기 적힌 내용은 다음과 같았다. 〈*Tout est pour le mieux dans le meilleur des mondes possibles*(모든 것은 가능한 세계 중에서도 가장 훌륭한 세계 속에서 가장 훌륭한 것을 위해 존재한다).〉 볼테르의 『캉디드』. 그는 침을 뱉고 서둘러 마차를 타러 갔다. 「스끄보레시니끼로!」 마부의 이야기로는 주인 나리가 가는 내내 재촉하다가 지주 댁에 가까워지자 갑자기 방향을 돌려 시내로 되돌아가라고 명령했다고 한다. 〈좀 더 빨리, 제발, 좀 더 빨리〉라고 말하면서. 그런데 도시 성벽에 닿기도 전에 〈나리께서는 다시 멈추라고 명령하시더니, 마차에서 내려 길을 건너 들판 쪽으로 가셨습니다. 왠지 기운이 좀 빠지셔서 그런가 보다 생각했는데, 가만히 서서 꽃들을 바라보기 시작하시더니, 그렇게 한참을 서 계셔서 좀 이상하기도 했고, 정말이지 저도 상당히 의심이 가긴 했습니다〉라고 마부는 진술했다. 나는 그날 아침의 날씨를 기억하고 있다. 차갑고 청명하지만 바람이 많이 부는 9월 어느 날이었다. 길 밖으로 벗어난 안드레이 안또노비치 앞에는 이미 오래전에 추수가 끝난 허허벌판의 거친 풍경이 펼쳐져 있었다. 윙윙거리는 바람은 시들어 가는 노란 꽃들의 초라한 잔해들을 뒤흔들고 있었다……. 그는 자신이나 자신의 운명을 가을 서리에 짓이겨진 시든 꽃들과 비교하고 싶었던 것일까? 그런 것 같지는 않다.

틀림없이 그렇지는 않았을 것이다. 마부나 그때 경찰서장의 사륜마차를 타고 다가오던 제1지구 경감의 증언에도 불구하고 렘쁘께는 꽃에 대해서는 아무것도 기억조차 하지 못할 것이다. 경감은 나중에 실제로 노란색 꽃다발을 들고 있는 지사와 마주쳤다고 단언했다. 이 경감, 열정적인 행정관리인 바실리 이바노비치 플리부스쩨예로프는 우리 도시에 온 지 얼마 안 된 손님이었지만, 직무 수행에서의 과도한 질투심과 저돌적인 태도, 태어날 때부터 술에 취해 있던 것 같은 상태 등으로 명성을 떨치며 유명해져 있었다. 그는 마차에서 뛰어내리더니 지사의 이상한 상태에 대해서는 조금의 의심도 없이 미친 듯이, 그러나 신념에 가득 찬 표정으로 〈시내가 불안합니다〉라고 단숨에 보고했다.

「응? 뭐라고?」 안드레이 안또노비치는 엄격한 표정으로 그를 향해 돌아섰지만 놀란 기색이 조금도 없었고, 마차나 마부에 대해서도 잘 기억하지 못한 채, 마치 자기 서재에 있는 것 같은 태도였다.

「제1지구 경감, 플리부스쩨예로프입니다, 각하. 시내에 폭동이 일어났습니다.」

「플리부스쩨예리[73]라고?」 안드레이 안또노비치는 생각에 잠겨 되물었다.

「바로 그렇습니다, 각하. 시삐굴린 공장 노동자들이 폭동을 일으키고 있습니다.」

「시삐굴린 노동자라……!」

〈시삐굴린〉이라는 말을 듣자 그의 머릿속에 뭔가가 떠오

73 〈해적〉이라는 뜻인데, 폰 렘쁘께는 분서장 플리부스쩨예로프의 이름을 이 단어와 혼동하고 있다.

른 것 같았다. 그는 흠칫 놀라며 손가락을 이마에 댔다. 〈시뻐 굴린!〉 그는 말없이, 그러나 여전히 생각에 잠긴 채, 서두르지 않고 마차까지 걸어가서 올라타더니 시내로 가자고 명령했다. 분서장도 사륜마차를 타고 그 뒤를 따랐다.

내가 상상하기에는 길을 가는 도중엔 그의 머릿속에 여러 가지 주제에 관한 아주 흥미로운 상념들이 불명료하게나마 떠올랐을 것 같다. 그러나 지사 저택 앞 작은 광장 입구에 들어서자, 그는 뭔가 확고한 생각이나 특정한 의도 같은 것을 도저히 가질 수 없었다. 그는 질서 정연하고 결연한 태도로 서 있는 〈폭도〉 무리들, 경찰 저지선, 무력한(아마 무력한 척하는) 경찰서장, 그리고 그에게 집중된 공통의 기대를 보는 순간 온몸의 피가 심장으로 몰려들었다. 창백하게 질린 얼굴로 그는 마차에서 내렸다.

「모자 벗어!」 그는 숨을 헐떡이며 들릴까 말까 한 소리로 말했다. 「무릎 꿇어!」 그는 불쑥 뜻밖에도 날카롭게 소리쳤다. 아마도 이후 전개된 사건의 결말도 바로 이 예기치 않은 고함 소리에서부터 기인했을 것이다. 그것은 마치 마슬레니짜 축제[74] 기간에 얼음 언덕을 내려오는 것과 같았으니, 언덕 꼭대기에서 질주해 오는 썰매를 과연 중간에서 멈출 수 있겠는가? 그에게는 안된 일이지만, 안드레이 안또노비치는 평생 동안 명쾌한 성격을 가진 사람으로 알려져 있었으며, 누구에게도 고함을 지르거나 발을 구르거나 한 적이 없었다. 그런 사람에게 만약 썰매가 무슨 이유에서인지 갑자기 언덕 아래로 굴러 내려가는 일이 생기면 훨씬 더 위험해지는 법이다. 그의 눈앞에서 모든 것이 빙글빙글 돌기 시작했다.

74 러시아의 봄맞이 전통 축제.

「해적들 같으니!」 그는 한층 더 날카롭고 터무니없게 소리를 질렀고, 그러다가 목소리가 끊겼다. 그는 뭘 해야 할지 여전히 몰랐지만, 지금 당장 뭔가 해야 한다는 것은 알고 있었고, 그것을 온몸으로 느끼면서 서 있었다.

「맙소사!」 군중 속에서 이런 소리가 들려왔다. 어떤 젊은 이는 성호를 긋기 시작했다. 서너 명은 실제로 무릎을 꿇으려고 했으나 나머지는 무리를 지어 세 발짝 정도 앞으로 움직였고, 그러다가 갑자기 한꺼번에 소리 지르기 시작했다. 〈각하…… 저희는 40꼬뻬이까를 받기로 되어 있었는데…… 관리인이…… 말씀도 마십시오〉 기타 등등, 기타 등등. 아무 말도 알아들을 수가 없었다.

아아! 안드레이 안또노비치는 무슨 말인지 알아들을 수가 없었다. 꽃은 아직 그의 손에 들려 있었다. 그에게 폭동은 좀 전에 스쩨빤 뜨로피모비치가 기다리던 호송 마차만큼이나 명백한 것이었다. 그를 향해 눈을 부릅뜨고 있는 〈폭도〉 무리들 사이로 그들의 〈선동가〉인 뾰뜨르 스쩨빠노비치가 분주하게 왔다 갔다 하고 있었다. 어제부터 단 한순간도 그의 머릿속에서 떠나지 않던 그 뾰뜨르 스쩨빠노비치가, 그가 증오하는 뾰뜨르 스쩨빠노비치가…….

「매질해!」 그는 한층 더 예기치 못했던 소리를 내질렀다.

죽음과 같은 정적이 엄습했다.

가장 정확한 정보와 나의 추측으로 판단해 보건대, 이 사건은 이렇게 시작되었다. 그러나 이후의 정보는 나의 추측도 그렇지만 그다지 정확하지 않다. 하지만 몇 가지는 사실이다.

첫째, 어떻게 된 일인지 채찍은 너무 성급하게 나타났는데, 선견지명이 있는 경찰서장이 미리 준비해서 대기시켜 놓은 것이 분명했다. 하지만 매질을 당한 사람은 다해서 두 명 정도, 세 명도 채 되지 않았던 것 같으며, 이것만은 분명히 확신할 수 있다. 모두가 채찍질을 당했다느니, 적어도 반은 채찍질을 당했다느니 하는 것은 완전히 허구다. 또한 옆을 지나가던 가난하지만 귀족 신분인 한 부인이 붙잡혀 무슨 이유에서인지 곧바로 채찍질을 당했다는 것 역시 헛소리다. 그런데 나는 얼마 후 뻬쩨르부르끄의 한 신문 통신란에서 이 부인에 관한 이야기를 읽었다. 또 많은 사람들이 우리 도시의 묘지 옆 양로원에서 거주하는 아브도찌야 뻬뜨로브나 따라삐기나라는 노파 이야기를 하고 있었다. 이 노파는 어딘가에 방문했다가 양로원으로 돌아가는 길에 광장을 지나가게 되었는데, 자연스러운 호기심에 구경꾼들을 뚫고 나갔다가 눈앞의 광경을 보고 〈이 무슨 수치스러운 일이야!〉라고 소리 지르면서 침을 뱉었다는 것이다. 이 말을 했다고 그녀 역시 붙들려 〈보고되었다〉고 한다. 이 사건은 신문에 실렸을 뿐만 아니라, 우리 도시에서는 흥분해서 그녀를 위한 기부금까지 모금하기 시작했다. 나도 20꼬뻬이까를 기부했다. 그런데 이게 무슨 일인가? 이제 와서 보니 양로원 거주자 따라삐기나는 우리 도시에 전혀 있었던 적이 없는 것으로 밝혀졌다! 나는 직접 묘지 옆 양로원에 가서 조사해 보았으나, 거기에선 따라삐기나라는 사람은 들어 본 적도 없다고 했다. 게다가 내가 그들에게 시중에 떠도는 소문을 전해 주자 심하게 화를 내기까지 했다. 내가 존재하지도 않는 아브도찌야 뻬뜨로브나에 대해 언급하는 이유는 스쩨빤 뜨로피모비치에게도 그녀와 같은 일이 벌어질 뻔했기 때문이다(그녀가 실제로 존재했다고 가정한 경우에 말이다). 심지어 따라삐기나에 대한 이 모든 터무니없는 소문도 어쩌다가 그에게서부터 시작된 것일지도 모르는데, 즉 유언비어가 계속 퍼져 나가다 갑자기 그의 이름이 무슨 따라삐기나라는 이름으로 바뀐 것 같았다. 무엇보다도 이해가 안 가는 것은, 우리가 함께 광장으로 나오자마자 그가 어떤 식으로 내게서 빠져나갔는가 하는 것이다. 뭔가 매우 좋지 않은 일이 있을 것 같은 예감이 들어 나는 광장을 빙 돌아 지사 저택 현관까지 곧장 그를 데리고 가려 했는데, 나도 그만 호기심이 생겨 처음 만난 사람에게 물어보려고 1분 정도 걸음을 멈추었다. 그러다가 갑자기 돌아봤더니 스쩨빤 뜨로피모비치는 이미 내 옆에 없었다. 나는 본능적으로 바로 그를 찾기 위해 가장 위험한 장소로 뛰어들었다. 어째서인지 그의 썰매도 언덕에서 질주해 내려가고 있다는 예감이 들었던 것이다. 실제로 그는 사건의 한가운데서 발견되었다. 나는 그의 손을 잡았던 것으로 기억한다. 그러나 그는 지나칠 정도로 위엄을 보이며 나를 조용하고 거만하게 바라보았다.

「*Cher*(이보게),」 끊어진 현과 같은 떨리는 목소리로 그가 말했다. 「저들 모두가 여기 광장에서, 우리가 보는 앞에서 이렇게 무례하게 제멋대로 군다면, **저런 놈**한테 우리는 뭘 기대할 수 있겠나……. 만약 그가 독자적으로 행동할 수 있게 된다면 말일세.」

그러면서 그는 분노로 몸을 부들부들 떨면서, 또 지나칠 정도로 도전 욕구를 느끼며, 우리와 두 걸음 정도 떨어진 곳에서 눈을 부릅뜨고 우리를 쳐다보던 플리부스찌예로프를 향해 위협적인 비난의 손가락질을 했다.

「**저런 놈**이라니!」 분노로 눈앞이 캄캄해진 상대가 소리쳤다. 「저런 놈이 누군데? 넌 뭐야?」 그는 주먹을 꽉 쥐고 다가

왔다. 「넌 뭐냐고?」 그는 병적일 정도로 절망스럽게 미친 듯이 악을 썼다(미리 말해 두지만 그는 스쩨빤 뜨로피모비치의 얼굴을 대단히 잘 알고 있었다). 한 순간만 더 두었다면 그는 물론 스쩨빤 선생의 멱살을 잡았겠지만, 다행히도 렘쁘께가 고함 소리가 나는 쪽으로 고개를 돌렸다. 그는 당황스러워하면서도 뚫어질 듯한 시선으로 스쩨빤 뜨로피모비치를 쳐다보다가 뭔가 생각났는지 갑자기 초조하게 손을 내저었다. 플리부스찌예로프는 갑자기 말이 끊겼다. 나는 군중 속에서 스쩨빤 뜨로피모비치를 끌어냈다. 하지만 그도 이미 그 자리를 벗어나고 싶었을지도 모른다.

「집으로 가시죠, 집으로.」 내가 고집을 부렸다. 「우리가 얻어맞지 않은 건 렘쁘께 덕분입니다.」

「가보게, 친구. 자네를 이런 일에 말려들게 하다니, 내가 잘못했네. 자네는 미래도 있고 출세도 해야 하지만, 나는, *mon heure a sonné*(나의 시간은 끝났네).」

그는 단호한 걸음으로 지사 저택 현관으로 올라갔다. 수위가 나를 알고 있었기에 나는 우리 두 사람이 율리야 미하일로브나에게 볼일이 있다고 알렸다. 우리는 응접실에 앉아서 기다리기 시작했다. 나는 친구를 혼자 내버려 두고 싶지 않았지만, 그에게 더 이상 무슨 말을 해봐야 소용이 없다는 것을 알았다. 그는 조국을 위해 죽을 각오라도 한 것 같은, 그런 운명을 짊어진 사람의 표정을 하고 있었다. 우리는 나란히 앉지 않고 서로 다른 구석에 자리를 잡았다. 나는 입구 쪽 가까이에 앉았고, 그는 멀리 떨어진 반대편에 앉아서 생각에 잠겨 고개를 숙인 채 두 손은 지팡이에 가볍게 기대고 있었다. 그리고 챙이 넓은 모자를 왼손에 쥐고 있었다. 우리는 그렇게

10분 정도 앉아 있었다.

2

렘쁘께는 갑자기 경찰서장을 대동하고 빠른 걸음으로 들어오더니, 우리를 멍하니 바라보고는 별다른 주의를 기울이지 않고 오른쪽 서재로 들어가려 했다. 그런데 스쩨빤 뜨로피모비치가 그들 앞을 가로막고 섰다. 큰 키에 다른 사람들과는 전혀 다른 모습을 지닌 스쩨빤 뜨로피모비치는 특별한 인상을 불러일으켰다. 렘쁘께는 멈춰 섰다.

「이 사람은 누구지?」 그는 당황하면서 경찰서장에게 물어보는 듯 이렇게 중얼거렸다. 하지만 그쪽으로는 전혀 고개도 돌리지 않고 계속해서 스쩨빤 뜨로피모비치를 훑어보았다.

「퇴직 8등관 스쩨빤 뜨로피모비치 베르호벤스끼입니다, 각하.」 스쩨빤 뜨로피모비치가 위풍당당하게 고개를 숙이며 대답했다. 각하는 계속해서 그를 보고 있었지만, 굉장히 흐릿한 시선이었다.

「무슨 일이오?」 그는 지사다운 간결한 말투와 함께 까다롭고 초조한 태도로 스쩨빤 뜨로피모비치에게 귀를 기울였는데, 그를 무슨 청원서를 들고 온 일반 청원자로 생각했던 모양이다.

「오늘 각하의 이름으로 공무를 수행하는 관리에 의해 가택수색을 당했습니다. 따라서 저는…….」

「이름이? 이름이?」 렘쁘께는 갑자기 뭔가 떠오른 듯 초조하게 물었다. 스쩨빤 뜨로피모비치는 더 당당하게 자기 이름을 다시 말했다.

「아-아-아! 이 사람이…… 이 사람이 그 온상이군……. 귀하께서는 그런 관점으로 자신의 입장을 표명했다던데…….
당신은 교수입니까, 교수?」

「한때는 모 대학에서 젊은이들에게 몇 번 강의를 하는 영광을 누렸습니다.」

「젊-은이들-에게라!」 장담컨대 렘쁘께는 무슨 일인지, 누구와 이야기하는지조차 제대로 이해하지 못한 채로 몸을 부르르 떠는 것 같았다.「선생, 나는 그런 일을 허용할 수 없소!」 그는 갑자기 무섭게 화를 냈다.「나는 젊은이들을 관대히 봐주지 않을 거요. 그들에게는 온통 격문뿐이오. 선생, 이것은 사회에 대한 습격, 해상 습격, 해적 행위와 같은 거요……. 그런데 부탁이 뭐지요?」

「그 반대로, 각하의 부인께서 제게 내일 있을 축제에서 강연을 해달라고 부탁하셨습니다. 저는 부탁을 하려는 것이 아니라, 제 권리를 찾으러 왔습니다…….」

「축제라고? 축제는 없을 거요. 내가 당신들의 축제를 허용하지 않을 테니! 강연이라고? 강연이라고?」 그는 미친 듯이 소리쳤다.

「각하, 좀 더 정중하게 말씀해 주셨으면 합니다. 어린아이처럼 발을 구르거나 제게 소리를 지르지 마시고요.」

「당신은 지금 누구와 이야기하고 있는지 알고 있겠지?」 렘쁘께의 얼굴이 새빨개졌다.

「충분히 알고 있습니다, 각하.」

「나는 몸소 사회를 지키고 있는데, 당신은 그것을 파괴하고 있소. 파괴하고 있다고! 당신은…… 이제 당신에 대해 기억나는군. 당신은 스따브로기나 장군 부인 댁에서 가정 교사로 있었지요?」

「네, 저는 가정 교사……였습니다……. 스따브로기나 장군 부인 댁에서요.」

「지난 20년 동안 당신은 지금 여기 축적되어 있는 모든 것의 온상 역할을 했더군……. 모든 열매들이……. 조금 전 광장에서 당신을 본 것 같은데. 어쨌건 주의하시오, 선생. 주의하는 게 좋을 거요. 당신 사상의 경향을 잘 알고 있으니. 내가 염두에 두고 있다는 걸 잘 알아 두시오. 선생, 당신의 강연을 허락할 수 없소, 허락할 수 없어요. 그러니 그런 청원이라면 내게 가져오지 마시오.」

그는 다시 우리 앞을 지나가려 했다.

「각하, 다시 한번 말씀드리지만, 잘못 알고 계십니다. 제게 부탁을 한 분은 각하의 부인이십니다. 더욱이 강연이 아니라, 내일 축제에서 문학에 관해 무슨 이야기라도 해달라고 하셨지요. 그러나 이제는 저도 낭독을 거절하겠습니다. 가능하다면 부디 제게 설명해 주시기를 부탁드리는 바입니다. 어떻게 해서, 무슨 이유로 제가 오늘 가택 수색을 당했는지요? 제 책 몇 권과 서류, 제게 소중한 개인적인 편지들을 압수당했고, 그것들은 수레에 실려 시내로 옮겨졌습니다…….」

「누가 수색을 했소?」몸을 부르르 떨며 완전히 제정신으로 돌아온 렘쁘께는 갑자기 얼굴이 새빨개졌다. 그는 재빨리 경찰서장을 돌아보았다. 바로 그때 문 앞에 등이 구부정하고 키가 큰 볼품없는 모습의 블룸이 나타났다.

「바로 저 관리입니다.」스쩨빤 뜨로피모비치가 그를 가리켰다. 블룸은 잘못하긴 했지만 전혀 물러서지 않겠다는 표정으로 걸어 나왔다.

「*Vous ne faites que des bêtises*(자네는 바보 같은 짓만 하는 군).」 렘쁘께는 짜증 섞인 화난 목소리로 그에게 쏘아붙였다. 그러더니 갑자기 태도를 바꾸어 단번에 제정신으로 돌아왔다. 「미안하오…….」 그는 굉장히 당혹해하며 얼굴이 새빨개 져서 중얼거렸다. 「이 모든 일은…… 이 모든 일은 틀림없이 서투른 실수에 오해였던 것 같소……. 그냥 오해였소.」

「각하,」 스쩨빤 뜨로피모비치가 말했다. 「젊은 시절 저는 한 가지 특이한 사건을 목격한 적이 있습니다. 한번은 극장 복도에서 누군가 빠른 걸음으로 어떤 사람에게 다가가더니, 모두가 보는 앞에서 그 사람의 뺨을 소리가 날 정도로 크게 때렸습니다. 그런데 곧바로 피해자의 얼굴을 보고 그 사람이 자기가 때리려 했던 사람이 아니라 전혀 다른 사람이며 그냥 조금 닮았을 뿐이라는 것을 알고 나서, 그는 황금 같은 시간 을 빼앗길 틈도 없다는 듯 화난 표정으로 서둘러 지금 각하 가 한 말과 똑같은 말을 했습니다. 〈제가 실수했습니다……. 죄송합니다. 오해였습니다. 그냥 오해였습니다〉라고요. 그런 데 모욕을 받은 사람이 계속 화를 내며 소리 지르자, 그는 굉 장히 짜증 난다는 듯이 〈오해였다고 말씀드리지 않았습니 까? 왜 그렇게 계속 소리 지르는 겁니까?〉라고 말하더군요.」

「그건…… 그건, 물론 매우 우스꽝스럽군요…….」 렘쁘께는 일그러진 미소를 지었다. 「그러나…… 그러나…… 당신은 내 가 지금 얼마나 불행한지 보이지 않소?」

그는 거의 소리를 지르다시피 했고…… 얼굴을 두 손으로 감싸려는 것 같았다.

거의 흐느낌에 가까운, 그의 예기치 않은 고통스러운 절규는 도저히 참을 수가 없는 것이었다. 이것은 틀림없이 어제 이후 처음으로 그가 지금까지 일어난 모든 사건을 완전히 명료하게 인식하는 순간이었을 것이다. 그리고 바로 뒤이어 스스로를 배신하는 완전하고 굴욕적인 절망이 엄습했다. 조금만 더 있다간 홀 전체가 떠나가라 흐느껴 울기 시작할지도 모를 일이었다. 스쩨빤 뜨로피모비치는 처음에는 기이한 듯 그를 쳐다보다가 갑자기 고개를 숙이고 깊고 동정 어린 목소리로 말했다.

「각하, 저의 짜증 섞인 불평에 더 이상 신경 쓰지 마시고, 제 책과 편지를 돌려주라고만 명령해 주십시오…….」

그는 말을 끝맺지 못했다. 바로 이 순간 율리야 미하일로브나가 동행들을 모두 데리고 요란한 소리를 내며 돌아왔던 것이다. 나는 이 상황을 가능한 좀 더 자세히 묘사하고 싶다.

3

첫째, 모든 사람들이 한꺼번에 세 대의 마차에서 내려 무리를 지어 응접실로 들어왔다. 율리야 미하일로브나의 내실로 들어가는 입구는 현관 왼쪽에서 곧장 들어갈 수 있도록 독립되어 있었으나, 이번에는 모두가 응접실을 통해 지나갔다. 내가 추측하기로는, 바로 이곳에 스쩨빤 뜨로피모비치가 있었고, 또한 그에게 일어난 모든 일들이 시뻐굴린 노동자들에 관한 이야기와 마찬가지로 이미 율리야 미하일로브나가 도시로 들어서자마자 그녀에게 전해졌기 때문이었을 것이다. 이 이야기는 무슨 잘못을 저질러 유람을 떠났던 무리에

끼이지 못하고 집에 남은 덕분에 다른 사람들보다 먼저 모든 것을 알게 된 럄신이 알려 준 것이었다. 그는 심술궂은 기쁨을 느끼며 즐거운 소식을 안고 늙어 빠진 까자끄 말을 빌려 타고서, 돌아오는 일행을 마중하기 위해 스끄보레시니끼로 달려갔다. 내 생각에 율리야 미하일로브나는 대단한 결단력을 가졌음에도 불구하고 이 놀라운 소식을 들었을 때 어쨌든 약간 당황했던 것 같다. 하지만 분명 그것도 잠깐이었을 것이다. 예를 들어 이 문제의 정치적 측면 같은 것은 그녀를 전혀 괴롭힐 리 없었다. 뾰뜨르 스쩨빠노비치가 이미 네 번이나 시삐굴린 공장 폭도들은 흠씬 매질을 해야 한다고 그녀의 머릿속에 주입시켜 놓았기 때문이다. 뾰뜨르 스쩨빠노비치는 얼마 전부터 실제로 그녀에게 대단한 권위를 행사하고 있었다. 〈그러나…… 어쨌건 그는 이것에 대해 내게 대가를 치러야 할 거야.〉 아마도 그녀는 속으로 이렇게 생각했을 텐데, 덧붙이자면, 여기서 그는 물론 남편을 말한다. 잠깐 언급해 두자면, 뾰뜨르 스쩨빠노비치 역시 이번 사람들의 유람에는 일부러인 듯 참석하지 않았다. 아침 일찍부터 어디에서도 그를 본 사람이 없었다. 한 가지 더 덧붙이자면, 바르바라 뻬뜨로브나는 자기 집에서 손님들을 대접한 다음 내일 있을 축제의 마지막 위원회 회의에 곧바로 참석하기 위해 그들과 함께(율리야 미하일로브나와 같은 마차를 타고) 도시로 돌아왔다. 물론 그녀도 럄신이 전해 준 스쩨빤 뜨로피모비치의 소식에 흥미를 느꼈음에 틀림없으며, 어쩌면 흥분했을지도 모르겠다.

안드레이 안또노비치에 대한 보복은 곧 시작되었다. 아아, 그는 자신의 아름다운 아내를 보자마자 이것을 느꼈다. 그녀는 솔직한 태도로 유혹적인 미소를 지으며, 스쩨빤 뜨로피모비치에게 빠르게 다가가 매력적으로 장갑을 낀 손을 내밀고는 최고의 찬사로 환영 인사를 쏟아 냈다. 이것은 마치 아침 내내 가능하면 빨리 스쩨빤 뜨로피모비치에게로 달려가, 그를 마침내 자신의 집에서 보게 된 것에 대한 보답으로 친절을 베풀어야겠다는 걱정만 해온 것 같은 태도였다. 아침의 수색에 대해서는 아직 아무것도 모른다는 듯 조금의 암시도 하지 않았다. 남편에게는 한마디 말도 하지 않았고, 그가 지금 홀에 없는 것처럼 그쪽으로는 눈길도 보내지 않았다. 게다가 스쩨빤 뜨로피모비치를 곧바로 위압적으로 독점해서는 거실로 데리고 가버렸는데, 그건 마치 그와 렘쁘께 사이에는 아무런 오고 가는 이야기도 없었으며, 있다 하더라도 더 이상 그런 이야기를 계속할 이유가 없다는 듯한 태도였다. 다시 한번 말하지만, 내 생각에 율리야 미하일로브나는 그녀의 그 모든 고상한 태도에도 불구하고 이번 경우 또 한 번 큰 실수를 한 것 같다. 특히 이번에는 까르마지노프가 이 일에 일조를 했다(그는 율리야 미하일로브나의 특별한 부탁으로 이번 유람에 참여했으며, 그리하여 결국 간접적이긴 하지만 바르바라 뻬뜨로브나를 방문한 셈이 되었고, 그의 방문을 바르바라 부인은 소심한 마음에 무척 기뻐했다). 그는 이미 문 앞에서(그는 다른 사람들보다 늦게 들어왔다) 스쩨빤 뜨로피모비치를 발견하고 소리를 지르며 율리야 미하일로브나의 말까지 끊으면서 그를 포옹하기 위해 달려들었다.

「이게 얼마 만이오! 이제야 드디어…… *Excellent ami*(이 멋진 친구여).」

그는 입맞춤하려 했고, 물론 자기 뺨을 내밀었다. 당황한 스쩨빤 뜨로피모비치는 그 뺨에 입을 맞추지 않을 수 없었다.

「*Cher*(이보게),」그날 저녁에 선생은 하루 종일 일어난 일들을 상기하면서 내게 말했다. 「나는 그 순간 이런 생각이 들었네. 우리 둘 중 누가 더 비열할까? 바로 그때 모욕감을 줄 작정으로 나를 끌어안은 그일까, 아니면 고개를 돌려 버릴 수도 있었는데 그와 그의 뺨을 경멸하면서도 그대로 입을 맞춘 나일까…… 쳇!」

「자, 이야기 좀 해주시오, 이야기 좀 해줘.」까르마지노프는 25년간의 삶 전체를 꺼내 말할 수 있기라도 하다는 듯 쉬쉬 소리를 강하게 내며[75] 웅얼거렸다. 그런데 이런 어리석은 경박함이 〈고상한〉 태도라고 간주되고 있었다.

「우리가 마지막으로 만난 게 모스끄바의 그라노프스끼 기념 만찬에서였던 걸 기억하고 있겠지요. 그 후로 25년이 흘렀군요…….」스쩨빤 뜨로피모비치는 매우 사리에 맞게(그런즉, 전혀 고상하지 않은 태도로) 말을 하기 시작했다.

「*Ce cher homme*(이 소중한 사람).」까르마지노프는 큰 소리로 스스럼없이 그의 말을 끊으며, 지나치게 친한 척 그의 어깨를 손으로 꽉 잡았다. 「율리야 미하일로브나, 저희를 빨리 부인의 거실로 안내해 주시죠. 이 사람이 자리에 앉아서 다 말해 줄 겁니다.」

「그런데 나는 걸핏하면 짜증을 내는 이 여편네 같은 인간하고는 한 번도 가까웠던 적이 없단 말이네.」스쩨빤 뜨로피모비치는 그날 밤 분노로 몸을 부들부들 떨며 내게 계속 불평을 해댔다. 「우리는 아직 어린애들이나 마찬가지였지만, 나는 이미 그때부터 그를 증오하기 시작했네……. 물론 그가 나를 증오하는 것과 똑같이 말일세…….」

75 단어 중 〈쉬〉 발음을 특히 강하게 낸다는 의미다.

율리야 미하일로브나의 살롱은 금방 사람들로 가득 찼다.
바르바라 뻬뜨로브나는 흥분에 싸여 있었지만, 무관심한 척
하려고 무진장 애를 썼다. 그러나 나는 부인이 두세 번 까르
마지노프에게는 증오의 시선을, 그리고 스쩨빤 뜨로피모비
치에게는 분노의 시선을, 즉 앞서 나간 분노이자 질투와 사랑
에서 기인한 분노의 시선을 보내는 것을 목격했다. 만약 스쩨
빤 뜨로피모비치가 이번에 무슨 실수를 해서 사람들이 전부
보는 앞에서 까르마지노프에게 모욕을 당하기라도 한다면,
그녀는 즉시 벌떡 일어나서 그를 두드려 팰 것만 같았다. 이
자리에 리자도 있었다는 것을 깜박 잊고 말하지 못했는데, 나
는 그때보다 더 기쁨에 차 있고 근심 걱정 없이 즐겁고 행복
해 보이는 그녀를 본 적이 없었다. 물론 마브리끼 니꼴라예비
치도 있었다. 그 밖에 평소 율리야 미하일로브나의 수행단을
이루고 있는 젊은 숙녀들과 버릇없는 젊은이들, 자신들의 방
종함을 쾌활함으로, 싸구려 냉소주의를 재치로 여기는 이들
사이에서 새로운 얼굴도 두세 명 보였다. 그들은 타지에서 잠
깐 들른 지나친 아첨꾼 폴란드인과 자신의 위트가 재미있다
는 듯 끊임없이 큰 소리로 웃어 대는 독일인 노의사, 그리고
마지막으로 뻬쩨르부르끄에서 온, 국가적인 인물이라도 되
는 듯 당당한 태도를 취하고 옷깃을 엄청 높게 하고 다니는
무슨 자동인형처럼 생긴 매우 젊은 공작이었다. 그러나 보아
하니 율리야 미하일로브나는 이 젊은 공작을 상당히 높게 평
가하며, 자신의 살롱이 그에게 주는 인상에 대해 걱정하고 있
는 듯했다……

　「*Cher monsieur Karmazinoff*(친애하는 까르마지노프
씨),」스쩨빤 뜨로피모비치는 그림 속에서처럼 소파 위에 앉

더니 갑자기 까르마지노프 못지않게 쉬쉬 소리를 강하게 내면서 말하기 시작했다. 「*Cher monsieur Karmazinoff* (친애하는 까르마지노프 씨), 우리처럼 구시대에 속한, 일정한 신념을 가진 인간의 삶은 25년이라는 시간 간격이 있다 하더라도 단조로워 보일 게 틀림없습니다……」

독일인은 분명 스쩨빤 뜨로피모비치가 뭔가 굉장히 우스운 이야기를 했다고 생각했는지 거의 울부짖듯 꺽꺽거리며 웃기 시작했다. 상대는 일부러 놀란 표정을 지으며 그를 바라보았지만, 그것은 아무런 효과도 발휘하지 못했다. 공작도 높이 솟은 옷깃을 돌려 코안경 너머로 독일인을 바라보았지만, 조금의 호기심도 없어 보였다.

「……단조로워 보일 게 틀림없습니다.」 스쩨빤 뜨로피모비치는 가능한 한 단어 하나하나를 길게 제멋대로 늘려 말하면서 일부러 같은 말을 반복했다. 「내 지난 4반세기 동안의 삶도 온통 그러했지요. *Comme on trouve partout plus de moines que de raison* (사실 어디서나 상식보다는 수도사들을 더 자주 만나는 법이니까요). 나는 이 말에 전적으로 동의하므로, 지난 4반세기 동안 나의 삶도……」

「*C'est charmant, les moines* (정말 매력적이네요, 수도사들이라니).」 율리야 미하일로브나는 옆에 앉아 있던 바르바라 뻬뜨로브나에게 몸을 돌려 속삭였다.

바르바라 뻬뜨로브나는 오만한 시선으로 이에 응했다. 그러나 까르마지노프는 이 프랑스 구절의 성공을 견딜 수가 없어서, 재빨리 새된 소리로 스쩨빤 뜨로피모비치의 말을 가로막았다.

「나로서는 그 문제와 관련해서 안심하고 있으며, 이미 7년째 카를스루에[76]에 머물고 있지요. 지난해 시의회에서 새로운 배수관 부설이 결정되었을 때, 나는 마음속으로 카를스루에의 배수관 문제가 내게는 사랑하는 조국에서 소위 개혁 시기 동안 생긴 어떤 문제들보다 친근하고 소중하다고 느꼈습니다.」

「공감하지 않을 수 없군요, 내 마음에 반하기는 하지만.」 스쩨빤 뜨로피모비치는 한숨을 쉬며 의미심장하게 고개를 끄덕였다.

율리야 미하일로브나는 의기양양해졌다. 대화의 깊이가 깊어지고 경향성을 띠기 시작했기 때문이다.

「하수관을 말하는 겁니까?」 의사가 큰 소리로 물어보았다.

「상수도관입니다, 의사 선생, 상수도관요. 저는 그들이 설계도를 작성할 때 도움을 주기까지 했습니다.」

의사는 탁탁 튀는 소리를 내며 큰 소리로 웃기 시작했다. 그를 따라 모두들 웃음을 터뜨렸는데, 이번에는 의사를 보고 웃은 것이었다. 하지만 당사자는 그것도 모르고 다들 웃자 대단히 만족스러워했다.

「실례지만 저는 당신 말에 동의할 수 없겠는데요, 까르마지노프 씨.」 율리야 미하일로브나가 서둘러 끼어들었다. 「카를스루에에 대해서는 다음에 이야기할 기회가 있을 테죠. 그런데 당신은 우리를 미혹에 빠뜨리는 걸 좋아하시는 것 같은데, 우린 이번에는 당신을 믿지 않아요. 러시아 사람들 중에서, 러시아 작가들 중에서 누가 그만큼 가장 현대적인 인간 유형을 제시하고, 그만큼 가장 현대적인 문제들을 추측하고, 현대적 유형의 활동가들을 형성하는 바로 그 주요한 현대적

76 뚜르게네프가 오랫동안 살았던 독일 도시.

398

요소들을 지적했을까요? 그건 당신, 당신 한 사람뿐, 그 누구도 아니에요. 그런데 이제 와서 조국에 대해서는 무관심하고 카를스루에의 배수관에 관심을 가지고 있다고 단언하시다니요! 하-하!」

「네, 나는 물론,」 까르마지노프는 쉬쉬거리는 소리로 말했다. 「뽀고제프 유형을 통해 슬라브주의자들의 모든 단점을 폭로했고, 니꼬지모프 유형을 통해 서구주의자의 모든 단점을 폭로했지요……」[77]

「과연 **모든 것**일까?」 럄신이 작은 소리로 소곤댔다.

「그러나 그것은 다만 귀찮은 시간을 때우기 위해…… 동포들의 성가신 요구를 만족시키기 위해 한번 해본 것입니다.」

「스쩨빤 뜨로피모비치, 당신도 분명 알고 계시겠지만,」 율리야 미하일로브나는 신나서 계속 말했다. 「우리는 내일 매혹적인 문장들을…… 세묜 예고로비치의 가장 최근의 우아한 문학적 영감 중 하나를 듣게 되는 즐거움을 가질 거랍니다. 제목이 〈*Merci*(메르시)〉지요. 그는 이 작품에서 더 이상은 아무것도 쓰지 않겠다고, 무슨 일이 있어도, 즉 하늘에서 내려온 천사나, 더 정확히 말해 상류 사회 전체가 그의 결심을 바꾸라고 설득한다 해도 받아들이지 않을 것이라고 선언하실 거예요. 한마디로 까르마지노프 씨는 영원히 펜을 내려놓을 것이며, 이 우아한 〈*Merci*(메르시)〉는 그가 러시아의 고결한 사상을 위해 오랜 세월 끊임없이 헌신하는 동안 항상 환희로써 함께해 준 러시아 대중에게 감사를 표하는 것이지요.」

율리야 미하일로브나는 행복의 절정에 달해 있었다.

77 뚜르게네프가 『아버지와 아들』의 집필에 관해 쓴 논문에서 언급되고 있는 내용을 패러디한 것이다.

「네, 저는 작별을 고할 겁니다. 저의 〈메르시〉를 발표하고 떠날 겁니다. 그리고 그곳에서…… 카를스루에에서…… 눈을 감겠습니다.」까르마지노프는 점점 더 감상적이 되어 갔다.

우리의 많은 위대한 작가들처럼(우리 나라에는 위대한 작가가 정말 많다) 그는 칭찬을 견디지 못하고, 평상시 자신의 기지에도 불구하고 곧바로 마음이 약해지기 시작했다. 그러나 나는 이 정도는 용납된다고 생각한다. 소문에 따르면, 우리의 셰익스피어들 중 한 명은 사적인 대화를 나누던 중 〈우리 같은 **위대한 사람들**은 달리 어쩔 수가 없지요〉 등의 말을 지껄이고서도 자기는 그것을 눈치채지 못했다고 한다.

「나는 그곳, 카를스루에에서 눈을 감을 겁니다. 우리 같은 위대한 사람들은 자신의 일을 끝내고 나면 보상을 바라지 말고 조금이라도 빨리 눈을 감아야 하는 법이지요. 나도 그렇게 할 것입니다.」

「주소를 알려 주시지요. 카를스루에에 있는 당신 무덤을 찾아가 보겠습니다.」독일인이 엄청 큰 소리로 껄껄거리며 웃어 댔다.

「요즈음엔 죽은 사람들을 철도로도 운반하고 있습니다.」별로 눈에 띄지 않던 젊은이들 중 누군가가 갑자기 이렇게 말했다.

럄신은 신나서 끽끽거리며 웃었다. 율리야 미하일로브나는 얼굴을 찌푸렸다. 그때 니꼴라이 스따브로긴이 들어왔다.

「선생께서 경찰서에 끌려갔다는 이야기를 들었습니다만.」그는 먼저 스쩨빤 뜨로피모비치를 보며 큰 소리로 말했다.

「아니, 그건 기껏해야 **경솔한** 사건이었네.」[78] 스쩨빤 뜨로피

78 원래는 〈사적인〉 사건이란 뜻이지만, 여기서는 경찰서라는 단어와 발

모비치는 말장난을 쳤다.

「그러나 그것이 제 부탁에 조금도 영향을 미치지 않기를 바랍니다.」율리야 미하일로브나는 다시 말을 이어받았다. 「저는 아직까지 무슨 일인지 잘 모르겠지만, 당신이 그 불행하고 불쾌한 사건에 신경 쓰지 말고, 우리의 훌륭한 기대를 저버리시지 말고, 문학의 아침에서 당신의 강연을 들을 수 있는 기쁨을 빼앗지 말아 주시기 바랍니다.」

「저는 잘 모르겠습니다…… 저는…… 지금…….」

「정말이지 저는 너무 불행해요, 바르바라 뻬뜨로브나……. 글쎄, 저는 러시아에서 가장 뛰어나고 독창적인 지성을 가진 분과 개인적으로 좀 더 빨리 친해지기를 열망해 왔는데, 스쩨빤 뜨로피모비치께서는 갑자기 우리 곁을 떠나겠다는 의도를 보이시니 말이에요.」

「칭찬의 말씀을 그리 크게 하시니, 저는 물론 못 들은 척해야겠지만,」스쩨빤 뜨로피모비치는 또박또박 말했다. 「저처럼 보잘것없는 인간이 내일 부인의 축제에 꼭 필요한지 잘 모르겠습니다. 하지만 저는…….」

「이런, 당신들이 이 양반의 버릇을 잘못 들여 놓고 있군요!」뾰뜨르 스쩨빠노비치가 잽싸게 방 안으로 뛰어 들어오면서 소리쳤다. 「나는 이제 막 그를 내 손에 넣었는데, 갑자기 하루아침에 가택 수색이니 체포니, 경찰이 그의 멱살을 잡았다느니 하는 소리가 들리더니만, 지금 와보니 숙녀들께서 지사의 살롱에서 그를 달래 주고 계시네요! 이런, 그의 뼈마디 하나하나가 지금 황홀함에 쿡쿡 쑤시고 있겠는데요. 이 양반은 이런 혜택은 꿈도 꾸지 못했을 겁니다. 두고 보시죠, 이제

음의 유사성을 위해 〈경솔한〉 사건으로 번역했다.

바로 사회주의자들을 밀고하기 시작할 테니!」

「그럴 리 없어요, 뾰뜨르 스쩨빠노비치. 사회주의는 너무나 위대한 사상이어서 스쩨빤 뜨로피모비치도 그걸 인정하시지 않을 수 없을 거예요.」 율리야 미하일로브나는 그를 힘껏 옹호했다.

「사상은 위대하지만, 그것을 표방하는 사람들이 항상 위대한 것은 아니지요. *Et brisons-là, mon cher*(그 이야기는 그만하자, 얘야).」 스쩨빤 뜨로피모비치는 이렇게 말을 맺고 아들을 쳐다보며 우아하게 자리에서 일어났다.

그러나 이때 정말 예기치 않은 상황이 발생했다. 폰 렘쁘께는 이미 꽤 오래전부터 살롱에 들어와 있었는데, 모두 그가 들어오는 것을 보았지만, 아무도 그에게 주의를 기울이지 않는 듯했다. 앞서의 생각에 변함이 없던 율리야 미하일로브나는 여전히 그를 무시했다. 그는 출입문 근처에 자리 잡고 앉아 음울하고 엄격한 표정으로 대화에 귀를 기울이고 있었다. 아침 사건을 암시하는 이야기를 듣자 그는 불안한 듯 몸을 돌리다가, 빳빳하게 풀을 먹여 앞으로 튀어나온 공작의 옷깃에 놀란 것처럼 그를 응시하기 시작했다. 그때 방 안으로 뛰어 들어온 뾰뜨르 스쩨빠노비치의 목소리를 듣고 그를 보자 갑자기 온몸을 부들부들 떠는 것 같더니, 스쩨빤 뜨로피모비치가 사회주의자들에 대한 자신의 고견을 말하는 순간 갑자기 중간에 앉아 있던 람신을 밀어젖히고 그에게 다가갔다. 람신은 일부러 놀란 것 같은 몸짓을 하며 옆으로 급히 물러서더니 어깨를 문지르며 지독하게 아프다는 시늉을 했다.

「이제 됐습니다!」 폰 렘쁘께는 놀란 스쩨빤 뻬뜨로비치의 손을 덥석 잡고 힘껏 쥐면서 이렇게 말했다. 「이제 됐습니다.

우리 시대의 해적들은 죄다 밝혀졌습니다. 더 이상의 말은 필요 없습니다. 조치가 취해졌으니까…….」

그는 온 방이 울리도록 큰 소리로 말하고는 박력 있게 결론지었다. 이것은 고통스러운 인상을 불러일으켰다. 모든 사람이 뭔가 불편함을 느꼈다. 나는 율리야 미하일로브나의 얼굴이 창백해진 것을 보았다. 그리고 그 효과는 어리석은 우연한 사건으로 더욱 고조되었다. 렘쁘께는 조치가 취해졌다고 알리고 나서 몸을 홱 돌려 급하게 방을 나갔지만, 두 걸음도 가지 못해 양탄자에 발끝이 걸려 비틀거리며 하마터면 앞으로 코방아를 찧으며 넘어질 뻔했다. 그는 순간 멈춰 서서 자기 발이 걸린 장소를 들여다보다가, 큰 소리로 〈교체하도록〉이라고 말하고는 문밖으로 나갔다. 율리야 미하일로브나가 그의 뒤를 따라 달려 나갔다. 그녀가 나가고 나자 갑자기 소란해지기 시작했지만, 무슨 말인지 알아듣기가 어려웠다. 〈정신이 나갔군〉이라거나 〈민감하단 말이야〉라는 말들이 들렸다. 또 다른 사람들은 손가락을 이마에 대고 빙글빙글 돌렸다. 럄신은 구석에서 손가락 두 개를 이마보다 더 위쪽에 대고 있었다. 뭔가 가정사를 암시하는 사람들도 있었지만, 물론 모두 목소리를 낮춰 말했다. 어느 누구도 모자를 집어 들고 나갈 생각을 하지 않고 기다리고 있었다. 율리야 미하일로브나가 잘 처리했는지는 모르지만, 어쨌든 그녀는 5분쯤 뒤 있는 힘을 다해 침착해 보이려고 애쓰면서 돌아왔다. 그녀는 애매한 말투로 안드레이 안또노비치가 약간 흥분 상태이지만 별것 아니다, 어린 시절부터 이런 증상이 있었는데 그녀는 〈훨씬 더 잘〉 알고 있다, 그리고 물론 내일 있을 축제가 그의 기분을 즐겁게 해줄 것이라고 말했다. 그리고 스쩨빤 뜨로피모비치에게 예의상 몇 마디 아첨의 말을 건네고 나서, 위원회 멤버들에게 이제 곧 회의를 열겠다고 큰 소리로 불러 모았다. 그러자 위원회에 참가하지 않는 사람들은 집으로 돌아갈 채비를 하기 시작했다. 그러나 이 운명적인 날의 고통스러운 사건은 아직 끝나지 않았다…….

니꼴라이 프세볼로도비치가 방 안에 들어선 바로 그 순간, 나는 리자가 재빨리 고개를 돌려 그를 뚫어지게 쳐다보며 그 후로도 오랫동안 그에게서 눈을 떼지 못하는 것을 알아차렸다. 그녀가 너무 오래 보고 있었기 때문에 결국 모두의 주의를 끌게 되었다. 나는 마브리끼 니꼴라예비치가 그녀 뒤에서 몸을 숙이고 무슨 말인지 속삭이고 싶어 하는 것 같다가 생각을 바꾸었는지 마치 죄를 지은 사람처럼 주위를 둘러보며 급하게 몸을 일으키는 것을 보았다. 니꼴라이 프세볼로도비치도 사람들의 호기심을 불러일으켰다. 그의 얼굴은 평소보다 더 창백했고, 시선은 이상할 정도로 멍해 보였다. 방에 들어서면서 스쩨빤 뜨로피모비치에게 질문을 던진 뒤 바로 그것을 잊어버린 것 같았으며, 사실 내가 보기에는 여주인에게 인사하러 가는 것도 잊은 것 같았다. 리자를 향해 단 한 차례도 시선을 주지 않았는데, 그러고 싶지 않아서가 아니라 단언컨대 그녀를 전혀 알아차리지 못했기 때문이었다. 율리야 미하일로브나가 시간을 허비하지 말고 마지막 회의를 열자고 제안한 다음 잠깐 침묵이 흐른 뒤, 갑자기 일부러 그런 것 같은 리자의 큰 목소리가 울려 퍼졌다. 그녀가 니꼴라이 프세볼로도비치를 부른 것이다.

「니꼴라이 프세볼로도비치, 레뱟낀이라는 대위가 본인은 당신의 친척이라고, 당신 아내의 오빠라면서 나한테 계속 무례한 편지를 써 보내고 있어요. 그는 당신에 대해 불평하면서 내게 당신과 관련된 비밀을 알려 주겠다고 제안하더군요. 만약 그가 실제로 당신의 친척이라면, 나를 모욕하는 일을 그만두게 하고 내가 그런 불쾌한 일을 당하지 않게 해주세요.」

이 말 속에는 무서운 도전이 도사리고 있었으며, 모두들 그것을 알고 있었다. 이러한 비난은 그녀로서도 너무나 갑작스러웠겠지만, 어쨌든 너무나 노골적이었다. 그것은 마치 사람이 눈을 질끈 감고 지붕에서 뛰어내리는 것과 흡사했다.

그러나 니꼴라이 스따브로긴의 대답은 훨씬 더 놀라웠다.

첫째, 그가 전혀 놀라지도 않고 리자의 말을 아주 침착하고 주의 깊게 끝까지 다 들었다는 것이 정말 이상한 일이었다. 그의 얼굴에는 당황하거나 분노하는 기색도 없었다. 그는 솔직하고 단호하게, 심지어 이 숙명적인 질문에 완전히 준비되어 있다는 표정을 하고 대답했다.

「네, 나는 불행하게도 그 사람과 친척 관계가 됩니다. 나는 처녀 시절 성이 레뱟끼나인 그의 여동생의 남편으로, 얼마 후면 그녀의 남편이 된 지 5년째가 됩니다. 당신의 요구를 아주 빠른 시간 내에 그에게 전할 테니 믿어도 좋습니다. 그가 더 이상 당신을 괴롭히지 못하게 책임지겠습니다.」

나는 바르바라 뻬뜨로브나의 얼굴에 나타난 그 공포를 결코 잊지 못할 것이다. 그녀는 정신 나간 사람 같은 표정으로 자리에서 일어나 스스로를 방어하려는 듯 오른손을 앞으로 들어 올렸다. 니꼴라이 프세볼로도비치는 그녀와 리자, 모든 구경꾼들을 쳐다보다가 갑자기 극도로 오만한 미소를 지으며 천천히 방에서 나가 버렸다. 사람들은 니꼴라이 프세볼로도비치가 방에서 나가려고 몸을 돌리자마자 리자 역시 소파에서 벌떡 일어나 분명 그의 뒤를 따라 뛰어가려는 동작을 하다가, 곧 정신을 차린 듯 뛰어나가지는 않고, 역시 그 누구에게도 말 한마디 하지 않고, 그 누구에게도 시선을 돌리지 않은 채, 당연히 그녀의 뒤를 따라 달려가는 마브리끼 니꼴라예비치를 동반하고 조용히 방을 나가는 것을 보았다…….

이날 저녁 도시에서 일어난 소동과 소문에 대해서는 언급하지 않겠다. 바르바라 뻬뜨로브나는 시내에 있는 집에 들어가 두문불출했고, 니꼴라이 프세볼로도비치는 어머니를 만나지도 않고 곧장 스끄보레시니끼로 떠났다고 한다. 스쩨빤 뜨로피모비치는 그날 저녁 나를 〈*cette chère amie*(이 친애하는 친구)〉에게 보내 그가 그녀를 보러 가도 좋다는 허락을 받아 오도록 했지만, 그녀는 나를 만나 주지도 않았다. 그는 심하게 충격을 받고 눈물을 흘렸다. 「아니, 그런 결혼이라니! 그런 결혼이라니! 그 가족에게 그런 끔찍한 일이 생기다니.」 그는 끊임없이 같은 말을 반복했다. 하지만 그는 까르마지노프에 대해서도 기억을 떠올리고는 무섭게 욕을 해댔다. 내일 있을 강연도 열정적으로 준비했는데 — 이런 예술적 기질이란! — 그는 거울 앞에서 예행연습을 해보았고, 강연 도중에 끼워 넣으려고 자기가 평생에 걸쳐 만들어 공책에 하나하나 적어 놓은 경구나 재치 있는 말들을 되새겨 보기도 했다.

「이보게 친구, 나는 위대한 이념을 위해 이렇게 하는 것일세.」 그는 분명 자신을 정당화하려는 듯 이렇게 말했다. 「*Cher ami*(친애하는 친구), 나는 25년 동안 머물던 곳에서 떠나 갑자기 어딘가로 출발한 것이네. 어디로인지는 모르지만, 틀림없이 출발한 것이네…….」

〈하권에 계속〉

열린책들 세계문학 058 악령 중

옮긴이 박혜경 1965년에 태어나 서울대학교 노어노문학과를 졸업했으며, 동 대학원에서 석사 과정을 마치고 박사 학위를 받았다. 현재 한림대학교 러시아학과 교수로 재직 중이다. 논문으로 「도스또예프스끼의 『악령』에 나타난 분신 테마 분석」 등이 있다. 옮긴 책으로 표도르 도스또예프스끼의 『악어 외』(공역), 블라디미르 나보코프의 『사형장으로의 초대』, 빅토르 펠레빈의 『P세대』 등이 있다.

지은이 표도르 도스또예프스끼 **옮긴이** 박혜경 **발행인** 홍예빈 · 홍유진
발행처 주식회사 열린책들 **주소** 경기도 파주시 문발로 253 파주출판도시
전화 031-955-4000 **팩스** 031-955-4004 **홈페이지** www.openbooks.co.kr
Copyright (C) 주식회사 열린책들, 2020, *Printed in Korea.*
ISBN 978-89-329-2012-2 04890 ISBN 978-89-329-1499-2 (세트)
발행일 2020년 1월 30일 세계문학판 1쇄 2021년 5월 25일 세계문학판 3쇄

이 도서의 국립중앙도서관 출판예정도서목록(CIP)은 서지정보유통지원시스템 홈페이지(http://seoji.nl.go.kr)와 국가자료공동목록시스템(http://www.nl.go.kr/kolisnet)에서 이용하실 수 있습니다.(CIP제어번호: CIP2020002219)